Ein Haus in der Prärie

Robert
James
Waller

Ein Haus in der Prärie

Deutsch von
Rainer Schmidt

Weltbild

Originaltitel: *High Plains Tango*
Originalverlag: *Shaye Areheart Books*

Besuchen Sie uns im Internet:
www.weltbild.de

Weltbild Buchverlag – Originalausgaben –
Deutsche Erstausgabe 2007

This edition published by arrangement with Harmony Books,
a division of Random House, Inc.
Dieses Werk wurde vermittelt durch die Literarische Agentur
Thomas Schlück GmbH, 30827 Garbsen

Projektleitung und Lektorat: Dr. Ulrike Strerath-Bolz
Übersetzung: Rainer Schmidt
Umschlag: Hauptmann & Kompanie
Werbeagentur GmbH, München – Zürich
Umschlagabbildung: © Zefa
Satz: Sabine Müller
Druck und Bindung: Bagel Roto-Offset GmbH & Co. KG, Schleinitz

Gedruckt auf chlorfrei gebleichtem Papier

Printed in the EU

ISBN 978-3-89897-239-0

Für meine Mutter Ruthie, die seit vielen Jahren im stillen Nebel der Alzheimer-Krankheit lebt, die aber noch immer lächelt, wenn sie mich sieht, und die an Winternachmittagen gern meine Hand hält.

1

Nicht gerade eine dunkle und stürmische Nacht, aber nichtsdestoweniger: ein seltsamer, entlegener Ort in einer seltsamen, entlegenen Zeit, ferne Tafelfelsen, vor deren zerfurchten Flanken nasse Wolken tief herabhängen, lange, schnurgerade Highways bis ins nahezu Endlose. In einem besiedelten Land sind die wirklich wilden Gegenden die, wo niemand mehr hinschaut. Diese Gegend war wild.

Ein rätselhafter Wegweiser nach Westen:

Toter-Adler-Canyon? Warum ist der Adler gestorben? Erinnerte sich noch jemand? Manche taten es, aber sie redeten nicht.

Ein roter Lehmweg, rechtwinklig zum Highway, führte hinaus ins kurze Gras und verschwand nach einer halben Meile hinter einer kleinen Anhöhe.

Andere Tafeln, ungefähr alle dreißig Meilen, wiesen weiter zu anderen Straßen, ließen Reisen durch unsichtbare Mauern erahnen, Reisen in andere Zeiten. Wenn dein Fahrzeug robust genug ist, biegst du vielleicht in eine davon ein, nur so zum Spaß. Wir alle haben diesen flüchtigen Drang schon verspürt.

Carlisle McMillan tat es auch. Er hatte es nicht eilig,

reiste ohne Plan, ein Nomade auf Zeit aus freien Stücken. Er lenkte seinen hellbraunen Chevy-Pick-up von der westwärts führenden Asphaltstraße auf die Piste, die bei den Einheimischen Wolf Butte Road hieß, und fuhr am Wegweiser nach Dead Eagle Canyon vorbei nach Süden. Nach einer Weile hielt er an und stieg aus dem Truck, meilenweit von der nächsten Stadt entfernt.

Die kühle Luft letzter Augusttage. Nebel. Carlisle McMillan blieb eine Weile stehen, die Stiefel feucht vom Gras, nasse Luft im Gesicht und an den Händen.

Ein leichter Wind kam auf, ging dahin, kam wieder. Stille. Rohrkolben schwankten, gelber Klee kräuselte sich, wie der Wind es wollte. Wie ein Film ohne Ton – die Stille –, nur tiefer. Eher wie in einem Steinsarg, wenn es dunkel wird, wenn die Trauergäste gegangen sind und die Erde über dir zugeschaufelt ist.

Die Cheyenne glaubten, dieses Land sei heilig. Sweet Medicine sagte, es sei so. Der Falke, der dreißig Zaunpfähle weit südlich von Carlisle McMillan hockte, glaubte es. Jeder, der zufällig hierher kam, glaubte es. Wer clever und betucht war, kam mit Proviant und Wasser, vielleicht mit einem Schlafsack für den Fall eines Motorschadens oder einer Reifenpanne und eines leeren Ersatzreifens. Denn hier draußen kümmerte sich nichts und niemand um dich, so viel war klar. Nichts und niemand interessierte sich dafür, ob du lebtest oder starbst oder deine Rechnungen bezahltest oder an warmen Pazifikstränden tanztest und danach mit jemandem schliefst. Hier war nichts außer Stille und Wind, und die würden noch hier sein, wenn du längst wieder fort wärest.

Die Alten lagen hier unter Hügeln begraben, und so sah die Prärie aus wie ein wogendes Meer. Sie waren über die alten Landbrücken von Asien herübergedrängt, als die Kontinente hoch oben im Norden noch zusammengehangen hatten. Vor hundert Jahren wurden andere hier bestattet. Bestattet, wo sie gefallen waren in den Kriegen der »Offenkundigen Bestimmung«, im großen Vorstoß nach Westen. Noch immer konnte man Metallknöpfe von Kavalleriejacken finden, wenn man im Boden scharrte und genau hinsah. Auch andere Dinge: alte Messergriffe, menschliche Schulterknochen, zersplittert von Speer und Kugel, Pfeifenstiele. Wenn man graben wollte, würde man mehr finden, viel mehr.

Sechs Zoll weit hinter Carlisle McMillans linkem Hinterrad lag ein Jackenknopf halb vergraben in der Erde. Der Frühlingswind von hundert Jahren hatte den Knopf freigelegt, der Regen hatte ihn in einen Bach gespült. Der Bach trug ihn auf eine Sandbank. Ein Vogel pickte ihn auf und flog damit zu seinem Nest, aber er ließ ihn fallen, weil er sich als hart und unschmackhaft erwies. Dieser spezielle Knopf verschloss einst die Jacke von Trooper Jimmy C. Knowles, Seventh Cavalry, der hinter einem Mann namens »Sohn des Morgensterns« ritt. Trooper Knowles hielt große Stücke auf diesen flachsblonden General und trachtete danach, sein genaues Ebenbild zu werden. Mit dem Sohn des Morgensterns wäre er in die Hölle geritten. Und das tat er irgendwann dann auch.

Wenn man am Wind vorbeikommen, über die Stille hinauslauschen kann, hört man hier den Nachhall alter Klänge. Ferne Trompeten, das Lederknarren der Kavallerie, vielleicht den leisen Trommelschlag der Zeit selbst. Und schemenhafte Bilder alter Reiter aus der Vergangenheit auf ihren prächtigen Appaloosas brechen hervor aus dem Schatten von Dead Eagle Canyon, stürmen im vollen Galopp über die wellige grüne Prärie und wenden ihre Ponys zum Herbst hin. Dampf kommt aus Mündern und Nüstern.

Manchmal, wenn der Wind genau richtig steht, kann man sogar Dinge riechen, die weiter draußen sind. So sagte man, und so sagt man immer noch. Du musst dich zurücklehnen und die Nüstern weiten. Du musst es üben. Dann wird es zu dir kommen. Erst kommt der gewöhnliche Geruch des weiten, offenen Landes, und danach der leise Hauch alter Täuschungen.

Nicht weit von da, wo Carlisle McMillan im Nieselregen stand und über die leere Anhöhe hinausschaute, war der Anthropologe von einem der kleineren Tafelfelsen in den Tod gestürzt. Auf das Zischen der Luft war ein dumpfer Aufschlag gefolgt, weit oben in der Mitte seines Rückens, und er war vorwärts getaumelt und abgestürzt. Auf den ersten fünfundzwanzig Metern war sein Fall von einer gewissen Reinheit in Form und Geschwindigkeit gewesen, anmutig beinahe, bis er auf einem Felsvorsprung aufgeschlagen war. Danach war er die nächsten zweihundert Meter wie eine Lumpenpuppe durch die Luft gewirbelt. Das einzige Geräusch war sein Schrei, und das Einzige, was er sah, war die Felswand, die an ihm vorübersauste, verschwommener weißer Sandstein. Unten prallte er auf Stein und Kies, den Hals dergestalt nach hinten verdreht, dass sein Kinn die Unterkante seines rechten Schulterblatts berührte. Keiner seiner Kollegen unten in der Ebene hatte gesehen, wie es geschah, oder seinen Schrei gehört.

Ein dunkles Augenpaar aber hatte es gesehen – den Mann, der durch das kühle Sonnenlicht stürzte, das dünne gelbe Sonnenlicht, das in der Frühjahrsmitte dieses Land überstrahlt –, aber kein Wort würde darüber fallen. Keines, niemals. Es war der Lauf der Dinge, das wusste man, lange bevor die Reitersoldaten hier durchritten auf ihrem Marsch zum Little Big Horn. Das wusste man vor langer Zeit.

Carlisle McMillan lehnte sich an einen Zaunpfahl, schaute nach Westen, betrachtete die Weite. Eine endlose, leere Weite, nur hier und da von einem Tafelfelsen unterbrochen. Der eine, der sich eine halbe Meile weit zu seiner Rechten erhob, 986 Meter hoch, hieß Wolf Butte. Eine Frau tanzte dort oben auf dem Gipfel, aber Carlisle konnte sie nicht sehen.

Mit nackten Füßen bewegte sie sich im kurzen Gras. Weit weg, tief unten, konnte sie die Gestalt neben dem Pick-up gerade noch erkennen. Fünf Schritte hinter ihr spielte der Indianer auf der Flöte; er lehnte mit dem Rücken am knorrigen Stumpf einer längst verdorrten Krüppelkiefer.

Eine tief hängende Wolke zog über den Tafelfelsen, und ihre feuchte Kühle berührte den anmutig gebogenen Rücken der Frau, berührte ihre geschwungenen Beine. Sie berührte ihr Gesicht und den Opalring an ihrem linken Mittelfinger und das Silberarmband an ihrem rechten Handgelenk, berührte den silbernen Falken, der an einer Kette an ihrem Hals hing. Der Indianer konnte sie nicht mehr deutlich sehen; nur flüchtig schimmerte sie durch die Wolke, und nur kurz erhaschte er einen Blick auf Bein oder Brust oder langes kastanienbraunes Haar, das hin und her schwang, wenn sie sich drehte. Aber er spielte weiter, denn er wusste, die Wolke würde vergehen, er wusste, sie würde zu ihm kommen.

Weit hinten und tief unten legte Carlisle McMillan in seinem Pick-up den Rückwärtsgang ein und fuhr zurück auf die Piste, und der Autoreifen mahlte einen Jackenknopf in die Erde, der einst die blaue Jacke von

Trooper Jimmy C. Knowles, Seventh Cavalry, verschlossen hatte. Als die Wolke über den Tafelfelsen hinweg weitergezogen war und die Frau wieder sehen konnte, was sich unter ihr in der Ebene befand, war die Gestalt nicht mehr da, nur der ferne Pick-up, der nach Süden fuhr.

Die Flöte verstummte. Die Frau hob die Arme durch den Dunst zum Himmel, ließ sie wieder sinken und ging auf den Indianer zu. Er war alt, aber sein Körper war hart wie Zaundraht, und sie ließ sich auf ihn sinken. Der Wind war sanft und kühl und feucht. Aus der Nähe konnte er das Sandelholz riechen, mit dem sie am Morgen gebadet hatte. Der Regen ließ für einen Augenblick nach, und über die Schulter des Indianers hinweg sah sie den Falken auf einen Felsen zufliegen, auf denselben Felsen, von dem ihr Vater die Erde auf sich hatte zukommen sehen.

2

Axel Looker war nicht dumm. Er benahm sich nur so. Im tiefsten Innern wusste er, dass dieser Wissenschaftlertyp recht hatte, auch wenn er Wissenschaftlertypen grundsätzlich nicht leiden konnte. Er konnte sie nicht leiden, weil sie zweifellos eine Bande von Radikalen waren, die aus den öffentlichen Trögen fraßen, die Axel Looker mit seinen Steuergeldern füllte. Konnte sie nicht leiden, weil sie ihn auf Logik festlegten und Beweise forderten, statt ihn mit dem behaglichen Kneipengerede davonkommen zu lassen, bei dem aus Eigeninteresse geborene Mythen herumgereicht wurden wie Ketchup. Herumgereicht und schließlich mit zustimmendem Murmeln und Kopfnicken akzeptiert, bis man eine dauerhafte Fiktion geschaffen hatte, mit der sich jedermann wohlfühlte. Wer von diesem gemeinsamen Standpunkt abwich, riskierte Missbilligung oder gar die Vertreibung vom hinteren Tisch in »Danny's Café«.

Der Ökologe hatte behauptet, ihre Tage hier draußen gingen dem Ende zu, wenn sie ihr Leben nicht dramatisch änderten. Er sagte, sie erschöpften die Grundwasservorräte des großen Ogallala Aquifer und überweideten das Grasland. Sagte, sie ließen den Mutterboden, der von Anfang an dünn gewesen sei, im Winde verwehen.

Sie hatten ihm zugehört, zuerst bei einem Vortrag in der Turnhalle in Livermore, wo er beinahe vom Podium gebuht worden war. Als sie nachher zu ihren Autos hinausgingen, sagte jemand, man sollte wenigstens ein

Fass mit heißem Teer auftreiben und seinen gefederten Arsch zurück in den Osten schicken, wo er hingehörte. Es lief nicht besser, als der Ökologe im Clyde Archer Legion Post 227 in Salamander aufkreuzte und seinen Vortrag noch einmal hielt. Aber irgendwie war es schwerer, ihn zu ignorieren, wenn das Publikum klein war und sie seine Augen sehen konnten, und wenn er ihre sehen konnte. Er war schmal und ernst, und er sprach leise. Er hatte Tabellen und Zahlen, und er hatte kühle, stahlharte Antworten auf ihre Fragen. Er schien zu wissen, dass ihre Kritik aus den Mythen floss, an denen sie unbedingt festhalten wollten, und darauf ließ er sich nicht ein. Unablässig suchten sie nach Lücken in seiner Argumentation, aber sie fanden keine. Das vergrößerte ihre Abneigung gegen ihn.

Wie die meisten Leute, ganz gleich, wie intelligent sie sind, hatte Axel Looker seine eigenen Methoden, unangenehme Beweise beiseitezuschieben, wenn sie nicht zu dem passten, was er sehen wollte. Und obwohl Axel wusste, dass dieser Wissenschaftlertyp recht hatte – tief im Innern wusste er es genau –, konnte er es vor niemandem zugeben, nicht einmal vor sich selbst. Beim Morgenkaffee in »Danny's Café« schoben die Jungs ihre Mützen in den Nacken und redeten über Fremde, die sich in ihr Leben einmischten, während sie abwesend die Schecks über die Agrarsubventionen in ihren Hemdtaschen befingerten.

Auf dem Heimweg, sechs Meilen westlich von Salamander, bog Axel von der Route 41 ab und fuhr auf dem roten Feldweg nach Norden zu dem Gelände, das er und Earlene seit vierunddreißig Jahren als Farmer und Rancher bearbeiteten. Der Spätsommerregen hatte den roten Lehm in einen klebrigen Brei verwandelt, und er fuhr langsam, fast im Schritttempo, als er auf den hellbraunen Pick-up mit den kalifornischen Nummernschildern stieß.

»Wer zum Teufel ist das?«, fragte er sich laut. Morgen würde er im »Danny's« oder am Getreidesilo herumfragen, ob jemand etwas wusste. Sah aus wie ein Indianer, der da am Steuer saß, vielleicht wieder einer von diesen Agitatoren, die seit einer Ewigkeit forderten, dass man ihnen das Land da draußen zurückgab; sie gingen vor Gericht und behaupteten, es sei ihr Land, das man ihnen vor über hundert Jahren gestohlen habe. Ein Haufen Kuhscheiße, nichts weiter. Axel mochte etwas gegen Wissenschaftler haben, aber Indianer waren ihm absolut verhasst, vor allem diejenigen, die behaupteten, er bearbeite gestohlenes Land.

Zu Hause angekommen, erwähnte er Earlene gegenüber, vielleicht sei es Zeit, daran zu denken, sich zur Ruhe zu setzen und nach Florida zu ziehen. Er sagte nichts von dem Pick-up, den er auf der Heimfahrt von Salamander gesehen hatte. Wollte sie nicht beunruhigen.

Wenn Carlisle McMillan gewusst hätte, was ihm bevorstand, so hätte er an diesem Abend vielleicht gar nicht in Salamander gehalten. Wäre vielleicht geradewegs durchgefahren und zur anderen Seite wieder raus aus Yerkes County.

»Zu viel verdammter Ärger, wie sich herausstellte, für einen Mann, der nichts weiter vorhatte, als ein bisschen Ruhe und Frieden zu finden.« Das hat er einmal gesagt.

Es ist leicht zu verstehen, warum. Seine Erinnerungen waren immer noch klar und fest umrissen: Vögel, die mit Raubtiergeschrei aufflattern, Krieger, an Bäume gefesselt im April. Das Dröhnen von Schrotflinten, der harte Knall weit tragender Gewehre. Sirenen, schreiende Männer, Staubwolken, die hoch und schnell in den Morgenhimmel steigen, Feuer auf dem Gipfel von Wolf Butte. Und das langsame Wegrutschen von allem, was irgendwie Ähnlichkeit mit Recht und fairem Handel hatte.

Carlisles Kiefermuskeln spannten sich, wenn er auf diesen Teil der Sache zu sprechen kam. Dann ging er zu einem halben Lächeln über. »Aber es hatte auch seine guten Seiten. Alles in allem gesehen, würde ich es noch mal tun.«

Natürlich würde er das. Wie viele Frauen von der Art einer Susanna Benteen konnte man finden? Oder übrigens auch wie Gally Deveraux. Praktisch keine. Susanna und Gally und das, was als der »Krieg von Yerkes County« bekannt wurde, ließen den Jungen erwachsen werden. Ließen ihn aufrecht stehen, stießen ihn ins Mannesalter. Carlisle gab es zu.

Er kam spät an jenem Augusttag von Norden hierher nach Yerkes County, hielt an und betrachtete die Landschaft um ihn herum. Die Wellen im kurzen Gras, Wolf Butte zu seiner Rechten. Nebel, leichter Wind, Stille. Fuhr über den roten Feldweg zurück nach Süden und stieß nach ein paar Meilen wieder auf Asphalt. Route 41. Er studierte die Karte, über das Lenkrad gebeugt, und überdachte seine Möglichkeiten. In ungefähr einer Stunde wäre es ganz dunkel. Eine Kleinstadt, zirka sechs Meilen weiter östlich. Der nächste nennenswerte Ort in der anderen Richtung war Casper, Wyoming, dreihundert Meilen weit nach Südosten. Sonst nicht viel zwischen hier und Casper. Also nach Osten.

Eine Viertelstunde später spähte Carlisle an den klatschenden Scheibenwischern vorbei und sah vor sich die vier zylindrischen Türme eines Getreidesilos. Das

Schild am Stadtrand: WILLKOMMEN IN SALAMANDER, 942 Einw., Höhe 689 m.

Das Schild war verbeult und brauchte neue Farbe. Drei Einschusslöcher gruppierten sich in das O von »WILLKOMMEN«. Eine zweifelhafte Begrüßung.

Weitere Schilder: Gottesdiensttermine, und der Lions Club traf sich jeden Dienstagmittag. Langsam fuhr er den Highway entlang, der hier als Main Street firmierte. Die Stadt erstreckte sich über ein, zwei Blocks zu beiden Seiten des Gewerbegebiets und über fünf dahinter. Vorbei an »Duane's Pick-up Palace & Lawn Mower Repair«, vorbei am »Blue Square Drive-in« (GESCHLOSSEN AM LABOR DAY) und an »Jackrabbit Lanes« (GESCHLOSSEN, die Fenster mit Sperrholzplatten vernagelt). Er schaltete in den zweiten Gang herunter, und der Motor des Pick-ups heulte kurz auf. Die Scheibenwischer fingen an zu quietschen, als der Regen nachließ und letzte Sonnenstrahlen spreizfingrig durch die Wolkendecke weiter westlich schienen.

Die Geschäftsleute entlang der Main Street verschlossen ihre Türen zum Feierabend. Die Gebäude, die sie verschlossen, waren überwiegend weiße Holzhäuser; einige davon waren eigentlich ganz solide gebaut, aber inzwischen war es Zeit geworden, sie abzuschleifen und neu zu streichen, und über dem, was früher einmal das »Salamander Hotel« gewesen war, war das Dach teilweise eingestürzt. Vereinzelt standen zwischen den Holzbauten schöne alte Backsteinhäuser im spätviktorianischen Stil, zum Beispiel das, in dem früher »Mclik's Drug« daheim gewesen war. Durch die Lücken zwischen einigen Gebäuden sah Carlisle die Häuser in den Nebenstraßen und dahinter offenes Land. Nicht viele Bäume – und nur kleine –, denn das Wasser war knapp und der Mutterboden zu dünn für tief reichende, dicke Wurzeln. Die wenigen Bäume, die zu nennenswerter Größe herangewachsen waren, hatte man schon vor Jahren zu Bau- und Feuerholz verarbeitet.

Carlisle McMillan parkte an einem Betonbordstein, aus dem große Brocken herausgebrochen waren, vor einer Bar namens »Leroy's Tavern«. Stieg aus, beugte die Knie, schwenkte die Arme. Ein langer Tag, ein durstiger Tag, 397 Meilen seit dem Morgengrauen. Er betrat »Leroy's« und schob sich auf den erstbesten Hocker, als gerade die Sonne unterging. Er fühlte sich schmutzig. Leroy stand am anderen Ende des Holztresens und unterhielt sich mit einem hochgewachsenen Cowboy, der einen Stetson trug. Der Cowboy – »draufgängerisch« hätte man ihn vielleicht vor Jahren genannt, aber jetzt erschien »gallig« passender – rauchte eine dünne Zigarre und machte ein Gesicht, als sei er schon vier Tage über das Ende von allem hinaus. Zwei Männer mit Baseballmützen, auf denen das Logo einer Düngemittelfirma prangte, beugten sich über den kläglichsten Pooltisch, den Carlisle jemals gesehen hatte. Er war schief, er war wacklig, und der Bezug hatte tiefe Brandlöcher von Zigaretten.

Aber er war noch nicht das schäbigste Möbel in diesem Lokal. Die Krone gebührte dem alten Knacker, der zwei Hocker weiter neben Carlisle saß, den linken Arm angewinkelt auf der Bartheke. Auf dem Arm lag ein Gesicht mit einem sieben Tage alten grauen Stoppelbart. Hoch kam der Kopf – oder das, was als Kopf gelten musste. Rote Augen schielten Carlisle an. »Wer bis'n *duuu*?« Als Carlisle ihn ignorierte, eskalierte seine Neugier, und er schrie die gleiche Frage noch einmal und fiel dabei vor Anstrengung fast vom Hocker.

Leroy kam hinter dem Tresen heran. Eine Zigarette klebte an seinen Lippen. Er wischte sich die Hände an einer schmutzigen weißen Schürze ab, die er um den Leib gebunden hatte und die zwei Fingerbreit über seine Knie reichte; ein Riss im Stoff bewirkte, dass ein Teil davon noch tiefer herabhing. Als er an dem alten Mann vorbeikam, schlug er mit der Hand auf die Theke und sagte: »Halt's Maul, Frank.«

»*Fuggyouleee-roy.*« Frank schleuderte die Beschimpfung in die ungefähre Richtung von Leroys entweichendem Rücken, und dann knallte sein Kopf auf die Bar, und er war still.

Leroy nickte. Nicht freundlich, nicht unfreundlich, nicht irgendwo dazwischen oder am äußersten Rand. Flach, unberührt von irgendetwas und irgendjemandem.

»Ich nehme ein Miller's«, sagte Carlisle.

Leroy schob das stählerne Kühlfach unter der Bar auf, inspizierte den Inhalt und reckte den Kopf über den Tresen. »Miller's ist aus. Bud und Grain Belt.«

»Bud ist okay.«

»Leroy's« roch wie alle Bierkneipen, in denen Carlisle je gewesen war, nur schlimmer. Sauer, beißend, die Quintessenz eines Ortes, an den Männer sich begaben, um zu sterben, ein Friedhof für die alten, betrunkenen Elefanten von Salamander.

Leroy öffnete die Flasche und stellte sie auf die Bar, daneben ein kleines Bierglas, unten schmal und nach oben hin vasenartig breiter geschwungen. »Macht fünfundsiebzig.«

Carlisle legte einen Dollar hin. Leroy ließ die Kasse klingelnd aufspringen, schob einen Quarter über den Tresen und kehrte zurück zu seiner Unterhaltung mit dem Cowboy. »In letzter Zeit die Hexe gesehen?«, fragte er ihn.

»Lass mich in Ruhe mit der Hexe.«

Leroy lachte. »Na ja, ein paar hier würden's schon gern mal mit ihr probieren.«

»Yeah. Hättet ihr wohl gern.« Der Cowboy schaute in seinen Whiskey mit Wasser und rührte mit dem rechten Zeigefinger darin. Ein hochhackiger Stiefel ruhte unten auf der Stange.

»Schon mal den Indianer gesehen, mit dem sie rumhängt?«

»Nein ... was für einen Indianer?« Er hob den Blick, ohne den Kopf zu heben, und starrte Leroy an.

»So'n alter Indianer. Wohnt irgendwo draußen zwischen den Felsen.«

Der Cowboy hustete heftig und schob Leroy sein Glas zu. »Alte Indianer kannst du auch vergessen. Und apropos alt und vergessen: Tu da mal noch'n bisschen Jim Beam rein.«

Leroy lachte wieder und griff nach der Flasche. »Jack, ich könnte dir reinen Alkohol einschenken, und du würdest immer noch glauben, ich hab ihn verdünnt.«

Der Cowboy deutete mit dem Kopf zu Carlisle hinüber und brummte nur halb gedämpft etwas von »längere Haare als ein Weib«. Es war ihm egal, ob Carlisle ihn hörte oder nicht. Leroy warf einen Blick über die Bar, während der Cowboy kopfschüttelnd in seinem Drink rührte. Carlisle trank sein Bud und fragte sich, wo im weiten Absurdistan er hier gelandet sein mochte. Stille und Wind, Hexen und alte Indianer.

Das Bier war kalt und schmeckte gut, trotz der trostlosen Umgebung, auch wenn Budweiser in seiner persönlichen Bier-Hierarchie ungefähr Platz vierundsechzig einnahm, während Grain Belt ganz unterhalb der Skala stand. Zwei Meter weiter war Frank dabei, zu schnarchen oder zu würgen – Carlisle konnte nicht erkennen, was zutraf. Beides, entschied er. Einer der Poolspieler schrie: »Du hast ein Schweineglück!«, und der andere krähte: »Leg sie wieder auf, Arlo!« Draußen ließ jemand einen Motor aufheulen, und das rollende Dröhnen des kaputten Schalldämpfers hallte zwischen den Gebäuden der Main Street wider.

»Wie geht's Gally, Jack?«, fragte Leroy. »Hab sie seit 'ner Weile nicht gesehen, außer, wenn sie mit dem Bronco durch die Stadt gefahren ist.«

»Der geht's gut. Du kennst die Frauen – meckern dauernd über dies und das und sind nie zufrieden mit dem, was ist. Findet, wir sollten die Ranch verkaufen und was anderes probieren. Herrgott, wenn wir die erste und die zweite Hypothek zurückgezahlt hätten, wäre vom Erlös nichts mehr übrig.«

Leroy hatte das alles schon öfter gehört. Er reihte leere Gläser auf einem Handtuch hinter der Bar auf und wünschte, seine Kreuzschmerzen wollten verschwinden. Goss sich ein Glas Bar-Whiskey ein, um den Schmerz zu lindern; das wirkte ein Weilchen, aber nachher schien es alles nur noch schlimmer zu machen.

Carlisle überlegte, ob er noch ein Bier trinken sollte, aber die Gesellschaft war nicht dazu angetan, und er hatte auch keine Lust, Leroy noch einmal zu behelligen. Leroy stand da und hatte einen Fuß auf ein Fässchen gestellt; er lachte mit dem Cowboy und drehte sich nicht einmal um, als Carlisle sein Bier austrank und ging. Als er die Tür hinter sich schloss, klackten die Billardkugeln aneinander, während der alte Frank schnarchend und würgend ins Nichts hinüberdämmerte.

»Was war das denn für einer?« Jack Deveraux legte den

Kopf schräg und schaute zu der Tür, durch die Carlisle verschwunden war.

»Keine Ahnung.« Leroy wandte sich ab, um noch ein paar Gläser zu spülen. »Irgendein Langhaariger von irgendwoher. Kommen ab und zu vorbei. Kein Problem, solange sie ruhig bleiben und weiterfahren.«

Als Carlisle in seinen »Red Wing«-Schnürstiefeln draußen auf dem Gehweg stand, stellte er als Erstes fest, dass ein älterer Mann ihn beobachtete, und zwar aus einem Fenster im ersten Stock auf der anderen Straßenseite über dem, was früher »Lester's TV & Appliance« gewesen war. Seine zweite Feststellung war, dass Salamander und die Sonne ziemlich gleichzeitig Feierabend machten.

In den letzten paar Monaten hatte Carlisle Hunderte von Kleinstädten gesehen, und Salamander war nichts Besonderes. Andere Ortschaften, Hunderte, sahen genauso aus mit ihren leeren Ladenlokalen und ihren mit Brettern vernagelten Schulen. Nur wenige junge Leute auf der Straße. Ein allgemeines Gefühl von Beklommenheit, von Leblosigkeit, von allem, was schief gegangen war.

Aber es war ein hübscher Sonnenuntergang an seinem ersten Abend in Salamander. Einer von denen, die man in weiten Landschaften sieht, wo der Himmel im Westen sich rosa und magentafarben an eine nordwärts gewölbte azurblaue Kuppel schmiegt.

Hungrig war er jetzt, aber die Auswahl war begrenzt. »Leroy's« hatte »Tombstone Pizza« im Angebot gehabt. Eine Pizza mit einem Grabstein zu verbinden, hatte etwas Prophetisches, entschied Carlisle, als er sich auf der Hauptstraße von Salamander umsah. Die anderen Specials bei »Leroy's« hatten aus einem Glas mit Dörrfleischstreifen und aus Nusstüten bestanden – alles in allem ein bisschen weniger als die fünf Grundnahrungsmittelgruppen.

In der Dämmerung senkte sich eine Kühle herab, die für Spätsommerabende in dieser Gegend typisch war. Carlisle holte seine alte Lederjacke aus dem Truck, zog sie an und ging die Main Street entlang. Im Schaufenster von »E.M. Holley's«, Möbel und Bestattungen, stand ein gepolstertes Plaudersofa mit einem Muster aus blutroten Blumen vor einem weißen Hintergrund. Bei dem Aussehen von Salamander konnte man vermuten, dass die zweite Hälfte von Holley's Imperium die erste weit in den Schatten stellte.

Die Fenster von »Charlene's Variety« waren mit »GESCHÄFTSAUFGABE«-Plakaten tapeziert, auf denen zu lesen war, dass Nähgarn, Kurzwaren und Geschenkartikel zu Schleuderpreisen zu haben seien. Zwei der drei Tankstellen waren stillgelegt, und Unkraut wuchs da, wo die Zapfsäulen gestanden hatten. Die letzte, die noch übrig war, versuchte, ihr bleifreies Benzin um drei Cent teurer zu verkaufen als »Harv's Get & Go«-Supermarkt. »Swale's Ranch Supply« sah aus, als würde man dort hin und wieder ein bisschen Draht oder Futtermittel an den Mann bringen, aber darüber hinaus nicht viel. In der Erde vor der Laderampe bei »Swale's« waren keine frischen Reifenspuren zu sehen. »Orly's Meats and Locker Service« schlug sich gerade so durch, und der Lebensmittelladen »Webster's Jack & Jill« tat es auch.

Am Eingang der ehemaligen »Schold's Badlands Lounge« hing ein Schild mit der Aufschrift: »Bin nach Livermore verzogen.« Darunter hing ein zweites – eins, das schon vor langer Zeit dort angebracht worden war. Die unteren Ecken rollten sich. Carlisle ging in die Hocke, um es zu lesen.

KLEINSTÄDTE

Von Verbrechen hört man selten, Verstöße gegen die Ordnung sind rar, und unsere Gesellschaft ist, wiewohl nicht kultiviert, doch zumindest vernünftig, moralisch und herzlich.

– Thomas Jefferson –

Das Geschäftsviertel von Salamander erstreckte sich über zwei Blocks. In der Mitte des zweiten Blocks, auf der anderen Straßenseite, leuchtete eine kleine, flackernde Neonschrift, gelb mit schwarzen Lettern: »DAN Y'S«. Als Carlisle die Straße überquerte, sah er das ausgebrannte N, wodurch die Frage, die in diesem Augenblick sein Leben beherrschte, Aufklärung fand.

Die Tür von »Danny's« bestand aus abblätterndem weißem Holz und hatte eine Glasscheibe in der oberen Hälfte. Eine verblichene Reklame für Kools-Zigaretten klebte unter einem Pepsi-Sticker auf der Scheibe. Eine Tafel darüber verkündete, dass »Danny's« in der Tat geöffnet sei und dies auch noch bis acht Uhr bleiben werde.

Sieben verchromte Stahlhocker mit roten Sitzbezügen standen vor dem Tresen. Drei kunststoffbezogene Tische reihten sich in der Mitte aneinander, und sechs verschrammte Nischen säumten in holpriger Folge die Fensterseite zur Straße. An einem der Tische in den Nischen schlingerten vier Teenager durch die entsetzliche Phase des Lebens, in der es aussieht, als wollte der Tod niemals kommen und als wollten die Pickel niemals gehen.

Buddy Reems, Carlisles früherer Partner in der Baufirma »Reems & McMillan Construction« hatte massenhaft gute Ideen gehabt. Eine seiner besten war die, sämtliche Teenager in eine gottverlassene Gegend zu schicken, vielleicht nach North Dakota. Buddy hatte alles geplant: Man asphaltiert den ganzen Staat und bestückt ihn mit nichts als Fastfood-Restaurants, Skateboard-Parks und Autokinos.

Buddy würde dann an einem kleinen Tisch an der Staatsgrenze sitzen, und alle dort Internierten müssten eine Reifeprüfung bei ihm ablegen, bevor sie ausreisen dürften. Manche, viele, die meisten, würden sie niemals bestehen. Diejenigen, die es doch schafften, bekämen ein »E« für »Erwachsen« in die Stirn gebrannt, damit die Welt sie erkennen und wie vernünftige Menschen behandeln könnte. Alles, was Buddy für seine brillante Idee und für seine Arbeit am Prüfungstisch verlangte, war die Clearasil-Konzession für den gesamten Staat in alle Ewigkeit und das Recht, einen trashigen Vergnügungspark zu betreiben, den er Buddyland nennen würde.

Wenn er Buddy darüber reden hörte, hatte Carlisle immer gefunden, dass der Plan eine Menge Charme besaß, sobald man über den ersten schrägen Eindruck hinausgekommen war. Die Autoversicherungsprämien würden sinken, die Verbrechensrate ebenfalls. Schlechte Musik gäb's nicht mehr. Die Sache hätte noch weitere Vorteile; Buddy hatte eine lange Liste aufgestellt, aber Carlisle konnte sich nicht mehr an alles erinnern. Ach, manchmal vermisste er Buddy Reems, vermisste seine Gesellschaft und seine guten Ideen. Er war nicht nur ein anständiger Zimmermann und Saufkumpan, sondern auch ein erstklassiger Gesellschaftstheoretiker – na ja, vielleicht eine oder zwei Stufen unterhalb von erstklassig –, und er fungierte weitgehend als Carlisles Gegenpart, indem er bestimmte Dinge sagte und tat, die Carlisle nicht sagte und tat.

Waylon und Willie dröhnten aus der Musicbox und sangen ihr Loblied auf *Honky-tonkin'* men und die gutherzigen, masochistischen Frauen, die sie trotz ihrer Treulosigkeit liebten. Die halbmeterhohe, röhrenförmige Tortenvitrine aus Plastik auf der Theke hatte Platz für zehn Stücke. Sechs fehlten. Apfeltorte und irgendwelche Cremeschnitten waren noch da; ein bisschen kläglich sahen sie am Ende des Tages aus, die Spannkraft des Morgens dahin, verdrängt von abendlichem Absacken. Carlisle fand, dass der Kuchen keine schlechte Metapher für ihn selbst war – oder auch für die Frau, die jetzt aus der Küche kam und ihn an der Bar sitzen sah. Langsam drehte er sich auf dem Hocker hin und her.

»Oh, hi. Wusste nicht, dass jemand da ist. Kann ich Ihnen was bringen?«

Gally Deveraux war müde; sie fühlte sich so, und sie sah so aus. Eine nette, mittelhohe Stimme. Das Gesicht ein bisschen windgegerbt, ein bisschen traurig. Ein bisschen schmal die Figur vielleicht, vielleicht auch nicht. Langes schwarzes Haar mit ein paar silbernen Strähnen, mit einem Gummiband zum Pferdeschwanz zusammengebunden. Augen von einer betörenden Farbe, grau oder nah daran. Vor langer Zeit war sie wohl hübsch gewesen, aber jetzt hatte sie das gleiche karge, verschlissene Aussehen wie das Land ringsum.

»Na ja, ich versuche, noch was zu essen zu finden, und das hier scheint in Salamander die letzte Hoffnung zu sein.«

Gally Deveraux lächelte. Ein gutes Lächeln, ein aufrichtiges Lächeln. »*Zu Mittag* essen wir hier gegen zwölf. Abendessen ist um sechs, Frühstück zwölf Stunden danach. Sie sind also sozusagen in eine Lücke geraten, und Ihre letzte Hoffnung schwindet mit jedem Ticken des Sekundenzeigers. Hier, sehen Sie sich die Karte an, vielleicht kriegen wir noch was hin.«

Die Speisekarte war handgeschrieben und steckte in einer rissigen Plastikhülle. Die gleiche Karte hatte Carlisle in Kleinstadtcafés überall in dieser Gegend Amerikas gefunden: Hamburger, Cheeseburger, Gemüseburger, Hamburgersteak, Schweinelendchen, gegrilltes Käsesandwich, Thunfischsalat-Sandwich, Eiersalat-Sandwich, Pommes frites ... Das Fischsandwich hatte $ 2,45 gekostet (mit Fritten), war aber durchgestrichen.

Carlisle klappte die Karte zu und lächelte sie entspannt an. »Was schlägt die Küche vor? Das Freilandhuhn mit Mandeln auf einer Infusion von Rosmarin, begleitet von einem unprätentiösen Weißwein, oder lieber Kalb in Rahmsauce?«

Sie lächelte wieder. »Wenn Sie mich fragen, ich würde mich für das heiße Truthahn-Sandwich und einen gemischten Salat entscheiden, zumal der Grill gerade sauber ist und ich keine Lust habe, ihn wieder zu versauen. Ich kann's ohne Umstände machen, und Sie kriegen später kein Magendrücken. Hauptsächlich interessiert mich Ersteres.«

»Okay, dann nehme ich es.« Carlisle lächelte zurück. »Schwarzer Kaffee und ein Glas Wasser genügt als Flüssigkeit. Lassen Sie beim Salat das Hausdressing weg und bringen Sie mir stattdessen eine Scheibe Zitrone zum Auspressen.«

Sie schenkte ihm eine Tasse Kaffee ein, guten Kaffee, und ging in die Küche. Er hörte, wie sie den Kühlschrank auf- und zumachte, während er mit dem Fuß zur Jukebox-Musik den Takt schlug und versuchte, den Jungen mit den fettigen Haaren zu ignorieren, der mit beiden Handflächen gegen den Flipper schlug. Die anderen Teenager waren für einen Augenblick aus dem ungesunden Dunst ihrer Selbstversunkenheit aufgetaucht; sie schauten zu ihm herüber und kicherten nervös. Wenn Buddy da gewesen wäre, hätte er ihnen vielleicht den blanken Hintern gezeigt; das hatte er in Fresno mal getan.

Er hörte das Summen der Mikrowelle, und ein paar Minuten später hatte die Frau das Sandwich fertig. Zwei Haufen Stampfkartoffeln, Truthahnstücke, die zwischen zwei Weißbrotscheiben erstickten, und das Ganze übergossen mit einer Art Thanksgiving-Sauce.

Der Salat war Eisbergsalat mit geraspelten Möhren. Und da war seine Zitronenscheibe und himmelte ihn verschämt an, als wollte sie sagen: »Thousand-Island-Dressing hättest du haben können, aber du hast mich genommen!«

Die Salatschüssel war eins dieser Plastikdinger, die aussehen sollen wie eine Holzschale. Carlisle hatte so etwas schon öfter gesehen und vermutete, dass irgendwann um 1955 ein glattzüngiger Händler mit einer Lastwagenladung dieser Prachtstücke durch den Mittleren Westen gereist war und sie zu Tausenden an all die kleinen Cafés in all den kleinen Städten verkauft hatte. »Sie kriegen niemals Sprünge, niemals Flecken, und sie sehen genauso aus wie die schönen Schalen aus Holz. Sie werden wirklich glücklich damit sein, das garantiere ich Ihnen.« Und seither segelten sie durch die Lande, diese kleinen Schalen mit ihrer Ladung aus Eisbergsalat, und vertrauten zuversichtlich darauf, dass sie alles überstehen würden – außer einer Sonnenexplosion.

Carlisle beugte sich vor und machte sich ernsthaft ans Essen. Die Frau schenkte sich eine Tasse Kaffee ein und lehnte sich an den Softdrink-Cooler. »Sie sind nicht aus dieser Gegend, oder?«

Er hatte den Mund voll Stampfkartoffeln und Sauce und schüttelte nur den Kopf. Als er heruntergeschluckt hatte, antwortete er: »Nein. Wie haben Sie das erraten?«

»Na ja, zunächst mal sprechen Sie in ganzen Sätzen und benutzen Besteck. Da hab ich mir gleich so was gedacht.«

Gute Antwort. Sie war schlagfertig. Und er lachte, während er prüfend in die Sauce stach. »Früher war ich aus Kalifornien. Jetzt bin ich aus meinem Pick-up.«

Ein Bissen Truthahn, ein Schluck Kaffee zum Herunterspülen. Er konnte sich später nicht mehr erinnern, aus welchem Grund er sie fragte, mit wem man wohl sprechen müsse, wenn man hier in der Gegend ein kleines Haus kaufen wolle.

»Cecil Macklin hat ein Büro zu Hause, gleich hinter dem Café und über den Hof. Da gibt's die Maklerfirma *Better Homes and Gardens*; die haben eine Niederlassung in Livermore. Das liegt ungefähr zehn Meilen südöstlich von hier, und Salamander gehört zu ihrem Gebiet. Cecil arbeitet für sie.«

»Na, ich würde gern auf einen Makler verzichten. Gibt's noch eine andere Möglichkeit, sich umzuhören?«

Sie sah ihn verwundert an. »Alle andern ziehen weg oder versuchen es, und Sie denken daran, hierher zu ziehen?«

»Nur so ein Gedanke. Ich würde das Vordringen dessen, was man gelegentlich als Zivilisation bezeichnet, gern so lange wie möglich von mir fernhalten. Salamander ist anscheinend kein schlechterer Ort als andere, um die Barrikaden hochzuziehen.«

»Da haben Sie recht. Stellen Sie sich einfach auf die Straße und schwenken Sie ein Schild mit der Aufschrift: Haus zu kaufen gesucht. Die Leute werden Sie mit Kaufverträgen überrennen.«

Sie schenkte ihm Kaffee nach, lehnte sich wieder an die Kühlmaschine und sah dem Mann beim Essen zu. Er war wirklich von einer anderen Sorte – mit seiner

Lederjacke, seiner alten Jeans und dem Jeanshemd. Braunes, schulterlanges Haar, fast so lang wie ihres, zurückgebunden mit einem gelben Tuch, das er um die Stirn geschlungen hatte. Dunkle Augen, schlanke Figur, gute Schultern. Anständige Manieren. Offenbar zivilisiert. Mitte dreißig, vielleicht ein bisschen älter, olivfarbene Haut mit den ersten Falten von Alter und Sonne um Augen und Mund, Hände, die allem Anschein nach viel gearbeitet hatten.

Einen flackernden Augenblick lang dachte Gally Deveraux an allerlei Möglichkeiten, aber dann ließ sie es wieder bleiben. Zwei Jahre zuvor hatte sie etwas Derartiges mit Harv Guthridge versucht, dem der Steinbruch vor der Stadt gehörte. Harry wusste, wie man einer Frau schmeichelte, und eines Abends, nachdem »Danny's« geschlossen hatte, war sie drüben in Livermore in seinem Bett gelandet. Das war dann noch zwei Mal geschehen. Besonders guter Sex war es nicht gewesen, aber ihr Ehemann, Jack, beachtete sie schon lange nicht mehr, und Harv sagte ihr zumindest immer wieder, sie sei so ungefähr das hübscheste Ding, das er je gesehen habe.

Dann fing Harv an, mit seiner Eroberung anzugeben, und Gally hatte keine Lust auf die wissenden Blicke, wenn sie den Stammgästen im »Danny's« ihren Hackbraten vorsetzte, und so hatte sie Schluss gemacht. Wenn Jack etwas wusste, hatte er es nie erwähnt, und Harv kam immer noch ab und zu auf einen Drink bei ihnen zu Hause vorbei. Ihm hatte es nicht gefallen, dass eine Frau ihm den Laufpass gab, und jetzt grinste er sie immer an, wie ein Trapper grinst, wenn er mit einem Bündel Felle über der Schulter nach Hause geht. Er hatte sie gehabt, und bereitwillig erzählte er jedem, der es hören wollte, dass sie ein ziemlich heißer Feger sei, wenn man ihr die Kleider auszog und sie in Fahrt brachte.

Als sie jetzt Carlisle McMillan beobachtete, wusste sie, dass es wenig Sinn hatte, über Möglichkeiten nachzudenken. Klappe zu, Affe tot. Essen auf die Theke stellen und spüren, wie sich alles, was damit zu tun hat, eine Frau zu sein, langsam auflöst. Sie verwandelte sich in einen der Jungs. »Danny's« Stammgäste gingen so mit ihr um. Auch Jack, wenn er überhaupt mit ihr umging. Einen toten Baum muss man erkennen, wenn man ihn sieht. Vor der Einfahrt in die Vergessenheit langsam links abbiegen – etwas Besseres kannst du vorläufig nicht tun. Trotzdem wünschte sie, sie wäre heute Abend ein bisschen besser gekleidet, hätte vielleicht das neue Hemd und die Jeans angezogen, die sie vor zwei Wochen bei Charlene im Ausverkauf erstanden hatte, und sie wünschte außerdem, sie hätte sich vor einer Stunde das Haar gebürstet, als sie daran gedacht hatte, dass es mal wieder nötig war. Dafür gab es keinen speziellen Grund; sie wünschte sich einfach, sie hätte all das getan.

Aber sie war müde, und wahrscheinlich kamen ihr deshalb solche Gedanken. Vor acht Stunden, bevor sie zur Arbeit gekommen war, hatte sie einen einsamen Adler gesehen, der in einem der letzten Sommerwinde segelte. Sie hatte auf einem langen Feld gestanden, das sich weithin bis zum Beginn des Nachmittags erstreckte, und den Adler beobachtet, und dabei konnte sie Jack zehn Meter hinter ihr in der Küche husten hören. Sein Husten war schlimmer als gestern, und gestern war er schlimmer gewesen als vorgestern. Zigaretten und Jim Beam hatten ihn bei der Kehle, körperlich und bildlich. Er starb. Aber natürlich starb er schon seit zehn Jahren. Gally Deveraux starb auch, auf ihre Weise und schon seit langem. Vielleicht, seit sie ihn vor zwanzig Jahren geheiratet hatte und ihm in die Prärie gefolgt war.

Inzwischen gab es nicht mehr viel Ähnlichkeit zwischen dem Mann in ihrer Küche und dem, den sie geheiratet hatte. Manchmal, wenn sie darüber nachdachte, sah sie immer noch den frühen Jack, wie er beim »North Star Stampede«, einem Rodeo in Effie, Minnesota, am Zaun lehnte und mit einem Lasso herumspielte. Ein verwegener Kerl, hart und schlank. Stiefel, Stetson, Westernhemd mit Perlmuttschnallen, gestärkte Jeans mit einem breiten Ledergürtel, auf dessen Messingschnalle »Devil Jack« eingeprägt war. Damals war Jack Deveraux ein wilder Reiter gewesen, ein Reiter von Broncos und Bullen und jungen Frauen, die kühn genug waren, ihn anzulächeln. Gally und zwei ihrer Freundinnen vom Bemidji State College hatten ihn angelächelt.

Er hatte zurückgelächelt, auf seine langsame, spitzbübische Art. »'n Abend, Ladys.« Gute Augen, blau und geradlinig.

Als Gally aufs College gegangen war, hatte ihre Mutter eine ganze Litanei von bösen Dingen vorgetragen, die eine junge Frau vermeiden sollte, um all die guten Dinge zu bewahren, die junge Frauen bewahren sollten. Die Liste war lang und enthielt Footballstars, aber versehentlich keine Cowboys. Nachdem sie Jack an diesem Abend in Effie beim Bullenreiten gesehen und drei Bier aus der Kühlbox in seinem Truck getrunken hatte, streifte Gally bereitwillig ihre Jeans ab und roch den Staub auf seiner Haut, als sie in der Fahrerkabine rittlings auf ihm saß. Am nächsten Morgen fuhr Jack weiter nach Bozeman, und Gally fuhr mit.

»Easy«, so nannte er sie damals. Sie hatte nichts dagegen gehabt, denn es beschrieb sie in jenen Tagen ziemlich gut. Außerdem hörte sie es in der Anfangszeit ihrer Ehe gern, wie Jack es sagte, irgendwie sanft und liebevoll: »Hey, Easy, willst du heute Abend tanzen gehen?« Er nannte sie noch jahrelang so, nachdem sie verheiratet waren. Heute sagte er es nicht mehr. Er sagte überhaupt nicht mehr viel zu ihr.

Der Adler war irgendwo im Norden hinter einer Regenwolke verschwunden. Als sie ihn nicht mehr sehen konnte, ging Gally durch das kurze, staubige Gras zurück zum Haus. Sie öffnete den Kühlschrank, schaute kurz hinein, und dann sah sie den Mann an, der am Küchentisch saß und der Welt seine Verachtung entgegenhustete.

»Soll ich dir was zu essen machen, Jack? Ich könnte den Rest Gemüse und Braten vom Sonntag aufwärmen.«

Er war immer noch schlank an Beinen und Schultern, aber jetzt hatte er einen Schmerbauch, der herabhing wie sein fleckiges, aufgedunsenes Gesicht. Heute Morgen trank er den Whiskey direkt aus der Flasche. Er legte den Kopf in den Nacken und setzte die Flasche an. Er schluckte und sagte kein Wort.

»Du musst wirklich etwas in den Magen bekommen. Ich hab das Gefühl, du isst überhaupt nichts mehr.«

»Wenn ich keine Lust zum Essen habe, werde ich auch nichts essen. Hör auf, mich zu nerven, Himmel noch mal.«

Der Tisch war übersät von leeren Bierflaschen, und zwei Aschenbecher waren randvoll mit Zigarettenstummeln. Jack und seine Kumpane hatten wieder den ganzen Abend dagesessen und über die harten Zeiten gemeckert, über das, was die Regierung und die beschissenen Umweltschützer und die Banken und die europäische Agrarpolitik aus ihrem Leben gemacht hatte.

»Wenn du den gottverdammten Küchentisch ab und zu mal sauber machen könntest, hätte ich vielleicht mehr Appetit.«

»Mach ihn selbst sauber, Jack. Du und deine Kumpels, ihr habt diese Sauerei veranstaltet.«

Der alte Jack war so ziemlich verschwunden, aber sein Jähzorn war noch da. Er fegte ein paar Bierflaschen mit dem Unterarm auf den Boden und verschwand ins Wohnzimmer. Eine Flasche kreiselte noch eine ganze Weile auf der Seite, bis sie klirrend gegen ein Tischbein prallte und zur Ruhe kam.

Mit verschränkten Armen lehnte Gally sich an den Türrahmen des Hauses, das Jacks Großvater 1915 gebaut hatte. Die weiße Farbe des Hauses blätterte ab und musste erneuert werden, aber dazu fehlte die Energie. Für Whiskey war sie da – ihn zu besorgen, ihn zu trinken –, aber nicht für das Haus. Oder für sie. Geld war auch keins da. Ihr letztes neues Kleid hatte sie vor zwei Jahren gekauft, als sie ausgehen wollten, um Jacks Geburtstag zu feiern; allerdings war er dann schon am Nachmittag betrunken gewesen und eingeschlafen. An diesem Nachmittag lehnte sie am Türrahmen und schaute an sich herab, an ihrem alten Jeanshemd, den verblichenen Jeans und den schiefgelaufenen Stiefelabsätzen, und fühlte sich sechs Mal so schlecht und schlechter, fühlte sich sehr viel älter als neununddreißig.

Sie fragte sich, wie es Jack junior gehen mochte. Er war neunzehn und bereiste die zweitklassigen Rodeos, und ab und zu schickte er eine Postkarte aus Las Cruces, Ardmore und anderen Orten, wo die Bullen schmerzhafte Riemen um die Genitalien trugen und versuchten, Cowboys abzuwerfen, die in Wirklichkeit nie Cowboys gewesen waren, sondern immer nur Rodeoreiter.

Sharon war auch fortgegangen, zu einem Ehemann, der für eine Speditionsfirma in Casper Lastwagen fuhr. Anfangs war sie mitgekommen, wenn er Ladung nach Fargo hatte, und dann war sie ein paar Tage bei Gally und Jack geblieben, bevor ihr Mann sie auf der Rückfahrt wieder abgeholt hatte. Aber das tat sie nicht mehr. Zwei eigene Kinder hielten sie jetzt in Casper fest. Aber auch ohne die Kinder wäre sie nicht mehr gekommen. Wegen Jacks Trinkerei und all dem.

Gegen Mittag ging Gally über die Veranda und hinunter zu dem Ford Bronco, startete den Motor und fuhr den Weg hinunter. Als sie auf die Wolf Butte Road einbog, fing es an zu regnen. Vier Stunden später folgte Jack ihr in die Stadt und ging ins »Leroy's«.

Im »Danny's« erklang der nächste Countrysong aus der Jukebox, kontrapunktisch untermalt vom Lärm des Flipperautomaten: »I'm short on [ping] words, but [bong!] long on [bing!bong! … bong!bong!bing!] love …«

Carlisle dachte, dass ein zeitgenössischer Komponist, vielleicht John Cage, das alles zerlegen und etwas daraus machen könnte. Vielleicht würde Cage es auch für ein Meisterwerk halten und gar nichts mehr damit tun.

»Gehört Ihnen dieses Lokal?« Er sah die Frau an, die Frau in den verblichenen Jeans, dem Jeanshemd und den Cowboystiefeln mit den schiefgetretenen Absätzen.

»Nein, und darüber bin ich froh, wenn ich sehe, wie hier alles läuft. Die Eigentümerin ist eine ältere Frau namens Thelma Englestrom; sie hat's von ihrem Mann übernommen, als er starb. Sie ist seit zwei Wochen im Krankenhaus in Falls City, und deshalb arbeite ich ein bisschen mehr als sonst. Ich und Mrs Macklin, Cecils Frau, halten den Laden irgendwie am Laufen, bis Thelma wieder auf die Beine kommt. Normalerweise arbeite ich nur ein paar Tage in der Woche hier, meistens vormittags, manchmal auch nachmittags und abends.«

Carlisle betrachtete die Tortenvitrine.

»Die Jungs sehen ein bisschen müde aus, was?« Gally war seinem Blick gefolgt. »Mrs Macklin bäckt jeden zweiten Tag frisch. Aber die Flüssigkeit dringt in die Kruste ein, und irgendwann sacken sie zusammen; es geht ihnen ein bisschen so wie unserer Stadt.«

In dem, was sie sagte, war etwas Gradliniges und Wahres. Irgendetwas. Das dachte er nicht zum ersten Mal. »Ja, irgendwie sieht es so aus. Aber ich probiere trotzdem den Apfelkuchen.«

»Wollen Sie ihn so oder mit Eis?«

»Schaufeln Sie Vanille drauf. Das Ende ist sowieso nah, oder?«

Ein großes Stück Apfelkuchen. Große Kugeln Vanilleeis. Sie lehnte sich mit dem Bauch an die Eistruhe, und ihre Jeans spannte sich über einem hübschen Hinterteil. Sie schaufelte das gute Zeug drauf und servierte es ihm zusammen mit einer sauberen Gabel. Seinen saucenverschmierten Teller trug sie in die Küche und klapperte dort hinten herum. Er vermisste ihre Gesellschaft. Er war hier mitten in Salamander gelandet, mitten in Amerika, mitten in der Welt, irgendwo in einem Universum, das sich immer noch ausdehnte. Es hatte gut getan, mit ihr zu reden.

Draußen quietschten Reifen. Die Teenager fuhren ab.

Als er seine Rechnung bezahlte, sah Gally zu ihm auf und lächelte. »Wissen Sie, ich hab über Ihre Frage nachgedacht ... dass Sie vielleicht ein Haus suchen. Ein alter Knabe namens Williston wohnte früher auf einem Grundstück ungefähr acht Meilen nordwestlich von hier. Ziemlich kahl, aber auf der anderen Straßenseite ist ein hübsches Wäldchen, und es gibt ein kleines Haus. Wahrscheinlich inzwischen ziemlich heruntergekommen. Genau genommen war es von Anfang an heruntergekommen. Aber ich erinnere mich, dass irgendjemand gesagt hat, ein Anwalt drüben in Livermore oder Falls City will das Anwesen als Teil eines Nachlasses verkaufen. Ich kann's für Sie rausfinden, wenn Sie es ernst meinen.«

»Ich meine es halbwegs ernst. Wenn Sie mir Genaueres sagen könnten, würde ich mich freuen.«

Sie zeichnete ein paar Linien auf eine Papierserviette mit dem Aufdruck »KAUFT AMERIKANISCHE WAREN« in der Ecke und reichte sie ihm. »Die Karte kostet nichts. Sie werden's schon finden. Es liegt in Richtung Wolf Butte, wo es angeblich spukt und nachts die Poltergeister umgehen. Diese Legende hat ein bisschen Futter bekommen, als vor ein paar Jahren ganz in der Nähe ein Collegeprofessor von einem Felsen stürzte und ums Leben kam. Aber Sie kommen mir nicht vor wie jemand, dem solche Geschichten viel ausmachen.« Sie lächelte. »Das Haus liegt hundert, vielleicht hundertfünfzig Meter von der Straße entfernt, und direkt daneben stehen zwei schöne große Bäume. Ich glaube, ein kleiner Schuppen ist auch da. Wenn ich in die Stadt fahre, komme ich dort vorbei, aber Sie wissen ja, wie das ist: Wenn Sie was eine Million Mal gesehen haben, vergessen Sie, wie es aussieht.«

Carlisle warf einen Blick auf die Kartenskizze. »Vielen Dank. Das alles kommt mir ein bisschen bekannt vor. Kann sein, dass ich auf diesem Weg in die Stadt gekommen bin.«

Gally Deveraux schaltete die Cafébeleuchtung aus, als Carlisle auf die Straße hinaustrat. Die Luft war kalt geworden, und er schlug den Kragen seiner Jacke hoch und blieb einen Moment lang stehen. Außer seinem Pick-up parkten noch vier Autos auf der Main Street, alle im Schein der Quecksilberdampflampe vor »Leroy's«, aufgereiht wie Pferde an einem Wassertrog. Ein Kullerbusch rollte im zaghaften Wind von Westen heran und den Gehweg hinunter. Carlisle sah, wie er an »Charlene's Variety« vorbeirollte und vor »Orly's Meats and Locker« liegen blieb, als der Wind erstarb.

Ein verstimmter Dodge-Pick-up mit einem Mann mit Cowboyhut am Steuer fuhr langsam in die Richtung, aus der der Busch gekommen war. Sein Scheinwerferlicht spiegelte sich in den leeren Ladenfassaden. Der Mann, dessen Gesicht unter dem Hut dunkel und schemenhaft war, sah Carlisle kurz an und blickte dann wieder geradeaus. Die Hand auf dem Lenkrad hielt eine Zigarette, und quer im Fenster hinter ihm hing ein Gewehr. Persönliche Autokennzeichen schienen in Yerkes County beliebt zu sein; auf diesem Nummernschild stand DEVLJK.

Der Wind kam wieder auf, und der Kullerbusch setzte sich ostwärts in Bewegung. Lautlos holperte er über die Straße durch den Staub dieser Stadt namens Salamander. Leises Gelächter hallte aus »Leroy's«. Carlisle hörte das Gelächter und lauschte dem Wind, lauschte dem Knirschen seiner Stiefel auf dem sandigen Asphalt, als er die Straße überquerte. Man roch den Winter, der langsam auf die Beine kam, und Carlisle war noch weit entfernt von allem, was er ein Zuhause nennen konnte.

Er ließ den Motor an und schaltete die Scheinwerfer ein, als eine Gestalt in einem langen Mantel vor seinem Pick-up vorbeiging. Motorengeräusch und Licht ließen die Frau zusammenschrecken, und sie warf einen kurzen Blick zu Carlisle, der am Steuer saß. Kastanienbraunes Haar wehte unter ihrer Kapuze hervor, und das Gesicht, soweit er es sehen konnte, war seltsam und von einer ungewöhnlichen Schönheit, die im Blick eines Mannes begann und dann in seinen Magen hinunterfuhr. Sie wandte den Kopf ab und ging weiter über die Straße, und ihr Mantel blähte sich weich im Wind und Staub eines Spätsommers, der rasch dem Frühherbst entgegenging.

Er wendete und fuhr zurück. Die Frau trat vom Randstein herunter und wartete, bis er vorbeigefahren war. Er sah sie noch einmal an. Viele Leute warfen mehr als einen Blick auf Susanna Benteen. Manche nannten sie sogar eine Hexe.

3

Sleepy's Stagger Inn«, Livermore. Der alte Mann packte sein rechtes Bein mit beiden Händen und schob es unter dem Tisch in eine bessere Position. Er grunzte leise, vor Anstrengung wie auch vor erkennbarem Schmerz.

Sein Gesicht zuckte kurz, ehe er weiterredete.

»So war's noch nie, nicht hier draußen zumindest.«

Er befingerte sein Whiskeyglas, hielt es schräg und starrte in den Whiskey, den er »bernsteingelbe Wahrheit« nannte, wenn er ihn bestellte. Langsam schüttelte er den Kopf hin und her. »Alles, was Ihnen einfällt, wir haben's gehabt: Krieg, Zauberei, Indianer ... sogenannte Hexen, Himmel noch mal.«

»Was dagegen, wenn ich Sie hier und da zitiere, was lokale Angelegenheiten angeht?«, fragte ich.

»Solange Sie den Wild Turkey spendieren, können Sie mich zitieren, so oft Sie wollen. Reden Sie auch mit Carlisle McMillan, und lassen Sie es sich aus erster Hand von dem Hombre erzählen, der bei all dem dabei war.«

Der alte Mann redete gern; also schaltete ich meinen Recorder ein und ließ ihn reden.

»Als Carlisle an dem Abend damals in Salamander aufkreuzte, da wusste ich irgendwie, dass die Aufregung hier und da ein bisschen zunehmen würde. Irgendwie wusste ich es sofort. Wenn Sie vierundsechzig sind, was ich damals war, und in einer Zwei-Zimmer-Wohnung mit Bad über dem ehemaligen »Lester's TV and Appliance« wohnen – na ja, viel zu tun gab's da nicht. Besonders dann nicht, wenn Sie nicht mehr allzu gut zu Fuß sind, weil Sie sich '75 draußen im Steinbruch der Guthridge Brothers das Bein zerfetzt haben, als Sie zwischen die Schaufel eines Bulldozers und einen Brocken Kalkstein geraten sind. Da humpelte ich jetzt morgens zur Post, um die Reklamebriefe abzuholen, und behielt vom Wohnzimmerfenster aus die Main Street im Auge. Aber das war's auch schon.

Weil da unten praktisch nichts passierte, verrottete einem irgendwie der Verstand von der dauernden Konzentration auf nichts und wieder nichts. Aber entweder das oder Fernsehen – und da ist mir die Straße jederzeit lieber.

Jedenfalls – Carlisle ging ins *Leroy's* und kam zwanzig Minuten später wieder raus. Er stand eine Weile auf dem Gehweg herum, und dann holte er eine Jacke aus seinem Truck. Er ging los, guckte so in die Schaufenster und spazierte schräg über die Straße in Richtung *Danny's*. Ich verlor ihn aus dem Blick, als er auf meiner Straßenseite war, aber außer *Danny's* war nichts mehr offen, und deshalb nahm ich an, dass er da reingegangen war. Ich ging auch bei *Danny's* essen, manchmal jedenfalls. Gleich wenn ich vormittags auf der Post gewesen war. Da brauchte ich dann nur einmal am Tag die Treppe zu meiner Wohnung raufzuklettern, und das war mit diesem verdammten Bein auch genug. Gally Deveraux, die in dem Café arbeitete, war wirklich nett und gab mir immer heimlich einen kleinen Rabatt auf das Tagesangebot. Und sie ließ mich manchmal Brötchen vom Vortag mit nach Hause nehmen, und die unverbrauchten kleinen Marmeladetöpfchen, die vom Frühstück übrig waren. Kostenlos. Manchmal sagte sie auch, ich sollte nur zugreifen und mir ein paar Extrapäckchen Zucker oder Salz oder Pfeffer nehmen.

Wenn ich mittags reichlich aß, kam ich abends mit ein paar Haferkeksen und Brötchen mit Käse oder etwas Erdnussbutter und Marmelade aus. Na ja, damit und mit einem Glas *Old Charter*, den meine Tochter mir zu Weihnachten immer aus Orlando schickte. Natürlich hatte ich dieses Geschenk bis Ende März aufgebraucht, und dann war der Dezember noch ziemlich weit weg.

Aber ich hütete Merts Texaco-Tankstelle, wenn er seine Frau nach Livermore in die Klinik fahren musste, und dann brachte er mir immer eine Flasche billigen Stoff aus dem großen *Piggly-Wiggly*-Supermarkt mit. So bezahlte er mich dafür, dass ich auf dem Hintern saß und den Leuten sagte, sie sollten sich ihr verdammtes Benzin selber zapfen, und zwar für fünf Cent mehr als beim *Harv's-Get-and-Go*-Supermarkt. Das Finanzamt meinte ja, ich müsste den Whiskey als geldwerten Vorteil angeben, aber da hab ich immer drauf geschissen. Ich wünschte, sie hätten mich trotzdem mal geprüft; dann hätte ich mich wenigstens mit einem halbwegs intelligenten Menschen unterhalten können, wenn es auch bloß ein Buchprüfer gewesen wäre. Wissen Sie, wenn diese Leute nicht so langweilig wären, wären sie richtig interessant.

Und woher wusste ich, dass Carlisle den Energiepegel in Salamander steigern würde? Keine Ahnung. Vielleicht hatte es was mit dem gelben Tuch zu tun, das er um den Kopf gebunden hatte, und mit den langen braunen Haaren, die darunter hervorkamen und ihm bis auf die Schultern hingen. In seiner Lederjacke, den alten Stiefeln und ausgeblichenen Jeans sah er in der Dämmerung aus wie einer dieser jungen Kerle aus dem Reservat, die immer versuchten, Wounded Knee zu vergessen, keinen Bierbauch zu kriegen und ihr Erbe neu zu entdecken.

Es hatte aber auch was mit seinem Gang zu tun. Irgendwie entspannt, irgendwie sicher. Mit einem solchen Gang konnte man am Tag eine ziemliche Strecke zurücklegen, ohne sich besonders anzustrengen. Irgendetwas an Carlisle sagte mir, dass die Jahre heftig an ihm zerrten, aber ich konnte sehen, dass er trotzdem noch obenauf war, dass er ohne echten Druck noch nicht einknicken würde. Natürlich knickt hier bei uns niemand so leicht ein.

Aus all diesen Gründen nahm ich mir vor, dass ich Carlisle im Auge behalten würde, um zu sehen, ob er dabliebe. Wie gesagt, an Aufregung herrschte hier ziemlicher Mangel. Bevor die Hölle in Gestalt des sogenannten *Krieges von Yerkes County* losbrach, hatte es in dieser Gegend nur zwei Dinge gegeben, die irgendwie bemerkenswert waren – abgesehen davon, dass Salamander so was wie kommunale Wiederbelebungsmaßnahmen nötig hatte. Das eine davon betraf Carlisle nicht direkt. Das andere schon.

Das Erste hatte mit Susanna Benteen zu tun. Man musste dafür sorgen, dass man ruhig und klar dachte, wenn man Susanna verstehen wollte. Sonst hätte man sie für etwas gehalten, was sie nicht war – vielleicht für ein Überbleibsel aus den alten Zeiten der Studentenunruhen in den Sechzigern. Das haben wir damals alles abends im Fernsehen verfolgt, und irgendwie fehlt es mir heute. Natürlich hegten die Spießer drüben im *Leroy's* keinerlei Sympathie für diese Studenten, die da demonstrierten und Flaggen verbrannten. Aber sie waren doch mehr oder weniger fasziniert von den Ideen über *freie Liebe*, von denen wir da hörten und die anscheinend das Schöne am Demonstrieren und Fahnenverbrennen waren.

Wenn man über diese Vorstellung mal weggekommen war und anfing, sich Susanna genauer anzusehen, hing die jeweilige Reaktion vermutlich davon ab, ob man ein Mann oder eine Frau war. Viele von uns erinnern sich noch, wie sie Susanna das erste Mal gesehen haben. Es ist leicht, sich daran zu erinnern, denn Susanna Benteen kam mit dem letzten Greyhound-Bus, der jemals in Salamander hielt. Hatte einen ramponierten Koffer in der einen Hand und eine Makramee-Tasche über der Schulter. Die Jungs am hinteren Tisch im *Danny's* guckten von ihren Karten hoch und aus dem Fenster. Jemand sagte: *Allmächtiger! Habt ihr gesehen, was da draußen aus dem Bus kommt?* Wir alle drehten uns wie auf Kommando um, als ob wir das lange Zeit geprobt hätten.

Und Susanna Benteen stieg aus dem Bus auf den Gehweg, leicht wie eine Feder. Trug ein Kleid in der Farbe von reifem Weizen und darüber ein dunkelgrünes Tuch. Hohe schwarze Stiefel und das kastanienbraune Haar in einem raffinierten Zopf hochgesteckt. Sie kam ins Restaurant und wollte eine Tasse Kräutertee. Sprach leise und höflich. In Salamander gab es nie große Nachfrage nach Kräutertee, und Gally entschuldigte sich, weil sie keinen hatte. Das wäre schon in Ordnung, der normale genügte auch, hörten wir Susanna Benteen sagen. Wir hörten es alle, weil wir genau aufpassten.

Gally brachte ihr eine Tasse heißes Wasser mit einem Beutel Lipton's und einem Löffel und bemühte sich, dieses Geschöpf nicht anzustarren, das da aus dem Greyhound geweht war. Aber die Jungs, die glotzten, das können Sie mir glauben. Je älter man wird, desto mehr schlechte Manieren sind erlaubt oder doch verzeihlich. Das ist einer der wenigen Vorteile des Alters mit seinen diversen Arten des Verfalls. Ich saß an der Theke, ein paar Hocker weit von Susanna entfernt, und tat, als läse ich Zeitung, aber ich glotzte auch. Auf die Gefahr hin, dass ich wie ein Dichter klinge, der ich nicht bin und auch nie war: Da war eine Schwalbe gelandet, wo bisher nur Krähen geflogen waren.

Als sie dann eine Weile hier war, fingen ein paar Leute in Salamander an zu behaupten, Susanna sei eine Hexe. Manche sagen es immer noch. Das ist eine Methode, mit Dingen umzugehen, die man nicht versteht. Zum Teil liegt's an ihrem Aussehen. Das Gefühl, dass du da vielleicht etwas anglotzt, was du noch nie gesehen hast. Etwas außerhalb der Grenzen des Üblichen – und wie sehr hassen wir alles, was vom Üblichen abweicht. Sie verkörperte etwas jenseits der Bereiche, die die meisten von uns gern betreten, weil wir befürchten, dass wir sonst vielleicht niemals auf vertrautes Gelände zurückfinden. Und wenn es um Susanna geht, habe ich den Verdacht, dass in all dem ein bisschen Wahrheit steckt – in der Vorstellung, dass du von dort, wohin sie dich mitnehmen könnte, vielleicht niemals zurückfindest. Carlisle McMillan hat das irgendwann erfahren.

Die Einheimischen waren von Anfang an misstrauisch gegen Susanna, aber mit diesem Hexengerede ging es eigentlich erst los, als Arlo Gregorians Frau, Kathy, schwanger wurde. Die Tatsache, dass sie schwanger wurde, hätte vielleicht schon genügt. Wissen Sie, Babys sind eine echte Seltenheit in einer Stadt, wo die meisten Einwohner alte Frauen sind, die von staatlichen Zuwendungen leben oder die Zinsen von Festgeldkonten kassieren – Dank sei Verle und Floyd und Morris und Harold und all den anderen armen Hunden, die sich den Arsch aufgerissen haben, um das Land zu bezahlen, auf dem sie saßen, und dann ungefähr in dem Augenblick gestorben sind, als sie die Hypothek verbrennen konnten. Woraufhin die Ehefrau den Besitz natürlich verkaufte, weil er zu groß war, als dass sie sich selbst darum kümmern konnte, und in die Stadt zog.

Nein, was die Sache wirklich interessant machte, war die Art und Weise, *wie* Kathy Gregorian in andere Umstände geriet – oder wie man das nennen soll. Das hatte nämlich etwas mit Susanna Benteen zu tun. Wissen Sie, Arlo und Kathy waren da schon seit über drei Jahren verheiratet, ohne dass irgendetwas darauf hindeutete, dass irgendwann ein Baby zu erwarten war. Sie waren gesund und jung, und beim Picknick am Vierten Juli und anderen Veranstaltungen waren sie immer unzertrennlich; also konnte man annehmen, dass sie auch zu Hause regelmäßig ihr Bestes taten – aber Fehlanzeige. Keine Kinder zu bekommen ist ein weit verbreiteter Kummer, den man nicht auf die leichte Schulter nehmen darf, unter keinen Umständen. Aber in einer Stadt voller Männer, die sich selbst für echte Zuchthengste hielten (was sie natürlich nicht waren – da fragen Sie nur die Frauen), war die Unfähigkeit, Kinder zu zeugen, gleichbedeutend mit dem Dasein eines haarlosen Eunuchen. Deshalb hatte Arlo drüben bei Leroy einiges einzustecken. *Demnächst mal irgendwas Kleines unterwegs, Arlo? Oder brauchst du Hilfe?* Solche Sachen brüllten sie quer durch die Bar.

Kathy schleifte Arlo dreihundert Meilen weit ins große Stadtkrankenhaus – eine Reise, die er am liebsten geheimgehalten hätte. Das wäre ihm wohl auch gelungen, wenn er da unten nicht Leroy über den Weg gelaufen wäre, der sich untersuchen ließ, damit die Verschreibung für sein Lebermedikament erneuert werden konnte. Mit einem Scharfblick, erworben in jahrelanger Ausübung seines erwählten Berufes – nämlich Trinkern zu trinken zu geben –, erriet Leroy, wieso Arlo im Wartezimmer der Fruchtbarkeitsklinik herumsaß. Nach seiner Rückkehr informierte er seine Stammtrinker und Billardhaie über diese Begegnung und äußerte die private Vermutung, man habe Arlo geraten, weite Unterhosen zu tragen, und ihn in ein Reagenzglas onanieren lassen.

Das machte die Sache für Arlo nur noch schlimmer. Er wurde allmählich verzweifelt und magerte immer mehr ab, weil er den ganzen Tag in der *Farmers' Co-op* arbeitete und sich nachts mit seiner niedrigen Spermienzahl abplagte. Er trug seine Unzulänglichkeit wie einen Mühlstein um den Hals. Inzwischen neigte Kathy mehr und mehr zu einer künstlichen Befruchtung, aber davon wollte Arlo nichts hören.

Herrgott im Himmel, ich hab so schon Probleme genug, sagte Arlo zu ihr. *Wenn du das tust, werden die Pissköpfe mich fragen, ob der Laster von Eber-Power mit 'ner Ladung tiefgekühltem Ebersaft hier durchgekommen ist oder was.*

Kathy weinte und quengelte und war kurz davor, durchzudrehen, und sie suchte Unterstützung bei ihrer besten Freundin, Leona Williams. Leona schlug vor, mal mit der neuen Frau zu reden, mit Susanna, die sich anscheinend in allen möglichen Dingen auskannte. Im ersten Moment hielt Kathy das für eine ziemlich radikale Maßnahme, aber Frauen haben da eine praktische Ader: Sie tun, was getan werden muss, um eine Sache zu erledigen. Männer, sollte ich vielleicht hinzufügen, haben diese Ader aus genetischen Gründen nicht. Sie verheddern sich in Stolz und Aufgeblasenheit – dank dem Testosteron und was immer uns sonst noch daran hindert, ganz und gar stubenrein zu werden.

Also ging Kathy zu Susanna. Susanna meinte, das Problem sei vielleicht lösbar. Leider müsse Arlo an dem Vorgang beteiligt werden. Das beunruhigte Kathy, aber nicht Susanna.

Als Kathy ihrem Mann von dieser neuen Strategie mit Susanna erzählte, stieg Arlo in seinen grünen GMC-Pick-up mit der größten Maschine der Welt und fuhr eine halbe Stunde lang in der Stadt herum, wobei er abwechselnd Scheidung und Selbstmord in Betracht zog. Dann begann er, an Unterhaltszahlungen zu denken, an Reagenzgläser, an die Pissköpfe, an Eber-Power und an Selbstbefriedigung – ziemlich genau in dieser Reihenfolge. Lauter Aussichten, die ihn für neue Ideen irgendwie ein bisschen zugänglicher machten, und schließlich war er bereit, wenigstens mal mit Susanna zu reden.

Am nächsten Abend stand Susanna bei den Gregorians vor der Tür. Kathy öffnete ihr in hochhackigen Schuhen und dem Kleid, das sie ein Jahr zuvor für den Wohltätigkeitsball der Freiwilligen Feuerwehr gekauft hatte, führte sie ins Haus und ließ sie auf dem Brokatsofa Platz nehmen, das sie von Arlos Eltern zur Hochzeit bekommen hatten. Angesichts der Gerüchte über Susanna war Arlo sehr nervös. Natürlich war keins der Gerüchte je untermauert worden, aber die Wahrheit war in Salamander keinen Pfifferling wert – war es nie gewesen und würde es nie sein. Also mährte Arlo irgendwie herum und wusste nicht, was er sagen oder tun sollte, und schließlich bot er ihr ein Grain Belt an, das sie höflich ablehnte.

Es folgten ein paar Minuten mit steifer Konversation; Kathy versuchte, Smalltalk zu machen, und Susanna saß einfach da und lächelte freundlich. Arlo hockte auf einer Fußbank vor der Magnavox-Home-Entertainment-Anlage, die er auf lebenslange Ratenzahlung erworben hatte, und bemühte sich die ganze Zeit, seinen Gast nicht zu direkt anzusehen.

Natürlich hatte er nie ein Wort mit Susanna gewechselt, seit sie in Salamander angekommen war und ihren Laden in dem alten Nelson-Haus südlich des Silos am Stadtrand eingerichtet hatte. Aber aus der Nähe, fand er, sah die Hexe ziemlich nett aus. Irgendwie harmlos.

Trotzdem bereitete sie ihm Unbehagen. Abgesehen vom Mantel der Finsternis, ihr verliehen von Bürgern eines Staates, der sich damit brüstet, in den Ergebnissen der Schuleignungsprüfungen auf Platz vierzehn in den USA zu stehen, machte sie ihn einfach deshalb nervös, weil sie mühelos die bestaussehende Frau in Salamander war. Genau genommen war und ist Susanna wahrscheinlich eine der bestaussehenden Frauen, die Sie überhaupt irgendwo finden werden.

In dieser Hinsicht – nämlich, was den fortlaufenden Schönheitswettbewerb von Salamander anging – hielt es eine Minderheit der Jungs mit Alma Hickman, die im Keller ihres Hauses einen Frisiersalon namens *Swirl 'n Curl* führte. Aber das war eher auf Patriotismus als auf klare Urteilskraft zurückzuführen, und jedem, der nur ein bisschen herumgekommen war oder sich noch andere Zeitschriften als den *Farm Implement Digest* anschaute, war klar, dass jeder Vergleich zwischen Susanna und Alma Hickman ein Haufen Sie-wissen-schon-was war.

Zusätzlich zu der Andeutung eines luxuriösen Körpers, der sich unter ihren langen, fließenden Kleidern und Tüchern bewegte, einem wirklich hübschen Gesicht und dem kastanienbraunen Haar, das in einem langen, glänzenden Zopf herabhing, hatte Susanna etwas, was Alma niemals haben würde: Sie hatte Klasse. Es gab keinen unter den Jungs, der nicht heimlich davon träumte, wie es wäre, mit Ms Susanna Benteen unter die Decke zu kriechen, während er, den Zahnstocher zwischen den Zähnen von einer Seite auf die andere schiebend, zusah, wie sie in die Stadt kam, um ihre Post abzuholen. Aber sie beachtete keinen von ihnen und machte auf ihre Art ziemlich klar, dass sie selbst bei der Jungfrau Maria größere Chancen hätten als bei ihr.

Alle waren sich darin einig, dass es schwer zu sagen war, wie alt Susanna sein mochte. Die üblichen Zeichen des Alters schienen bei ihr nicht zu gelten. Irgendwo zwischen Ende zwanzig und Mitte dreißig – genauere Schätzungen brachte keiner zustande, aber die meisten entschieden sich doch für die Mitte dazwischen. Als sie einen oder zwei Monate in Salamander war, kam ein Asiate zu ihr zu Besuch. Ein hagerer Gockel, ebenfalls von unbestimmbarem Alter. Spekulationen zufolge bauten sie hier draußen, weit entfernt von den Organisationen des Gesetzes, ein Drogengeschäft auf. Bobby Eakins, der wie immer ohne Gnade und ohne Beweise agierte, nannte ihn den »Schlitzaugendealer« – natürlich nicht, wenn er dabei war. Der Asiate blieb ein paar Wochen und fuhr dann wieder weg.

Die Leute behaupteten, Susanna kaufe ihre Lebensmittel in einem Bio-Versand an der Westküste, und UPS sei ihr Lieferant. Der Rest kam aus ihrem Garten. Ein paar alte Leute fingen an, sie zu besuchen, um sich von ihr Kräutermedizin geben zu lassen, wenn die Klinik ihre Beschwerden nicht lindern konnte, und manche schworen, sie habe ihnen geholfen. Es hieß, ein paar der jüngeren Frauen seien ebenfalls schon bei ihr vorbeispaziert, um Dinge zu besprechen, die über das Spektrum der Unterhaltungen bei Leroy hinausgingen, und einige von ihnen brachten verdächtige Ware mit nach Hause: Räucherstäbchen, Schmuck und so weiter. Davon abgesehen, hatte sie mit der Stadt wenig zu tun.

Die Sache mit Arlo und Kathy Gregorian wäre wahrscheinlich heute noch geheim, wenn Arlo sich nicht ein paar Monate, nachdem Susanna tätig geworden hatte, hätte volllaufen lassen, um dann Bobby Eakins alles zu erzählen. Bobby saß eines heißen Samstags bei Mert's und nuckelte an einem *Royal Crown*, und dabei erzählte er mehreren von uns seine Version der Geschichte, unter anderem Orly Hammond, der auch dort herumlungerte und darauf wartete, dass Mert aus Livermore zurückkam, wo er ein Ersatzteil für seinen Chevy besorgt hatte. Bobby schwor, dass die Fakten genau so seien, wie Arlo sie ihm im Rausch geschildert habe.

Arlo erfuhr später, dass Bobby uns all die faszinierenden Einzelheiten dargelegt hatte, und gelobte, er werde Bobbys Häuschen bis auf die Grundmauern niederbrennen, wenn er noch einmal ein Wort über die Sache verlieren sollte. Deshalb waren Orly und ich und ein paar andere die Einzigen, die damals die ganze Geschichte erfuhren – jedenfalls, soweit Bobby wusste. Der Rest der Stadt bastelte sich einfach seine eigene Version zusammen, und die war sehr viel schärfer als alles, was der Wahrheit auch nur nahe gekommen wäre.«

»Wollen Sie noch einen *Wild Turkey*?«, fragte ich den alten Mann.

Er wackelte mit dem Kinn und nickte mit breitem Grinsen. Ich entwickelte allmählich ein bisschen Zuneigung zu dem Alten. Er schien ohne Umschweife zu erzählen und seinen Bericht nur wenig auszuschmücken. Ich ging zum Tresen, ließ mir von Sleepy noch ein Glas von der »bernsteingelben Wahrheit« geben und brachte es dem alten Mann. Er nahm einen Schluck, wischte sich mit einem schmutzigen Ärmel den Mund ab und sah mich an.

»Hm, wo war ich? Ach ja, bei den Gregorians im Wohnzimmer. Als sie sich an diesem Abend ein bisschen entspannt hatten, sprach Susanna mit Kathy und Arlo. Arlo sagt, sie hatte eine sehr ruhige Art, zu reden, irgendwie mütterlich. Als Erstes sagte sie, sie sei keine Hexe oder so etwas, und sie hänge auch keinem Satansglauben an. Tatsächlich, erklärte sie, meide sie jede Art von organisierter Religion einschließlich des Christentums, der Rosenkreuzer und des professionellen Footballs. Die Bemerkung über Religion verunsicherte Arlo und Kathy aus höchst nebelhaften Gründen, denn beide hatten seit ihrem Hochzeitstag keine Kirche mehr betreten. Und immerhin entstammte Arlo, wie er gern erzählte, selbst einer langen Linie von Rebellen, darunter seine Großmutter, die nicht mehr zur Messe gegangen war, seit sie vor Jahren den Altar umgedreht und Folksänger eingeladen hatten, in der Kirche zu singen.

Arlo konnte nicht mehr richtig folgen, als Susanna von der Heilkraft der Natur sprach, von der Bedeutung der Mondphasen und von allerhand anderem Hokuspokus, wie er es nannte. Er kam wieder mit, als sie auf Ernährung zu sprechen kam und ihnen sagte, sie äßen zu viel rotes Fleisch und andere tierische Nahrungsmittel. Das sei schlechtes Karma, behauptete sie, und die Tiere, die man verzehre, hätten ihre eigenen Methoden, um zurückzukommen und Rache zu üben.

Diejenigen unter uns, die ein Auge für die Einzelheiten eines komplexen und stets sich wandelnden Universums haben, hatten bemerkt, dass Susanna immer gewebte Taschen bei sich trug, niemals gewöhnliche Lederhandtaschen. Eine solche Tasche hatte sie auch bei den Gregorians dabei, und daraus holte sie lauter Päckchen und Fläschchen mit Kräutern und Gewürzen und Ölen hervor und erläuterte jedes Mal, wie sie zu benutzen seien. Kathy hörte aufmerksam zu, und dafür war Arlo dankbar, denn an ihm gingen die Instruktionen ziemlich vorbei.

Dann fing sie an, über Männer und Frauen zu sprechen, und Arlo verstand wieder ein bisschen mehr. Sie verwandte eine Menge Wörter wie Güte und Verständnis und ermahnte sie ganz allgemein, daran zu arbeiten, dass ihre ehelichen Unternehmungen von Wärme und Intimität erfüllt seien. Arlo und Kathy bekamen verkniffene rote Gesichter, als Susanna sich über Erotik ausließ und sich dabei insbesondere auf die Bedürfnisse der Frauen konzentrierte.

Arlo sagt, am liebsten wäre er in die Küche geflüchtet, um einen Liter Grain Belt oder Lauge, oder was er sonst in die Finger bekommen könnte, in sich hineinzuschütten, aber sie schaute ihn mit ihren großen grünen Augen unablässig an, fest und gleichmütig. Er fühlte sich, als sei er auf seiner Fußbank vor der Magnavox festgenagelt. Sie blieb fast zwei Stunden und sprach fast die ganze Zeit mit sanfter Stimme.

Zusätzlich zu den Kräutern und Ölen und all diesen Dingen gab sie ihnen ein kleines Buch über etwas, was sie Tao nannte, und eine Liste von Ernährungsregeln in einer ausgefallenen Schrift. Ach ja, und sie nannte ihnen gewisse Daten, an denen mit besonderer Fruchtbarkeit zu rechnen sei – das ist wohl der richtige Ausdruck –, was die Empfängnis angehe. Bis zur ersten dieser Phasen, die erst in über zwei Wochen beginnen würde, sollten sie sich absolut jeder Schlafzimmertändelei enthalten. Anscheinend eine Art Bevorratung seitens Arlos.

Als Susanna in der Tür stand und gehen wollte, sah sie Arlo an und sagte: *Arlo, das, was ich jetzt sagen werde, soll nicht hart oder anmaßend oder sonst wie klingen, aber es ist furchtbar schwer, es feinfühlig zu formulie-*

ren. Tatsache ist, dass die Kultur hier draußen es für einen Mann schwierig macht, zu sich selbst zu kommen und zu verstehen, was es bedeutet, ein Mann zu sein und nicht bloß ein großer Junge. Aber Sie können es schaffen, wenn Sie wollen, und wenn Sie es geschafft haben, wird es Ihnen wahrscheinlich in vieler Hinsicht besser gehen. Und, Kathy, Sie können ihm dabei helfen, indem Sie sich nicht darüber beklagen, wie wenig Geld er nach Hause bringt und dass es etwas Besseres für ihn gebe als die Arbeit in der Co-op. Arlo hat seinen eigenen Wert, und Sie müssen Ihren Teil dazu beitragen und ihm helfen, ihn zu entdecken.

Als sie gegangen war, wandte Arlo sich an Kathy und erklärte, diese letzte Bemerkung der Hexe sei höchst unangebracht gewesen. Er wisse, wer er sei, yes, Sir, und wie kam sie dazu, anzudeuten, er wisse es nicht? Hatte er keinen GMC mit einem ausgesprochenen Kraftwerk unter der Haube? Arbeitete er nicht in der Co-op? Hatte er nicht in der Playoff-Runde 1974 den entscheidenden Punkt für die Salamander Tigers gegen die Leadville Miners erzielt?

Zum damaligen Zeitpunkt schien es für Arlo nur noch schlechte Nachrichten zu geben. Nicht nur, dass die örtliche Footballmannschaft in dieser Saison auf dem letzten Platz lag, nicht nur, dass Susannas Anweisungen totale Alkoholabstinenz und absolutes Fernsehverbot für sie beide enthielten – nein, er sollte auch noch für etliche Wochen zum Pflanzenfresser werden. *Zum Teufel, Bobby, sagte er, ich esse nicht, ich grase. Ich arbeite bei der Co-op, und was mache ich? Ich unterstütze die dämlichen Gemüsefarmer draußen im San Joaquin, das ist es. Wenn sich je herumspricht, auf was für eine Tuntendiät sie mich gesetzt haben, verliere ich nicht bloß meinen Job, sondern die Leute werden mich für pervers halten.*

Arlo zufolge waren Susannas Ernährungsvorschriften strikt: kein rotes Fleisch, kein anderes Fleisch, reichlich Gemüse und Obst und Reis und Vollkornprodukte. Arlo lechzte nach seinem Würstchen zum Frühstück, das nicht ins Programm gehörte, und sein Abendessen lag sozusagen vor ihm und zischte ihn an. Aber Kathy erinnerte ihn immer wieder an die Alternative und sagte, außerdem fühle sie sich mit diesem Essen viel wohler.

Arlo musste zugeben, dass sein Sodbrennen verschwunden war und dass er abends nach dem Essen nicht mehr schläfrig wurde. Weil er pro Tag nur ein Bier trinken durfte und die kleinen Dörrfleischstreifen ganz verboten waren, ging er nicht mehr zu Leroy. Er erfand irgendwelche Ausreden für sein Fehlen beim alljährlichen Herbstgrillfest der Legion und verbrachte insgesamt mehr Zeit mit Kathy.

Durch Susannas strenge Vorschriften war es ihnen verwehrt, Dallas zu sehen – oder auch irgendetwas anderes –, und etwas anderes als Fernsehen gab es abends nicht zu tun. Also fingen sie an, zusammen spazieren zu gehen oder mit dem GMC zum Little Salamander River zu fahren und sich den Sonnenuntergang anzuschauen.

Das Schlimmste war, dass jedes Bumm-Bumm (wie Bobby Eakins es nannte, als er davon erzählte) verboten war. Arlo scharrte mit den Hufen und behauptete, er bekomme allmählich schmerzhafte Beklemmungen im Lendenbereich. Es war nicht leicht, ihn für fast drei Wochen im Zaum zu halten, aber Kathys Trumpfkarte war stets das Reagenzglas oder die Möglichkeit, dass die Gene eines anderen Mannes in ihrem Kind zu Werke gingen, sollte es zur künstlichen Befruchtung kommen. Der zweite Gedanke war besonders bedrohlich für Arlo. Wie er sich Bobby gegenüber äußerte: Heilandssackzement, Bobby, da könnten wir einen Einstein oder einen Idioten kriegen, und ich weiß nicht, was schlimmer wäre.

Kathy klebte Sprüche aus dem Tao-Buch, das Susanna ihnen gegeben hatte, an den Kühlschrank und diskutierte mit Arlo über ihre Bedeutung, wie Susanna es vorgeschlagen hatte. Arlo fiel das ein bisschen schwer, weil sein Gehirn seit der siebten Klasse vor sich hin gammelte, also seitdem er Football, Mädchen und Verbrennungsmotoren entdeckt hatte – wenn auch vielleicht nicht genau in dieser Reihenfolge. Beim Frühstück musste er jetzt, statt sich im Radio über Schweinemarkt und Sportresultate informieren zu lassen, über Perlen der Weisheit wie diese nachdenken:

Darum braucht der Berufene nicht zu gehen
und weiß doch alles.
Er braucht nicht zu sehen
und ist doch klar.
Er braucht nichts zu tun
und vollendet doch.

Und
Der Sinn ist immer strömend.
Aber er läuft in seinem Wirken doch nie über.
Ein Abgrund ist er, wie der Ahn aller Dinge.
Er mildert ihre Schärfe.
Er löst ihre Wirrsale.
Er mäßigt ihren Glanz.
Er vereinigt sich mit ihrem Staub.

Tagsüber, wenn er mit dem Lastwagen Flüssigdünger über die Landstraßen beförderte, fragte Arlo sich unversehens, was das bedeutete: Er braucht nichts zu tun und vollendet doch. Das war wirklich eine harte Nuss, und es ging ihm nicht aus dem Kopf. Er drehte es hin und her und fragte sogar Bobby Eakin nach seiner Meinung, was natürlich ein Fehler war.

Bobbys umstandslose Interpretation lautete: *Scheiße, Arlo, das ist doch einfach. Es bedeutet, die Frau ist oben und der Mann unten.* Und dann lachte er und erzählte, genau so habe er es letzten Samstagabend drüben in Livermore im Autokino gehalten, und wenn Arlo wieder anfinge, sein Grain Belt zu trinken, werde ihm alles klar werden. Klar wie ein beschlagenes Glas Salamander-Wasser, nachdem es durch sechs Millionen gottverdammte Filter gelaufen ist – das waren seine exakten Worte.

Aber es funktionierte. Irgendwie funktionierte es. Innerhalb von sechs Monaten trug Kathy Umstandskleider. Man munkelte, Susanna habe die Gregorians im Oktober besucht und irgendein Ritual vollzogen, bei dem sie alle drei splitternackt um ein umgedrehtes Kreuz getanzt seien, das auf dem Teppich vor der Magnavox gelegen habe. Der Mann von *Watkins Products* hörte davon, als er in Salamander Station machte, und er verbreitete die Neuigkeit bis nach Livermore und noch weiter. Da etliche der Jungs erklärten, sie würden sich weder gegen den Vorwurf der ungenügenden Spermienzahl noch gegen irgendetwas anderes jemals zur Wehr setzen, wenn es bedeutete, dass sie dann die Hexe hinzuziehen müssten, sah es eine Zeit lang so aus, als sei eine Epidemie von unzureichender Spermaproduktion ausgebrochen.

Kathy brachte pünktlich ein prächtiges Mädchen zur Welt. Sie hatte daran gedacht, Arlo vorzuschlagen, sie sollten das Kind Susanna taufen, aber Arlo war auf dem Dach und wechselte ein paar Schindeln aus, als sie diese Idee hatte, und deshalb hielt sie lieber den Mund.

Schließlich entschieden sie sich für Myrna; so hieß Arlos Großmutter väterlicherseits. Die Taufe in der katholischen Kirche St. Timothy in Livermore war gut besucht, und als die Stelle kam, an der Beelzebub widersagt werden sollte, warfen ein paar der Gläubigen einander wissende Blicke zu. Manche behaupteten, sie hätten gesehen, wie der Priester der kleinen Myrna einen Extraklecks Salböl auf die Stirn getropft habe, und sie schworen, er habe ein paar zusätzliche Worte in lateinischer Sprache gesprochen, die sie noch nie gehört hätten. Das Ergebnis dieser Folge von Ereignissen war – neben der kleinen Myrna – ein dauerhafter Platz für Susanna in der Geschichte der Region, auch wenn sie darauf gut hätte verzichten können.

Was das ganze Hexengerede anging – ich habe es immer ein bisschen hart gefunden. Als moderner, empfindsamer und verständnisvoller Mann mit einem gehobenen Bewusstsein war mir *Medizinfrau* als allgemeine Bezeichnung für sie lieber. Natürlich habe ich den Hexenquatsch niemals geglaubt. Aber ich muss doch zugeben, dass ich nach der Geschichte mit den Gregorians ein bisschen wacklig wurde und mir selbst eingestehen musste, dass Susanna vielleicht etwas wusste, was wir anderen nicht wussten.«

Hier unterbrach sich der alte Mann und sprach leise mit einem grauhaarigen Burschen, der an unserem Tisch stehen blieb und um ein Tröpfchen »Wild Turkey« bat. Der alte Mann zog zwei zerknitterte Dollarscheine aus der Tasche und rief zu Sleepy hinüber, er solle Frank einen Doppelten eingießen. Frank bedankte sich murmelnd und taumelte zur Theke.

»Frank und ich haben früher zusammen im Steinbruch gearbeitet. War damals ein guter, fleißiger Arbeiter. Vor ungefähr zwanzig Jahren hat er ernsthaft zu saufen angefangen, als seine Tochter einen Iraner aus Omaha heiratete und seine Frau mit einem Sergeant von der Air Force Base abhaute. Meistens trinkt er drüben bei Leroy in Salamander.«

Er runzelte kurz die Stirn, bis er die Stelle in seiner Erzählung wieder gefunden hatte, bei der er unterbrochen worden war. »Wie Sie sich erinnern, habe ich am Anfang von zwei aufregenden Dingen gesprochen, die sich im Laufe von ungefähr zehn Jahren in Salamander zugetragen haben – natürlich abgesehen vom *Krieg von Yerkes County*. All das bisherige Geschwätz war einigermaßen notwendig als Hintergrund für die bedeutenden Ereignisse, die sich später ergaben.

Die zweite aufregende Sache passierte ungefähr zwei Jahre nachdem die Gregorians es erfolgreich unternommen hatten, ihren Beitrag zu der riesigen Menschenflut zu leisten, die diesen einsamen Planeten verschlingt. Eines Abends schaute ich wie immer aus dem Fenster, statt zuzusehen, wie auf ABC irgendein Kerl in der Endzone rumtanzte, weil er einen Touchdown gemacht hatte. Bis gegen neun war das einzig Interessante, was ich gesehen hatte, wie Carlisle McMillan, der damals seit ungefähr sieben oder acht Monaten in der Gegend war, seinen Truck parkte und ins *Leroy's* ging.

Ein paar Minuten später hielt Huey Sversons alter grüner Buick mit kreischenden Reifen vor *Leroy's*. Er parkte in der zweiten Reihe, wahrhaftig. Huey springt raus, ohne die Tür zuzumachen, und in der Hand hat er ein Fleischermesser, groß genug, um damit im Schlachthof in Falls City zu arbeiten. Er ging an Jack Deveraux' Truck vorbei, in dem *Devil Jack*, wie er sich gern nennen ließ, seinen Rausch ausschlief, stieß die Tür von *Leroy's* auf und verschwand im Lokal.

Was weiter passierte, hab ich von Gally und aus ein

paar anderen allgemein zuverlässigen Quellen erfahren, und diese Version wurde später von jedem einzelnen Kunden bestätigt, der bei Mert's Tankstelle hielt, als ich ein paar Tage später dort hockte. Anscheinend hatte Beanie Wickers, der mal, wie Sie sich vielleicht schon gedacht haben, einen Sojabohnenlaster fuhr, nebenher was mit Hueys Frau gehabt, während Huey an ausgewählten Wochenenden mit der National Guard unterwegs war. Huey erfuhr davon, kippte drei oder vier Jim Beam runter und fasste den kühlen und wohl erwogenen Entschluss, Beanie eins auf die Glocke zu geben.

Beanie sah Huey kommen und hatte gleich eine ziemlich klare Vorstellung von dem, was los war, weil Huey brüllte: *Ich werde dir den Arsch in sechzehn Teile zerschneiden, du Frauendieb!* oder etwas anderes in diesem Sinne. Bernie flankte über den Billardtisch weg und schloss sich in der Damentoilette ein. Das stabilisierte die Situation vorübergehend, denn keiner der Jungs – Leroy zu allerletzt – hatte die Absicht, Huey zu entwaffnen, und der fuchtelte mit seinem Messer herum wie John Rambo.

Huey hämmerte an die Eisentür der Damentoilette und erläuterte brüllend – und einigermaßen detailliert, nach Auskunft einiger Zuschauer –, was er im Einzelnen mit seinem Metzgermesser vorhabe, und dabei konzentrierte er sich besonders auf gewisse Operationen, die er an Beanies Weichteilen vorzunehmen gedenke. Während das im Gange war, alarmierte Leroy unsere lokalen Sicherheitskräfte. Die bestanden aus einem gewissen Fearless Fred Mumblypeg, wie Fred Mumford von der ganzen Stadt genannt wurde. Fred war neunundsechzig, trug eine silberne Dienstmarke und fuhr mit seinem alten Olds durch die Gegend, immer auf der Suche nach Gewohnheitsverbrechern wie Ernie *the Gurney* Penrose, einem zurückgebliebenen Bengel, der die Angewohnheit hatte, in anderer Leute Schlafzimmerfenster zu spähen.

Fred kam also ins *Leroy's* und teilte der versammelten Zuschauerschaft mit, er sei vielleicht alt, aber nicht blöd. Überdies werde Beanie, soweit es ihn betreffe, nur das bekommen, was er verdient habe. Diese Einstellung überraschte weiter niemanden, denn Fred war Laienprediger an der Baptistenkirche.

Nun hatte ich schon beobachtet, dass Carlisle McMillan ein ruhiger Typ war, der für Gewalt nicht viel übrig hatte. Davon habe er genug gesehen, sagte er, draußen in Kalifornien und in den Bars rund um Fort Bragg, North Carolina, als er beim Militär gewesen war. Aber wie wir an diesem Abend alle herausfinden sollten, hatte Carlisle durchaus einigen Mumm, wenn die Situation es erforderte.

Er betrachtete die Pattsituation und hörte, wie Leroy ankündigte, er werde den County Sheriff rufen. Wie gegen Gewalt, hatte Carlisle auch eine akute Abneigung gegen jede Art von formaler Organisation, und überdies wusste er, was das Erscheinen eines handfesten Gesetzeshüters für Huey bedeuten würde. Also bat er Leroy, noch ein paar Minuten abzuwarten. Gelassen näherte er sich Huey auf Sprechweite und fing an, in wirklich vernünftigem, ruhigem Tonfall mit ihm zu reden; er versuchte, ihn dazu zu bringen, dass er sein Messer weglegte und nach Hause fuhr, sich mit Fran vertrug und Arschlöcher wie Beanie einfach vergaß.

Aber Huey war auf hundertachtzig und litt außerdem unter den Erinnerungen an seine Zeit als U.S. Ranger in Vietnam, weshalb er nachts nicht schlafen konnte, und so nannte er Carlisle ein »langhaariges

Hippie-Schwein«, was, wie wir später feststellen sollten, zu zwei Dritteln der Wahrheit entsprach. Während Gally ihm zurief, er solle vorsichtig sein, zog Carlisle sich zurück, langte hinter sich und griff nach einem schweren Billard-Queue, den jemand auf dem Tisch hatte liegen lassen, nachdem Beanie darüber hinweggesprungen war.

Huey war so erregt, dass er den Queue in Carlisles Hand nicht bemerkte, und als Huey in Reichweite herangekommen war, schwang Carlisle diesen fetten Knüppel in einem schönen, festen Bogen und traf Huey außen am linken Knie. Traf ihn mit dem dicken Ende des Queues, und zwar mit voller Wucht.

Huey fing an zu taumeln, schleifte sein verletztes Bein hinter sich her, wie er es bei den Rangers gelernt hatte, und bewegte sich weiter auf Carlisle zu. Da machte Carlisle das Gleiche mit Hueys rechtem Knie, nur noch kräftiger. Mit ungefähr dreißig Meilen pro Stunde küsste Huey den Fußboden und landete mit dem Gesicht in etlichen Zigarettenstummeln, von denen einer noch glühte, sowie in einer Pfütze von vergossenem Grain Belt und einer Scheibe *Tombstone*-Pizza mit extra Käse und Salami. Carlisle setzte einen seiner Arbeitsstiefel auf Hueys Handgelenk, und mit dem anderen stieß er das Messer weg. Als das erledigt war, sagte er Leroy, er solle Beanie aus dem Frauenlokus holen und aus der Stadt jagen.

Na ja, der Abend endete damit, dass Carlisle und Huey und Gally zusammen in einer Nische saßen, sich einen Krug Bier teilten und plauderten. Gally hatte eine nette, mütterliche Art, wenn sie Lust dazu hatte, und sie bemühte sich, Huey zu beruhigen und zu trösten, und wischte ihm dabei das Gesicht mit einem Lappen vom Tresen sauber. Nach einer Weile fing Huey an zu weinen; das war ein bisschen peinlich, aber in Anbetracht der Umstände sowie der Tatsache, dass er ein Vietnam-Veteran war, nahm es ihm niemand übel. Als die Bar geschlossen wurde, schenkte Leroy Carlisle den Billard-Queue, mit dem er Huey auf die Bretter geschickt hatte, und sagte, Carlisle habe ihm eine Menge Ärger mit der Polizei erspart.

Am nächsten Tag fuhren Fran und Huey, um ihrer Ehe wieder auf die Beine zu helfen, zum *Five-Flags*-Vergnügungspark. Fran hatte schon jahrelang versucht, ihn dazu zu überreden. Anscheinend hielt Beanie sich von da an von Hueys Ehebett fern, und zum Trinken kam er hierher zu Sleepy.

So nahm alles ein ganz gutes Ende, dank Carlisle. Und in Hueys Augen konnte Carlisle danach nichts mehr falsch machen, denn wenn der ihn nicht gerettet hätte, dachte er, wäre er im Gefängnis gelandet und hätte Fran verloren und wäre nie im Leben nach *Five Flags* gekommen, wo er sechs Mal mit der Achterbahn fuhr.«

4

Nach unseren Aufzeichnungen war das, was heute als Krieg von Yerkes County bekannt ist, ein kleiner Krieg. Klein und primitiv. Wahrscheinlich haben Sie ihn mal kurz erwähnt gesehen, irgendwo in der Zeitung oder in einem Filmbeitrag in den Abendnachrichten, und ihn als eine von diesen scheußlichen kleinen Streitereien in irgendeiner fernen Gegend abgetan, die für Ihr Leben ohne Bedeutung sind. Die Gründe dafür, dass es zu dieser Scheußlichkeit kam, sind komplex – ein Gestrüpp von Gründen, und einige davon reichen hundert Jahre oder mehr zurück in die Vergangenheit. Ob das alles stattgefunden hätte, wenn Carlisle McMillan niemals nach Yerkes County gekommen wäre? Schwer zu sagen. Tatsache ist: Er ist gekommen.

An seinem ersten Abend in Salamander hielt Carlisle McMillan an dem Supermarkt am Stadtrand an, und immer noch dachte er an die Frau, die durch das Licht seiner Scheinwerfer gegangen war und dann gewartet hatte, bis er vorübergefahren war, nachdem er gewendet hatte und auf der Hauptstraße von Salamander in Richtung Osten fuhr. Er hatte Worte im Kopf, Worte, die immer wiederkamen – etwas über Blumen und Wind und bittersüße Erinnerungen. Er bekam es nicht auf die Reihe: Kamen die Worte aus seinem Kopf oder aus dem Autoradio, oder hatte die Frau sie geflüstert, als er vorbeifuhr? Verdammt, dachte er, dieses Land spielt mit meinem Kopf herum.

Er tankte seinen Pick-up voll und ging ins Geschäft.

Ein Sixpack »Old Style« und das Benzin, das belief sich auf 17,87 Dollar. Der Laden war leer bis auf eine ungepflegte Frau von Ende vierzig hinter der Kasse und einen Mann im Anzug, der am Münztelefon neben der Tür telefonierte. Der Mann sah zerknittert aus wie nach einem langen Tag im Büro und lehnte schlaff an der Wand, während er telefonierte. Den rechten Fuß über den linken gekreuzt, braune Troddel-Slipper, teure, das Leder stumpf vom Regen des Tages. Er sackte noch ein bisschen weiter zusammen, als sich am anderen Ende ein Anrufbeantworter einschaltete, und fing dann an zu sprechen:

»Hi, Cal. Bill Flanigan von der High Plains Development Corporation. Ich habe mich in meinem Büro gemeldet, und meine Sekretärin sagt, ich soll Sie so schnell wie möglich anrufen. Tut mir leid, dass wir uns dauernd verpassen. Es ist jetzt [sieht auf die Uhr] ... einundzwanzig Uhr fünfzehn, Dienstag, der siebenundzwanzigste. Ich bin in Salamander, ungefähr zehn Meilen nordöstlich von Livermore. Ich war mit Ray Dargen hier oben und hab mir die Gegend angesehen, von der wir gesprochen haben. Ich bin morgen früh in meinem Büro. Rufen Sie mich an. Ich würde gern hören, wie es auf Ihrer Seite vorangeht, und wir sind hier draußen sehr gespannt, zu erfahren, was der Senator vorhat.«

Carlisle stieg wieder in seinen Truck und fuhr auf der Route 42 bis zur Kreuzung mit der U.S. 91. Er folgte einem Wagen mit einem Staatswappen auf der Tür. Der Wagen war kurz vor ihm vom Supermarkt weggefahren. Ein brauner Troddel-Slipper hatte das Gaspedal heruntergetreten.

Carlisle fuhr auf der 91 in Richtung Süden. Er nahm an, dass es in Livermore, der nächsten Stadt, ein Motel geben würde, und es gab tatsächlich eins. Das Chief Motel, eine dieser Mom-und-Pop-Herbergen, wo man an der Rezeption eine Glocke läutet, und dann kommt eine Frau in einem grünen Baumwollkleid mit orangegelben Blüten durch eine Tür, hinter der die Wohnung der Familie liegt. Carlisle hatte festgestellt, dass man in achtzig Prozent dieser Absteigen über die Schulter der Frau hinwegschauen konnte, wenn sie den Schlüssel hervorwühlte, und irgendeinen Kerl in Unterhemd und Pantoffeln vor dem Fernseher sitzen sah. Was dieses immer wiederkehrende Tableau zu bedeuten hatte, war ihm nicht ganz klar.

Die Frau sah zu ihm auf. »Nummer zweiundzwanzig. Die Tür hinaus und nach links, das vorletzte Zimmer.«

Carlisle war müde, und seine Schultern hingen herab. Seine dunkelbraunen Augen schauten die Frau einen Moment lang an. Sie senkte sofort den Blick und hob ihn dann wieder, um ihm nachzuschauen, als er ging. Die kleine Glocke über der Tür klingelte, als er sie hinter sich schloss.

Seufzend kehrte sie in ihr Wohnzimmer zurück, ließ sich neben dem Mann in Unterhemd und Pantoffeln in einen Sessel fallen und wickelte einen Karamellriegel aus. »Hast du den Mann gesehen?«, fragte sie. »Irgendwas an ihm hat mir Gänsehaut gemacht. Halb Hippie, halb Indianer, halb noch was anderes, Kojote vielleicht. Hatte keine Adresse, aber hat bar bezahlt. Wie kann man heutzutage keine Adresse haben?«

Das Unterhemd sagte nichts.

Der Fernseher sagte: »Jetzt ein paar Informationen von Ihrem Lokalsender, und danach sind wir wieder da.«

Der Karamell klebte der Frau beim Kauen an den Zähnen.

Carlisle warf seine Sporttaschen auf die ausgefranste Chenille-Decke auf dem einen der beiden Einzelbetten, sank in einen mit rissigem schwarzem Vinyl bezogenen Sessel und machte ein Bier auf. Lastwagen rollten draußen über die 91, als er hinter sich griff und die Deckenbeleuchtung ausknipste. Das einzige Licht im Zimmer war das Flimmern einer sterbenden Leuchtstoffröhre über dem Waschbecken im Bad. Er war irgendwo westlich des Mississippi, östlich der Rocky Mountains, nördlich von Nebraska und südlich von Kanada. Das Bild an der Wand gegenüber zeigte einen Indianerkrieger im Lendenschurz; er saß auf einem braunen Pony und hielt die rechte Hand parallel zu den Brauen, um seine Augen zu beschirmen. Der Indianer schaute in die untergehende Sonne, und in der Ebene unter ihm waren keine Büffel zu sehen.

Carlisle rutschte im Sessel herunter und legte seine Stiefel auf die nächste Bettkante, und wieder dachte er an die Frau auf der Straße in Salamander. Das Gesicht, das kastanienbraune Haar, die grünen Augen, die ihn beim Vorüberfahren beobachteten. Eine solche Frau in Salamander, mitten im Nirgendwo? Er hatte sie schon mal irgendwo gesehen, oder eine Frau wie sie. Nicht gerade leibhaftig, das wusste er. Vielleicht in irgendeinem alten Traum, den er hätte aufschreiben sollen und nicht aufgeschrieben hatte. Die Bierdose klemmte zwischen seinen Knien, die Frau verschwand aus seinen Gedanken, und sein Kopf kippte langsam auf seine Schulter.

Wie die meisten Leute war Carlisle McMillan durch Zufälle ebenso wie durch Absichten zu dem geworden, was er war, durch beiläufige Ereignisse ebenso wie durch kluge Schachzüge. Eine Entscheidung hier, eine andere da. Im Rückblick manche gut, andere schlecht. Die Folgen seiner Entschlüsse, bestimmt durch rationale Erwägungen, mischten sich mit unvorhergesehenen Ereignissen, die sich an manchen Tagen von hinten über ihn wölbten, wenn er am wenigsten damit rechnete. Das Auf und Ab eines gewöhnlichen Daseins, mit anderen Worten. Ungewissheit, hätte man es auch nennen können.

Und von Anfang an hatte Carlisle McMillan mit mehr Ungewissheit gelebt als die meisten anderen. Vor etwas weniger als vierzig Jahren war er als unehelicher Sohn einer Frau namens Wynn McMillan und eines Mannes zur Welt gekommen, dessen Namen sie entweder nie gekannt oder aber vergessen hatte. Nach dem Wenigen, was seine Mutter ihm erzählt hatte, hatte er nur ein verschwommenes, schemenhaftes Bild dieses Mannes, der sein Vater war.

So sah er den Mann in seinen Kindheitsfantasien – und genauso auch noch in späteren Jahren – immer nur als dunkle Silhouette auf einem Motorrad, auf einer dieser schweren Maschinen, die für lange Strecken gebaut sind. Der Mann fuhr auf dem Küsten-Highway südlich von Carmel, von hinten bestrahlt von einer untergehenden Sonne, über eine hohe Brücke, wo der Pazifik sich tief in die Felsen gefressen hatte. Und die Frau hinter dem Fahrer? Die die Arme um seinen Leib geschlungen hatte? Deren Haar im Wind flatterte? Das war dann wohl Carlisle McMillans Mutter, vor langer Zeit.

Sie und der Mann waren nur zwei Tage zusammen gewesen, aber zwei Tage waren genug. Genug, um einen kleinen Jungen namens Carlisle zu erschaffen.

Sie erinnert sich an den warmen Sand in ihrem Rücken, als sie bei ihm lag. Das hat sie nie vergessen: Wie warm der Sand war, Ende September. Und sie erinnert sich an seine seltsame, ruhige Art, an einige der Eigenschaften, die sie später bei ihrem Sohn wieder erkannte. Sie spürte, dass er geheime Dinge wusste und leise Musik aus einer fernen Vergangenheit hörte, die allein die seine war. Aber sein Nachname war ihr entfallen. Sie glaubt, dass er ihr einmal gesagt hat, wie er hieß, aber da saßen sie an einem abendlichen Feuer, hoch am Rand ihres Lebens, und tranken selbst gebrautes Bier. Und sie kann sich nicht erinnern.

Wie sie einmal sagte: »Irgendwie schienen Namen damals unwichtig zu sein. Ich weiß, das ist für dich schwer zu verstehen, Carlisle, aber wir sahen es so. Jetzt leide ich darunter, unter dem Verlust seines Namens, mehr deinet- als meinetwegen.«

Das waren die Umrisse der Geschichte. Sie hatte ihm alles erzählt, als er zwölf war. Sie saßen auf der Vordertreppe ihres gemieteten Hauses in Mendocino. Sie schlang die Arme um den dünnen, stillen Jungen und legte den Kopf an seinen, während sie redete, und der Duft ihrer frisch gewaschenen Haare stach hervor aus der Mischung mütterlicher Gerüche. Er hörte zu und liebte sie für die unbeugsame Aufrichtigkeit, mit der sie sprach, für das Glück, das sie darin fand, ihn ins Dasein gebracht zu haben – sogar für den klingenden Unterton mystischer Hingabe, den sie hören ließ, wenn sie über den Mann sprach. Obwohl es für einen Jungen in Carlisles Alter schwer war, sich so etwas vorzustellen, besonders wenn es die eigene Mutter betraf.

All das war gut, ihre Ehrlichkeit und ihre liebevolle Sorge, aber es war nicht genug. Insgeheim wünschte Carlisle McMillan sich einen Vater, der ihm die Gewissheit geben konnte, dass all die willkürlichen, machtvollen Gefühle, die in ihm herumpolterten, irgendwann zu einer zusammenhängenden und nützlichen Männlichkeit verschmelzen würden.

Und lange Zeit war er wütend. Wütend über die Ungewissheit, wütend auf Wynn McMillan, die sich beiläufig mit einem Fremden paarte, der dann zwischen den bunten Bäumen eines längst vergangenen Herbstes nach Norden davongefahren und einfach verschwunden war. Einiges Leben war nötig, einiges Nachdenken, aber schließlich schloss er einen schlanken Frieden mit allem. Na ja, mit fast allem.

Dennoch, da war immer noch diese Ungewissheit, das Gefühl, unvollständig zu sein, die Neugier auf diese spezielle kleine Welle im Teich der Gene, aus dem er gekommen war. Manche sagten, er sehe halb aus wie ein Indianer mit seinen hohen Wangenknochen und der ausgeprägten Nase und den langen braunen Haaren, um die er manchmal ein rotes Tuch band, wie die Apachen es taten. Irgendwie gefiel ihm der Gedanke, obwohl er nicht wissen konnte, ob daran etwas Wahres war oder nicht. Wenn man ihn fragte: »Haben Sie Indianerblut?«, dann schwieg er, hob die Schultern, ließ sie ihre eigenen Schlüsse ziehen.

Und dann war da das Tappen. So nannte er es. Es hatte in seiner Kindheit angefangen und war über die Jahre hinweg geblieben. Etwas von weit hinten und tief unten, Herkunft unbekannt. Signale, schwach und weit weg, vielleicht aus den Spiralen seiner DNA, die kamen, wenn er innerlich still war, und dann fühlte er sie mehr, als dass er sie hörte. Als spielte eine wilde Katze mit der staubigen Morsetaste im Bahnhof einer Geisterstadt: tap ... Pause ... tap ... Pause ... tap, tap ... Sequenz wiederholen. Das war ein Muster, aber es gab noch andere.

Anfangs erschien es ihm unglaubhaft, schimärenhaft vielleicht, aber er stellte sich vor, dass sein Vater ihm durch die Linien des Blutes eine Art Botschaft schickte. Er dachte es sich so: Mein Vater als Person weiß nicht bewusst, dass ich existiere, aber sein genetischer Code weiß es, denn er ist ein Teil meiner selbst. Der Code weiß, dass ich existiere, die Spezies weiß, dass ich existiere, ich gehöre zu seiner Spezies und trage seine genetische Blaupause in mir. Daher weiß er es auf irgendeine Weise. Die Logik war unscharf, aber sie leuchtete irgendwie ein, solange er sie nicht allzu weit verfolgte.

So gelangte Carlisle zu der Überzeugung, dass sein Vater mit diesen Signalen zusammenhing, dass er irgendwo da hinten war. Er lauschte angestrengt und antwortete. »Wer bist du, Mann? Verdammt, dreh die Lautstärke höher, bleib auf Sendung! Erzähl mir etwas über dich, damit ich mehr über mich erfahre! Was weiß ich, ohne zu wissen, dass ich es weiß?« Aber die Signale waren dünn und schwanden beinahe sofort, nachdem sie begonnen hatten, und danach fühlte er sich immer ein bisschen verlassen und hatte Mitleid mit sich selbst.

Er bemerkte die Signale meistens, wenn er entspannt war. Vor einem, vielleicht vor zwei Jahren hatten sie aufgehört. Carlisle McMillan war an einen Ort gekommen, wo er keine ruhigen Augenblicke fand und nicht mehr entspannt war. Er war dabei, sich zu verlieren.

Als er als Junge in Mendocino lebte, hatte ein alter Zimmermann namens Cody Marx ihm beigebracht, besser als fast jeder andere einen Hammer zu schwingen und ein Brett zu zersägen. Zwei Jahrzehnte danach wusste er, dass er das Vertrauen des alten Mannes enttäuschte, und das traß ihm Löcher ins Herz. Ständig dachte er daran, wie weit er von dem weggedriftet war, was Cody Marx aus ihm hatte machen wollen. Wie weit? Sehr weit. Weit weg von dem Erbauer schöner und dauerhafter Dinge, der er hatte werden sollen.

Wenn er zurückschaute, war ihm rätselhaft, wie es dazu gekommen war. Überall an den Kreuzungen seines Lebens waren kleine Entscheidungen in große Konsequenzen gemündet. Die Konzentration auf das Unmittelbare hatte ihn in die Irre geführt, in eine verkommene und unerfreuliche Zukunft, in der er niemals hatte leben wollen. Irgendwo in all dem war der Traum von einem Leben als Handwerker verloren gegangen, und er hatte Codys Weg verlassen.

Rechnungen wurden fällig. Was soll's, zum Teufel, nimm einen Drecksjob an, bloß um des Geldes willen. Weitere Rechnungen, wieder ein schneller Job, eine mittelmäßige Arbeit. Erledigen, das Geld nehmen, verschwinden, den nächsten Job annehmen, um die nächste Rechnung zu bezahlen. Wie das so geht.

Nenn es den harten Druck der Realität, dachte Carlisle, nenn es Durchkommen in einer unbarmherzigen Welt, nenn es, wie du willst. Das machte es nicht hübscher, dieses Nagen an den Träumen, diese leise, schleichende, beinahe unbewusste Kapitulation vor den Mächten des Banalen. Fast ohne es zu merken, nur auf sein Überleben konzentriert, glitt er in Spiralen abwärts durch die Ebenen des Stolzes und des Interesses, bis er schließlich an einem Ort landete, an den er nicht im Traum gedacht hatte.

Nach und nach sah er sich als eins von ungezählten Jahrmarktponys, das in einer großen, schäbigen Parade der Kurzlebigkeiten dahinstapfte, ohne jeden Wert über das hinaus, was irgendjemand freiwillig dafür bezahlte. Der Markt war das Maß der Dinge, und Carlisle begriff, dass der Markt jener harten, unfreundlichen Zeit selten Qualität von der Art zu schätzen wusste, wie

Cody Marx sie produzierte. Carlisles Sprache, seine Weltanschauung, seine Haltung – das alles reflektierte sein Einverständnis mit einem System, gegen das Cody Marx leise rebelliert hatte.

Selbst die Frauen, die gelegentlich in Carlisles Leben getreten waren, hatten irgendwann die gleiche Behandlung erfahren: nichts Dauerhaftes, denn auf Dauerhaftigkeit kam es nicht an. Eine neue Frau, eine flüchtige Nacht, eine Woche vielleicht, und dann weiter. Schritt halten mit der Parade.

Er hatte die Schuldgefühle niedergekämpft, das leise, aber hartnäckige Protestgemurmel in sich unterdrückt und sich und anderen gesagt, die Zeiten hätten sich eben geändert und die geruhsame, selbstgenügsame Welt eines Cody Marx existiere nicht mehr. Eine Zeit lang funktionierte das, die rationalen Ausreden töteten ihn ab wie das Bier, von dem er abends zu viel trank, wie die Wochenenden, die er mit Bargeschwätz und Gemecker vergeudete.

Sein Partner, Buddy Reems, sagte irgendwann: »Carlisle, inzwischen ist es ein Wettlauf zwischen Leuten mit deiner Weltanschauung und den Erschließungsfirmen, und du hast Beton in den Stiefeln. Du leidest unter einer riesigen Kluft zwischen Praxis und Instinkt und verkleisterst diese Kluft zwischen der Scheißarbeit, die wir machen, und dem, was du in Wirklichkeit bist. Ganz so, wie wir Kitt zwischen zwei Bretter spachteln, damit man den Spalt nicht sieht.«

Carlisle erinnerte sich klar und deutlich an Buddys Worte, und er wusste, dass Buddy Recht hatte, auch wenn ein Teil seiner selbst es gern leugnen wollte. Er profitierte von dem, was die Stadtentwickler »Erschließung« nannten, wie es alle taten, die im Baugewerbe arbeiteten.

Buddys Bemerkung fiel, als sie beide oben auf einem Haus in Oakland saßen, das sie dort bauten. Sie hatten eben die Dachpappe auf die Balken genagelt und machten Pause, bevor sie die Schindeln hochzogen und verlegten. Rings um Carlisle und Buddy herum wurden überall neue Häuser gebaut. Vom Dach aus konnten sie über die Bay hinweg das Stadtzentrum von San Francisco sehen, wo dreißig Stockwerke hoch in der Luft Kräne arbeiteten; im sommerlichen Hitzeflimmern sahen sie aus wie riesige Angelruten, die Beton und Stahl zu den Jungs hinaufspulten, die dort hoch oben auf den Trägern balancierten. Überall wurde planiert und gegossen und gehämmert.

Er und Buddy saßen auf einem führerlosen Güterzug, der viel zu schnell fuhr, als dass an ein Abspringen zu denken wäre. Wie zum Teufel sollte man da runterkommen, ohne zu stürzen? Truck und Werkzeug mussten bezahlt werden. Subunternehmer mussten bezahlt werden. Die Miete. Ein paar Dollar für ein ordentliches Besäufnis am Samstagabend. Was sie vollführten, war ein Balanceakt auf dem fahrenden Zug; sie arbeiteten ohne Netz, immer mit dem Wissen, dass sie abstürzen würden, wenn nur ein Kunde seine Holzrechnung nicht bezahlte.

Irgendwann hatte Buddy sich aber doch von diesem Zug geschwungen und war nach New Mexico in eine Kommune gezogen. Er fing etwas mit einem Mädchen aus Taos an; ihre Beine waren länger als die vergangene Woche, so sagte er wenigstens. Er sagte auch, er werde sie im wahren Kommunardengeist mit Carlisle teilen, wenn Carlisle auch dort hinkommen wollte.

Sie blieben noch eine Weile in Kontakt, aber irgendwann löste sich die Kommune auf, und Carlisle verlor ihn aus den Augen. Carlisle baute weiter Häuser, die er nicht leiden konnte, für Leute, die er noch weniger leiden konnte. Tage vergingen, Jahre vergingen, er schwang den Hammer, zählte sein Geld, ertrug den blendenden Schweiß der Routinearbeit. Schloss Kompromisse, um Projekte im Rahmen des Budgets zu halten, maximierte einen kosmetischen Stil auf Kosten der handwerklichen Qualität, betäubt und orientierungslos. Versuchte, Cody zu vergessen, und konnte es nicht.

Eine Stimme von irgendwoher sagte unablässig: Du musst die Richtung ändern wie ein Fluss.

Carlisle war immer wortkarg gewesen, aber es kam so weit, dass er kaum noch sprach; der Schmerz über das, was er als seinen Verrat an Cody Marx und an sich selbst betrachtete, zerriss ihn innerlich. Abends saß er in seinem kleinen Apartment unter einer gelben Lampe und dachte darüber nach. In der Wohnung unter ihm sah eine ältere Frau sich die Wiederholungen der Lawrence Welk Show an, und die viel zu süßlichen Bläser und die ebenso süßen Stimmen sandten Red, red robins und die Sunny side of the street durch den Teppich zu ihm herauf, während das schwule Paar am Ende des Hausflurs sich endlos zankte.

Und im Stockwerk über ihm frönte ein Börsenmakler seinem undurchschaubaren Liebesleben.
Sirenen in der Ferne,
Nebelhörner vom Hafen,
Buch auf dem Schoß,
Drink in der Hand,
Fliege auf dem Lampenschirm,
Die Lennon Sisters im Walzertakt von unten,
Red, red robins,
Und unstete Reihen von MEHR-OH-JA von oben.

Carlisle McMillan saß da und dachte an das, was Cody Marx über präzises Arbeiten in allen Dingen gesagt hatte, betäubt von der wüsten Posse, zu der sein Leben geworden war.

Eines Morgens im Frühling dachte er wieder daran, wie tief er von dort, wo er begonnen hatte, gesunken war, von dem Tag an, da er zum ersten Mal den alten Werkzeuggürtel umgeschnallt hatte, den er jetzt trug. Er dachte, dass Cody ungläubig den Kopf schütteln würde, wenn er seine Arbeit sehen könnte, die Kompromisse, die Kapitulation vor allem, gegen das er gestanden hatte. Du musst die Richtung ändern wie ein Fluss …

Carlisle verlegte den Unterboden für das, was demnächst das abgesenkte Wohnzimmer eines Fünfhundert-Quadratmeter-Objekts sein würde, eines großen Hauses mit versetzten Ebenen, bei dem er als Subunternehmer die Zimmermannsarbeiten ausführte. Das Haus war für einen Manager, der sich den Kopf über die Farbe des Logos auf Zahnpastatuben zerbrach und der für dreihundertfünfundsechzig Tage solcher Überlegungen eine Drittelmillion Dollar in monatlichen Raten ausbezahlt bekam.

Carlisle hörte Stimmen auf dem Brachgrundstück nebenan. Er ließ sich auf die Fersen zurücksinken und schaute aus dem offenen Fenster; der Hammer in seiner Rechten ruhte auf dem Oberschenkel. Zwei Männer und eine Frau. Einer der Männer, verschwitzt und schwerfällig, redete. Er war entweder ein Makler oder ein Stadtentwickler oder der Manager einer großen Baufirma; nach einer Weile war das alles dasselbe. Der andere Mann hatte einen fülligen Bauch und krumme Schultern von Schreibtischarbeit und Spesenessen und mangelnder Bewegung.

Die Frau war eine dieser kalifornischen Traumfrauen. Am achten Tag, ausgeruht von seinen bisherigen Mühen, hatte Gott eine geheime Fabrik erbaut, irgendwo unten an der Küste dieses Landes im Westen, und ihr einziger Zweck war es, Frauen wie diese zu produzieren. Vielleicht fünfunddreißig Jahre alt, ein wunderbar straffer Körper in Designerjeans, die ihrerseits in kniehohen Lederstiefeln steckten, und in einem hellrosa Pullover, unter dem die makellosen Brüste aufwärts wippten. Blondes Haar, das halb über den Rücken reichte, gehalten von einer goldenen Spange.

Carlisle sah erst sie, dann den kläglichen Anzugtypen neben ihr an, und er malte sich aus, wie sie den Rücken bog, wahrscheinlich am frühen Nachmittag in einem guten Motel. Er erinnerte sich, wie er einmal einen Typen aus Illinois getroffen hatte, der geschworen hatte, er werde in den Westen fahren und dann eine dieser kalifornischen Schönheiten mit nach Hause bringen wie eine Jagdtrophäe. Carlisle hörte, wie die drei miteinander redeten und wie der Stadtentwickler/Makler einen kurzen verbalen Rundgang durch kommende Dinge veranstaltete.

»Da drüben kommen Golfplatz und Clubhaus hin. Ihr Grundstück wird an das vierzehnte Fairway grenzen. Allison, ich höre, Sie spielen Tennis. Neben dem Clubhaus wird es sechs Plätze geben, in unmittelbarer Nachbarschaft zu einem Swimmingpool mit Olympiamaßen. Selbstverständlich wird der Zugang zum gesamten Gelände durch Wachpersonal am Tor kontrolliert werden. Und wir holen einen Küchenchef aus London, der dafür sorgen wird, dass im Clubhaus nur die allerbeste europäische Cuisine serviert wird.«

»Hey, Carlisle, wie läuft's?« Der Bauunternehmer war gekommen; er machte seine Runde. »Ich hab den Muellers versprochen, dass Sie hier bis zum ersten Juli fertig sind. Das schaffen Sie hoffentlich. Kann sein, dass ich Sie für ein paar Tage hier abziehen muss, damit Sie den Holzköpfen helfen, die südlich von hier für mich arbeiten. Die verstehen einen Dreck vom Häuserbauen. Herrgott, sie haben bei zwei Einheiten die Dachgauben auf die falsche Seite gesetzt. Und wir haben noch sechzehn Einheiten drüben in Concord, mit denen wir gerade erst angefangen haben. Ich möchte, dass Sie da ein paar Ständerarbeiten erledigen. Sehen Sie zu, dass Sie diesen Boden so schnell wie möglich verlegen. Dann kommt der Teppich drüber, und kein Mensch sieht einen Unterschied. Wieso zum Teufel benutzen Sie eigentlich keine Nagelpistole wie alle anderen?«

Carlisle war immer noch auf den Knien. Das braune Haar hing ihm über den Kragen, der Schweiß tropfte von seiner Nasenspitze und durch sein verblichenes blaues Arbeitshemd, und seine Finger umklammerten den Hammer. Er sah mit dunklen Augen zu dem Bauunternehmer auf. Ein Spatz war hereingeflogen und neben ihm auf einem Kantholz gelandet; er wippte mit dem Schwanz und hinterließ eine kleine Zuwendung auf dem Holz.

Der Verkäufer nebenan schwätzte weiter.

Der Bauunternehmer auch.

Allison So-und-so auch.

Der klägliche Anzugtyp auch.

Und alle anderen auf der ganzen Welt, spürte Carlisle, schwätzten das Gleiche: Dreck. Das war es, was sie schwätzten:

Dreck.

Spatzendreck.

»Samstags Tanz im Clubhaus, Allison …«

»Carlisle, die Einheiten in Concord sind Billigware; also zerbrechen Sie sich nicht den Kopf …«

»Bill, wir können das zwar nicht öffentlich sagen, aber Minderheiten werden hier kein Problem ...«

»Allison, Sie werden einfach entzückt sein ...«

»Carlisle, Sie müssen noch ...«

»Wir werden Stellplätze für drei Autos brauchen ...«

»Werden Sie hier fertig, Carlisle. Wir brauchen Sie in Concord.«

Carlisle wandte den Kopf ab und starrte auf den Boden. Die Richtung ändern wie ein Fluss ...

Langsam stand er auf, schnallte den Werkzeuggürtel ab, stieß den Hammer hinein und ging zu seinem Truck. Der junge Mann, den der Bauunternehmer als Handlanger für ihn eingestellt hatte, schleppte eben ein holzverpacktes Buntglasfenster herein, ein Massenprodukt, das Carlisle in diesem Jahr schon in zwei andere Häuser eingesetzt hatte.

Er sprach leise und im Gehen, sah den Bauunternehmer an und deutete mit dem Kopf auf den jungen Mann. »Lassen Sie ihn das fertig machen. Danach kann er drüben in Concord die Ständerarbeiten übernehmen und dann mit seiner Nagelpistole gleich weiterfahren, die Küste runter bis Tijuana und in einem großen Bogen zurück über Bakersfield bis rauf nach Vancouver.« Der junge Mann, der das Fenster trug, sah erst Carlisle, dann den Unternehmer an und wartete mit einer Mischung aus Angst und Verwirrung auf Anweisungen. Der Kerl verstand vom Kiffen wesentlich mehr als vom Arbeiten, und an drei von sechs Tagen musste Carlisle ihn aus dem Bett holen. Der Bauunternehmer brüllte obszöne Beschimpfungen und befahl Carlisle, an die Arbeit zurückzugehen, der junge Mann hielt sein Fenster fest, die Leute auf dem Brachgrundstück starrten herüber. Carlisle McMillan stieg in seinen Truck und ließ den Motor an.

Er fuhr nach Hause in sein möbliertes Apartment, packte seine Kleider und das Radio in zwei Sporttaschen und beglich seine Rechnung beim Hausverwalter. Er kam zur Bank, kurz bevor sie schloss, und hob alles Geld ab, das er besaß: 11.212,47 Dollar. Tausend in bar, dreitausend in Travellerschecks, einen Scheck über zweitausend für seine Mutter, damit sie über die Runden kam, und den Rest als Bankwechsel.

Seine kleineren Werkzeuge kamen in die Metallbox, die auf der Ladefläche seines sechs Jahre alten Pick-ups befestigt war. Bücher, Kreissäge und andere klobige Gegenstände lagerte er bei einer Selfservice-Containerfirma ein, und am frühen Abend war er unterwegs, ohne zu wissen, wohin. Er fuhr über die Oakland Bay Bridge, nordwärts durch Sacramento und schließlich auf einer kleinen, zweispurigen Landtraße durch die Sierra Nevada hinauf nach Idaho. Hübsche Gegend dort, aber zu dicht an Kalifornien, zu dicht am Dröhnen einer Zukunft, auf die er keine Lust mehr hatte.

An Kreuzungen schien der Truck seinen eigenen Kopf zu haben, und so hatte Carlisle ihn einfach laufen lassen, immer weiter nach Osten bis an die Küste von North Carolina. Bei Cedar Island nahm er die Fähre nach Ocracoke auf den Outer Banks und mietete sich dort in einem Bed & Breakfast ein, wo er den Trawlern zusehen und den Wind spüren konnte. Aber die Erschließungsfirmen waren auch dort schon gewesen, nicht in Ocracoke, aber ein kleines Stück weiter nördlich und südlich, und nahmen ihn in die Zange. Er konnte sie riechen, konnte sie spüren. Sie verschandelten Nags Head mit ihren Eigentumswohnungen und Themenrestaurants, bauten auf einem Land, das das Meer unaufhörlich zurückfordern würde, und forderten staatliche Hilfe, wenn ihre Häuser weggeschwemmt wurden, nachdem man ihnen geraten hatte, nicht in den unberechenbaren Dünen zu bauen.

Weiter unten war es noch schlimmer. Auf den Inseln vor der Küste bei Charleston schwitzten die weißen Großstadtjungs nur leicht in ihren beigefarbenen Sommeranzügen, während sie jeden über den Tisch zogen, vor allem die Nachkommen der Ex-Sklaven, denen die Inseln gehört hatten. Carlisle saß neben einem alten Mann auf einer Brandungsmauer und sprach mit ihm darüber.

Der Mann erzählte ihm, das Leben der Inselbewohner habe ursprünglich aus Familie und Lyrik bestanden, aus Musik und christlichem Mystizismus. Bis zu einem gewissen Grad sei das immer noch so. Die Welt, die sie sich in dieser schwülen Gegend erbaut hätten, sei die Welt von Bruder Hase und Bruder Alligator und feiner Inselbaumwolle gewesen. Die Welt der White Boys, das sei eine ganz andere. Die sei knallhart und abgebrüht.

»Sie gondeln die ganze Zeit in ihren kleinen Golfwägelchen rum und rechnen. Dauernd sind sie am Rechnen.«

Der alte Mann trug die braun gestreifte Hose eines Anzugs, der vor dreißig Jahren neu gewesen war und jetzt vom vielen Tragen glänzte, dazu ein gestreiftes weißes Hemd mit zerfranstem Kragen und einen grauen Filzhut. Beim Erzählen blickte er hinaus zu den Inseln, und seine Stimme klang ferner als diese. Carlisle hörte ihm zu; manchmal betrachtete er die Muster, die sie beide mit den Schuhspitzen in den Sand malten, manchmal blickte er dahin, wo der alte Mann hinblickte, hinaus zu den Inseln.

Was diese White Boys getan hatten, war brillant, das musste Carlisle heimlich anerkennen. Skrupellos, aber brillant. Dem alten Mann zufolge ging es so: Biete großes Geld für ein Stück Land, lass die Habgier in den Köpfen der armen Leute herumschwappen, und setze ein teures Hotel auf das Grundstück. Das ließ die Grundsteuer in eine Höhe schießen, die jenseits dessen lag, was die übrigen Grundbesitzer sich leisten konnten. Um die Steuern zu bezahlen, mussten sie das Land verkaufen, das General William Tecumseh Sherman ihnen nach dem Bürgerkrieg geschenkt hatte. Die Erschließungsfirmen kauften das Land und bauten noch mehr Hotels und Eigentumswohnungen und Strandclubs. Die Grundsteuer stieg noch höher, der Kreislauf setzte sich fort.

Irgendwann erreichte eine Insel den Zustand, den die schnellen Jungs »build-out« nannten, was bedeutete, dass kein Platz mehr für Neubauten war. Und was war das wirklich Köstliche daran? Der Urenkel ehemaliger Sklaven, ein Mann, der einmal ein Stückchen Land auf einer der Inseln besessen hatte, arbeitete am Ende als Poolboy im Hilton. Er saugte den Dreck vom Grund der gechlorten Swimmingpools, während seine Mutter durch einen Eisenzaun auf die Gräber ihrer Vorfahren schaute. Sie brauchte jetzt einen Pass von den Weißen im Hotel, wenn sie die Gräber besuchen wollte. Brillant – elegant, konnte man sogar sagen –, das musste man ihnen lassen.

Carlisle verabschiedete sich von dem alten Mann und fuhr zu einem Strand, in der Hoffnung auf ein wenig Ruhe. Aber das war ein Irrtum. Die College-Truppen hatten Frühlingsferien, auch wenn die meisten von ihnen, wie Carlisle die Sache sah, nicht fleißig genug studiert hatten, um überhaupt irgendwelche Ferien zu verdienen, und diejenigen, die fleißig studierten, immer noch in der College-Bibliothek saßen. Er hatte vier

Jahre in Stanford verbracht und wusste, dass die ernsthaften Studenten nicht am Strand waren, obwohl sie diejenigen waren, die eine Ruhepause nötig hatten, sie und die Bauarbeiter und Maschinisten und die Mohawks hoch oben auf den Stahlgerüsten, die allesamt keine Frühlingsferien in ihren Tarifverträgen stehen hatten.

Auf einer Bühne am Wasser war ein Wet-T-Shirt-Contest im vollen Gange. Die derzeitige Kandidatin war ein gut aussehendes Mädchen in einem Bikinihöschen und einem durchnässten, kurz abgeschnittenen T-Shirt mit dem Aufdruck CLOSED MONDAYS. Allem Unfug zum Trotz konnte Carlisle nicht umhin, sie für einen Augenblick zu bewundern. Die Brustwarzen schienen den dünnen Baumwollstoff zerreißen zu wollen, so sehr mühten sie sich, gesehen zu werden. Ihren prächtigen Busen vor vierhundert heulenden Männern zu schwenken, hatte vermutlich diese Wirkung auf manche Frauen.

Betrunken und rot vom Sonnenbrand sanken die Studenten und ihre Anhängerschaft zurück in eine Finsternis, von der es hieß, die Zivilisation habe sie überwunden. »Rausholen ... rausholen ...«, skandierten sie in, wie sie glaubten, schalkhaftem Understatement, ironischer und subtiler als »Ausziehen!«, und dabei zerhämmerte ein Van-Halen-Song den Nachmittag durch eine Lautsprecheranlage, die dazu gebaut war, mit anderen Welten zu kommunizieren.

Und schließlich holte sie sie heraus. Sie streifte Hemd und Würde gleichzeitig ab und befreite die großen, wunderschönen Brüste, über die sich waagerecht die Bräunungslinie zog. Die Zivilisation fiel weinend auf die Knie, und die Studenten mit ihr. Als das geschehen war, nahm die Meute sich ihr Bikinihöschen vor, und Hunderte von Betrunkenen bedrängten sie gleichförmig brüllend, auch dieses abzulegen. Daraufhin begann sie ein befangenes Hüftschwenken mit starken protestantischen Untertönen, ein zögerndes Vorstrecken des Beckens – nicht zu sehr –, eingeschränkt in ihren Bewegungen durch jahrelange elterliche Ermahnungen zur Mäßigung in allen Dingen.

Irgendwo, stellte Carlisle sich vor, saßen ihre Eltern und nippten an Cocktails und erzählten ihren Freunden: »Ja, Christina ist im zweiten Jahr auf William and Mary, aber sie hat sich noch nicht für ein Hauptfach entschieden. Sie hat davon gesprochen, dass Soziologie in Frage käme, vielleicht auch Kunst, aber wir machen uns doch Sorgen über ihre Richtungslosigkeit. Und was fängt man mit einem Examen in Kunst an?« Mit diesem Körper, dachte Carlisle grinsend, brauchte Christina sich wegen ihrer Richtung keine Sorgen zu machen, denn fachkundige Berater würden mit Vergnügen Schlange stehen, um ihr Anleitung zu geben.

Er fuhr wieder nach Süden und spazierte an den Stränden entlang, die er über die wenigen verbliebenen öffentlichen Zugänge noch erreichen konnte. Hockte immer wieder tagelang herum, las, dachte nach, ließ sein Haar noch länger wachsen, suchte nach Rettung. Im Spätsommer ließ er die Ostküste hinter sich und fuhr wieder landeinwärts. Er erinnerte sich an einen Ort namens Chimney Rock, eingeklemmt in eine Schlucht namens Hickory Nut Gorge, nicht weit von Asheville. Er hatte dort eine Woche mit einer Frau verbracht ... er versuchte sich zu erinnern, wann das gewesen war ... vor langer Zeit, im Herbst. Sie hatte sich ein kleines Grundstück im südlichen Teil der Blue Ridge Mountains ansehen wollen, das sie dort besaß.

Carlisle war gerade aus dem Militärdienst entlassen worden und wollte von Fort Bragg nach Kalifornien, und er war einfach mitgefahren.

Es war wirklich schön gewesen. Ein schnell fließender Bergbach mit einem hübschen See am Ende schnitt sich durch das Dorf. Sie mieteten eine Ferienhütte mit einem großen, gemauerten Kamin und einer lang gestreckten Vorderveranda. Sie war Ende zwanzig, ein bisschen älter als Carlisle, eine liebenswerte Frau. Ihr Mann hatte sie nach dem Ende seines Medizinstudiums verlassen, und sie war gezwungen gewesen, einen Job im Büro der Wartungsdivision auf dem Militärstützpunkt anzunehmen. Dort hatte Carlisle sie kennen gelernt.

Sein Zimmermannsberuf hatte ihn vor Vietnam bewahrt. Ein Colonel warf nur einen Blick auf Carlisles Fertigkeiten und wies ihn der Wartungsdivision zu. Er verbrachte seine zwei Dienstjahre mit der Arbeit an den Offiziersquartieren in Fort Bragg und hin und wieder auch einen Nachmittag am Haus des Colonels, wo er hinten eine Sonnenveranda anbaute und im Keller eine Sauna einrichtete. Routineeinsatz, keine Probleme.

Elf Jahre später und in Erinnerung an die Frau fuhr er wieder über die Stadtgrenze von Chimney Rock. Sonntagnachmittag, Mitte August. Touristen schlenderten durch Läden, in denen Maiskolbenpfeifen und »echte Cherokee-Mokassins«, Made in Taiwan, angeboten wurden.

Auf einem Motelparkplatz lungerte eine Truppe namens »Buccaneers« mit ihren diversen Miezen auf ihren Motorrädern herum; sie trugen Stiefel und Leder, tranken Bier, posierten, arbeiteten an ihrer formal gesehen mörderischen Erscheinung und beunruhigten die Handelskammergestalten, die in ihren Immobilienbüros hockten und durch die Jalousien spähten. »Crabby Dick's Oyster Bar« war gestopft voll, und Spaßversessene malten Graffiti auf die Felsen im Fluss und teilten einer gleichgültigen Welt mit, sie seien hier gewesen, und »Al liebt Becky«, jedenfalls für ein Weilchen. Sonntag in Carolina.

Carlisle nahm an, die Besucher würden alle 37.648 Zylinder starten, die sie zum Wochenende in die Berge gebracht hatten, und vor Sonnenuntergang wieder verschwinden, zurück nach Asheville, zurück nach Charlotte, zurück, wohin auch immer. Er hatte Recht. Um acht war die Hauptstraße dunkel und beinahe verlassen.

Er aß Schinken und Hefeklöße mit Erbsensauce in einem ziemlich netten Restaurant und ging danach am Bach entlang spazieren. In der Dunkelheit spähte er an der sechshundert Meter hohen Steilwand hinauf, die der Stadt ihren Namen gegeben hatte: »Kaminfelsen«. Plötzlich fühlte er sich einsam. Es war eine gute Gegend und eine gute Zeit, um mit einer Frau zusammen zu sein, aber er hatte keine.

Er wünschte sich, Sharon wäre an diesem Sonntagabend da. Die Bilder erschienen vor seinem geistigen Auge wie eine schnelle Dia-Show, die in einen Filmstreifen überging. Vor Jahren hatten sie auf einem Teppich vor dem Kamin miteinander geschlafen. Im Feuerschein sehen Frauen immer gut aus, und Sharon sah sogar noch besser aus. Sie trug Flanellpyjamas und ein Parfüm, an dessen Namen er sich nicht erinnern konnte, aber er schmeckte es noch jetzt auf ihrer Haut.

Nach der Scheidung hatte Sharon sich zusammengerissen und sich durch ein Englischstudium am Duke College durchgebissen, und dann hatte sie eine Stellung bei einem Verlag in New York gefunden. Das wusste Carlisle, weil sie ihm bis vor wenigen Jahren immer eine Weihnachtskarte geschickt hatte.

An der Einfahrt zum Park gab es ein Telefon. Von der New Yorker Auskunft bekam er eine Nummer, und er wählte sie, als ein leichter Regen einsetzte. Ein Mann meldete sich. Carlisle hätte beinahe aufgelegt, aber er riss sich zusammen und fragte nach Sharon.

Sie kam ans Telefon, zögerte, als Carlisle seinen Namen nannte, und sagte dann: »Bitte warten Sie, ich gehe an den anderen Apparat.«

Ihr flacher Ton hörte sich an, als habe er angerufen, um einen Eimer Lackverdünner zu bestellen. Er hörte Musik im Hintergrund, als sie den Hörer hingelegt hatte, und ihre Stimme sagte: »Ronnie, Schätzchen, leg doch hier bitte auf, wenn ich im Schlafzimmer den Hörer abgenommen habe.«

Dann war sie wieder da, und jetzt klang sie anders, fröhlich und warmherzig und erfreut, von ihm zu hören. »Wo bist du, Carlisle?«

Er erzählte es ihr. Sagte all die richtigen Dinge und meinte, was er sagte. Er stehe in Chimney Rock im Regen und denke an sie und vermisse sie.

»Oh, Carlisle, ich wünschte, ich wäre in diesem Augenblick bei dir. Ich hab mein Grundstück da draußen vor Jahren verkauft, aber ich liebe die Gegend immer noch. Sag mir genau, wo du stehst.«

Er sagte es ihr.

»Ich sehe es vor mir. Den Berg hinter dir. Und den Fluss. Halt den Hörer so, dass ich das Wasser auf den Felsen hören kann.«

Er tat es und schaute hinauf in den dunklen Himmel.

»Komm nach New York, Carlisle. Ich würde dich so gern wiedersehen.«

Er erklärte ihr, er sei inzwischen so weit, dass er an Orten, die mehr als tausend Einwohner hatten und Rush-Hour-Verkehrshinweise nötig hatten, Zuckungen bekäme. Das verstehe sie, sagte sie. Sie plauderten noch ein bisschen, und dann verabschiedeten sie sich herzlich.

Danach bereute er, dass er sie angerufen hatte. Er ging zurück zu seinem Zimmer, las ein Weilchen und schlief endlich ein. Als der Morgen dämmerte, machte er sich eine Thermosflasche Kaffee und fuhr ab, wieder nach Westen. Er fühlte sich matt.

Durch Asheville, über den Great Smoky Mountains Expressway, und der Kühler wies nach Westen. Tage auf der Straße, einer so verschwommen wie der andere. Rollende Räder, rollende Gedanken, Gedanken an Cody Marx.

Hinaus aus dem weiten Land des Südens, nordwärts hinauf in eine Gegend mit Sojabohnen und Schweinen und Maisfeldern, weit über den Sonnenuntergang hinaus. Bei einer Brücke in Ohio saß ein Junge von vielleicht acht Jahren drei Schritte neben dem Highway und sah dem Verkehr zu. Zweihundert Meter weiter hinten in einem Feld sah Carlisle Farmgebäude; wahrscheinlich kam der Junge von dort. Sechzig Jahre zuvor hätte ein Farmersohn den Eisenbahnzügen nachgeschaut und die Gleise betrachtet und sich gefragt, wohin sie wohl führen mochten. An diesem Tag saß der Junge mit seiner Baseballmütze und in alten Jeans da und sah Trucks und Autos vorüberfahren, sein Blick folgte dem Asphalt, er schaute in alle Richtungen gleichzeitig, und Träume wurden wach, Pläne, die noch gemacht werden mussten.

Weiter nach Westen. Augusthitze an den meisten Tagen, gnadenlos weiße Sonne, Sonne wie ein Hammer, die Lichter von Sportplätzen weichgezeichnet in dem Gemisch aus Staub und Abenddunst, Wetterleuchten in der Ferne. Regen manchmal, Scheibenwischer, die das Wasser zur Seite schaufelten, das Rauschen der Gummireifen auf nassen Landstraßen, die sich wie Flüsse durch spätsommerliche Maisfelder zogen. Ortsschilder, die von vergangener Herrlichkeit kündeten, von kleinen Siegen, alt, aber unvergessen und der Welt vor Augen geführt, als sei diese spezielle Art von Geschichte in Zukunft noch wichtig: STATE CHAMPION IM HÜRDENLAUF 1972. Das Schild war verwittert und kaum noch lesbar.

Und die Gerüche, schwer und sommerlich: Schweinekoteletts auf dem Grill, frisch gemähtes Gras in Kleinstädten, öliger Stahl in alten Fabrikstädten, fetter Dieselqualm von Sattelschleppern – TRUCKIN' FOR JESUS, stand bei einem auf der Heckklappe.

Und die Geräusche. In Bettendorf, Iowa, schrien Transparente über der Straße: BIX LEBT!, und Oldtime-Jazz wehte aus der Stadt und über den braunen Mississippi: Shufflin', shufflin', shufflin' down to the land of dreamy dreams, where she moans the whole night long and drags me around by her apron strings just when they're closing Storyville. In Sioux City, an einem Samstag, läuteten die Glocken der Kathedrale bei Sonnenuntergang den Angelus, als Carlisle gerade den Truck voll tankte.

In jedem zweiten County schien ein Bluegrass-Festival im Gange oder in Vorbereitung zu sein. Jim & Jesse und ihre Begleitband waren der Top Act eines Konzerts am Sonntagabend auf einem Rummelplatz mitten im Nirgendwo. Die Haare ölig zurückgekämmt, zupft Jesse die Mandoline zu Jims Flattop-Gitarre, Fiedel und Five-String-Banjo nudeln dahinter. Carlisle stand weit hinten zwischen den Bäumen bei den Verkaufsständen, trank Limonade und hörte zu.

Ein übergewichtiger Mann mit einem Geigenkoffer sprach ihn an.

»Bist du 'n Banjo-Picker, Junge?«

Carlisle schüttelte den Kopf, und der Mann ging weiter und suchte nach Pickern.

Irgendwo westlich des Mississippi und östlich der Rockies tauchte eine kleine Stadt auf, eins dieser Städtchen mit Staub zwischen den Zähnen und einem trockenen Rasseln in der Kehle.

Salamander.

5

Die Frau, die an Carlisle McMillans erstem Abend in Salamander durch das Licht seiner Scheinwerfer ging, hieß Susanna Benteen. Wie bei anderen Männern, die Susanna angesehen und sich gefragt hatten, welches exotische Grenzland sich da unter Mantel und Kleid verbergen mochte, war es auch bei Carlisle McMillan ihr Look, der als Erstes Aufmerksamkeit erregte. Auf den ersten Blick wäre es leicht gewesen, sie als Relikt aus den wilden Tagen von Berkeley abzutun. Noch leichter, sie abzutun als ältere Version dieser idealistischen jungen Leute, die vor Intensität knisternd ihre Flugblätter zu obskuren Anliegen verteilten und andere gedrängt hatten, Petitionen zugunsten der Secaucus Seven oder der Menschenrechte in Ländern zu unterschreiben, die die meisten Leute nicht mal auf der Landkarte finden konnten.

Aber eine solche Einschätzung wäre falsch gewesen. Susannas Mutter, eine Ungarin, war gestorben, als Susanna vier Jahre alt gewesen war, und sie war in die Obhut ihres Vaters gekommen, eines Wissenschaftlers, dessen Arbeit ihn überall dorthin führte, wo Menschen auszugraben suchten, was sie früher gewesen waren, was immer das sein mochte. Seine Arbeit bestand genau genommen darin, C. G. Jungs Theorien zum Symbolismus auf die Rätsel antiker Kulturen anzuwenden. Sie hatte ihn auf seinen Reisen begleitet – eine Kindheit in Sandalen, T-Shirt und schlabbrigen Shorts mit elastischem Bund –, war in Kairo und Khartoum zur Schule gegangen und hatte bei den staubigen Grabungsstätten am zweiten Nil-Katarakt und der großen Ausgrabung von Olduvai mit den Kindern der Einheimischen gespielt. In der Hitze der Eingeborenendörfer hatte sie neben ihrem Vater gesessen, während sein Tonbandgerät lief, und sie hatten den Geschichten aus einer vergangenen Traumzeit gelauscht, den wirbelnden Allegorien und Bildern, die prachtvoll in ihren Ohren klangen. Kurz gesagt, Susanna Benteen war ein Kind der Wüstennächte und der Wüstentrommeln.

Als er eine Professur in Yale übernahm, führte sie ihm den Haushalt und kochte das Essen, schon alt in ihren Gewohnheiten, schon eine Veteranin des Lebens auf der Straße. Das Telefon in ihrer Küche in New Haven klingelte an einem strahlenden Morgen im April. Der Archäologe in lehmigen Stiefeln und Feldkleidung sprach in ruhigem Ton mit ihr, und seine Stimme kam durch Mother Bells lange Leitungen aus Yerkes County, South Dakota. Ihr Vater war tot.

»Ist vor drei Stunden von einem Felsen gestürzt; keiner von uns hat es gesehen. Was kann ich sagen … Es tut mir wirklich leid. Er war ein guter Mann. Wir werden uns hier für Sie um alles kümmern.«

Sie stolperte durch ein langweiliges, wirres Jahr am Bryn Mawr College, und dann zog sie aus, um herauszufinden, was möglich war und was nicht. Kommunen und Zwänge, alte Städte und Dritte-Welt-Busse. Allein und in Bewegung. Immer in Bewegung.

Eine Zeit lang lebte sie an der spanischen Küste, in San Sebastian. Das Haus gehörte einem Mann namens Andrew Tanner. Sie war dreiundzwanzig und auf der Suche, Tanner war sechsundfünfzig, Journalist und herrisch; sein Gewerbe führte ihn in Gegenden, wo Menschen miteinander kämpften, ohne dass die Gründe dafür völlig klar waren. Wo ein Konflikt ausbrach, da ging Andrew Tanner mit seinen Notizbüchern hin, und er ging allein.

Susanna blieb in San Sebastian und wartete auf seine Rückkehr aus Entebbe oder Beirut oder Vientiane. Manchmal telegrafierte er ihr, und dann fuhr sie mit dem Zug nach Paris und traf sich dort mit ihm für einen oder zwei Tage, während seine Wäsche gewaschen wurde und er sich entspannte. Fast drei Jahre blieb sie bei Tanner, und sie wurde rastlos und dachte schon daran, fortzugehen, als ein Telegramm aus Beirut kam: Eine Granate hatte den Lastwagen getroffen, auf dem er gesessen hatte, und Tanner war tot. Ihre Väter schienen alle zu sterben.

Tanner. Sie erinnert sich an lange Gespräche beim Wein in den Cafés von Paris, bei Cognac und Kaffee auf der Veranda seines Hauses in San Sebastian. Er war sonnenverbrannt und von ruhiger Art, lebte irgendwo in einer anderen Zeit. Die moderne Kriegführung, sagte er immer, sei zu schnell, zu sehr von Maschinen getrieben, ihr fehle das, was er die Majestät des Konflikts nannte. Er trauerte den Schreien der Zenturionen nach, der Kavallerie Napoleons, die durch das frühmorgendliche Schneetreiben über die Ebenen Europas zog, den Reitern in schwarzen Gewändern, die durch den arabischen Sand galoppierten.

Tanner hatte Susanna beobachtet und spürte ihre Rastlosigkeit. Er war weit gereist und ja, er hatte solche Frauen schon öfter gesehen. Die Afrikanerin auf dem Flughafen von Mombasa, mokkabraun und königlich – nicht einmal einen Blick hatte sie in seine Richtung geworfen, und die Kurve ihrer nackten Schulter war in einen schlanken, von goldenen Reifen umschlossenen Arm übergegangen. Eine andere – ein kurzes Aufblinken, als sie auf den byzantinischen Pfaden eines Marktes in Kalkutta von einem Gebäude zum anderen hinübergegangen war; er erinnerte sich an den grünen Sari und den langen braunen Hals und an die Augen, die nur einen Moment lang zu ihm herüberschauten. Und vielleicht eine noch, vor dreißig Jahren, eine Araberin mit einem kleinen Kind, die im Bahnhof von Marrakesch aus einem Wagen der zweiten Klasse gestiegen war. Aber da war er noch ein Junge gewesen und hatte sich gefragt, wie es sein würde, ein Mann zu sein.

»Männer werden ein Problem für dich sein«, hatte er eines Abends gesagt. »Den richtigen zu finden.« Tanner hatte eine kryptische Art zu reden – als lese er aus seinen Notizbüchern vor.

»Wie meinst du das?«, fragte sie.

Er schwieg kurz. »Es wird nur wenige Männer geben, die dir recht sind. Die meisten von uns bleiben so lange wie möglich Jungen, wir ignorieren die Verantwortung, die wir als Erwachsene eigentlich übernehmen sollten, und halten uns stattdessen an Schein und Äußerlichkeiten, um damit die durchaus vernünftigen Forderungen erwachsener Frauen abzuwehren.«

Im Dunkeln scharrte ein Streichholz an der Reibfläche, als er sich eine Zigarette anzündete. Sie war ihm zugewandt, hörte zu und verstand. Sah seine Silhouette vor dem dunklen Wasser des Atlantiks. Manche Wellen schimmerten grün phosphoreszierend, wenn sie heranrollten.

Tanner sprach weiter. »Der Grund dafür ist einfach: Das, womit wir uns als Jungen die Zeit vertreiben, verlangt sehr viel weniger von uns als das, was eine Frau irgendwann verlangen wird. Eine Frau, wie du eine werden wirst – oder schon bist –, hat Erwartungen, wenn sie einen Mann ansieht. Diese Erwartungen erfüllen sich nicht, wenn da nur ein Junge zurückschaut.«

Er zögerte und senkte langsam die Stimme, bis sie rau und kaum mehr hörbar war. »Und in all dem liegt Schmerz und Trauer. Der Junge fühlt es, das weiß ich sicher, und ich vermute ... ich vermute, auch für die Frau bedeutet es Schmerz und Trauer. Ich denke mir, es wird dir vielleicht einsam vorkommen da draußen.«

Susanna trug einen Kaftan in gebrochenem Weiß, der weich an ihrem Körper lag. Das Cognacglas auf dem Schoß, wiegte sie sich langsam in ihrem Korbsessel vor und zurück und schaute hinaus über die spanischen Gewässer. Ein leichter Wind von den Azoren war aufgekommen und kräuselte den Kaftan, und sie fühlte die Bewegung der weichen Baumwolle an ihrer Haut. Tanner beugte sich über sie, drückte seine Lippen an ihr Haar und ging ins Haus. Als sie ihm eine Stunde später folgte, schlief er in seinem ledernen Schreibtischsessel, und in der Schreibmaschine steckte ein unvollendetes Manuskript.

Am nächsten Morgen war er fort, und auf dem Kissen neben ihr lag ein Blatt Papier. Dies hatte er geschrieben:

In mittleren Jahren
War ich zufrieden,
Schloss meinen Handel
Mit schnell fließendem Licht
Und sagte mir
Ich habe getan
Was getan werden konnte.
Dann du ... wiederum du,
Nach all den Jahren.

Ich habe dich schon gesehen,
Draußen in der Wüste,

Draußen in den Zügen,
An Festungsmauern,
Wo Gaukler Feuer schlucken,
Und
Tanzend wie eine gefallene Nonne
In den Straßen von Pretoria –
Die Kurve deines Nackens,
Der Schwung deines Kopfes,
Ein beiläufiges Blitzen
Von gelbem Strumpf,
Wenn die Musik sich wandte.
Und plötzlich ...
... Wiederum
Kämpfe ich
Um die Stunden.
Aber ich kann nichts tun,
Als süße Klagelieder zu spielen
Um den Tod der blauen Herbste.
Weiter kann ich nichts mehr tun.
Und niemand weiß
Von meiner Wintersehnsucht ...
... Oder kennt deine geheimen Träume,
Nur
Der Tanzmeister
Und
ich.

Drei Wochen später war Tanner tot. Susanna Benteen zog weiter. Ein Argentinier lehrte sie den Tango und liebte sie bis zur Besinnungslosigkeit im Kerzenschein auf dem Balkon einer Villa in Buenos Aires. Er hatte ihr die Kleider abgestreift, während sie tanzten, und tanzte weiter mit ihr, als sie nackt war und er selbst noch im Abendanzug, und dann bog er sie zurück über das Balkongeländer, ihr langes Haar hing über der Straße, und sie schrie vor Lust in die Nacht hinaus. Es gab viele solche Nächte. Er wollte sie heiraten, bot ihr Geld und eine Stellung in der Gesellschaft, aber es war nicht das Richtige für sie, und sie wusste es und zog weiter.

Dann kam der alternde Jazzmusiker in Seattle. Sie saß in einer Bar namens »Shorty's« und lauschte seinem Tenorsaxophon, und seine schwarze Haut am hellen Pfirsichton der ihren war, wie sie feststellte, Teil einer intensiven, stillen Erotik, die sie mit ihm teilte. Der Klang seines Saxophons drang manchmal in ihr Inneres, als wäre er selbst da.

Und so wurde die Straße ihre Zukunft, und sie verbrachte eine Menge Zeit auf Reisen. Ihr Vater hatte sie vieles über Symbole gelehrt, Andrew Tanner über die Welt und ihre Fähigkeit zur Bosheit, und ein Asiate hatte ihr einen Teil der Landkarte geschenkt, die ihr den Weg zur inneren Ruhe zeigte. Aber der Indianer, der später kam, nachdem sie nach Yerkes County gekommen war, war ihr in vieler Hinsicht näher als jeder andere Mann, den sie gekannt hatte. Es war, als hätten sie beide einen gemeinsamen Geist – oder doch beinahe.

Alle Männer, an denen ihr etwas gelegen hatte, jeder einzelne, hatten ein gemeinsames Merkmal: Während sie ihre Arbeit taten, was immer das im Augenblick gerade war, suchten sie auch nach etwas anderem, ging ihr Blick zu einem anderen Ort. Sie dachten immer an diesen anderen Ort, und der Kitt ihrer Beziehung – zu wem und was auch immer – bekam irgendwann Risse und löste sich auf. Jeder war gut in dem, was er tat, aber jeder hatte auch das Gefühl, in eine andere Zeit zu gehören.

Und über all diese Jahre hinweg ließ ihr der Tod ihres Vaters keine Ruhe – die Frage, wie es dazu gekommen war, wie auch die Tatsache an sich. Und so trug der letzte Greyhound, der jemals in Salamander hielt, sie auf einem langen, schnurgeraden Highway durch den Aprilregen und entließ sie vor »Danny's«.

Sie mietete ein kleines Haus südlich des Silos von Salamander und fing an, diskrete Nachforschungen über die Umstände seines Todes anzustellen. Das Urteil des Gerichtsmediziners war schnell und steril gewesen: Der Boden habe nachgegeben, wo der Anthropologe gestanden hatte; der Tod war ein Unfall.

In einem Leitartikel im *High Plains Inquirer* hatte es geheißen, der Tod ihres Vaters »war ein unglückseliger Verlust in unserem sehnsuchtsvollen Streben danach, uns selbst besser zu verstehen, indem wir den Schichten unserer Vergangenheit Erkenntnisse entreißen«. In gewisser Weise war das ein bisschen zu flott und ein bisschen zu sauber – so kam es ihr jedenfalls vor: Man hatte den Deckel über dem Ereignis zugeschlagen. Das ganze Paket war säuberlich verschnürt, und man fand keinen Hinweis darauf, dass es sich um etwas anderes handelte als darum, dass ein Wissenschaftler sich auf seine Arbeit konzentriert hatte und nicht darauf, wohin er den Fuß setzte. Aber das alles ergab keinen Sinn, denn ihr Vater war ein umsichtiger und erfahrener Mann gewesen, der in seinem Leben auf vielen Felsen gestanden hatte.

Etwas Sonderbares kam zu all diesen Umständen hinzu: Die Ausgrabungsstätte war unmittelbar nach seinem Tod geschlossen worden. Die Finanzierung des Projekts war sicher erschienen und hatte sich dennoch ganz plötzlich verflüchtigt. Die Ausgrabungen bei Salamander Crossing wurden aufgegeben und vergessen, obwohl sie ursprünglich so vielversprechend ausgesehen hatten.

Salamander Crossing war nichts weiter als ein Eisenbahnknotenpunkt dreizehn Meilen nordwestlich von Salamander, wo die Weichen der *Chicago & Milwaukee* die Züge in die von Fahrplan und Fracht bestimmten Richtungen schickten. Luftaufnahmen hatten mehrere verheißungsvolle hügelartige Strukturen offenbart, und Felduntersuchungen ergaben, dass die Vegetation in manchen dieser Gebiete ungewöhnlich üppig war, ein Charakteristikum für unterirdische Grabstätten und Müllablagerungen. Tonscherben, die bei Bodeneinschnitten während des Eisenbahnbaus gefunden worden waren, hatten das Interesse an der Stätte vergrößert. Zudem hatten mehrere Probegrabungen auf die Möglichkeit archäologischer Ablagerungen hingedeutet.

Ihr Vater und andere hatten begonnen, das Gelände zur Vorbereitung umfassender Grabungsarbeiten zu kartographieren; ein Projektdesign wurde verfasst, man reichte Finanzierungsanträge bei den zuständigen Bundesbehörden ein. In einem atemlosen Artikel einer herausragenden naturgeschichtlichen Zeitschrift hieß es: »Die Ausgrabung bei Salamander Crossing bietet gute Aussichten darauf, neues Licht auf die Kulturen des paläo-indianischen Menschen zu werfen, und sie könnte weithin akzeptierte Theorien zur Überlandmigration aus Asien über die Landbrücken an der Beringsee und südwärts durch Nordamerika ernsthaft in Frage stellen.« Akademische Reputation stand auf dem Spiel, und diejenigen, die die Vorzüge des Ruhms auf der Grundlage weithin akzeptierter und demnächst vielleicht als falsch erwiesener Hypothesen genossen, sahen die Möglichkeiten, die sich bei Salamander Crossing eröffneten, mit großem Unbehagen.

Susannas Vater war auf einen Felsen gestiegen, um sich einen besseren Überblick über das Gelände zu verschaffen und so die kartographische Erfassung zu vollenden. Er kannte die Stelle gut, er war schon dort gewesen. Tatsächlich zeigte ihn sogar eins der Fotos, die den Artikel illustrierten, am Rand der Klippe, an eben der Stelle, von der er ein paar Wochen später in den Tod gestürzt war. Das Foto war klar und scharf, und man sah deutlich, dass der Anthropologe auf Fels und nicht auf Erde stand.

Die Mieten in Salamander waren niedrig, die Stadt war ruhig, und die Weite der Ebene kam ihr entgegen. Als ihre kleinen Nachforschungen nichts Neues ergaben, richtete sie sich ein und konzentrierte sich auf ihre eigene Existenz, und sie betrachtete das Ableben ihres Vaters als ein Rätsel, das noch gelöst werden musste. Der größte Teil der bescheidenen Todesfallleistungen aus der Pensionskasse der Universität war bei ihren Reisen aufgezehrt worden. Aber sie nähte ihre Kleider selbst und ernährte sich einfach, und sie eröffnete ein kleines Versandgeschäft für Kräuter und ungewöhnlichen Schmuck, den sie aus allem machte, was sie finden konnte: aus Muscheln vom Flussufer, aus Steinen vom Straßenrand.

Das Resultat war ein Einkommen auf dem Existenzminimum, vielleicht ein bisschen mehr. Die Einheimischen waren natürlich beunruhigt über ihre Lebensweise und über die Briefe, die sie gelegentlich an den *Salamander Sentinel* schrieb und in denen sie für einen liebevolleren Umgang mit allen Dingen eintrat, einschließlich der Menschen, der Tiere und der Erde selbst. Nichts davon kam gut an in einer Umgebung von Männern, die über Rinderpreise redeten, die immer noch glaubten, dass das Land ihnen gehöre und sie damit machen könnten, was sie wollten, und dass jeder, der etwas anderes glaubte, sie am Arsch lecken könne.

Susanna Benteens Haltung und ihre Sprechweise vermittelten ein Selbstgefühl, das manche, die meisten, als verstörend empfanden. Man konnte es Gleichmut nennen, ein ruhiges Selbstvertrauen, das sie befähigte, ein gelassenes und in sich gegründetes Leben zu führen, ganz gleich, für welche Landschaft sie sich entschied. Die Vielfalt und die Intensität ihrer Erfahrungen, komprimiert in nicht viel mehr als dreißig Lebensjahren, verliehen ihr die Erscheinung eines Menschen, der schon alles erlebt hat. Sie hatte gelernt, den Wert kleiner Universen zu erkennen – den grenzenlosen Reichtum klar umrissener Augenblicke, kleiner Aufgaben, zu deren Lösung unendlich viele Wege führten –, und sie schätzte sie mehr als die großen. Schon diese letzten Eigenschaften hoben sie von den Menschen ab, die sich durch ein gewöhnliches Leben kämpften.

Das wäre die Sicht von außen, und sie trifft zu einem großen Teil zu. Aber, wie Tanner einmal zu ihr sagte: »Das Leben mancher Leute, der meisten vielleicht, ist wie eine Schallplatte mit einem Kratzer. Sie scheinen niemals irgendwo hinzukommen und wiederholen immer nur den ersten Takt eines hirnlosen Vier-Noten-Songs. Du, Susanna, bist anders auf eine Art, die ich nicht erklären kann – als wäre der Mutterleib nur ein kurzer Übergang aus einer anderen Welt gewesen, in der du lange gelebt hast, bevor du in dieses Leben kamst. Du wirst taumeln, glaube ich, aber irgendwann wirst du an einen ganz besonderen Ort gelangen. Das Alleinsein wird der Preis dafür sein, denn die Menschen werden nicht nur dich fürchten, sondern auch die Reise, die nötig ist, um zu werden, was du bist.«

Und wie Tanner es vorausgesagt hatte, war sie jetzt allein an diesem entlegenen Ort, durchlebte die langen Winternächte der weiten Ebene Amerikas, ohne wahre

Freunde, ohne die Hände eines Mannes an ihrer Haut, ohne Hände, die über ihre Brüste und an ihren Beinen entlang strichen, ohne Worte in ihrem Ohr, ohne das paradoxe, zweischneidige Gefühl von Willfährigkeit und Macht, das ein bestimmter Mann in einer Frau erwecken kann.

Der Indianer war ein Fall für sich. Weder Mann noch Junge, sondern etwas anderes. Ein Vogel vielleicht, vielleicht ein Falke, eine Schattengestalt, mit der sie für eine Weile zur Ruhe kommen und ihr mystisches Tun ohne Zurückhaltung ausüben konnte. Wie die anderen, an denen ihr wirklich etwas gelegen hatte, umgab ihn die Aura des Vorübergehenden, als schaue er immer weiter, weit über seinen gegenwärtigen Standpunkt hinaus.

Sie dachte an den Jazzmusiker in Seattle, als sie an einem Abend im August die Hauptstraße von Salamander hinunterging. Sie war auf dem Weg nach Hause, und ehe sie die Straße überquerte, wartete sie ab, um einen Pick-up mit kalifornischem Kennzeichen vorbeifahren zu lassen, denselben Truck, der vor »Leroy's« geparkt und sie erschreckt hatte, als der Motor ansprang. Das Fenster auf der Fahrerseite war offen, und der Fahrer sah sie an, als er dicht an ihr vorbeifuhr. Sein Gesicht lag halb im Schatten, aber sie sah langes Haar, zurückgebunden mit einem gelben Tuch. Die Musik aus seinem Radio verhallte, als er die Straße hinunterfuhr.

6

Carlisle McMillan schrak benebelt aus dem Schlaf, als um vier Uhr morgens ein Lastwagen auf der Route 91 eine Fehlzündung hatte. Er fror, und es juckte ihn überall, als er von dem Sessel, in dem er geschlafen hatte, auf das nächste der beiden Motelbetten stolperte, ohne sich auszuziehen. Er wickelte sich in die Decke und schlief wieder ein, und er träumte unruhig von einem Motorradfahrer. In dem Traum streckte eine Frau mit einer gelben Feder im Haar die Hände nach dem Motorradfahrer aus, als er vorüberfuhr.

Drei Stunden später, er hatte geduscht und trank Instantkaffee, den er mit dem Tauchsieder aus seinem Gepäck aufgebrüht hatte, saß Carlisle an einem Schreibtisch, dessen Kanten mit den tiefen Brandspuren von Zigaretten übersät waren. Er schrieb an seine Mutter in Mendocino.

Liebe Wynn,
noch immer treibe ich durch ein Land namens Amerika und sehe mir alles an. Du erreichst mich, zumindest in den nächsten paar Wochen, postlagernd in Salamander, South Dakota. Ich bin erst gestern Abend hier angekommen, aber ich finde, die Gegend sieht ganz gut aus. Wenn es klappt, werde ich mich vielleicht für eine Weile hier niederlassen und ein bisschen Abstand schaffen zwischen mir und der Verrücktheit draußen an den Küsten.

Alles Liebe, Carlisle

Er zog die Vorhänge auf und sah nach dem Wetter. Das erste Tageslicht war noch unentschlossen, zerfranste Streifen von Rot- und Grautönen. Aber schließlich drängte das Sonnenlicht voran, und als er vom Motel abfuhr, war der Himmel klar. Den Kaffeebecher zwischen die Knie geklemmt, die Serviette mit der Landkarte auf dem Beifahrersitz, fuhr er auf der 91 nach Norden, vorbei an einem alten Tanzpavillon abseits der Straße am Rand eines kleinen Sees, bog westwärts auf die 42 und hielt zehn Minuten später vor dem Postamt.

Er kaufte Briefmarken, warf den Brief an seine Mutter ein und ging zur Tür. Sie öffnete sich, und das Gesicht vor ihm war dasselbe, das er am Abend zuvor im Scheinwerferlicht gesehen hatte. Ihr kastanienbraunes Haar war zu einem langen Zopf geflochten, der sich um ihren Hals schlang und weich auf ihrer rechten Brust lag. Grüne Augen sahen ihn an, geradlinig und gleichmütig.

»Verzeihung«, sagte sie freundlich lächelnd und ging an ihm vorbei.

Carlisle saß im Truck und wartete darauf, dass die Frau aus der Post kam. Er wollte sie wiedersehen, wollte sie anschauen, wie man zu einem Matisse-Druck zurückkehrt, um ihn zu betrachten, oder wie man die Brandenburger Konzerte auflegt, obwohl man sie schon hundert Mal gehört hat.

Er saß da wie ein Stein. Allzu offensichtlich, und doch nicht kühn genug. Stell dich ihr vor, sag ihr, sie ist die unglaublichste Frau, die du je gesehen hast, frag sie, wer sie ist und wohin sie geht. Zum Teufel, sag ihr, du willst sie haben, sofort, gleich hier im Truck, in der Post, auf dem Gehweg, mitten auf der Straße. Schwer zu machen, kein Talent für diesen direkten Weg. Er fühlte sich unbeholfen und unreif vor einer Schönheit dieses Ausmaßes und dem Gefühl eines kontrollierten Feuers, das darunter zu glühen schien.

Er ließ den Motor an und fuhr die Main Street entlang, den Blick im Rückspiegel. Sie kam aus der Post und sah einen Moment lang dem Pick-up hinterher. Das Holpern des Wagens und Sonnenreflexe im Spiegel verwandelten sie in eine Gestalt, die in einem Präriegrasfeuer tanzte. Dann war sie fort, war rechts um die Ecke der Post verschwunden. Er nahm sich vor, es besser zu machen, wenn er sie das nächste Mal sähe, und wusste, dass er es nicht tun würde.

Carlisle fuhr durch Salamander, und sechs Meilen westlich der Stadt bog er nordwärts auf eine Nebenstraße ab und dann auf einen Feldweg, der die Farbe von Eisenoxid hatte. Derselbe Weg, auf dem er gestern gefahren war. Noch einmal warf er einen Blick auf die Karte: An der Kreuzung rechts, dann ungefähr zwei Meilen, vielleicht etwas mehr, ein Wäldchen auf der linken Seite, ein altes Haus, ungefähr fünfzig Meter weit abseits der Straße. Er fand es.

Das Land war seit einer Weile nicht beackert oder beweidet worden. Hohes Unkraut überall, verstreute Sonnenblumen. Rohrkolben schwankten lang und gelb und braun in den Gräben. Lerchen lärmten im Gras, ein Rotschulterstärling hockte auf einem Zaundraht und starrte ihn an, und eine Taschenratte ging in Deckung, als Carlisle aus dem Pick-up stieg. Leise schloss er die Wagentür.

Ein zerfurchter Weg führte zum Haus hinauf, aber Carlisle parkte dort, wo er begann, und ging zu Fuß weiter. Er fühlte sich wie ein unbefugter Eindringling, was er ja auch war. Das weiche Gefühl von alter Erde unter seinen Sohlen gefiel ihm, und auch die Augustsonne in seinem Gesicht und der Duft des weiten Landes in der Nase, dichte Gerüche, eine Mischung aus schwerem Tau und Sonne und wild wachsenden Pflanzen und einer leichten Brise von den Bergen im Westen. Hohe Wolken warfen formlose Schatten auf die Erde, wenn sie vor der Sonne vorbeizogen.

Wie die Frau im »Danny's« gesagt hatte, war das Haus in schlechtem Zustand. Aber Carlisle verstand sich darauf, zu sehen, was daraus werden könnte. Genug Nägel einhämmern, genug Bretter sägen, alle Möglichkeiten in Betracht ziehen, und du kommst dahin, wo du etwas sehen kannst. Er ging um das Gebäude herum, spähte durch zerbrochene Fenster, schlug mit der Hand an die Verschalung, trat fünfzehn Schritte zurück und umrundete es noch einmal. Im Vergleich zu den großen, zwei- oder dreistöckigen Farmhäusern, die man hier draußen baute, um große Familien unterzubringen, war das hier ein kleines Kerlchen. Nur ein Erdgeschoss von ungefähr neunzig Quadratmetern, darüber ein Dach mit einer Schräge von fünfundvierzig Grad.

Ein Spülbecken mit Wasserhähnen: Also musste draußen irgendein Brunnen sein. Keine Toilette, aber das überraschte ihn nicht, denn er hatte das Klohäuschen seitlich hinter dem Haus gesehen, als er den Weg heraufgekommen war. Das ließ sich ändern. Die Verandadielen waren verrottet, und das Dach darüber hing durch, wo die Stützen umgekippt waren. Vorsichtig betrat er das Haus und hielt im schattigen Licht Ausschau nach Löchern und Schlangen, die sich gern in solchen alten Häusern herumtrieben. Ein paar Löcher, aber keine Schlangen.

Und kein Keller, was für diese Gegend ungewöhnlich war. Da die Fundamente ohnehin mehr als einen Meter tief in den Boden eingelassen werden mussten, um unter die Frostlinie zu gelangen, bestand die übliche Strategie darin, dass man einfach weitermachte und einen Keller baute. Aber dieses Gebäude stand auf Fundamenten, die einen halben Meter über die Erde ragten, und Unkraut spross aus den Rissen im Boden. Hier hatte lange Zeit niemand gewohnt.

Etwa hier kam ihm der Gedanke, es könnte eine Blockhütte sein, und er bog ein Stück der verschimmelten Wandverkleidung zurück, um zu sehen, ob sich darunter ein Balkengefüge verbarg. Nein. Nur die üblichen Ständer aus Kiefernkanthölzern, fünf mal zehn, und keine Isolierung in den Hohlräumen. Musste kalt gewesen sein hier drin im Winter, und heiß im Sommer. Wer immer das hier gebaut hatte, war in Eile gewesen oder einfach unerfahren. Aber die Grundstruktur schien in Ordnung zu sein; von Weitem betrachtet, war nichts daran schief. Und drinnen war ein gemauerter Kamin, ein hübscher sogar, aber ganz sicher mit einem vollkommen verrußten Abzug.

Als Nächstes untersuchte er die beiden großen Bur-Eichen, die draußen standen, die eine an der Südseite des Hauses, die andere davor an der Westseite. Sie hatten nicht nur ästhetischen Wert, sie würden im Sommer auch für Kühlung sorgen. Beide Bäume schienen gesund zu sein und waren von Eichhörnchen bewohnt, die jetzt eine Breitseite von Geschnatter losließen, erbost über den Störenfried, der hier in ihr Leben eindrang.

Als er auf dem Grundstück umherging, entdeckte er einen kleinen Bach, der an der Nordseite des Hauses verborgen durch hohes Glas floss. In seinen tieferen Tümpeln blinkten Elritzen, und eine kleine Schildkröte kippte von einem Holzklotz, als er herankam. Über ihm schwebte ein Falke in der morgendlichen Thermik, ein kleiner Falke, wie er ihn noch nie gesehen hatte. Diese Räuber hatten Carlisle immer interessiert, auch wenn er nicht viel über sie wusste; er sah ihnen einfach gern zu, wenn sie auf den wechselnden Luftströmungen segelten. In der Prärie waren die Falken nur eine Stufe unterhalb der Spitze ihrer speziellen Nahrungskette. Ihre einzige echte Sorge waren die großen Eulen und Idioten mit Schrotflinten. Das jedenfalls war seine naive Überzeugung.

Der Weg von der Straße herauf führte bergauf, sodass das Wasser hier oben gut abfließen würde, und im Südwesten sah er den Little Salamander River in der Sonne funkeln. Wolf Butte lag ungefähr drei Meilen weit nordwestlich, seine Flanken leuchteten weiß und flach in der Morgensonne. Das Wäldchen auf der anderen Straßenseite war hübsch; es bedeckte ungefähr acht Hektar und bestand in der Niederung hauptsächlich aus Pappeln, und Eichen und andere kleine Bäume wuchsen dort, wo das Gelände abseits der Straße wieder anstieg.

Zurück in die Stadt, zurück zu »Danny's«. Wieder hungrig. Ein Dutzend Autos entlang der Main Street. Salamander bemühte sich, seine Geschäfte zu machen, bemühte sich, durchzuhalten, festgewachsen im Schatten unwillkommener Veränderungen.

Gally Deveraux räumte schmutziges Geschirr von der Theke, und eine ältere Frau arbeitete an den Fensternischen und den Tischen in der Mitte. Er kam in der Flaute, die zwischen Kaffee und Doughnuts zum Frühstück und dem Mittagessen einsetzte, und »Danny's« war leer bis auf vier ältere Männer, die an einem der hinteren Tische Karten spielten, und einen anderen alten Mann, der drei Hocker weiter am Tresen saß. Er sah, dass Gally eine neue Jeans und ein frisch gebügeltes Westernhemd trug. Und ihr Haar hing heute Morgen glatt herunter, in der Mitte gescheitelt. So sah sie besser aus. Auch ihre Augen sahen besser aus, irgendwie leuchtender.

»Wollen sich Ihre nächste Strafe abholen, hm?«

»Ja. Und ich war draußen bei dem Williston-Haus und hab mich umgesehen.«

»Was Interessantes gefunden?«

»Kann schon sein. Haben Sie zufällig den Anwalt ausfindig gemacht, der diesen Nachlass betreut?«

»Nein, aber das kann ich jetzt in weniger als zwanzig Sekunden tun.«

Sie ging ans andere Ende der Theke, wo der alte Knabe im grauen Arbeitshemd mit Hosenträgern die Gemeindezeitung des Cafés las, die jeden Morgen aus der Staatshauptstadt angeschwirrt kam. Ein hölzerner Gehstock lehnte an seinem Bein. Carlisle hatte ihn am Abend zuvor gesehen; er hatte an einem Fenster über »Lester's TV & Appliances« gesessen, als Carlisle aus »Leroy's« herausgekommen war. Gally beugte sich über den Tresen und sprach leise mit dem Mann, und dafür war Carlisle dankbar. Der Mann schaute durch seine drahtumrandete Brille zu ihm herüber, wandte sich wieder der Frau zu und sagte etwas.

Sie kam zurück zu Carlisle. »Es ist Teil eines Nachlasses, wie ich es mir gedacht habe. Die Erben sind über das ganze Land verstreut. Der Anwalt heißt Birney. Hat eine Kanzlei drüben in Livermore.«

Sie deutete mit dem Kopf zu dem alten Mann hinüber. »Er sagt, es gibt nur zwei Anwälte in Livermore; Sie dürften also keine Mühe haben, ihn zu finden. Aber was kann ich Ihnen bringen? Das Tagesgericht ist Hackbraten, und er kommt gerade frisch aus dem Ofen.«

Als Carlisle seine Rechnung bezahlt hatte, schenkte

sie ihm ein freundliches Lächeln und sagte: »Na dann, viel Glück mit Ihrem Traumhaus. Ich hoffe, es wird was für Sie. Diese Stadt kann jedenfalls frisches Blut gebrauchen.«

»Danke. Und danke auch für Ihre Hilfe. Sie sind nicht nur eine ordentliche Kartographin, sondern auch eine hilfreiche Maklerin. Ich werde Ihnen später berichten.«

Sie sah ihn hilflos an. »Was ist eine Kartographin? Meine Ohren sind es nicht mehr gewöhnt, mehr als zwei Silben auf einmal zu verarbeiten. Ich glaube, ich kannte das Wort mal, aber ich erinnere mich nicht mehr.«

»Eine Kartenzeichnerin.«

»Oh. Die Serviette. Freut mich, dass sie Ihnen geholfen hat.«

»Bis später. Und nochmals danke.«

Es gefiel Carlisle, dass sie gefragt hatte, was Kartographin bedeutete. Cody Marx hatte ihn gelehrt, dass einer der ersten Indikatoren für authentische Intelligenz darin bestand, dass man sich für seine Unwissenheit nicht schämte, solange sie von dem Wunsch begleitet war, zu lernen. Ohne diesen, hatte Cody gesagt, entwickelte Unwissenheit sich zur Dummheit.

Er fuhr nach Livermore und fragte einen Tankwart nach der Kanzlei des Anwalts. »Ja, das ist bloß einen Block weiter auf dieser Straßenseite. Birney heißt der Rechtsverdreher. Macht ein Vermögen als Testamentsvollstrecker für all die Farmen und Ranches.«

Anwalt Birney war da, aber er war beschäftigt. Wenn Carlisle warten wolle, werde Birney in ungefähr zwanzig Minuten Zeit für ihn haben. Während die Sekretärin auf den Tasten einer IBM Selectric herumklapperte, blätterte Carlisle in einer Ausgabe von *Agriculture Today*.

Birney sah rund und wohlhabend aus, und er hatte

einen fleischigen Händedruck. Er musterte Carlisle – in zehn, zwanzig Jahren womöglich neues Futter zum Verwursten in seiner Testamentsvollstreckungsmaschine.

Jawohl, das Williston-Anwesen stehe zum Verkauf. Zwölf Hektar und das Haus. Birney war schlau, aber er war kein kalifornischer Grundstücksmakler. »Irgendwie komisch, wissen Sie. Das Anwesen liegt schon 'ne ganze Weile da rum. Jetzt sind Sie innerhalb einer Woche der Zweite, der danach fragt. Drüben in Falls City wäre dieser Besitz hundertfünfundzwanzigtausend wert.«

Das war sein Eröffnungszug. Ungeschickt. Die Jungs in Marin County würden ihm innerhalb von zwölf Minuten das Fell über die Ohren ziehen, vielleicht noch eher.

»Damit ich das richtig verstehe«, sagte Carlisle. »Ich dachte, das Anwesen liegt nordwestlich von Salamander, nicht in Falls City. Oder haben Sie daran gedacht, es zu verlegen?«

Birney lief blassrosa an und fummelte mit einem teuren Schreibset vor ihm auf dem Schreibtisch. »Nein, das nicht. Ich wollte nur sagen, es ist ein hübsches kleines Stück Land.«

»Aber mehr ist es nicht. Das Haus ist Schrott. Ich hab mir die Freiheit genommen, das Objekt heute Morgen zu begehen. Kein Bad, keine Isolierung, strukturell eine Katastrophe. Wahrscheinlich mehr Umstände, sich darum zu kümmern, als das ganze Gelände wert ist. Ich gebe Ihnen sechstausend, vorausgesetzt, der Rechtstitel ist sauber wie ein Babypopo.«

»Immer langsam, Mr ... äh, McMillan, nicht wahr?« – Carlisle nickte – »Ich habe eine gewisse Verantwortung gegenüber meinen Mandanten.«

»Hören Sie, Mr Birney. Lassen Sie uns keine langen Faxen machen. Sechstausend. Tausend sofort, den Rest in monatlichen Raten über drei Jahre zu sechs Prozent effektiv auf den Restbetrag und ohne Gebühr bei vorzeitiger Tilgung. Und natürlich will ich zuerst den Eigentumsnachweis sehen.«

Birney sagte nichts. Er betrachtete Carlisle. Dann drehte er sich mit wohl geübtem Zögern in seinem Sessel um und schaute durch die orangefarbenen Gardinen aus dem Bürofenster.

Carlisle stand auf. »Vielen Dank, dass Sie Zeit für mich hatten.«

Der Anwalt seufzte und drehte sich zu Carlisle um. »Also schön. Meine Mandanten hatten auf ein gutes Stück mehr gehofft. Aber das Anwesen steht seit Jahren zum Verkauf, und sie wollen jetzt etwas sehen. Ich versuche ihnen dauernd zu erklären, dass sie über dieses oder jenes Regierungsprogramm einen gewissen Cashflow erzielen können, wenn sie die nötigen Anträge stellen. Aber sie sind Großstadtleute, und der Gedanke an Behördenbürokratie macht sie wahnsinnig. Obwohl das gar nicht so schwierig ist.«

Manchmal hat man Glück. An Regierungsprogramme hatte Carlisle nicht gedacht. Solche Dinge waren ihm fremd, aber er ließ Birney nichts von seiner Ahnungslosigkeit merken. Wenn er gewusst hätte, dass ein Einkommen schon dadurch zu erzielen war, dass er das Land brachliegen ließ, hätte er vielleicht mehr dafür geboten.

Sein alter Partner Buddy Reems hatte mal gesagt: »Carlisle, ich hab beschlossen, die Zimmerei aufzugeben, aus diesem Hamsterrad auszusteigen und in die Landwirtschaft zu gehen.« Er sprach ernst und schaute dabei in sein Bierglas in einer Bar in San Francisco.

Wie immer biss Carlisle an. »Himmel, Buddy, dafür

braucht man echtes Geld. Land, Maschinen, Saatgut, das ganze Zeug.«

»Nein.« Buddy grinste. »Bei der Großzügigkeit, mit der der amerikanische Steuerzahler die Agrarprogramme finanziert, brauchst du nichts weiter als Land und einen Briefkasten.« Er lachte, und dann langte er über den Tisch und gab Carlisle einen sanften Klaps auf die Wange. »Carly, alter Junge, du bist der geborene Anti-Komiker. Wir beide würden Abbott und Costello in den Schatten stellen.« Buddy Reems hätte Anwalt Birney zum Frühstück verspeist, natürlich nicht, ohne ihn vorher in den Wahnsinn zu treiben.

Birney der Anwalt redete weiter. »Ich habe die Papiere bis nächsten Mittwoch fertig, wenn Ihnen das recht ist. Bis dahin können Sie sich die Unterlagen ansehen. Ich versichere Ihnen, die Eigentumsverhältnisse sind sauber wie ... ein Babypopo. Den Ausdruck muss ich mir merken, der ist gut.«

»Sie können ihn haben. Ich glaube, ich hab ihn von E.B. White geklaut.«

»Wer ist das?«

»Ein Schriftsteller.«

»Oh.«

Carlisle ging die Straße hinunter zu seinem Pick-up und kam sich besonders tough und clever vor. Ein gutes Geschäft zu machen, das war das moderne Äquivalent dessen, was der Steinzeitmensch tat, wenn er auf die Jagd ging und Beute nach Hause brachte. Er hatte gehört, dass es Männer gab, die tatsächlich eine Erektion bekamen, wenn sie an gute Geschäfte bloß dachten, aber er hatte den Verdacht, dass sie allgemein eher Jammergestalten waren, wenn es um irgendetwas anderes ging.

Im Motelzimmer beschäftigte er sich ein paar Stunden mit den Besitzpapieren. Alles schien in Ordnung zu sein. Willistons Eigentumsrechte waren ihm über den Stammbaum der Familie von seinem Großvater herunter zugeflossen, der sich auf Grund des Heimstättengesetzes von 1862 dort niedergelassen und das Land überschrieben bekommen hatte. Vor fünfzehn Jahren waren fünfzig der ursprünglich fünfundsechzig Hektar verkauft worden. Dieser Verkauf war sauber wie alles andere, und die beigefügten Vermessungsunterlagen schienen hundertprozentig exakt zu sein.

Um zehn vor acht öffnete er die Tür bei »Danny's«, nachdem er einen Blick nach oben geworfen hatte, um zu sehen, ob der alte Mann in der Wohnung über »Lester's« auf seinem Posten war. Er war es, saß da im Fenster wie ein Vermeer-Porträt in einem braunfleckigen Rahmen. Carlisle winkte zu ihm hinauf, und der alte Mann erschrak, aber nach kurzem Zögern winkte er zurück, steif, aber freundlich.

Im »Danny's« war es leer. Gally wischte den Boden; sie sah müde aus.

»Keine Panik, ich erwarte weder Küchenchef noch Kellner im Smoking«, verkündete Carlisle, als er hereinkam.

»Ich habe keine Panik«, sagte Gally Deveraux. »Ich habe nur nicht die Absicht, heute noch irgendwas zu kochen. Reisende, die jetzt noch etwas essen wollen – einschließlich Mick Jagger und Jimmy Carter, falls die noch vorbeikommen –, werden zu Leroy und den Freuden seiner Speisekarte verwiesen. Wenn Sie Kaffee wollen – ich hab die Maschine eben ausgeschaltet, aber sie ist noch heiß. Sie können eine Tasse umsonst haben. Es wäre irgendwie nicht richtig, Ihnen etwas zu berechnen, das aus einer abgeschalteten Maschine kommt.«

»In Ordnung.«

Er setzte sich an die Theke. Sie schenkte zwei Tassen Kaffee ein und lehnte sich wie am Abend zuvor an den Softdrink-Cooler. »Na, wie ist es gelaufen? Sind Sie ein zukünftiger Einwohner und Steuerzahler von Yerkes County, oder sieht Kalifornien von Minute zu Minute besser aus?«

»Um Ihre erste Frage zu beantworten: Ja, ich glaube schon. Ich lasse die Besitzpapiere aktualisieren, und dieser Birney drüben in Livermore hat die Unterlagen in ein paar Tagen zusammen. Die Antwort auf die zweite Frage ist ein entschiedenes Nein.«

Sie lächelte und streckte die Hand aus. »Wenn das so ist – mein Name ist Gally Deveraux.«

Er schüttelte ihr die Hand, eine Arbeiterhand, aber eine gute Hand. »Ich bin Carlisle McMillan, und ich bin hier, weil ich Sie zu einem Bier einladen möchte – zum Dank für Ihre Dienste als Kartenzeichnerin und Immobilienmaklerin. Es sei denn, Sie hätten was anderes zu tun.«

Kaum hatte er zu Ende gesprochen, bereute er, was er gesagt hatte. Er hatte ihren Ehering nicht bemerkt, war nicht gewohnt, nach Eheringen Ausschau zu halten. Mit seiner Ungeschicklichkeit hatte er sie und sich selbst in eine peinliche Situation gebracht.

Er versuchte zurückzurudern. »Wenn ... ich meine, falls das okay ist. Ich hab wirklich nicht daran gedacht, dass Sie verheiratet sein könnten ... nicht, dass Sie's nicht sein sollten ... und jetzt hab ich gerade Ihren Ring bemerkt. Ich meine ... ich meine gar nichts, ich will hier nichts anfangen ... Ach, Scheiße.«

Gally Deveraux lachte. Sie legte eine Hand vor den Mund, um ihre Heiterkeit zu verbergen, aber sie konnte es nicht. Sie hatte lange nicht mehr laut gelacht.

»Na, das ist aber hochanständig von Ihnen. Trinken

Sie Ihren Kaffee, und ich wische hier zu Ende, und in ungefähr zehn Minuten wagen wir uns in die Wildnis von *Leroy's*. Aber lassen Sie sich warnen: Ich werde den ganzen Weg über die Main Street auf der Hut vor Ihnen sein.«

Sie lachte wieder, aber nicht über Carlisle, der sich offensichtlich innerlich vor Unbehagen wand, sondern über die Situation. Er begriff es und war ihr dankbar, aber trotzdem spürte er, wie ihm das Blut ins Gesicht schoss. Am liebsten hätte er sich für seine Ungeschicklichkeit in den Hintern getreten. Er blätterte in den Überresten einer Ausgabe des *High Plains Inquirer*, die auf der Theke lag. Das Logo behauptete, dies sei die Zeitung, auf die er sich verlassen könne; also verließ er sich darauf. Sie teilte ihm mit, dass ein Baseballspieler mit dreißig seine besten Tage hinter sich habe, dass in London ein neuer Film Premiere habe und dass Zahnspangen in Richmond, Virginia, tatsächlich zu einer neuen Mode geworden seien. All dessen eingedenk, blätterte er die Kommentarseite auf und wandte sich dem Leitartikel zu.

ES WIRD ZEIT

Die Wirtschaft des Staates in Bewegung zu bringen erweist sich für Gouverneur Jerry Gravatt als unerwartet große Herausforderung. Seine Diagnose, wir seien allzu abhängig von der Landwirtschaft und den damit verbundenen Industrien, trifft den Nagel auf den Kopf, aber die Lösungen, die von ihm wie auch von unterschiedlichen Gruppen aus Wirtschaft und Politik vorgeschlagen wurden, haben bisher keine Früchte getragen. Die Jagd nach der Schornsteinindustrie zwingt uns zum Wettbewerb mit Staaten, die im Laufe der Jahre ein viel sorgfältigeres Augenmerk auf die Erfordernisse der Industrie an die Infrastruktur gerichtet haben, auf Highways zum Beispiel. Die Einwohner dieses Staates haben beharrlich auch gegen die kleinste Erhöhung der staatlichen Benzinsteuer gestimmt, die einen großen Beitrag zu Erweiterung und Verbesserung der Straßenverhältnisse hätte leisten können. Gerüchte, denen zufolge eine Bundesfinanzierung für einen bedeutenden Highway quer durch den Staat zur Verfügung gestellt werden könnte, haben sich bisher lediglich als das erwiesen, was sie sind: Gerüchte. Zudem sorgt die Überalterung unserer Bevölkerung durch den andauernden Exodus unserer jungen Leute dafür, dass das Angebot an Facharbeitern, die notwendig sind, um die Industrie für die Ansiedlung zu gewinnen, immer mehr zusammenschmilzt. Unterdessen schrumpfen die Steuereinnahmen des Staates immer weiter, da die Einkommen sinken und selbst alteingesessene Unternehmen ihre Betriebe dahin verlagern, wo sie billigere Arbeitskräfte und bessere Transportverhältnisse vorfinden und zugleich vor den diversen Steuererhöhungen verschont sind, die zum Ausgleich für die sinkenden Staatseinkünfte erlassen werden. Es wird Zeit für Gouverneur, Legislative und Wirtschaft, mit dem gegenseitigen Kritisieren aufzuhören und stattdessen Hand in Hand zu arbeiten. Der vom Gouverneur geplante Hightech-Korridor von Falls City bis zur Hauptstadt ist ein guter Anfang. Die Bürger unseres Staates sollten diesen visionären Plan geschlossen unterstützen, trotz der hohen Anlaufkosten für Laser- und Biotech-Zentren. Es wird Zeit, mit dem Jammern aufzuhören, die Ärmel hochzukrempeln und in Gang zu kommen.

Während Carlisle die Zeitung las, wischte Gally Deveraux den schartigen Linoleumboden eines Lokals namens »Danny's« und dachte über ihr Leben nach. Sie hatte ihr Dasein zerlegt wie einen alten Automotor und vor sich auf dem fettigen Boden ausgebreitet. Mindestens einmal in der Woche tat sie das, und dann versuchte sie, ihn auf eine Weise wieder zusammenzusetzen, die mehr Sinn ergab. Aber jedes Mal bot sich nachher wieder der gleiche knatternde und spotzende Anblick: neununddreißig Jahre alt, einsam, auf dem absteigenden Ast, ohne Chancen, eine Frau, die in den Augen der Männer zunehmend unsichtbar wurde. Nicht einmal eine verheiratete Frau war gern auf diese Weise unsichtbar, schon gar nicht für ihren Ehemann.

Sie zog eine Jeansjacke über und fing an, die Lichter auszuschalten. »Wenn Sie so weit sind ...?«

Carlisle hielt ihr die Tür auf, und beim Hinausgehen knipste sie die Neonschrift aus.

»Danke. Ich bin's gewohnt, mir meine Türen selbst aufzumachen.« Wieder lächelte sie, und zusammen gingen sie über die Straße zu »Leroy's«.

Der Billardtisch lag im Dunkeln, und Leroys Gesicht war ebenfalls finster. Außer dem alten Frank, dem städtischen Begrüßungskomitee, dessen Kopf wieder auf dem Tresen lag, war an einem Dienstagabend um viertel nach acht niemand in »Leroy's Tavern«. Das Geschäft ging schlecht, und es wurde immer schlechter.

Mit schmalen Augen spähte Leroy dem Langhaarigen entgegen, der mit Jack Deveraux' Frau hereingekommen war, und überlegte sich, dass er Jack besser nichts davon sagen würde. Jacks Jähzorn war übel, zumal wenn er getrunken hatte, was mehr oder minder ständig der Fall war.

Ein paar Monate später, als er Carlisle kennengelernt hatte, sollte Leroy sagen: »Carlisle, ich hab die typische Mentalität des Kleinstadt-Einzelhändlers entwickelt, die da sagt: *Bitte, lieber Gott, tu nichts Schlimmes, bis ich mich zur Ruhe gesetzt hab. Danach kannst du mit den armen Schweinen, die noch übrig sind, machen, was du willst.* Aber Gott hört nicht auf mich, und dafür fallen mir ungefähr tausend Gründe ein.«

Carlisle bestellte zwei Bud; er nahm nicht an, dass Leroy seine Miller's-Vorräte inzwischen schon wieder aufgestockt hatte. Er nahm die Flaschen vom Tresen und ging damit zu Gally, die in einer Fensternische saß. Die LEROY'S-Schrift im Fenster malte rote Kringel in ihr Gesicht, wenn sie aufleuchtete. Sie spürte es und rutschte zur Seite.

Er hob seine Flasche ein wenig. »Auf die Landhockerrechte – oder wie immer das hier draußen heißt.«

Sie stieß locker mit ihm an. »Auf die Landhockerrechte, und hoffen wir, dass sie nach dem langen Hocken wieder auf die Beine kommen.« Sie lehnte sich in die Ecke der Nische, trank einen Schluck Bier und schaute durch die Bar.

Leroy warf Geld in die Jukebox. Die ersten beiden Songs waren Standardmaterial – Trucks und Ehebruch, Neunachser und Trucker, die spät nachts mit Lippenstift am Kragen nach Hause geschlichen kamen. Das nächste Stück sang ein Mann mit einer ziemlich ordentlichen Tenorstimme, begleitet von einer soliden Steel Guitar: »Hangin' on the door frame, repeatin' my own name, as if I might forget who I am …«

Es wurde ein bisschen lebhafter, als der Entenmann

hereinkam. Carlisle hatte keine Ahnung, wer der Entenmann war, aber er würde ihn in den kommenden Jahren immer wieder sehen und war fasziniert von seinem Benehmen. Der Entenmann setzte sich an die Bar, bestellte ein Bier und trank es ruhig und für sich. Nicht weiter ungewöhnlich. Merkwürdig war etwas anderes: Unter der dicken Jacke, die er winters wie sommers trug, hatte er eine lebende Stockente. Ab und zu schlug der Mann den Jackenaufschlag zurück, und die Ente streckte den grünen Kopf heraus. Der Entenmann hielt ihr die Flasche hin, die Ente nahm einen Schluck Grain Belt und verschwand wieder unter der Jacke.

Carlisle sah den Entenmann und dann Gally an. Sie zuckte lächelnd die Schultern und trank einen Schluck Bier.

Er hätte sie gern nach der Frau mit dem kastanienbraunen Haar gefragt, aber das ließ er bleiben. Eine Frau nach einer anderen Frau zu fragen und dabei auch nur eine Spur von Interesse zu zeigen, kam nicht nur taktlos an, sondern erbrachte auch meist keine brauchbaren Informationen, das hatte er schon vor langer Zeit gelernt.

Stattdessen sagte er: »Erzählen Sie mir von den Geistern draußen bei Wolf Butte.«

Gally schaute kurz die Decke und dann Carlisle an, und sie sah, wie warm sein Blick war. Ein bisschen traurig vielleicht, aber warm und gut. Vielleicht ein Mann, der Frauen nicht als Trophäen betrachtete.

»Na ja, ich glaube, ich habe schon mal den Collegeprofessor erwähnt, der dort in der Nähe von einem Felsen gestürzt ist. Das ist eine Weile her. Damals gab's eine Menge Trubel um die indianischen Hügel da draußen, und ein paar Monate lang rollten alle möglichen Wissenschaftler in Salamander an, Männer und

Frauen, lauter nette Leute. Sie trugen schwere Arbeitskleidung und waren richtig höflich, wenn sie zu Danny's zum Essen kamen. Kratzten sich am Randstein den Lehm von den Stiefeln, bevor sie reinkamen, was Thelma sehr zu schätzen wusste; sie erwähnt es gelegentlich immer noch, wenn sie irgendeinem Cowboy die Ohren lang zieht, weil er irgendwelchen unchristlichen Dreck reinschleppt. Das war eine gute Truppe; sie lachten viel und schienen eine Menge Spaß zu haben.

Es hieß, die Indianer seien ziemlich aufgebracht über das, was da draußen vorging; sie halten die Gegend für heiliges Land, das nach den alten Verträgen ihnen gehört. Aber nicht lange, und der Professor kam ums Leben, und danach wurde das Projekt aufgegeben. Niemand schien zu wissen, warum.

Ein oder zwei Jahre vor dem Tod des Professors campierte ein Landvermessertrupp am Fuße von Wolf Butte. Vier Leute in einem großen Zelt. Mitten in der Nacht löste sich ein Felsbrocken von Wolf Butte und krachte mitten in das Zelt. Zerquetschte sie alle; nur einer lebte noch eine Woche, starb dann aber auch. Und es war eine Gnade, dass er starb – so, wie er zugerichtet war. Alle sagten, sie hätten wissen müssen, dass man so nah am Felsen nicht campiert. Ein neues Team kam und führte die Arbeit zu Ende, hieß es. Hab aber nie gehört, was die da eigentlich vermessen haben.«

Carlisle schwieg. Er wartete darauf, dass sie weitererzählte.

»Dann wird's immer merkwürdiger. Ein paar der alten Leute behaupten, es habe eine ganze Serie solcher Unfälle gegeben, als diese Gegend besiedelt wurde. Lauter sonderbare Dinge gingen damals dort vor, nach allem, was ich gehört habe – nächtliche Feuer auf Wolf Butte, Trommelklänge, ein riesiger Vogel, der über dem

Tafelfelsen kreiste, ein behaartes Wesen namens Big Man, das durch die Gegend streifte, alles Mögliche. Manche Leute sagen, die Geschichten reichen noch viel weiter zurück. Die Indianer selbst behaupten, sie sind uralt. Da ist etwas mit einer Priesterin namens Syawla. Die alten Leute glauben, irgendjemand oder etwas hält dort immer Ausschau nach Eindringlingen. Die Legende sagt, das ist der Wächter, und er ist Syawlas Sohn. Was er da bewacht, kann ich nicht sagen. Die heilige Stätte, nehme ich an. Mehr weiß ich nicht. Ich kriege immer eine leise Gänsehaut, wenn ich auf dem Weg in die Stadt dort vorbeifahre.«

Carlisle saß still da und dachte eine Weile nach. »Das ist ziemlich seltsam. Macht das Williston-Anwesen noch interessanter. Wem gehört das Land um Wolf Butte?«

»Das weiß ich nicht genau. Axel Lookers Land liegt nördlich davon. Das Land im Westen ist, glaube ich, zum Teil Staatsgelände, das als Weideland an Rancher verpachtet ist, und zum Teil gehört es einer Firma, sagen die Leute. Die Firma hat einen dieser unauffälligen Namen, die man sich so schwer merken kann. Aura Corporation, oder so ähnlich.«

»Aur... was? Wie schreibt man das?«

»Wie man's spricht. A-u-r-a. Ich hab keine Ahnung, was es bedeuten soll. Ich habe Jack, meinen Mann, mal gefragt, und der wusste es auch nicht.«

Carlisle spielte mit seiner Bierflasche, kippte sie langsam hin und her. »Vom Williston-Haus aus kann man Wolf Butte in der Ferne sehen. Vielleicht besorge ich mir ein Fernglas – wer weiß, was ich da sehe. Wollen wir den Augenblick plündern und noch ein Bier trinken?«

»Na klar – plündern wir.« Gally lächelte, trank ihre Flasche aus und reichte sie Carlisle.

Carlisle rutschte mit den leeren Flaschen in der Hand aus der Nische. Während Leroy zwei neue hervorwühlte, beobachtete der Entenmann Carlisle von der Seite. Er zog seine blaue Strickmütze tiefer ins Gesicht und schlug die Jackenaufschläge übereinander.

Als Gally und Carlisle »Leroy's« verließen, war es still auf den Straßen von Salamander, und Carlisle sah, dass der alte Mann am Fenster über »Lester's« nicht mehr da war. Er sagte Gally Gute Nacht und öffnete die Tür seines Pick-ups, während Gally über die Straße zu ihrem Bronco ging. Er summte ein altes Lied, aber er erinnerte sich nicht, wie es hieß. Ein paar Textzeilen fielen ihm noch ein, etwas mit Tanzpavillons im Regen.

7

»Wollen Sie noch einen?«

»Nein, im Moment reicht's.« Der alte Mann lehnte mit dem Rücken an der Wand der Bar in Livermore; sein gesundes Bein lag ausgestreckt auf der Bank, das verkrüppelte versteckte er unter dem Tisch. Lächelnd schaute er zur Decke und klopfte mit dem Stock leise an die Kante der Bank.

»Als Carlisle McMillan das alte Williston-Anwesen nordwestlich von Salamander kaufte, dachten die Einheimischen, er habe nicht alle Tassen im Schrank. Nach dem Kauf begann er mit einer der größten Sammelexpeditionen aller Zeiten. Kein Winkel im ganzen County war vor ihm sicher. Er stöberte in alten Scheunen herum und plünderte die dunklen Ecken im Holz-Discount in Falls City. Axel Looker kam täglich mit neuen Berichten über die wachsenden Berge von Material, die Carlisle herumliegen hatte, und nach drei Wochen fuhren die Leute dort vorbei, nur um das Zeug zu besichtigen. Manche nahmen ein Fernglas mit, weil das Haus ja ein Stück abseits der Straße liegt. Die Kühneren schalteten den Allradantrieb zu, fuhren die Zufahrt hinauf, stiegen aus und fragten: *Na, wie läuft's?*

Carlisle war immer höflich zu den Besuchern, obwohl er sich verzweifelt bemühte, die Bude vor dem Wintereinbruch dicht zu machen. Weil er so spät angefangen hatte, war das ein Wettrennen mit der Zeit. Er arbeitete immer weiter, während er versuchte, ihre Fragen zu beantworten. Säge und Hammer, Nut und Feder, Gehrung und Schindel.

Auf der Straße, drüben bei ›Danny's‹, in ›Leroy's Tavern‹ und unten beim Silo – überall redeten sie nur von Carlisle und seinem Projekt. Anfangs war es wenig schmeichelhaft, das Gerede, meine ich. *Nicht genug Land für Rinder oder für Winterweizen.* Oder: *Das Haus war nie mehr als ein Schuppen, und ein schlechter obendrein.* Oder: *In letzter Zeit mal das Kleine Haus in der Prärie gesehen? Gott, ich hasse es, Dummheit bei der Arbeit zu sehen.*

Aber nach einer Weile änderte sich die Tonlage irgendwie. Zunächst hatten die Leute gedacht, Carlisle sei irgendein Hippie-Aussteiger, aber diejenigen, die draußen beim Williston-Haus gewesen waren, sagten, er scheine zu wissen, was er tue. Er benutzte eine Skil-Kreissäge, sagten sie, und da muss man mit der Hand ein Sägeblatt mit mehr als acht Zillionen Umdrehungen pro Viertelsekunde steuern, aber damit konnte er besser umgehen als die meisten anderen mit einer Tischsäge. Sie sagten, er könne einen Dachnagel mit zwei Hammerschlägen ins Holz treiben, ohne je danebenzuschlagen. Sie sagten, er trage einen Werkzeuggürtel, der aussehe, als habe er schon einiges mitgemacht, bevor er nach Salamander kam. Ein paar Frauen sagten, sie hätten gehört, er sehe ziemlich gut aus mit nacktem Oberkörper, das Haar mit einem ledernen Schuhriemen zu einem Pferdeschwanz zusammengebunden. Das berichtete Alma Hickman, wenn sie sich im ›Swirl 'n Curl‹ mit ihren Kundinnen unterhalten hatte.

An manchem Abenden schleppte er sich in die Stadt, kurz bevor ›Danny's‹ schloss, und aß, was immer Gally noch dahatte, zwei oder drei Portionen. Aber die meiste Zeit campierte er da draußen und kochte auf einem kleinen Butankocher, den er in Falls City im Wal-Mart gekauft hatte.

Die Leute stellten auch fest, dass sein Aussehen sich ein bisschen veränderte, nachdem er mit der Arbeit an seinem Haus begonnen hatte. Obwohl er erst zum Herbstanfang loslegte, wurde er dunkelbraun von der Sonne, auch wenn seine Haut schon vorher nicht eben hell gewesen war. Er wurde auch ein bisschen straffer, und seine Jeans saß ein bisschen lockerer auf den Hüften. Sogar sein Gang nahm einen anderen Charakter an, wie das eben passiert, wenn ein Mann in seinem Leben einen Sinn findet und weiß, wofür er lebt. Carlisle kam offensichtlich in Form, körperlich und geistig.«

Wie der alte Mann sagte – als Carlisle McMillan das Williston-Anwesen nordwestlich von Salamander kaufte, dachten die Einheimischen, er habe nicht alle Tassen im Schrank. Aber sie hatten auch nicht seine Lebensanschauung, was nicht weiter überraschend ist, da nicht einmal er selbst genau wusste, was für eine Lebensanschauung das zu jener Zeit war. Und was noch wichtiger ist: Sie hatten nie bei Cody Marx gelernt, einem Künstler ganz eigener Art in einer Stadt voller Künstler und Literaten.

In Mendocino, wo Carlisle aufgewachsen war, gab Wynn McMillan Cello-Unterricht und arbeitete halbtags in einer Kunstgalerie. Nach und nach wurde ihr kleines gemietetes Haus zu dem, was in Mendocino als Salon gelten konnte: eine bescheidene Kopie dessen, was Gertrude Stein dreißig Jahre zuvor in Paris geschaffen hatte, als sie Hemingway und Pound und deren Busenfreunden einen Platz bot, wo sie nach des Tages Arbeit herumsitzen konnten. Folglich wuchs Carlisle in der Gesellschaft von Leuten auf, die große Worte benutzten und alles, was sie taten, so weit analysierten, dass es für einen gewöhnlichen Beobachter aufhörte, auf irgendeine verständliche Weise zu existieren. So kam es ihm zumindest vor.

Mit vier Jahren hatte er schon Bücher mit den Bildern von Monet gesehen. Musik von Mozart und Haydn und Schubert wurde von Musikern aus der Stadt im Wohnzimmer gespielt, während er im Bett lag, Tarzan las und die Abenteuer der Helden von Zane Grey verfolgte. Irgendwelche Leute lehnten freitags abends am Kühlschrank oder klapperten auf dem Herd herum und diskutierten über Schopenhauer, Shaw und Spengler, während er sich Erdnussbutter-Sandwiches machte.

»Hallo, Carlisle. Mann, du wächst aber schnell.«

»Hi, Carlisle. Wie geht's in der Schule?«

»Carlisle, ich koche was Thailändisches für diese ungezogene Meute. Wo bewahrt deine Mutter das Kurkuma auf?«

Die eine große Stärke dieser Leute – und dafür war Carlisle ihnen stets dankbar – lag in der Art, wie sie die Umstände seiner Geburt behandelten. Dass er ein uneheliches Kind war, war ihnen einfach egal. Schopenhauer war wichtig, aber dass Wynn McMillan sich mit einem Mann, an dessen Namen sie sich nicht erinnern konnte, nackt im kalifornischen Sand gewälzt und danach einen Jungen zur Welt gebracht hatte, das war in seinen moralischen Implikationen ohne Bedeutung.

Cody Marx war kein Gast in Wynns Salon. Hätte man ihn eingeladen, wäre er nicht gekommen. Cody gebrauchte keine großen Worte. Genau genommen machte er überhaupt nicht viele Worte. Er war zufällig nur einer der großen Zimmerleute der Welt, und er ließ sein handwerkliches Können für sich sprechen. Man lud ihn nicht ein, an langen Abenden mit Musik und Literaturkritik teilzunehmen, aber er war der Erste, den man rief, wenn irgendetwas getan werden musste, was mit Bauen zu tun hatte. Wenn man Cody nicht bekam, weil er mit einer anderen Arbeit beschäftigt war, wartete man mit seinem Projekt einfach ab, bis er Zeit dafür hatte. Das heißt, wenn man zu den Leuten gehörte, die auf Perfektion bestanden.

Cody Marx war viel mehr als nur ein guter Techniker. Er betrachtete die Dinge mit den Augen eines Malers und dem Verstand eines Philosophen und wusste, dass Zen und Präzision kein Gegensatz sind, auch wenn er wahrscheinlich nie etwas von Zen gehört hatte. Und seine Arbeit ließ es erkennen. Wenn man ihm auf einem Bild etwas zeigte – ein Haus, ein Zimmer, einen Schrank –, das jemand schon einmal gebaut hatte, und sagte: »So etwas möchte ich haben«, dann lehnte er das Projekt höflich ab und schlenderte davon. Cody kopierte nicht die Arbeiten anderer. Was Cody baute, war Codys Arbeit, Punkt.

Wenn man mit Cody zu tun hatte, fand man sich mit seiner qualmenden Pfeife ab, beschrieb ihm in allgemeinen Worten, welchen Beitrag zu seinem Leben man von dem fertigen Produkt erwartete, und dann trat man zurück und überließ die Sache seiner Kreativität und seinem Geschick. Und noch etwas anderes tat man nie, niemals: Man setzte ihm keine Frist, und man trieb ihn nicht zur Eile.

Dies war eine Eigenheit, die sich herumsprach, nachdem er die Arbeit an einem Küchenausbau für einen örtlichen Banker hatte stehen- und liegenlassen. Die Frau des Bankers beschwerte sich ziemlich unumwunden bei Cody über sein langsames und methodisches Arbeiten: Sie könne weder kochen noch Gäste bewirten noch sonst etwas tun, solange ihre Küche in diesem Zustand sei.

Ohne sie eines Blickes oder eines Wortes zu würdigen, sammelte er sein Werkzeug ein und ging, und er weigerte sich, den Auftrag zu Ende zu bringen, bis der Banker sich bereitfand, mit seiner Familie auf eine ausgedehnte Reise zu gehen, die erst zu Ende sein sollte, wenn Cody ihm eine Postkarte schickte und ihm mitteilte, dass die Küche fertig sei. Natürlich wurde die neue Küche mit ihren maßgefertigten Schränken, raffinierten Einbauten und der zurückhaltenden Präzision hervorragender Handwerkskunst von aller Welt bewundert. Das überschwänglichste Lob kam von einem britischen Kaufhausmanager und seiner Frau, die den Banker in Mendocino besuchten, nachdem sie einander auf einer Winterkreuzfahrt kennengelernt hatten – auf eben jener Reise, die der Banker und seine Familie unternommen hatten, während Cody ihre Küche erneuerte.

Nun war Carlisle dort oben im Norden an der Küste, mähte Rasen und kratzte die Farbe von den teuren Booten der Leute, die im Sommer hierher kamen. Er war nicht glücklich mit diesen Gelegenheitsjobs. Wiederholung hatte ihm nie gefallen, er hatte nie gern Dinge getan, bei denen er nicht auf irgendeine Weise wachsen konnte. Er hatte immer gefunden, wenn man wieder vierundzwanzig Stunden gelebt hatte, sollte man ein besserer Mensch sein, als man bei Tagesanbruch gewesen war. Wie eine angebundene Möwe, so fühlte er sich, eine Möwe, die auf der Oberfläche der Dinge herumflatterte, an ihrer Kette zerrte und sich bemühte, sich zu vollem Flug in die Lüfte zu erheben.

Codys Namen hörte er von seiner Mutter und ihren Freunden, und die beträchtliche Ehrfurcht, die alle Gespräche über Codys Arbeit erfüllte, entging ihm nicht. Die Freunde seiner Mutter verstanden sich auf ihre eigenen intellektuellen und künstlerischen Gewerbe, aber handwerkliche Fähigkeiten von der Art, mit der man unmittelbare, praktische Ergebnisse hervorbringt, besaßen sie nicht. So neigten sie dazu, respektvolle Ehrfurcht an den Tag zu legen, wenn jemand wie Cody solche Ergebnisse vorweisen konnte. Große Autoschlosser gehörten zur gleichen Kategorie, wenn auch auf einem etwas niedrigeren Level als Cody.

Technische Fähigkeiten zu besitzen und sie zu benutzen, um Dinge von praktischem Wert zu erschaffen, Dinge, die dauerhaft waren – das war eine Vorstellung, die Carlisle reizte. Die Häuser, die Cody in jüngeren Jahren in Mendocino gebaut hatte, waren ein Muster an guter Konstruktion, und ruhig und kraftvoll überstanden sie die Jahre. Das sagte jeder. Alles lotrecht, nichts schief, keine undichten Stellen, für die Cody verantwortlich gewesen wäre. Geländer, die niemals locker wurden, Kacheln, die niemals abfielen, Deckenbalken, die Jahrzehnte überdauerten, ohne sich jemals zu verbiegen.

Immer wieder machten die Anekdoten über Cody im Wohnzimmer seiner Mutter die Runde. Man kannte sie als »Cody-Storys«, Geschichten über »Codys Art«. Eine vor allem war es, die Carlisle beeindruckte und am Ende sein Leben veränderte. Der Mann, der sie erzählte, war ein Dichter aus der Stadt, ein Mann, der etwas über verborgene Dinge und verhüllte Bedeutungen wusste und der einmal bemerkte: »Cody Marx weiß, wo die Gebeine schlampiger Arbeit in den Wänden von Mendocino County versteckt sind.« Cody hatte ihm einen Anbau an sein Haus gebaut, und der Dichter hatte zugesehen, wie er Kiefernholzbalken glatt geschliffen hatte, die in den Wänden verborgen sein würden. Niemand würde sie je sehen, das Abschleifen machte sie weder stärker noch zweckmäßiger, und so fragte der Dichter, warum Cody das tat. Cody arbeitete zu einem im Voraus vereinbarten Preis, und so konnte es dem Kunden in finanzieller Hinsicht gleichgültig sein, ob er die Ständer glatt schliff oder nicht, aber er war neugierig. Cody kaute auf seinem Pfeifenmundstück, betrachtete ein Kantholz, das er soeben abgeschmirgelt hatte und sagte zu dem Dichter, ihm sei einfach wohler, wenn er auf diese Weise arbeitete. Er habe erst dann das Gefühl, dass es fertig sei. Das war alles, was er sagte – mehr nicht. Codys Art.

Am Tag, nachdem er diese Geschichte gehört hatte, machte Carlisle sich auf die Suche nach Cody Marx. Seine Frau sagte, er arbeite an einem neuen Haus nordwestlich der Stadt in den Bergen bei Russian Gulch. Carlisle radelte hinaus, sah Codys alten Pick-up vor dem Haus stehen und hörte drinnen das Klopfen seines Hammers. Cody arbeitete allein. Er war es so gewohnt – es sei denn, er brauchte für einen oder zwei Tage dumme Muskeln, die ihm bei der Schwerarbeit halfen.

Carlisle blieb ein Stück weit abseits stehen, sah dem alten Mann bei der Arbeit zu, zitternd im Angesicht einer Legende, und versuchte, sich zu sammeln. Die Pfeife qualmte, und Cody summte leise, während er eine Tür zurichtete. Nach einer Weile drehte er sich zu seiner Gehrungslade um und taumelte einen Schritt zurück.

Und schon hab ich's vermasselt, dachte Carlisle. Cody war Ende sechzig, und Carlisle befürchtete, er habe dem alten Mann zu einem Herzanfall verholfen.

Aber Cody erholte sich wieder und fragte: »Ja? Was willst du?«

Carlisle war ein nervöser Bittsteller, aber ein paar Worte brachte er doch hervor. »Ich möchte gern bei Ihnen arbeiten und Zimmermann werden.«

»Brauch keine Hilfe, kann mir auch gar keine leisten.« Cody beugte sich über die Gehrungslade und sägte ein Stück Profilholz ab, das er für die Tür brauchte, an der er arbeitete. Dann hielt er es in die Höhe und prüfte, wie gut es sich an die waagerechte Leiste fügte, die bereits an ihrem Platz oben an der Tür war. In Carlisles Augen passte es perfekt, aber Cody zog einen halben Bogen feinkörniges Schmirgelpapier aus der Hüfttasche und glättete die Schnittstelle. Als er zufrieden war, nagelte er die Leiste an und versenkte die Nägel, um die Löcher nachher zu verspachteln, und die ganze Zeit tat er, als sei Carlisle eine Dose Holzschutzmittel in der Ecke.

Der Zimmermann durchsuchte einen Stoß Profilleisten und sagte, ohne aufzublicken: »Du bist Wynn McMillans Junge, oder?«

»Ja.«

»Wie alt?«

»Zwölf.«

»Dachte, du mähst Rasen und so was.«

Carlisle zügelte seine pubertierende Stimme, die in letzter Zeit dazu neigte, mitten im Wort plötzlich eine knappe Oktave nach oben zu schießen, und sagte auf, was er sich zurechtgelegt hatte: »Ich möchte lernen, mit den Händen zu arbeiten und Dinge zu machen, die haltbar sind. Ich möchte einen Beruf lernen und Handwerker werden.«

Er befürchtete, dass seine Sätze ein bisschen zu hochgestochen klingen könnten, zu förmlich, besonders wenn sie so hervorgekrächzt wurden, wie er es getan hatte. Aber mit »Handwerker« hatte er das richtige Wort gewählt.

»Du weißt, dass das Wort *Handwerker* bald aus unserer Sprache verschwunden sein wird, oder?«

Carlisle antwortete nicht. Der alte Mann durchsuchte seine Profilleisten.

Es gibt Augenblicke in einem Leben, da die ganze Zukunft eines Menschen sich auf dem bedenklich schmalen Angelpunkt der instinktiven Entscheidungen derjenigen dreht, in deren Macht es steht, ihm zu geben, was er haben will, oder es zu verweigern. Dieser Morgen war, wie sich herausstellen sollte, ein solcher Augenblick für Carlisle McMillan. Cody sortierte seine Leisten, Cody summte vor sich hin, Cody dachte nach.

»Spielst du Football oder so was?«

»Nein. Dafür hab ich keine Zeit, und es interessiert mich auch nicht.«

»Dann wärst du auch samstags zur Verfügung? Und nach der Schule, während des Schuljahrs?«

Carlisles Puls legte zwanzig Schläge zu. »Ja, Sir.«

Cody wandte sich wieder dem Stapel der langen, schlanken Hölzer zu und sprach, ohne Carlisle anzusehen. »Vor ungefähr sechs Wochen hab ich da, wo ich gearbeitet hab, gesehen, wie du auf der anderen Straßenseite einen Rasen gemäht hast. Was mich beeindruckt hat, war, wie du ihn auf Händen und Knien poliert und die paar Grashalme abgeschnitten hast, die der Rasenmäher nicht erreicht hatte.«

Er sah Carlisle kurz an. »Etwas polieren, nur darum geht's bei der Zimmerei ... und übrigens auch im Leben. Und am anderen Ende steht der Satz, der allen Heimwerkern die kalte Angst in die Knochen fahren lässt: *Die Oberfläche vorbereiten*. Die meisten Leute bereiten die Oberfläche nicht richtig vor, und auch das ist ein Aspekt guter Handwerkskunst und des Lebens im Allgemeinen. Ob du also lebst oder zimmerst – wenn du die Oberfläche vorbereitest, die fertige Arbeit polierst und alles dazwischen auf die richtige Weise machst, dann hast du für alles gesorgt. Handwerkskunst ist zuerst eine Frage der Einstellung; das technische Geschick kommt erst danach. Kannst mir folgen?«

»Ja, Sir, ich kann Ihnen folgen.«

Cody richtete sich auf und sah den Jungen blinzelnd an. »Einen Dollar die Stunde. Du fängst an mit Aufräumen, denn das gehört immer dazu, ob man die Oberfläche vorbereitet oder poliert. Morgen früh hier, um sieben Uhr, bereit zum Arbeiten. Muss ich dich abholen?«

»Nein, Sir. Ich habe ein Fahrrad.«

Die Legende ging mit einer Profilleiste zu der Tür und summte vor sich hin. Carlisle fasste es als Signal zum Gehen auf. Auf dem Heimweg, kräftig in die Pedale tretend, schwer atmend, beschwingt, fühlte er sich bereits als Handwerker. Schon Cody Marx' Nähe konnte diese Wirkung haben. Die Kette war dabei, zu zerreißen.

Wynn McMillan war ein wenig erschrocken über diese Vereinbarung. Nicht, dass sie etwas gegen Cody Marx gehabt hätte, aber Carlisle verdiente im Durchschnitt mehr als einen Dollar die Stunde, wenn er Rasen mähte und den Lack von Booten abkratzte, und seine Einkünfte waren wichtig in einem Haushalt, in dem das Geld immer knapp war. Aber sie hörte zu, als Carlisle ihr erklärte, warum er bei Cody arbeiten wollte. Und Wynn McMillan verstand es.

Sie lächelte. Carlisle vergaß nie, wie sie gelächelt und was sie gesagt hatte. »Werde der beste Zimmermann, den Mendocino je hervorgebracht hat, Carlisle, wenn es das ist, was du willst. Wir kommen schon irgendwie zurecht.«

Die Jahre, in denen er an Cody Marx' Seite arbeitete, gehörten zu den besten seines Lebens. Bald liebte er den alten Mann. Liebte ihn wegen seiner Fähigkeiten, seiner Einstellung, seiner wunderbaren Arbeit. Aber es ging tiefer. Carlisle hatte keinen Vater, Cody und seine Frau hatten keine Kinder. So entstand ein natürliches Band zwischen ihnen. Am Anfang kam Carlisle nie auf diesen Gedanken, aber später glaubte er, dass es Cody anders ergangen war. Cody spürte wie so mancher in jener Zeit, dass er ein paar Dinge wusste, die es wert waren, an jemanden weitergegeben zu werden, und dieser Jemand war Carlisle. In den Jahren, in denen sie zusammen arbeiteten, tat er sein Bestes, um Carlisle alles beizubringen, was er konnte. Alles.

Mit den ersten beiden Schecks von Cody kaufte Carlisle sich eine dunkelblaue Latzhose und ein braunes Arbeitshemd, genau wie die Sachen, die Cody trug. Zu Weihnachten schenkte seine Mutter ihm in jenem Jahr eine schwarze Lunchdose und eine rote Thermosflasche aus Metall, fast identisch mit denen, die Cody hatte. In den Jahren danach, ja, bis in die Gegenwart, begleiteten ihn sein Lunch und sein Kaffee in dieser verbeulten Dose und in dieser verbeulten Flasche, den Reliquien seiner Lehrzeit, und sie verbanden ihn mit Cody Marx' starken Händen und mit seiner verständnisvollen Mutter.

In den ersten zwei Jahren nannte er Cody immer nur »Sir« oder »Mr Marx«, wie der Schüler seinem Zen-Meister den Respekt erweist, der ihm zusteht.

An Carlisles vierzehntem Geburtstag renovierten sie einen wundervollen alten Drugstore in der Stadt. Carlisle erschien um halb sieben in der Frühe zur Arbeit. Er hatte sehr bald gelernt, dass Cody, wenn er »sieben« sagte, in Wirklichkeit eine halbe Stunde früher meinte.

Wie immer sagte er: »Guten Morgen, Mr Marx.« Barmherzigerweise hatte seine Stimme allmählich den Abstieg zu einer gleichmäßigen Lage am oberen Ende des Baritons geschafft.

Cody hatte die erste Pfeife des Tages gestopft; er nickte Carlisle zu, während er sie anzündete, und zwischen seinen Versuchen, sie zum Ziehen zu bringen, fragte er: »Du hast Geburtstag, oder?« Er wusste es irgendwoher.

»Ja, Sir.« Carlisle grinste, stolz darauf, vierzehn zu sein und für Cody Marx zu arbeiten, stolz auf seine aufblühenden Fähigkeiten.

Cody bückte sich und griff in eine braune Papiertüte auf dem Boden. Er holte einen neuen Werkzeuggürtel aus Leder hervor, steif und hellbraun. Carlisle sah die alten, aber immer noch guten Werkzeuge, die aus den diversen Taschen ragten.

»Herzlichen Glückwunsch, Carlisle. Ich wollte nur sagen, es ist schön, mit dir zu arbeiten. Übrigens finde ich, dass du eine Lohnerhöhung auf einen Dollar fünfzig verdient hast. Und noch eins: Mir wär's lieber, wenn du mich von jetzt an Cody nennen würdest. Und jetzt lass uns diese Deckenbalken ordentlich anbringen, damit wir zu größeren Dingen übergehen können.«

Carlisle hatte Tränen in den Augen, als er sich den Gürtel umschnallte. Teils, weil er das Geschenk, wie Cody es beabsichtigt hatte, als Symbol für seine Fortschritte im langen Aufstieg zu Können und Verständnis auffasste, und teils auch, weil Cody gesagt hatte, Carlisle arbeite mit ihm, nicht für ihn. Das war wichtig.

Im Laufe der Jahre, durch Fenster, die noch nicht geschlossen, und Türen, die noch nicht eingehängt waren, hörte Carlisle die Marschkapelle der High School, wenn sie nachmittags probte. Wenn Cody und er abends noch arbeiteten, um eine Sache zu Ende zu bringen, hörte er manchmal die Zuschauer und den Stadionsprecher drüben beim Football. Von den Giebeln von Mendocino herab sah er an Sommernachmittagen die anderen Kids zum Strand gehen und morgens mit den Segelbooten ihrer Eltern in See stechen.

Das alles störte ihn nicht. Tatsächlich hätte er nicht mit ihnen tauschen wollen, nicht um alles in der Welt. Er schuf mit seinen Händen Dinge, die von Dauer waren. Dabei half er Cody überall in Mendocino County, Kalifornien, und das liebte er. Sie bereiteten Oberflächen vor, polierten das fertige Werk und taten alles andere dazwischen. Mehr als das – und vor allem: Sie machten es richtig, arbeiteten präzise und auf Codys Art. Die Leute lächelten, wenn Codys Truck durch die Stadt fuhr und wenn sie Cody in blauer Latzhose und braunem Arbeitshemd am Steuer sitzen und mit dem Jungen reden sahen, der genauso angezogen war wie er.

Carlisle arbeitete regelmäßig mit dem alten Zimmermann, bis die High School zu Ende war, und in seinen ersten beiden Jahren in Stanford arbeitete er immer noch zeitweise mit ihm. Wenn Cody einen Auftrag hatte, der mehr als zwei Hände erforderte, stieg Carlisle in Palo Alto in den Bus. Unterwegs studierte er seine Lehrbücher und empfand sie als kläglichen Ersatz für das Gefühl, feines Holz in den Händen zu halten, und für das Glück, das er empfand, wenn er zurücktrat und eine gute Arbeit betrachtete, die fertig war.

Cody hatte angefangen, murmelnd vom Ruhestand zu reden, aber Carlisle glaubte nicht, dass es ihm damit ernst war. Und dann, an einem Donnerstagnachmittag, rief seine Mutter ihn an. Mit leiser, stockender Stimme sagte sie ihm, dass Cody gestorben sei. »Sie haben ihn draußen im alten Haus der Merkles gefunden, wo er Schränke einbaute.«

Ein Tag im Leben eines zwanzigjährigen Mannes, der zu Ende ging, ein Frühlingstag, die tief stehende Sonne auf dem Weg zum Horizont. Carlisle saß in seinem Zimmer und weinte zwei Stunden lang ohne Unterbrechung, und leise schlug er mit der Faust gegen einen Tisch, auf dem sich hoch die Bücher stapelten. Das gesammelte Wissen, das darin stand, war nichts als ein flüchtiges Geschwafel im Vergleich zu dem, was Cody Marx wusste und an ihn weitergeben wollte. In diesem Augenblick entschied Carlisle, Stanford zu Ende zu bringen – das würde er für seine Mutter tun –, aber danach würde er sich an Codys Art halten.

Sein Werkzeug und den alten Truck hatte Cody ihm vermacht. Anna Marx übergab ihm alles mit Tränen in den Augen. Als er sich schließlich verabschiedete und wegfahren wollte, nahm sie seine beiden Hände und sagte: »Carlisle, du warst der Hauptgesprächsgegenstand in unserem Hause in den letzten acht Jahren. Jeden Abend hatte Cody etwas von dir zu erzählen: wie viel du gelernt hättest, was für ein guter Junge du seist und wie viel Freude es ihm mache, dich zu einem ordentlichen Mann heranwachsen zu sehen. Als du in Hemd und Latzhose zur Arbeit kamst, gekleidet wie er, da kam er am Abend nach Hause, setzte sich an den Küchentisch und sagte: Anna, ich glaube, ich habe einen Sohn. Und von da an betrachtete er dich immer so. Mein Gott, er hat dich geliebt, Carlisle. Er hat dich wirklich geliebt.«

Carlisle nickte. Sie hatte ihm etwas erzählt, was er schon wusste, aber es tat gut, es von ihr zu hören. »Ich hab ihn auch geliebt, Mrs Marx, genauso wie er mich.

Er hat mir einen Platz im Leben gegeben, einen Sinn, und ich werde versuchen, auf Codys Art zu leben.«

Mit dem alten Truck, der immer noch lief wie neu, weil Cody ihn gepflegt und repariert hatte, fuhr Carlisle stundenlang langsam durch Mendocino und betrachtete die Häuser, an denen sie zusammen gearbeitet hatten. Ihm war, als erinnere er sich an jedes Loch, an jeden Zapfen, jede Fase und jeden Schwalbenschwanz, jeden schrägen Winkel, den sie je geschaffen hatten.

Er hielt an und wischte sich über die Augen, als er Codys Stimme sagen hörte: »Ich glaube, das können wir noch ein bisschen besser hinkriegen, Carlisle.« Auf diese sanfte Weise hatte er ihm zu verstehen gegeben, dass er etwas nicht richtig gemacht hatte. Er ließ den Kopf auf das Lenkrad sinken und dachte an den alten Mann, der sein Bestes getan hatte, um einen anständigen Handwerker aus ihm zu machen. Im Truck roch es nach Zeder und Esche und indischem Satinholz und Honduras-Mahagoni, und unter all das mischte sich der Rauch von Codys Pfeife. Die Erinnerungen ... Gott, all die Erinnerungen.

Noch Jahre später, besonders wenn er es mit einer komplizierten Arbeit zu tun hatte, merkte Carlisle unversehens, dass er summte. Wenn das geschah, hielt er einen Augenblick lang inne, betastete den alten Werkzeuggürtel, den er trug, ein Dutzend Mal geflickt und dunkel vom Öl an seinen Händen und von dem Holz, mit dem er arbeitete, und dachte an Cody Marx. Dachte daran, wie der alte Mann die Oberfläche an einem einsamen, stillen Jungen namens Carlisle McMillan vorbereitet hatte.

Das verfallene Haus auf dem Anwesen bei Salamander war der unbehauene Stein für das Denkmal, das er Cody Marx errichten würde. Er war entschlossen, aus dem Haus des alten Williston etwas zu machen, worin sich das Beste von allem vereinigte, was Cody Marx ihn gelehrt hatte. In bester Handwerkstradition würde er eine Ruine in Besitz nehmen und ihr ewiges Leben verleihen.

Er ertappte sich dabei, dass er aus Gewohnheit Abkürzungen nahm und Dinge tat, nur um sie hinter sich zu bringen. Eine schlechte Gewohnheit, die er angenommen hatte, als er für Erschließungsfirmen und andere Leute gearbeitet hatte, denen es gleichgültig war, ob eine Arbeit wirklich vollendet war. Als ihm das klar wurde, arbeitete er langsamer, und manchmal riss er etwas wieder auseinander, weil es Codys Maßstäben nicht genügte, und fing noch einmal von vorn an. Und wenn er deshalb im tosenden Prärie-Blizzard in der Kabine des Trucks schlafen musste – er würde seine Arbeit richtig machen.

Das Dach kam zuerst. Im Herbst waren Zedernholzschindeln zu einem anständigen Preis zu haben; die Holzhandlung in Falls City hatte zweihundertzwanzig Quadratmeter auf Lager, die für ein Bauprojekt bestellt worden waren, das dann nicht zustande gekommen war, und Carlisle bekam seine Schindeln zu einem noch günstigeren Preis als erwartet. Sie ließen ihn stöbern und sich die besten aussuchen. Nach kalifornischen Maßstäben bekam er sie geschenkt.

Als er im Haus nach oben schaute, sah er Dachbalken und Dachpappe, aber keinen Hohlraum für die Dämmung. Also war es unerlässlich, die gesamte Dachkonstruktion zu erhöhen, um den benötigten Raum zu bekommen. Carlisle wusste, das war der schlimmste Teil des ganzen Projekts. Es war auch der entscheidende.

Er fing damit an, dass er die alten Schindeln und die verrottete Verkleidung darunter abriss. Die meisten

Dachbalken waren in schlechtem Zustand. Er ersetzte sie durch ofengetrocknete Kanthölzer. Andere brachte er in Schuss und reparierte sie. Dann nagelte er die Sparren auf und fing an, die Schindeln zu verlegen; dazu nahm er heiß beschichtete, galvanisierte Fünf-Zentimeter-Nägel. Und er schliff Balken und Sparren ab, obwohl er sich versucht fühlte, es bleiben zu lassen. Niemand würde es wissen, außer ihm und Cody. Aber das genügte.

Da, wo das große Wohnzimmer sein würde, ließ er ein großes Oberlicht ein, und ein kleines dort, wo der Mond ins Schlafzimmer scheinen würde. Das kostete ihn eine Menge Zeit, aber er machte es gründlich und sorgte auch dafür, dass man sie von innen hochkurbeln konnte, wenn die Tage wärmer wurden.

Als er damit fertig war, nahm er sich die Fußböden vor; er verlegte gut abgelagerte, doppelt mit Nut und Feder versehene Planken von einer Lastwagenverkleidung, die er auf einer Farm in der Nähe gefunden hatte. Der Farmer hatte ihm den ganzen Stapel fast umsonst überlassen. Später würde er Dielen aus feinem Holz darüber decken. Jetzt kam es nur darauf an, einen Unterboden einzuziehen, mit dem er bei schlechtem Wetter leben könnte.

Die Außenverkleidung war heruntergekommen; man hatte von vornherein billiges Material genommen und es danach wenig gepflegt. Cody hätte gesagt: »Anscheinend hatte jemand vor, dieses Haus auswittern zu lassen.« Carlisle riss alles ab, auch den Putz darunter, und dann stand das alte Haus da wie jemand, der einen neuen Hut und Schuhe hat, aber sonst nackt ist.

Ein früher Herbstregen, ein kalter Regen, überraschte ihn zwanzig Tage nachdem er angefangen hatte. Trotzdem hörte er nicht auf, abzureißen und zu hämmern;

er trug einen Regenmantel, und manchmal arbeitete er im Licht der Autoscheinwerfer und einer Gaslaterne bis tief in die Nacht hinein.

Wie der alte Mann gesagt hatte: Die Leute aus Salamander fingen an, hinauszufahren, um zu sehen, was Carlisle da trieb. Er bemühte sich, alle ihre Fragen höflich zu beantworten, aber er hörte nicht auf zu arbeiten, während sie mit ihm sprachen.

Wenn das Dach ein Schirm ist, ist die Verkleidung ein Regenmantel. Er wollte, dass das Haus so dauerhaft und wartungsfrei wie möglich wurde; also entschied er sich für Bretter aus Zedern- oder Rotholz. Beides war teuer, und aus Prinzip lehnte er es ab, solches Holz in seinem jungfräulichen Zustand zu verarbeiten. Die Vorstellung, dass große Bäume gefällt wurden, um ein Haus zu verkleiden, ertrug er nicht. Natürlich gab es in der Holzhandlung die üblichen Zehn-mal-zwanzig-Platten aus Pressholz mit Zedernfurnier. Aber, wie er einem Besucher erklärte, der ihm vorschlug, sich das Leben zu erleichtern und das Furnierholz zu benutzen: »Davon habe ich in Kalifornien für mein ganzes Leben genug verarbeitet. Das ist kein Material für mich. Außerdem, haben Sie schon mal gesehen, was ein Specht mit Zedernfurnier anstellt?«

Ein Zimmermann im Ruhestand kam, um zu kiebitzen und unerbetene Ratschläge zu erteilen, von denen Carlisle schon jetzt mehr als genug bekommen hatte. Aber er spitzte die Ohren, als der Mann von einer Jagdhütte oben in Three Forks erzählte, die gerade abgerissen wurde. Vor fünfzig Jahren hatte der Alte mitgeholfen, sie zu bauen, und er erinnerte sich immer noch an das schöne Rotholz, das sie für die Innenverkleidung genommen hatten. Carlise fuhr nach Three Forks hinauf, scharrte mit den Füßen, feilschte mit dem Abrissunternehmer und bekam, was er wollte. Es würde sogar noch genug übrig bleiben, um später damit Bad und Dusche auszukleiden. Vielleicht sogar genug für einen Wintergarten, den er vor die Südwand setzen wollte. Aber zuerst musste er die clubhausmäßige Hochglanzlackierung abschleifen und das Holz in seinen natürlichen Zustand zurückversetzen.

Mitte Oktober war die Verkleidung zum größten Teil an ihrem Platz, und Rollen von Glasfaser-Dämmstoff waren vom Baumarkt in Livermore unterwegs. Gerade rechtzeitig, denn drei Tage zuvor hatte es zum ersten Mal geschneit, und in der Nacht hatte er im Truck schlafen müssen.

Und er hatte jetzt einen Partner. Ein großer gelber Kater mit einem zerfransten rechten Ohr war vor einer Woche vorbeispaziert, war zum Lunch und zum Abendessen geblieben, und bald darauf hatte er hier seinen festen Wohnsitz genommen. Der Kater schlief bei Carlisle in der Kabine und folgte ihm am Tage überallhin. Carlisle studierte den Kater. Der Kater studierte Carlisle.

»Tja, Dicker, du siehst aus wie ein Kipplaster. Ich glaube, Dumptruck ist ein passender Name. Wenn du nichts dagegen hast, lassen wir's dabei.« Dumptruck blinzelte mit seinen gelben Augen. Carlisle grinste.

An einem Samstag kurz vor Sonnenuntergang ging er um das Haus herum, bewunderte sein Werk und war so zufrieden mit sich wie schon lange nicht mehr. Cody hatte immer gern einen Mann namens Sir Henry Wotton zitiert, der vor dreihundertfünfzig Jahren gesagt hatte: »Gutes Bauen muss dreierlei erbringen: Brauchbarkeit, Festigkeit und Freude.« Mit den ersten beiden Dingen war Carlisle schon erfolgreich, und für das dritte hatte er klare Pläne. Und außerdem kehrte er allmählich irgendwohin zurück, wo er schon einmal gewesen war, mit Cody, irgendwohin, wo es ruhiger war und wo alles einen Sinn ergab.

Carlisle war hungrig, aber zu müde, um den Butankocher anzuwerfen und wieder eine Dose Bohnen warm zu machen – oder was sonst unter der Plane übrig sein mochte, wo er seinen Proviant aufbewahrte. Es war zu spät, um noch ohne Hast zu »Danny's« nach Salamander zu fahren. Alles sah nach Erdnussbutter-Sandwich und Obst mit einem Milky Way zum Nachtisch aus.

Während er und Dumptruck das klägliche Speisenangebot noch begutachteten, fiel sein Blick auf die Zufahrt, und er sah Gally Deveraux, die in der Dämmerung auf ihn zukam. Sie trug einen großen Picknickkorb, und in der anderen Hand hatte sie eine Thermosflasche, und sie stolperte durch die ausgefahrenen Furchen. Er hatte in den letzten Wochen ein paar Mal bei »Danny's« gegessen und Gally ein bisschen besser kennengelernt, aber das überraschte ihn jetzt doch.

Sie blieb stehen und rückte den Stetson zurecht, der ihr in die Augen gerutscht war. Er ging ihr entgegen. »Hallo, Gally! Was für eine Überraschung.«

Sie war rot im Gesicht und keuchte ein bisschen von dem Gestolper und ihrer schweren Last. Sie trug Jeans und ein Hemd, das sie bei Charlenes Räumungsverkauf erstanden hatte, und darüber ihre Winterjeansjacke. Im Dämmerlicht und mit den Haarsträhnen, die unter dem Hut hervorwehten, sah sie einfach hübsch aus – wie eine leicht gealterte Liebste vom Rodeo.

»Hallo, Zimmermann. Ich wusste nicht, ob ich Ihren Weg herauffahren darf oder nicht. Jack ist zum Wochenende mit ein paar von seinen Jagd- und Angelkumpanen losgezogen, um gefährliche Tiere zu schießen, Rehe oder Fasane vermutlich, oder Kolibris – was weiß ich. Was immer es ist: Wenn es rennt oder flattert, erschießen sie es. Man muss das Revier von Raubtieren freihalten und den Wildbestand aus ökologischen Gründen dezimieren, behaupten sie gern. Was sie in Wirklichkeit tun, ist Saufen und Rumfahren, bis sie irgendetwas aufscheuchen, das sie aus dem Wagenfenster abknallen können. Ich sollte unterdessen rausgehen und ein paar der Einjährigen zusammentreiben. Ich bin mit dem braunen Wallach rausgeritten und hab mich krummgerackert, und auf einmal sagte ich zu mir: *Zum Teufel mit dir, Jack,* und dann kam ich auf die Idee, einen Nachbarschaftsbesuch zu machen. Dachte mir, bei der vielen Arbeit brauchen Sie vielleicht was zu essen, was ungefähr so viel Wucht hat wie Raketentreibstoff.« Die Erklärung für ihr Kommen sprudelte schnell und unumwunden aus ihrem Mund.

»Gally, das ist aber nett von Ihnen! Ich war gerade dabei, die Vorzüge von Bohnen und Erdnussbutter gegeneinander abzuwägen, und da kommen Sie aus dem einbrechenden Dunkel wie ein Engel der Barmherzigkeit.« Er nahm ihr den Korb ab.

Gally lachte und wischte sich mit dem Ärmel über die Stirn. Sie schwitzte ein wenig, obwohl der Abend zusehends kühler wurde. »Wir bekommen einen gleichmäßigen Strom von Berichten von allen, die Sie hier besucht haben. Die Leute sind überrascht von Ihnen. Anfangs neigten sie eher dazu, darauf zu wetten, dass Sie vom Dach fallen und beim ersten Schnee nach Kalifornien verschwinden werden.«

In ihrem Korb hatte sie dicke Scheiben Schinken, Kartoffelsalat, Krautsalat, Apfelkuchen, selbstgebackenes Brot – das volle Programm einschließlich eines Six-packs »Miller's«. In der Thermos war Gallys berühmter, guter Kaffee.

Sie wanderten um Carlisles Gestalt annehmende Vision herum, und er machte sie auf Feinheiten des Zimmermannshandwerks aufmerksam, die weit über das hinausgingen, was Gally jemals hatte wissen wollen. Aber Frauen haben im Allgemeinen eine freundliche Art, sich mit Jungenträumen abzufinden, und sie stellte intelligente Fragen und nickte und lächelte, während er mit den Fingern über Rotholz und Fichte strich und redete.

Drinnen standen sie auf dem Bretterboden und schauten durch das größere der beiden Oberlichter hinauf zu den roten Streifen des Sonnenuntergangs, schräg durchzogen vom Kondensstreifen eines Düsenflugzeugs. Nach einer langen Woche im »Danny's« und einem Einjährigenauftrieb obendrein musste Gally ebenso müde sein wie er, das wusste Carlisle, aber sie ließ es sich nicht anmerken, und in diesem Augenblick begann sein Gefühl für sie sich zu verändern. Er fing an, sie wie eine Freundin zu sehen, die vielleicht ein bisschen mehr als eine beiläufige Freundin war.

»Ich möchte Ihnen etwas zeigen«, sagte er.

Er führte sie zum Kamin und deutete auf ein Wort, das in einen Stein auf der linken Seite geritzt war: Syawla. »Das habe ich gefunden, als ich den Ruß abgekratzt hab. Williston muss es da eingeritzt haben. Ich hab mich an die Legenden erinnert, die Sie mir erzählt haben, und an die Priesterin Syawla.«

»Oh, Carlisle, da schält sich mir ja der Schmelz von den Zähnen. Warum, glauben Sie, hat er das geschrieben?«

»Weiß ich nicht. Aber es gibt dem Haus ein gewisses Etwas, finden Sie nicht auch?«

»Ich möchte nicht darüber nachdenken, Punkt.« Die Nächte wurden kalt, aber Carlisle hatte den Kamin in Gang gebracht. Dumptruck lag auf der Kaminplatte und schlief, und er und Gally saßen auf Bretterstapeln und lachten und plauderten und aßen die Sachen, die sie mit ihrem Bronco über den roten Feldweg hergebracht hatte, vorbei an Wolf Butte, vorbei an vielen Dingen. Unterwegs hatte sie wirre Gedanken im Kopf gehabt, Gedanken über älter werdende Frauen, die die Hoffnung mehr oder minder aufgegeben hatten. Und sie betrachtete den Mann aus Kalifornien mit seiner Marine-Strickmütze, dessen Haar fast so lang wie ihres und mit einem ledernen Schnürriemen zu einem Pferdeschwanz zusammengebunden war. Es tat gut, wieder zu lachen.

Nach dem Essen warf Carlisle noch ein paar Stücke Abfallholz in den Kamin, und eine Zeit lang saßen sie da und schwiegen. Beide starrten in die Flammen, tranken Kaffee aus Blechbechern, und feiner Schnee wehte herein, wo die Verkleidung noch fehlte. Gally saß vorgebeugt da, die Ellenbogen auf die Knie gestützt. Sie hielt den Becher mit beiden Händen fest, und viele Fragen gingen ihr durch den Kopf. Als sie sich gegen Mitternacht verabschiedete, leuchtete drei Meilen entfernt ein kleines Feuer auf dem Gipfel von Wolf Butte, aber Carlisle sah es nicht.

Am nächsten Morgen herrschte auf dem roten Feldweg ein ungewöhnlich starker Verkehr; unter anderem waren mehrere Wagen vom Büro des County Sheriffs und ein Krankenwagen dort unterwegs. Carlisle wunderte sich, aber er nahm sich nicht die Zeit, sich darum zu kümmern. Kurz vor Mittag kam Axel Looker die Zufahrt heraufgefahren und stieg aus. »Schon gehört, was passiert ist?«

»Nein. Aber ich dachte mir, dass irgendwas los sein muss, weil so viele Autos und Laster da vorn vorbeigefahren sind.«

»Jack Deveraux und ein paar von seinen Saufkumpanen waren gestern mit dem Auto auf der Jagd, auf der anderen Seite von Wolf Butte. Irgendwie ist eins der Gewehre im Truck losgegangen und hat Jack das halbe Gesicht weggerissen. War auf der Stelle tot.«

»Mein Gott! Wann war das?«

»Nachmittags gegen halb sechs.«

»Ich kannte Jack nur vom Sehen, aber ich kenne Gally. Das ist ja furchtbar.«

»Hm, ja und nein. Das wird jedenfalls hier die allgemeine Ansicht sein. Jack war ein starker Trinker, und es wurde immer schlimmer mit ihm, das können Sie mir glauben. Diese dummen Hunde hier bringen immer wieder Alkohol und Gewehre zusammen. Ich lasse sie auf meinem Land nicht mehr jagen, seit sie mir vor ein paar Jahren einen wertvollen Jungbullen abgeschossen haben. Früher sind in der Rotwildsaison die Kugeln um unser Haus geschwirrt.«

Carlisle dachte daran, dass Gally etwa um die Zeit mit Korb und Thermosflasche den Weg heraufgekommen war, als ihr Mann gestorben war. Auf eine unbestimmbare Weise fühlte er sich schuldig an dem, was geschehen war, als habe er dabei die Hand im Spiel gehabt.

»Niemand hat Gally ausfindig machen können«, fuhr Axel fort. »Sie war irgendwo unterwegs, noch ziemlich spät.«

Er sah Carlisle an und dachte daran, dass er einen Wagen gesehen hatte, der aussah wie Gallys Bronco und der unten an Carlisles Zufahrt parkte, als er und Earlene irgendwann am vergangenen Abend vom wöchentlichen Lebensmitteleinkauf aus Livermore zurückgekommen waren.

Aber Carlisle sagte nichts.

Also fuhr er fort. »Ich glaube, Gally nimmt es ziemlich tapfer. Aber ich werde Ihnen sagen, was die Alten im *Danny's* erzählen. Sie sagen, das war kein Unfall, auch wenn es so aussieht. Einer der alten Knaben, der sich mit den Legenden um Wolf Butte auskennt, hat gesagt: *Da draußen gibt's keine Unfälle. Das sieht bloß so aus. Immer.*«

8

Der erste richtige Schnee ließ bis Ende Oktober auf sich warten, und dann kam er leise und mitten in der Nacht und legte sich auf Carlisle McMillans neue Zedernholzschindeln, als Carlisle schlief. Im Morgengrauen kam Wind auf, und er erwachte vom Knattern der Plastikfolie, die er vor die unfertigen Fenster und Türen gespannt hatte. Er zündete ein Feuer im Kamin an, aß ein Brot mit Marmelade und wartete, bis der Kaffee in der Kanne über dem Feuer fertig war.

Er hatte vorgehabt, heute die ersten Doppelglasfenster einzubauen, aber jetzt war es ohne Zweifel Zeit für den Hochleistungs-Holzofen, der vor zwei Wochen aus Vermont gebracht worden war. Der Indianer war einen Tag nach der Lieferung vorbeigekommen. Er kam am späten Vormittag, als Carlisle sich gerade überlegte, wie er 275 Pfund Gusseisen von der Ladefläche des Pick-ups herunter und ins Haus bekommen sollte, ohne etwas zu zerbrechen oder seine Funktionstüchtigkeit als männliches Lebewesen dauerhaft zu ruinieren – oder beides. In die Ofentür war das Wort Defiant eingestanzt: »Trotzig«. Und genauso sah er aus, wie er da auf dem Truck stand.

Carlisle hatte den Indianer noch nie gesehen, und er hörte ihn auch nicht kommen. Er stand auf der anderen Seite des Pick-ups, als wäre er ein Teil der Landschaft. Ein Gesicht wie aus gehämmertem Kupfer, eine Gestalt schmal wie der Stängel des wilden gelben Klees, gekleidet in Jeansjacke und -hose, abgestoßene Cowboystiefel, ein weißes Hemd mit einem Fleck am Kragen. Glattes schwarzes Haar, ungefähr so lang wie Carlisles, ein breitrandiger Hut mit einem Hutband aus irgendwelchen Voodoo-Perlen.

Ohne ein Wort sah er den Ofen an, dann Carlisle. Alte dunkle Augen erfassten das Problem, erfassten Carlisle, erfassten das ganze Universum, soweit Carlisle das erkennen konnte.

»Das ist ein schwerer Brocken«, sagte Carlisle mit Blick auf den Ofen.

Der Indianer nickte. »Aus diesen langen Kanthölzern und zwei, drei Querstreben könnten wir einen Schlitten bauen.«

Mehr sagte er nicht. Mehr brauchte er nicht zu sagen. Carlisle wusste, das Problem war gelöst.

Der Indianer mochte fünfzig, er mochte auch siebzig Jahre alt sein. Carlisle konnte es nicht sagen. Aber er war zäh und stark für seine Größe. Sie wuchteten den Ofen vom Pick-up herunter und auf den Schleifschlitten, und dann zogen sie ihn die Treppe hinauf und behutsam über die verrotteten Verandadielen, die Carlisle noch nicht instand gesetzt hatte.

Carlisle bot dem Indianer ein Bier an. Sie saßen nebeneinander auf dem Heck des Pick-ups, ließen die Beine baumeln, tranken und plauderten ein wenig. Der Indianer erkundigte sich mit eindringlicher Neugier nach dem Haus und dem, was Carlisle hier machte. Er spüre in all dem einen guten Zauber, sagte er.

»Ich habe ein starkes Gefühl von Ahnenverehrung, wenn ich deine Arbeit ansehe. Wie kommt das?«

Carlisle überlief ein leiser Schauer, und er drehte sich zu dem Indianer um. Seit Jahren hatte er mit niemandem über Cody Marx gesprochen. Aber er kam zu dem Schluss, dass der Indianer die Geschichte verstehen würde. Er erzählte sie ihm, und während er sprach, nickte der Indianer hin und wieder langsam mit dem Kopf.

Als Carlisle zu Ende erzählt hatte, sagte der Indianer: »Wenn du dein Haus fertig hast, werde ich kommen und gute Worte über diesen heiligen Ort singen. Ich werde Susanna mitbringen. Kennst du sie?«

»Ich weiß nicht genau.«

»Sie ist die weiße Frau, die in dem kleinen Haus hinter dem Silo in Salamander wohnt. Sie mag weiß sein, aber auf ihre Art denkt sie mehr wie ein Indianer, als es manche Indianer tun. Sie hat ihre eigene Vision – keine indianische Vision, denn die kann man unmöglich haben, wenn man kein Indianer ist, aber ihre Art hat sehr viel gemein mit der indianischen Art. Sie hat starke Medizin in sich, und ich werde sie bitten, ebenfalls ein paar Worte über deinen Tribut an Cody Marx zu sprechen.«

»Ich glaube, ich weiß, wen du meinst, aber ich habe sie nie kennengelernt.« Carlisle wusste genau, wen er meinte.

Danach kam der Indianer alle paar Tage vorbei, um Carlisles Fortschritte zu begutachten. Immer zu Fuß, immer allein. Manchmal brachte er frischen Barsch oder Wels aus dem Little Salamander River mit und briet ihn auf offenem Feuer. Manchmal saß er mit gekreuzten Beinen auf dem Boden und spielte auf einer kleinen Holzflöte, während Carlisle arbeitete. Ihr Klang gefiel Carlisle. Irgendwie passte er zu diesem Land, und deshalb bat er den Indianer, ihm zu zeigen, wie man die Flöte spielte.

Als der Indianer wiederkam, brachte er eine zweite Flöte mit und sagte, die dürfe Carlisle behalten. »Zu Anfang musst du sie so halten und ganz sanft über die

Öffnung hier blasen. Versuche nicht, ein Lied zu spielen; versuche nicht mal, die Finger auf die Löcher zu legen. Du musst dich darauf konzentrieren, der offenen Flöte einen Ton zu entlocken, der so rein ist, dass allein davon dein Herz schmerzt. Dazu wirst du Monate brauchen, aber ich werde dir helfen. Wenn du in diesem Ton einen einsamen Kojoten siehst, wirst du wissen, dass du es richtig machst. Bis bald, Baumeister. Ich werde wiederkommen.«

In den Jahren, die Carlisle ihn kannte, nannte der Indianer ihn nie anders als »Baumeister«. Carlisle seinerseits nannte ihn »Flötenspieler«, denn der Indianer hatte ihm nie seinen Namen genannt. Der Indianer schien nichts dagegen zu haben.

Das Mauern war nicht Carlisles Stärke, aber in der Nordwestecke des großen Zimmers hatte er einen hübschen Hitzeschild aus Ziegeln gemauert, der bis zur halben Höhe der Wand reichte. Die Ziegel stammten von einer alten, historischen Straße, die der Stadtrat von Livermore zu asphaltieren beschlossen hatte; sie würden die Wand schützen und die Wärme speichern, wenn der Ofen längst ausgegangen wäre. Er hatte noch genug Material übrig, um einen zwei Ziegel hohen Sockel für den Ofen zu bauen, und ringsherum ließ er reichlich Platz.

Während sich draußen der Schnee auftürmte, reihte er siebzehn braune Papiertüten an einer Wand auf. In jeder Tüte waren die Teile für einen Schritt der Installation des Holzofens. Cody hatte ihm beigebracht, so vorzugehen, wenn er etwas zu bauen hatte, was aus vielen Einzelteilen bestand.

»Die Leute«, hatte Cody gesagt, »kippen die Teile alle auf einen Haufen und wühlen darin herum, bis sie finden, was sie brauchen. Das ist nicht nur ineffizient –

kleine Teile haben auch die Neigung, Reißaus zu nehmen, wenn du nicht hinschaust. Es gibt ein ganzes Universum neben dem unseren, das voll ist von lauter bunt zusammengewürfelten Einzelteilen, die auf diese Weise entkommen sind. Zerlege deine Aufgabe in einzelne Schritte, und gib die Teile für jeden Schritt in eine eigene Tüte, dann klappt alles so, wie es soll.«

Siebzehn Schritte, siebzehn Tüten. Ein zweitägiger Kampf mit widerspenstigem Metall, das ihm die Hände zerschnitt, dann war es geschafft. Und zwar gerade noch rechtzeitig, denn ein Hochdruckgebiet folgte dem Unwetter, wie es in der Prärie oft geschieht: hartes, grelles Sonnenlicht und ein scharfes Absinken der Temperatur. Carlisle heizte den Ofen behutsam an und ließ ihn wieder abkühlen. Das tat er ein paar Mal, damit das Gusseisen keine Risse bekäme, wenn er das erste große Feuer darin anzündete. Und dann zündete er eins an, und der Ofen wurde richtig heiß und verbrannte auch die Abgase, wie er es tun sollte, und erfüllte das ganze Haus mit seiner guten Wärme. Und Carlisle machte sich daran, die letzten Fenster einzusetzen.

Der Herbst war unbeständig. Vier Tage, nachdem der erste Schnee gefallen war, war er wieder geschmolzen. Das Haus war dicht; nur die Haustür musste noch eingesetzt werden, eine Kostbarkeit aus massivem Mahagoni, die bei der Jagdhütte, wo Carlisle seine Rotholzverschalung gefunden hatte, auf dem Abfall gelegen hatte. Er hatte die Arbeit im Griff, und für einen Augenblick ruhte er sich aus, saß auf der Türschwelle und schaute hinaus über die Prärie, einen Becher Kaffee neben sich.

Ein schwarzer Hut kam den Weg herauf. Darunter war der Indianer; er trug eine kleine Trommel über der Schulter, und die Frau war bei ihm.

Ein schwarzes Tuch über einem Kleid aus lavendelfarbenem Wollstoff. Hohe Stiefel, eine flachsene Schärpe, auf der linken Hüfte verknotet, und die Enden reichten bis zu den Knien. Ein Stirnband, das zu der Schärpe passte. Das Sonnenlicht auf ihrer silbernen Halskette blitzte ihr voraus. Gemächlich plaudernd kamen die beiden heran.

»Ho, Baumeister.«

»Ho, Flötenspieler.«

»Baumeister, ich habe Susanna Benteen mitgebracht.«

Carlisle nahm die Hand, die sie ihm entgegenstreckte, und sah sie an. Sie war anders als alles, was er je gesehen hatte. Eine Schönheit, ja, aber nicht die perfekte amerikanische Schönheit, nicht das Starlet, das Illustriertenfoto, sondern eine ruhige, besonnene Schönheit, die dich nicht mehr losließ.

Ihre Lippen waren voll und klar umrissen, sie hatte hohe Wangenknochen und ein weich zugespitztes Kinn, und alles war umrahmt und kontrastiert von ihrem dichten kastanienbraunen Haar. Auf eine Weise, die er nicht verstand, war sie vollständig und sich ihrer Vollständigkeit bewusst. Man konnte es stille Schönheit nennen, man konnte es zurückhaltenden Adel nennen. Man konnte all das und vieles andere über sie sagen und trotzdem an seiner Ungenauigkeit verzweifeln. Es gab keine angemessene Beschreibung für einen Zustand, in dem jemand einfach war.

Carlisle fand keine Schublade für sie. Nachdem er den größten Teil seines Lebens in Kalifornien verbracht hatte, dachte er, er habe so gut wie jede denkbare Sorte Frau gesehen, aber Susanna war ein Stamm für sich und die einzige Angehörige dieses Stammes. Sie schaute ihm gleichmütig in die Augen und lächelte ein bisschen.

Der Indianer begutachtete die Tür, an der Carlisle arbeitete, strich mit der Hand an der senkrechten Kante entlang, betrachtete sie von oben bis unten und sagte dabei: »Susanna und ich haben gestern miteinander gesprochen. Wir sind zu dem Schluss gekommen, dass heute ein günstiger Tag für dich ist, um dein Haus endgültig abzudichten, und anscheinend haben wir recht gehabt. Ist es nicht so?«

»Ihr kommt pünktlich auf die Minute«, sagte Carlisle. »Wenn ich diese Tür eingehängt habe, ist dieses Haus wetterfest.«

»Sehr gut, Baumeister. Dann wird Susanna sich auf ihren Segen vorbereiten, und ich werde meinen sprechen, während du weiterarbeitest. Ich habe sie überredet, eine spezielle Zeremonie zu vollziehen, wie sie es getan hat, als ich sie letztes Jahr gebeten habe, mein Haus zu segnen. Sie hat gezögert, aber ich habe ihr viel von dir erzählt, und jetzt ist sie bereit, mir diesen Gefallen zu tun.«

»Es ist mir eine Ehre.« Carlisle wollte noch mehr sagen, aber die bloße Anwesenheit Susanna Benteens brachte ihn aus der Fassung.

Susanna und der Indianer gingen ins Haus, und Carlisle holte einen von Codys alten Hobeln und glättete die Türkanten hier und da noch ein wenig. Er prüfte, hobelte, schliff und prüfte wieder, bis sie tadellos und mit weichem, sicherem Klicken schloss. Alle fünf Sekunden wollte sein Blick zu Susanna Benteen wandern, aber er zwang sich zur Konzentration auf seine Arbeit.

»Dürfen wir zu diesem Anlass den Kamin benutzen, Carlisle?« Sie hatte eine sanfte, selbstsichere Altstimme.

»Ja, natürlich. Soll ich ihn anzünden?«

»Das tu ich lieber selbst, wenn es recht ist.«

»Es ist mir recht. Ihr beide sollt tun, was ihr tun müsst.«

Sie brachte ein Feuer in Gang, während Carlisle sein Werkzeug einsammelte und den Boden fegte. Das Haus war aus Holz, aber allmählich fühlte es sich an, als sei es so stark und massiv wie Beton. Straff, solide, mit einer ganz eigenen Kraft. Das konnte jeder spüren, wenn er nur dastand und sich umsah. Zweieinhalb Monate ununterbrochene Arbeit, aber jetzt war Carlisle zufrieden. Sogar stolz. Dieses Haus würde ewig halten – oder doch beinahe. Draußen hörte er den Indianer singen und das Haus umtanzen. »Hey-ah-ah-hey! Hey-ah-ah-hey!«

Als der Segen vollendet war, akzeptierte der Indianer ein Bier. Susanna entschied sich für den Rotwein, den Carlisle ihr anbot, und dankte ihm höflich.

Die Sonne schien schräg durch die vorderen Fenster herein, und Stäubchen leuchteten in der Luft: Er öffnete ein Bier für sich selbst und setzte sich auf ein Nagelfässchen. Die kleine Holzhandlung in Livermore hatte drei davon in einer Ecke stehen gehabt und sie Carlisle geschenkt. In Marin County kostete ein einziges solches Fass achtzig Dollar in Geschäften, die Inneneinrichtungsbedarf für den rustikalen Geschmack anboten.

Es wurde dunkel, und Carlisle trank sein zweites Bier und sah zu, wie die Frau kleine Beutel aus ihrer Makramee-Tasche nahm und im Halbkreis vor dem Kamin arrangierte. Das Haus war ursprünglich ein Holzständerbau wie die Scheunen der Amischen. Carlisle hatte dieses System immer gefallen, denn das Dach ruhte mit seinem ganzen Gewicht auf den Pfosten und Streben, und Wände, die keine Last zu tragen hatten, konnten über beträchtliche Strecken gezogen werden, ohne dass komplizierte Schlusssteine und Querbalken erforderlich wurden. Er hatte sämtliche Innenwände herausgerissen und einen großen Raum geschaffen. Willistons Kamin stand ungefähr ein Drittel des Raumdurchmessers von der hinteren Wand entfernt.

Das einzige Licht kam vom Feuer, einem großen, warmen Feuer. Der Indianer setzte sich mit gekreuzten Beinen an die Südwand und nahm die Trommel auf den Schoß. Er fing an zu spielen – weiche, entspannte Schläge mit den Fingern. Das ging vielleicht fünf Minuten so, und der Klang hallte durch den leeren Raum.

Dann sang der Indianer. Die Frau war hinter dem Kamin verschwunden. Carlisle genoss die Situation; stolzdurchflutet saß er in dem Haus, das er erschaffen hatte, und hörte dem Indianer zu. Noch vor einem Jahr hätte er ungeduldig darauf gewartet, dass die Zeremonie voranging, aber das sorgsame Arbeiten hatte ihn ruhiger werden lassen. Er hatte bemerkt, dass sogar sein Puls in den letzten paar Monaten langsamer schlug.

Carlisle fragte sich einen Augenblick lang, was Cody wohl von all diesem Hokuspokus gehalten hätte, und er kam zu dem Schluss, dass er ihm gefallen hätte. Sein Anliegen war es, etwas zu bauen, das dem Zweck entsprach, den die Leute im Sinn hatten.

Nach und nach wurde die Trommel lauter; der Indianer spielte eindringlicher und benutzte jetzt seine Handflächen. Gleichzeitig hob er die Stimme. Carlisle hätte beinahe seine Bierdose fallen gelassen, als Susanna Benteen hinter dem Kamin hervorkam. Bis auf eine Halskette mit einem silbernen Falken und dazu passenden, großen Ohrringen war sie nackt.

Und sie war kein bisschen befangen deshalb, das war klar. Langsam trat sie vor den Kamin, stellte die Beine zusammen und hob die Arme zu den Dachbalken, die noch unverkleidet waren, sodass man die dazwischen angehefteten Dämmmatten sehen konnte.

In Carlisle McMillans Augen sah ihr Körper aus, als sei er von einem meisterhaften Handwerker gedrechselt worden. Alle Frauen, die je in seinen aufgeheizten Jungenfantasien erschienen waren, vereinigten sich in dieser leibhaftigen, sichtlich gesunden Frau, die da vor Willistons Kamin zu tanzen begann. Sie fing mit langsamen Pirouetten an; ihr langes Haar schwang im Feuerschein hin und her, und ihre Füße bewegten sich lautlos auf den rohen Brettern.

Während sie tanzte, beugte sie sich anmutig zu den kleinen Beuteln auf dem Boden hinunter und streute hier und da irgendein Pulver ins Feuer, das die Flammen grün, dann blau und dann leuchtend ockergelb färbte. Der Indianer sang immer weiter, und sie antwortete mit eigenem Gesang, bis die Trommel und die beiden Stimmen zu einer wilden, aber harmonischen Komposition verschmolzen.

Sie glänzte am ganzen Körper von Wärme und Anstrengung, und Carlisle spürte, wie auch ihm der Schweiß über Brust und Rücken rann. Ihr Tanz gewann an Kraft und Schwung, ihre bloßen Füße klatschten auf die Bretter, und die Ohrringe funkelten im Licht des Feuers. Carlisle begehrte sie, und dann wieder versank er fasziniert in dem Zauber, den sie und der Indianer hier hervorbrachten.

So ging es immer weiter, und Carlisle fühlte eine Veränderung in sich. Etwas war durch das Haus gegangen und hatte ihn erfasst. Klänge und Bilder wirkten in ihm: die tanzende Frau, der Feuerschein, die Frau, die alten Hände auf der alten Trommel, der Feuerschein, die Frau. Sie begann, Synkopen zum Takt der Trommel zu klatschen, fast wie eine Flamencotänzerin. Sie schaute Carlisle in die Augen und wandte den Blick nicht mehr ab. Sie wurde zu einer Gestalt aus blassem, klarem Bernstein, und er sah den Atem in ihrer Lunge, den Wein in ihrem Blut. Das alles sah er, sah für einen Augenblick weit hinaus in eine durchsichtige Ewigkeit, die verschwand, kaum dass er sie gefunden hatte.

Ein Crescendo – und dann verstummte die Trommel, und Susanna verschwand graziös hinter dem Kamin. Stille. Carlisle sah den Indianer an. Er hatte den Kopf gesenkt und bewegte die Hände nicht mehr. Das einzige Geräusch war das Knistern des brennenden Holzes.

Nach einer Weile kam Susanna Benteen hinter dem Kamin hervor. Sie war wieder bekleidet. Der Indianer erhob sich. »Der Herd ist gesegnet, und dieser Ort ist jetzt ein heiliger Ort. Wir haben nicht nur zu Holz und Stein gebetet, sondern auch zu dir, Baumeister. Wir haben dafür gebetet, dass die sechs Mächte deine Hände bei der Arbeit führen mögen und dass dein Tribut an Cody Marx so vollendet werde, wie er es gewollt hätte. Wandle hier und erfreue das Haus.«

Mit diesen Worten warf er sich die Trommel über die Schulter und öffnete die Tür. Carlisle fand wieder so weit zu sich, dass er sich bedanken und ihnen anbieten konnte, sie mit seinem Pick-up nach Hause zu fahren, aber das lehnten sie ab. Er sah ihnen nach, als sie durch das Außenlicht über den Hof und den Weg hinuntergingen; es fing an, sacht zu schneien. Der Indianer, die Frau, das Tuch um ihre Schultern, dessen Ecke sich wie eine Kapuze um ihren Kopf schmiegte. Sie verschwanden im Schnee; acht Meilen weit von Salamander verschwanden sie auf einer anderen Ebene des Bewusstseins, die sie verstanden, aber Carlisle McMillan nicht, und das wusste er.

Als er seinen Schlafsack auseinanderrollte und vor dem Feuer ausbreitete, bemerkte er eine kleine aus Lindenholz geschnitzte Figur auf dem Kaminsims. Es war eine nackte Frau mit Flammen im Haar. Später würde der Indianer ihm erklären, es sei Vesta, die römische Göttin des Herdfeuers. Die weiße Medizinfrau habe ihn gebeten, sie zu schnitzen.

Carlisle lag in seinem Schlafsack und dachte an den Körper der Frau und daran, wie er im Feuerschein geglänzt hatte, als sie zu den Klängen runzliger Hände auf straff gespanntem Ziegenfell tanzte, und wie der Schweiß von ihren Brüsten wie süßer Regen auf die Kaminplatte gefallen war, wenn sie sich drehte. Er bedauerte seinen Mangel an Empfindsamkeit, was Segnungen und Zeremonien anging, und stellte fest, dass er sie einfach nur begehrte.

9

Thanksgiving. Carlisles erstes in der Prärie. Thelma Englestrom war aus dem Krankenhaus entlassen und arbeitete wieder im »Danny's«. Gally half ihr, ein kostenloses Thanksgiving-Essen für all die alten Leute zu servieren, die niemanden mehr hatten, zu dem sie gehen konnten, und für Leute jeden Alters, die sich selbst keins leisten konnten. Sie ging, als Thelma das Lokal schloss, und kurz nach zwei fuhr sie den Weg zu Carlisles Haus hinauf. Es war ein strahlend kalter Tag, und die Chicago Bears waren im dritten Viertel und dabei, zu verlieren.

»Happy Thanksgiving, Carlisle. Es ist schön, mal eingeladen zu werden.« Gally lächelte. Sie hatte viele Stunden damit zugebracht, die Angelegenheiten im Zusammenhang mit Jacks Tod zu regeln und den Verkauf der Ranch voranzutreiben. Abgesehen von ein paar Worten im »Danny's« und bei der Beerdigung hatten sie und Carlisle nicht miteinander gesprochen, seit ihr Mann ums Leben gekommen war. Vor zwei Tagen hatte er sie gefragt, ob sie Lust hätte, an Thanksgiving mit ihm zu essen.

Carlisle schob einen kleinen Truthahn auf einen Spieß, den er im Kamin angebracht hatte. Sie sah zu. »Glauben Sie, das funktioniert? Sieht ein bisschen wacklig aus.«

»Manche Dinge funktionieren, manche nicht«, antwortete er. »Dieser Mechanismus liegt ungefähr in der Mitte dieses Kontinuums, würde ich sagen … ein bisschen wie das Leben an sich. Wenn es nicht funktioniert, werde ich den Vogel an ein Kreuz aus zwei Kanthölzern nageln, und dann verbrennen wir ihn auf dem Scheiterhaufen und essen Erdnussbutter-Sandwiches.«

»So gesehen bete ich, dass es funktioniert.« Gally lachte. »Erdnussbutter ist okay, aber ich hab nicht viel übrig für Scheußlichkeiten mit Tieren, einschließlich einer Ehe mit einem Bullenreiter. Verzeihung, das war eine scheußliche Bemerkung. Ich sollte trauern, aber irgendwie bin ich nicht in der Stimmung dazu. Jack war einmal ein guter Mann, aber am Ende war er doch sehr viel weniger als das.«

Carlisle, der vor dem Kamin hockte, sah zu ihr auf. »Na ja, wie ich höre, ist die formelle Trauerperiode nach den neuen Benimmbüchern inzwischen doch ein beträchtliches Stück kürzer. Also haben Sie in diesem Fall Absolution.«

Er stöpselte den Motor ein, und der Truthahn begann sich langsam und in perfekter Balance zu drehen. Carlisle schaute zu Gally Deveraux auf und zuckte die Schultern. Dann wackelte er mit den Augenbrauen und lächelte. »Was sagen Sie jetzt?«

»Ich würde sagen, Sie können mit dem Kreuz noch warten.«

Der Truthahn drehte sich, und er bestrich ihn mit einer Mischung aus Rotwein, Butter und etwas Knoblauch. Gally wickelte Kartoffeln in Aluminiumfolie, um sie nachher in die Glut des Kamins zu legen, und dann kümmerte sie sich um den Salat. Carlisle drehte am Radio, fand keinen Sender, der ihm gefiel, und legte eine Vivaldi-Kassette ein. Er schob zwei Nagelfässchen vor den Kamin und öffnete zwei Flaschen von dem Importbier, das er zur Feier des Tages gekauft hatte. Sie setzten sich, während der Grillmotor unter der Last des Truthahns ächzte.

Gally sah gut aus, wirklich gut. Alle hatten festgestellt, dass sie nach Jacks Tod besser aussah, so traurig und tragisch das alles auch sein mochte (hauptsächlich für Jack, weniger für Gally, fügten manche leise hinzu). Sie sah aus, als sei sie von einer schweren Bürde befreit worden. Sie hatte ein bisschen zugenommen – gerade genug –, und ihr Gesicht schien den ernsten, traurigen Ausdruck zu verlieren, den es lange Zeit gehabt hatte.

Carlisle hatte sie nie anders als in Rancherkleidung gesehen, aber heute trug sie eine Hose aus schwarzem Wollstoff, die ihrer Figur schmeichelte, und einen weichen gelben Rollkragenpullover. Das Haar war mit drei kleinen Kämmen im Nacken hochgesteckt. Carlisle trug seine alten Arbeitsstiefel, aber das grün karierte Flanellhemd, das er eigens für diesen Tag gekauft hatte, passte gut zu seiner verblichenen braunen Cordhose.

»Was haben Sie jetzt vor?«, fragte er. »Ich höre, Sie wollen die Ranch verkaufen.«

»Na ja, zuerst werde ich versuchen, sie zu verkaufen, ja. Aber es wird nichts übrig bleiben, selbst wenn es mir gelingt, denn es liegen noch zwei Hypotheken drauf. Jack hat die Ranch schuldenfrei von seinem Vater geerbt, aber wir hatten hintereinander vier schlechte Jahre, und da mussten wir die erste Hypothek aufnehmen. Dann setzte Jack sich in den Kopf, er sei ein exzellenter Spieler. Er nahm eine zweite Hypothek auf und fuhr nach Las Vegas; er bildete sich ein, er könne dort genug gewinnen, um alle Schulden zu bezahlen. Er blieb einen Monat, fuhr noch mal hin und kam dann pleite zurück. Poker mit hohem Einsatz.

Was ich anfangen werde, wenn die Ranch weg ist, weiß ich noch nicht genau. Vielleicht ziehe ich nach

Casper oder nach Bismarck und suche mir Arbeit. Vielleicht gehe ich auch noch mal aufs College; ich habe es immer bedauert, dass ich kein Examen gemacht habe. Eigentlich wollte ich Geschichtslehrerin werden, an der Highschool.«

Carlisle sagte nichts. Zu diesem Augenblick hatte er nichts beizusteuern.

»Ich sollte wohl nicht ganz so negativ über Jack reden. Als ich ihn kennenlernte, war er eine Kombination aus Pirat und Cowboy, eine wirklich romantische Gestalt. In jüngeren Jahren war er ziemlich erfolgreich beim Rodeo, bis er einen schweren Unfall hatte und damit aufhören musste. Danach wurde er nie mehr der Alte. Er tat, als habe er Spaß an der Ranch, und versuchte es damit, aber was ihm wirklich Spaß machte, war das Bullenreiten, und darin war er gut. Als ich ihn kennenlernte, hab ich ihm zu gern dabei zugesehen, und ich hab ihn geheiratet, weil ich ihn liebte. Ich hab noch lange Zeit versucht, ihn weiterzulieben, aber er entfernte sich immer weiter von mir und von allem anderen außer seinen Saufkumpanen.«

Als sie von den Saufkumpanen sprach, dachte sie daran, wie Harv Guthridge sie zwei Wochen nach Jacks Tod angerufen und gefragt hatte, ob sie mit ihm ausgehen wolle. Sie hatte nein gesagt und ihn gebeten, nicht mehr anzurufen. Er hatte gelacht und den Hörer auf die Gabel geworfen.

Sie sah Carlisle von der Seite an. »Sind Sie je verheiratet gewesen, Carlisle? Oder – wenn das ein wunder Punkt ist, vergessen Sie meine Frage.«

»Kein wunder Punkt. Ich war nie verheiratet – zum Kummer meiner Mutter. Einmal war ich dicht davor; das ist sechs oder sieben Jahre her. Sie war eine Grundschullehrerin aus Southern Illinois. Sie hatte jung geheiratet und war wieder geschieden, und dann war sie aus dem Mittelwesten in die Bay Area gezogen. Zwei Jahre haben wir miteinander herumgetanzt, aber ich war in der Zeit ziemlich down und schwer zu ertragen. In einem Sommer fuhr sie mit einer Gruppe von Lehrern in den Osten, lernte einen Naturwissenschaftler vom Smithsonian kennen, und weg war sie.«

Er schwieg, lächelte, sah Gally an. »Janie ist mit ihrem Naturwissenschaftler besser dran als mit einem fahrenden Zimmermann. Daran hab ich nie gezweifelt. Aber ich denke immer noch an sie, ab und zu, hin und wieder. Sie war ein guter Mensch.«

Carlisle nahm einen Schluck »St. Pauli Girl«, las das Etikett auf der Flasche und sprach weiter. »Sind Sie von hier draußen? Ich meine, sind Sie hier aufgewachsen?«

»Nein, ich bin aus Iowa. Aus einer Kleinstadt im Norden. Mein Dad hatte ein Haushaltswarengeschäft, bis er vor ein paar Jahren starb. Meine Mutter ist dann nach Austin, Minnesota, gezogen und wohnt dort in einer dieser Rentnersiedlungen. Sie scheint da ganz glücklich zu sein, aber bei der Vorstellung, irgendwann in einer solchen Umgebung zu enden, möchte ich mir gern eine Art Frist für mein Leben setzen – sagen wir, bis ich fünfzig bin. Was, wenn ich es mir recht überlege, nicht mehr allzu weit weg ist.«

»Tja, wie ein Freund von mir, Buddy Reems, und ich immer zu sagen pflegten: Stirb nicht dumm.«

»Hört sich gut an. Aber was heißt das, nicht dumm sterben?«

»Wir haben eine Liste gemacht, eine Liste von Arten, auf die wir nicht sterben wollten. Nummer eins war: Stirb nicht im Krankenhaus, sorg unbedingt dafür, dass das nicht passiert. Nummer zwei war, auf dem Parkplatz vor dem *KMart* von einem '71er Cadillac überfahren zu werden, weil dort ein Ramschverkauf für Männerunterhosen losgeht. Und so ging's weiter.«

Gally fing an zu lachen.

»Nummer drei passt zu dem, was Sie eben gesagt haben: Nicht von den herumfliegenden Brocken getroffen werden, die der Rasenmäher eines übergewichtigen siebenundsechzigjährigen Rotariers in einer Rentnersiedlung durch die Gegend schleudert. Ich merke, das klingt alles nicht so gut wie damals in der Bar in Oakland, wo wir es uns eines Abends ausgedacht haben. So geht's oft mit Biergesprächen.«

»Was wären denn gute Arten zu sterben?«, fragte sie. Noch immer kicherte sie über seine Liste.

»Na ja, das war schon ein bisschen schwieriger. Vom Dach fallen, nachdem du die letzte Schindel auf das beste Haus genagelt hast, das du je gebaut hast. In der afrikanischen Savanne einen Speer in die Brust bekommen. Solche Sachen. Jetzt, wo ich es erzähle, klingt es sehr nach Bier und großen Jungs. Ein bisschen peinlich, ehrlich gesagt. Außerdem glaube ich, dieses ganze arrogante Gerede über Leben und Sterben wird sich ein bisschen verschieben, wenn ich älter werde. Reden wir von was anderem.«

»Ich finde es nicht schlimm, wenn ein Mann ab und zu ein kleiner Junge ist. Solange er darüber hinwegkommt. Ich habe nur den Eindruck, dass viele kleine Jungs diesen Schritt nicht machen.«

»Ja. Es macht keinen Spaß, erwachsen zu werden. Deshalb schieben wir es so lange wie möglich hinaus. Für immer, wenn's geht.«

»Frauen wissen das. Wir sehen es ja dauernd. Wir leben mit den kleinen Jungs.« Sie lächelte.

»Darauf wette ich. Und wie ich immer sage: Wenn

man Jungen-Männer verstehen will, muss man wissen, was es mit Geräten auf sich hat.«

»Mit Geräten? Was hat es mit Geräten auf sich?«

Carlisle hockte sich vor das Feuer, legte neues Holz auf und sprach über die Schulter. »Männer lieben Geräte, alles mögliche Zeug. Wir lieben auch Taschen, denn wir müssen die Geräte ja irgendwo unterbringen. Dann sortieren wir die Geräte gern, packen sie in die Taschen und gehen damit irgendwohin.«

»Das leuchtet mir ein. Das verstehe ich. Ich habe schließlich über zwanzig Jahre mit Jack zusammengelebt.«

»Als ich klein war – vier oder fünf –, zu Hause in Mendocino, da hab ich mir einen Puppenwagen gewünscht. Meine Mutter war beunruhigt, glaube ich, aber sie hat mir auf dem Flohmarkt einen gekauft. Ein Rad war wacklig, aber das war mir egal. Ich brauchte ein Fahrzeug, um meine Geräte herumzufahren. Ich hatte Steine, Schraubenzieher und einen Hammer darin. Und noch anderen Kram. Meine Mutter hörte auf, sich Sorgen zu machen, als sie das sah. Als ich älter wurde, hat sie mich damit aufgezogen; sie sagte: *Carlisle, dein Truck ist nichts anderes als die Erwachsenenversion deines Puppenwagens: Du brauchst ihn, um deinen Kram durch die Gegend zu fahren*. Ich würde sagen, sie hatte recht.«

»Ihre allgemeine Theorie über Geräte erklärt eine Menge männlicher Verhaltensweisen.« Das Feuer knisterte und warf seinen hellen Schein auf Gallys lächelndes Gesicht. »Jack hatte Taschen und Geräte. Ihm machte es Spaß, die Geräte aus einer Tasche zu nehmen und in eine andere zu tun, eine Art Domino-Effekt. Und dann verschwand er damit irgendwohin, zum Jagen oder zum Angeln.«

»Ja, das Umpacken der Geräte ist ein wichtiger Aspekt. So kann man noch öfter damit hantieren.« Er öffnete die Kühlbox und stellte zwei neue Bierflaschen auf den Boden. »In der Kleinstadt, in der Sie aufgewachsen sind, waren sie sicher die Homecoming Queen an der Highschool, oder?«

Gally lächelte wieder. »Ich war auf Platz zwei. Mein Dad hielt es für Schiebung, denn das Mädchen, das gewählt wurde, war die Freundin des Quarterbacks in der Football-Schulmannschaft. Ich habe ihm nie erzählt, dass ich heimlich mit dem Quarterback ging. Mein Dad war selbst so was wie eine lokale Football-Legende. Aber genug davon. Gott, das scheint alles so lange her zu sein, so trivial und so kindisch.«

Obwohl, dachte sie im Stillen, so trivial oder kindisch war es ihr damals nicht vorgekommen, als sie und der Quarterback nach dem Homecoming-Spiel mit einem Sixpack hinausfuhren und, obwohl es kalt war, nackt im Shell Rock River schwammen, unten, wo der Elk Creek in den Fluss mündete. Nur jetzt erschien es ihr so. Der Quarterback war unbeholfen gewesen, und sie auch. Alles in allem war es unelegant. Aber über diese Dinge kam man hinweg, auch wenn es ein bisschen wehtat, sie heraufzubeschwören.

Am späten Nachmittag stellte Carlisle zwei Sageböcke mitten ins Zimmer und legte ein paar Bretter darüber. Ein Instant-Tisch. Die Sonne schien durch die Fenster im Süden herein, und der Truthahn war ziemlich gut geraten. Dumptruck bekam einen eigenen Teller in der Küche, und das Radio spielte. Die Unterhaltung drehte sich hauptsächlich um Dinge in der Umgebung, und irgendwann erwähnte Carlisle den alten Tanzpavillon am Rande von Livermore.

Gally schaute hinüber zu den schrägen Sonnenstrahlen. »Oh, Carlisle, das ist ein ganz besonderer Ort. Lassen Sie uns hinfahren. Es wird noch eine Weile hell sein. Wir können in einer halben Stunde da sein. Ich möchte, dass Sie es aus der Nähe sehen. Das Geschirr können wir nachher spülen.«

»Hört sich gut an. Also, ins Auto.«

Fünfundzwanzig Minuten später hielten sie vor dem »Flagstone Ballroom«, der am Ufer eines kleinen Sees stand. Der alte Laden stand im nackten, windigen Sonnenuntergang, heruntergekommen, verrammelt und mit abblätternder Farbe. Nicht so groß, wie solche Lokale oft waren – vielleicht zweitausend Quadratmeter einschließlich der Betriebsanlagen.

»Sieht ein bisschen aus wie eine von Mrs Macklins Torten am zweiten Tag, nicht wahr?« Gally lachte.

Carlisle nickte und spähte durch einen Spalt in der Hintertür. Er sah nichts als alte Spülbecken, große Spülbecken. Das musste die Küche sein. Er ging um das Gebäude herum und fand noch eine Öffnung. Durch Löcher im Dach und an anderen Stellen fiel so viel Licht hinein, dass er den Boden und die dunklen Konturen der Sitznischen ringsum erkennen konnte.

»Jack ging immer mit mir zum Tanzen hierher, als wir jung verheiratet waren.«

Er drehte sich um. Im grauen Licht stand sie da, schlank und hübsch in Hose und Pullover und einem kurzen Plaidmantel. Schwarzes Haar mit ein paar grauen Strähnen wehte über ihr Gesicht. Er versuchte, sie zu sehen, wie sie an einem Sommerabend vor zwanzig Jahren im »Flagstone Ballroom« ausgesehen haben mochte. Der See hinter ihr hatte eine dünne Eisschicht an den Rändern bekommen, und ihr Gesicht färbte sich rosig von dem steifen, kalten Wind, der über das Wasser heranwehte.

»Wahrscheinlich haben Sie Mühe, mich als junges Mädchen in einem hübschen Kleid zu sehen, das hier in die Nacht hineintanzt.« Es klang wie eine Feststellung, aber es war eine Frage.

»Ich habe überhaupt keine Mühe, das alles zu sehen, Gally Deveraux. Erzählen Sie mir trotzdem davon.«

»Als ich hier herauskam, lag das *Flagstone* schon in den letzten Zügen. Aber Jack und ich waren oft hier. Meistens freitags abends, denn dann spielten die Country-Bands. Manchmal konnte ich ihn überreden, auch samstags zu kommen, wenn die Big Bands übernahmen. Mein Dad hatte eine große Plattensammlung mit all den alten Orchestern – die Dorseys, Glenn Miller, Artie Shaw –, und ich bin mit dieser Musik aufgewachsen. Jack hatte nie viel dafür übrig; er fand, es sei schwer, dazu zu tanzen, aber in Wirklichkeit gefiel ihm nicht, dass an den Big-Band-Abenden Leute herkamen, die ganz anders waren als er. Jack trug nie eine Krawatte, höchstens manchmal eine kleine Schleife, und die meisten Leute, die zu den Big Bands kamen, hatten sich feingemacht. Aber manchmal kam er doch mit mir her. Und dann beschwerte er sich den ganzen Abend darüber, dass man zu dem, was er Gringo-Musik nannte, keinen Texas-Two Step tanzen konnte.«

Carlisle lehnte sich an das »Flagstone« und lachte. Er dachte an Jack und stellte sich sein Gesicht vor, wenn die Band »Stardust« anstimmte.

Gally war nicht mehr zu bremsen; sie sprach schnell, sprach mit dem Wind ebenso wie mit Carlisle, und er ließ sie erzählen. »Ich weiß noch, wie diese großen Fensterläden hochgeklappt wurden und wie der See aussah, wenn der Mond darauf schien. An der Decke waren bewegliche Lichter, die über den Boden und über die Tanzenden flimmerten, und samstags abends spielten die Bands all die alten Stücke: Sunrise Serenade, A Foggy Day, Stella by Starlight. Solche Sachen. Sie würden nicht glauben, was diese Bands für Namen hatten, Namen wie Glenn Boyer's Honey Dreamers. Eklig, was?« Sie lächelte und sah beinahe schön aus, wie sie dastand, in ihren Erinnerungen kreiste und durch alte Türen ging, durch die sie einfach wieder gehen musste.

»Mitte der sechziger Jahre änderte sich alles sehr schnell. Um mitzuhalten, buchte das Lokal jetzt hauptsächlich Rock'n'Roll-Bands. Aber aus irgendeinem Grund ging es einfach ein, und zwar komplett: 1966 wurde das *Flagstone* geschlossen. Es gab eine große Abschiedsparty, und viele der Musiker, die im Laufe der Jahre hier gespielt hatten, kamen und spielten noch einmal. Leute kamen aus Florida und Kalifornien gefahren, nur für diesen Abend. Ich war erst fünfundzwanzig und nicht aus dieser Gegend, aber inzwischen hatte ich unzählige Abende in diesem Lokal verbracht. Ich weiß noch, am Ende spielten sie *Auld Lang Syne*, und wir alle weinten, nur Jack nicht, der gehofft hatte, sie würden mit *San Antonio Rose* schließen. Er war betrunken und brüllte immer wieder danach: *Sannn-AnnntonnnioooRosie*, noch ein Mal! Die Musiker, die an diesem Abend auftraten, hatten wahrscheinlich im ganzen Leben noch nie *San Antonio Rose* gespielt, aber Jack brüllte immer noch danach, als die Band schon von der Bühne gegangen war.«

Sie schwieg einen Moment und dachte daran, wie sie sich in jener Nacht, als sie und Jack aus dem »Flagstone« gekommen waren, im Truck nackt auf seinen Schoß gesetzt und den Wagen gelenkt hatte, während seine Hände über ihren Körper strichen, und wie sie vor- und zurückwippend über die Straßen von Yerkes

County gefahren waren, zurück zu dem, was sie ihr Zuhause nannten.

Einen Augenblick lang sah sie ernst aus. »Damals habe ich ihn geliebt, Carlisle. Wirklich. Ich schätze, er war der Traum eines jungen Mädchens.«

»Das glaube ich Ihnen. Und nach allem, was Sie mir erzählt haben, weiß ich auch, warum.«

»Aber irgendwann habe ich ihn gehasst, und das ist nicht recht.«

Gally hatte Tränen in den Augen, vielleicht vom Wind, vielleicht von den Erinnerungen. Sie ließ sich in diese Erinnerungen zurücksinken und hörte eine Big Band, die noch einmal »Early Autumn« spielte, sah die Lichter auf der Tanzfläche, fühlte, wie es war, eine junge Frau zu sein, wenn der weite Himmel wie die Schulter eines Cowboys war – nein, wie die Schultern irgendeiner Kombination aus Cowboy und Pirat –, wie es war, aus dem offenen Fenster zu schauen, wenn er sie umdrehte, hinaus in das Mondlicht über dem warmen Wasser, das am Ufer des Sees plätscherte, und zu glauben, dass all das sich niemals ändern würde.

Carlisle lächelte sie an. »Irgendwann gehe ich mit Ihnen tanzen. Würde Ihnen das gefallen?«

Sie kam heran und legte eine behandschuhte Hand an sein Gesicht. »Das würde mir sehr gefallen.« Mehr sagte sie nicht, und langsam gingen sie zurück zum Truck, der mit laufendem Motor dastand, zurück in die Heizungswärme der Kabine.

Sie räumten die Überreste des Essens ab, und Carlisle kochte eine Kanne Kaffee. Sie unterhielten sich noch eine Weile, lächelten einander über Carlisles behelfsmäßigen Tisch hinweg an. Gally Devereaux war eine verdammt gute Frau, dachte er. Er machte noch einen Teller mit Truthahnresten zurecht, den sie mit nach

Hause nehmen sollte, und sie blieben noch ein paar Augenblicke auf der Veranda stehen und schauten hinaus in die Weite, in der sie lebten. Gally sah Carlisle nicht mehr als Möglichkeit. Sie sah ihn jetzt als Mann, als guten Mann. Was immer seine Schwächen sein mochten, in allen wichtigen Dingen war er stark, soweit sie es erkennen konnte. Ein Teil ihrer selbst wollte für diese Nacht bei ihm bleiben, eher aus Verlangen nach seiner Gesellschaft als aus irgendeinem anderen Grund, aber das war jetzt wohl nicht das Richtige. Noch nicht. Außerdem hatte sie keine Lust auf eine Abfuhr, und sie wusste nicht genau, was Carlisle in dieser Hinsicht für sie empfand.

Sie erhob sich auf die Zehenspitzen, legte eine Hand an sein Gesicht und gab ihm einen sanften Kuss. »Gute Nacht, Carlisle. Danke für dieses Thanksgiving. Es war wirklich schön. Und danke, dass Sie mit mir zum *Flagstone* gefahren sind. Es hat mir gutgetan, mich an die besseren Zeiten mit Jack zu erinnern; mir ist jetzt wohler mit ihm und mit unserem gemeinsamen Leben. Ich möchte heute nach Hause fahren und darüber noch ein wenig nachdenken. Ich glaube, ich werde mich einfach darauf konzentrieren, mich an den alten Jack zu erinnern und den Mann, mit dem ich all die Jahre zusammengelebt habe, zu vergessen.«

Carlisle berührte ihr Haar; er beugte sich herunter und küsste sie. Dann richtete er sich wieder auf und sagte: »Gute Nacht, Gally. Fahr vorsichtig.«

Sie wollte von der Veranda hinuntersteigen, aber dann drehte sie sich noch einmal um und fasste mit Daumen und Zeigefinger seinen Hemdaufschlag. »Carlisle McMillan, ich bin gern mit dir zusammen, und es gefällt mir, wie du mich geküsst hast. Irgendwann, wenn ich mich ein bisschen besser sortiert habe, werde ich vielleicht vorschlagen, dass wir einander besser kennenlernen. Du wirst dann hoffentlich keinen Anstoß nehmen.«

»Gally, ich glaube nicht, dass du irgendetwas sagen könntest, woran ich Anstoß nehmen würde. Und jetzt nimm deinen Truthahn und lauf, bevor ich vorschlage, was du vermutlich im Sinn hast.«

Sie ließ den Bronco an und rollte den Weg hinunter. Carlisle sah ihr nach, als sie auf die dunkle Piste einbog, sah, wie die Heckleuchten des Bronco nach Norden wanderten, vorbei an dem Ort, wo Syawla und der Wächter wohnen sollten. Er ging wieder ins Haus, holte sein Fernglas und schaute hindurch. Ein kleines Feuer brannte auf dem Gipfel von Wolf Butte.

10

Der Samstag nach Thanksgiving war so ungewöhnlich warm für die Jahreszeit, dass er die Leute in der Hoffnung auf einen leichten Winter wiegte – kurz bevor das Unwetter sich neu formierte und mit aller Macht über sie herfiel. Carlisle hatte sich etwas für sein Haus ausgedacht und fuhr zum Little Salamander, wo er auf den Sandbänken herumstöberte und nach Treibholz suchte. Er roch den Rauch von Susanna Benteens kleinem Feuer, bevor er sie sah.

Der Fluss wurde hier schmaler und war zu beiden Seiten von fünf Meter hohen Böschungen gesäumt. Sie saß unter einem Felsüberhang an einem kleinen Feuer und schaute auf das Wasser. Beinahe hätte er sich zurückgezogen, aber dann blieb er still stehen. Es sah aus, als konzentriere sie sich auf etwas, und er wollte sie nicht stören. Und um ganz ehrlich zu sein: Er war nicht sicher, dass er mit ihr allein sein wollte. Carlisle ging sonst entspannt mit Frauen um, aber diese Frau hatte etwas an sich, was ihn beunruhigte, und ebenso beunruhigend war natürlich die Erinnerung daran, wie sie auf dem Holzboden seines Hauses getanzt hatte.

Indem der Indianer sie dazu überredet hatte, seinem Haus ihren besonderen Segen zu erteilen, hatte er Carlisle mehr kosmisches Bewusstsein zugeschrieben, als gerechtfertigt war. So sah Carlisle es. Ein wirklich reifes Bewusstsein, vermutete er, würde sich mit dem Guten befassen, das sie und der Indianer dem Haus und ihm selbst, dem Baumeister, erwiesen hatten. Aber er hatte sie begehrt, und jetzt verfolgten ihn die Erinnerungen an ihren nackten Körper beim Tanz, Erinnerungen, die verstärkt und geschärft wurden von den Echos aus den dunklen, widerhallenden Ecken des Hauses, an dem er baute. Das Trommeln des Indianers und das Klatschen ihrer nackten Füße auf dem rohen Holz besaßen ein ganz eigenes, endloses Halbleben.

Aber Susanna Benteen war nicht die Frau, die man einfach anrief und beiläufig fragte, ob sie ausgehen wolle. Sie wirkte weder nahbar noch unnahbar; solche Kategorien schienen in ihrem Fall nicht zu gelten.

Außerdem hatte er den Verdacht, dass sie und der Indianer auf irgendeine machtvolle Weise miteinander verbunden waren und auf einer Ebene des Verständnisses agierten, das sein Fassungsvermögen überstieg. Ob sie die Frau des Indianers war oder nicht, das konnte er nicht sagen. Aber er mochte und respektierte sie beide, und er hatte nicht vor, sich zwischen sie zu drängen – selbst wenn er gewusst hätte, wie er es anstellen sollte.

Er wollte sich flussaufwärts zurückziehen und sie in Ruhe lassen, als sie sich umdrehte. Einen Moment lang sah sie ihn nur an, dann lächelte sie und rief: »Hallo, Carlisle« – fast, als habe sie ihn erwartet.

Er ging auf sie zu. »Tut mir leid, wenn ich störe. Das wollte ich nicht.«

»Sie stören mich nicht. Setzen Sie sich zu mir. Wir haben in diesem Herbst nicht mehr viele so schöne Tage wie heute.«

Es war das erste Mal, dass sie etwas anderes trug als ein langes Kleid. Sie trug eine alte, enge Jeans und einen beigefarbenen Pullover, einen dunkelgrünen Berg-Parka und abgenutzte Wanderstiefel. Ihr brauner

Zopf hing senkrecht auf den Rücken und reichte fast bis zur Taille.

»Wie geht's mit dem Haus voran?«, fragte sie.

»Prima. Wirklich gut. Ich bin hier, weil ich ein spezielles Stück Treibholz suche, um daraus ein Treppengeländer zu machen.«

»Eine Meile stromaufwärts macht der Fluss eine Biegung. Bei Hochwasser wird da eine Menge Holz angetrieben und bleibt dann liegen, wenn das Wasser wieder zurückgeht. Waren Sie da schon?«

»Nein, aber ich werd's mir ansehen. Danke.«

»Woher kommen Sie, Carlisle? Ich habe gesehen, dass Ihre Nummernschilder aus Kalifornien sind.«

»Ich bin in Mendocino aufgewachsen, aber die letzten fünfzehn Jahre hab ich in der Bay Area gelebt.«

»Da war ich mal. In Mendocino.« Sie sah zu, wie die letzten Herbstblätter vorübertrieben, gekräuselt und braun.

»Wann?«

Susanna Benteen spitzte die Lippen, schaute zum Himmel und überlegte. »Vor sechs Jahren. Ich hatte gehört, es wäre hübsch dort; also machte ich auf dem Weg von Seattle herunter dort Station.«

»Sie sind aus Seattle?«

Sie wandte den Kopf und sah ihn an. »Nein, ich bin von überallher, glaube ich.«

Gurgelnd bemühte der Fluss sich, die Böschungen zurückzudrängen. Weit hinten im Westen schwebte ein Falke, hoch und einsam. Eine leichte Brise kräuselte das Wasser.

»Das heißt, Sie sind viel gereist?«

»Ja, viel«, sagte Susanna. »Meine Mutter starb, als ich vier war. Mein Vater war einer dieser reisenden Wissenschaftler, ein Anthropologe, der die Welt durchstreifte und von Stipendien und Projektverträgen lebte. Ich habe ihn begleitet.« Sie hielt einen Stock ins Wasser und betrachtete die kleinen Wirbel, die er dort hervorbrachte, und einen Augenblick lang dachte sie an ihre Kindheit.

Ein Stein bohrte sich in Carlisles Hüfte, und er rutschte ein Stück zur Seite. Sie warf den Stock ins Wasser und sah ihm nach, als die Strömung ihn davontrug. »Es war eine seltsame und bemerkenswerte Kindheit. Wie sind Sie nach Yerkes County gekommen, Carlisle?«

»Bin einfach hergedriftet, auf der Flucht vor all der Verrücktheit. Es wirkte ruhig und offen, und deshalb beschloss ich, hier zu bleiben und zur Abwechslung mal etwas zu bauen, das der Mühe wert ist.«

»Es sieht aus wie ein gutes Haus. Der Mann, den Sie Flötenspieler nennen, hat mir von Ihrer Arbeit erzählt, bevor ich es gesehen habe.«

»Danke. Und ich weiß es zu schätzen, dass Sie und er vorbeigekommen sind, um es zu segnen.«

Sie lächelte. »Wie haben Sie diesen Segen empfunden? Es war die freie Kopie eines alten Ritus, den ich einmal bei einem Schamanen in Ostafrika gesehen habe. Die Vesta-Figur war meine Idee.«

Wie sollte er darauf antworten? Ihr die Wahrheit sagen, ihr erzählen, was er bei dem Trommeln und beim Anblick ihres Körpers wirklich empfunden hatte? Er drückte sich feige. »Na ja, es war ganz anders als alles, was ich bisher gesehen habe.«

Susanna Benteen lächelte ihn von der Seite an. »Ja, da bin ich sicher. Aber was haben Sie dabei empfunden?«

Der Augenblick der Wahrheit. Sein Magen machte einen Satz. Er atmete aus, schaute über den Fluss hinaus, mied ihren Blick. »Um ehrlich zu sein, es war das Erotischste, was ich je gesehen oder gehört oder gelesen habe. Direkter kann ich es nicht sagen.« Jetzt war ihm wohler, und er sah sie an.

Die grünen Augen musterten ihn ruhig. »So war es nicht gedacht, aber ich glaube, ich verstehe es.« Ein Lidschlag. »Ehrlich gesagt, ich hatte mitten in dem Ritual ein paar ganz ähnliche Gefühle, aber nicht am Anfang. Die Jahre der Reisen mit meinem Vater, die Zeit, die ich mit alten Kulturen verbracht habe, haben mir ein entspanntes Verhältnis zur Nacktheit gegeben, zu meiner eigenen und zu der anderer Menschen. Manchmal vergesse ich das und empfinde es als selbstverständlich. Aber ich gebe zu, ich habe gesehen, wie sie mich angeschaut haben, und ich habe Dinge jenseits des Rituals gesehen, genau wie Sie. Ich schätze, dem können Männer und Frauen nicht entrinnen. Ein Drängen der Gene vielleicht, etwas aus grauer Vorzeit.«

Carlisle stand ein bisschen unsicher auf. »Die Sonne geht unter. In zwei Stunden ist es dunkel.«

»Beunruhigt Sie die Dunkelheit?«

»Nein, aber meine Expedition ist noch nicht beendet. Das Stück Treibholz ...«

»Ich hoffe, Sie finden, was Sie suchen. Es war schön, mit Ihnen zu sprechen.«

»Danke, das finde ich auch.«

Er stieg die Uferböschung hinauf. Es war Nacht, als er auf seine Veranda kam, und er trug ein langes, fahlgraues Stück Treibholz auf der linken Schulter. Susanna saß noch immer an ihrem kleinen Feuer unter dem Überhang am Fluss.

Sie dachte an Carlisle McMillan, an das Ende des Herbstes und den Beginn des Winters, an die seltsamen, alten Gefühle, die sie fast jede Nacht überkamen und sie zu etwas drängten, das sie nicht verstand, so sehr sie sich auch bemühte.

Sein erster Winter draußen in der weiten Ebene gehörte zu den besten, die Carlisle jemals erlebt hatte. Kurze Prärietage mit komprimiertem Licht. Ein Wetter der steingrauen Nachmittage im Wechsel mit leuchtender, spröder Kälte am Morgen. Das Haus war dicht, der Holzofen glühte vor sich hin, und er arbeitete drinnen; das war die Phase des Bauens, die ihm immer am besten gefallen hatte. Zwar pfuschte er nirgends, aber die Gelegenheiten für kunstvolles Handwerk waren in Innenräumen am leichtesten zu sehen und zu nutzen.

Nach Thanksgiving fuhr Gally nach Casper, um ihre Tochter zu besuchen; die Ranch ließ sie in der Obhut eines Angestellten zurück. Ihre Tochter war mit dem dritten Kind schwanger, und es ging ihr nicht gut; deshalb blieb Gally bei ihr, um ihr zu helfen. Sie schickte Carlisle eine Weihnachtskarte, auf der stand, dass sie seine Gesellschaft vermisse und dass sie Anfang Februar zurückkommen werde, wenn das Baby zur Welt gekommen sei.

Im November, als die Ernte eingebracht war, hatte Axel Looker eine Allwetterstraße für Carlisle angelegt. Er war eines Tages vorbeigekommen, als Carlisle unten an der Straße stand und den jammervollen Zustand seiner Zufahrt betrachtete. Die herbstlichen Regenfälle im Verein mit dem Autoverkehr hatten sie in einen dreieinhalb Meter breiten Streifen von tiefen, verschlammten Spurrillen verwandelt. Axel lehnte sich aus seinem Truckfenster. »Hi, Nachbar. Sieht aus, als könnten Sie einen anständigen Weg zu Ihrem Haus gebrauchen.«

Carlisle nickte. »Ich stehe gerade hier und überlege mir, wie das zu schaffen wäre.«

»Kein Problem. Sie bestellen eine Ladung Kies aus dem Steinbruch der Guthridge Brothers, und ich komme mit meinem Bulldozer-Baby vorbei. Das kriege ich in ein, zwei Tagen hin.«

Tatsächlich schaffte Axel es in zwei Tagen. Eine hübsche kleine Zufahrt, genau richtig gewölbt, um das Wasser abfließen zu lassen, und der Kies war gleichmäßig auf dem Untergrund verteilt, den er vorbereitet hatte. Carlisle wollte ihm etwas bezahlen, aber Axel Looker lehnte ab. »Die Ernte ist drin, und seitdem treibe ich Earlene in den Wahnsinn, bloß weil ich rumhänge und mir überlege, was ich machen soll. Und weil das so ist, treibt sie mich in den Wahnsinn, weil ich sie in den Wahnsinn treibe. Der Straßenbau hier war eine Art Urlaub für die Familie. Irgendwann, wenn ich mal was zu zimmern habe, können Sie's ja für mich machen. Bis dahin zerbrechen Sie sich nicht den Kopf.«

Nach starken Schneefällen hörte Carlisle Axels großen Traktor auf der Zufahrt arbeiten; er räumte den Schnee mit seiner Ladeschaufel ab und kippte ihn an den Rand. Wenn Carlisle aus dem Haus kam, winkte Axel ihm zu, rot im Gesicht und sichtlich vergnügt: Er fühlte die Kraft des Stahls unter sich und genoss den kurzen Urlaub von Earlene.

Am 5. Februar kam Gally aus Casper zurück. Am Spätnachmittag, eine Stunde nach ihrer Ankunft, rief sie Carlisle an. »Hallo, Zimmermann, wie geht's dir?«

»Gally! Wie schön, deine Stimme zu hören. Mir geht's prima; ich hämmere und säge wie immer. Was macht deine Tochter?«

»Jetzt geht es ihr gut. Das Baby ist gesund, bei Sharon ist alles organisiert, und es geht weiter. Gott, bin ich froh, dass ich nicht drei kleine Kinder zu versorgen habe. Sie hat alle Hände voll zu tun, und das wird sich in den nächsten achtzehn Jahren wohl auch kaum ändern ... Carlisle, du hast mir gefehlt. Ich hab unterwegs in einem Deli ein paar Kleinigkeiten besorgt, und ich dachte, ich könnte vorbeikommen, wenn du Lust auf einen Abend mit Bier und Pastrami hast?«

»Hab ich. Komm, wann es dir passt.«

»Okay. Ich muss hier noch ein paar Dinge erledigen. Dauert vielleicht zwei Stunden. Okay?«

»Wunderbar. Bis dann.«

Gally Deveraux badete in ihrer alten Badewanne mit den Klauenfüßen, lag im warmen Seifenwasser, das Haar hochgesteckt. Das Land sah melancholisch aus um diese Jahreszeit; geduckt versuchte es, den harten Winter zu überdauern, der die Ebene aussehen ließ wie Sibirien. Von der Wanne aus konnte sie durch das Badezimmerfenster den Himmel sehen; er hatte die Farbe von grauem Schlamm, sah flach, nass, unheilvoll aus.

Es tat gut, wieder zu Hause zu sein. Lange Zeit lag sie da und dachte an ihre Tochter, und dann dachte sie an ihr Leben und daran, was sie damit anfangen wollte. Dann dachte sie an Carlisle McMillan. Sie legte einen Fuß auf den Wasserhahn, wackelte vergnügt mit den Zehen und griff nach dem Rasierer. Sie rasierte sich die Beine und stieg aus der Wanne; sie fühlte sich ungewohnt weiblich und aus irgendeinem Grund ein bisschen verrucht, ganz so wie in früheren Jahren, als Jack sie Easy genannt hatte, wie in jener Nacht auf der Heimfahrt vom »Flagstone«, als sie nackt auf Jacks Schoß gesessen hatte.

Carlisle stand auf der Trittleiter, als er den Bronco den Weg heraufkommen hörte. Als sie klopfte, rief er: »Komm rein, aber achte auf die Trittleiter, wenn du die Tür aufmachst.«

Vorsichtig drückte Gally die Tür auf, fühlte, wie sie an die Leiter stieß, spähte durch den Spalt und zwängte sich herein. »Was machst du da oben?«

Er sah auf sie herab und lächelte. »Hab beschlossen,

eine kleine Galerie einzuziehen. Ich bin gleich unten. Muss nur noch ein paar Nägel ins Geländer einschlagen und versenken.«

Gally ging in die Küche, nahm die Lebensmittel aus den Tüten und legte sie in den Kühlschrank. Sie schaute zu Carlisles Rücken hinauf. Er reckte sich in die Höhe, den Hammer in der rechten Hand, und hielt den Nagel mit der Linken an seinen Platz. Auf seinem Kopf saß verkehrt herum eine Baseballmütze, auf der GIANTS stand. Das braune Haar hing glatt und lang herunter. Das Flanellhemd war hinten aus der Hose gerutscht. Sie sah, wie sein rechter Unterarm mit dem Hammer ausholte, sah, wie die Muskeln sich spannten. Drei lockere Schläge, und der Nagel war tief ins Holz getrieben, solide, sauber. Er griff in seinen Werkzeuggürtel, nahm einen Dorn heraus und versenkte den Nagel.

Er stieg von der Leiter, kam zu ihr und legte ihr lächend den Arm um die Schultern. Der Hammer baumelte in seiner Rechten. »Hallo, Gally Deveraux. Schön, dich zu sehen.«

Sie umarmte ihn, roch Sägemehl und Schweiß, und ohne zu überlegen, stopfte sie ihm das Hemd in die Hose. Das, dachte sie, ist Intimität: einem Mann das Hemd in die Hose zu stopfen.

Sie trat einen Schritt zurück und lächelte ihn an. »Du hast mir gefehlt, Carlisle.«

»Gleichfalls, Gally. Es war still hier, als du weg warst. Dumptruck ist ziemlich fest entschlossen, den ganzen Winter hindurch zu schlafen, wie es aussieht.«

»Keine schlechte Strategie, würde ich sagen. Tiere verstehen sich darauf, sich von der Natur treiben zu lassen. Wir versuchen immer, gegen sie anzukämpfen. Hungrig?«

»Nein. Aber durstig.«

»Das lässt sich ändern. Außer Pastrami und Roggenbrot und Kohlsalat und ein paar anderen Sachen hab ich auch *St. Pauli Girl* mitgebracht. Ein kleine Prasserei, zur Feier der Heimkehr und so.«

Als sie im Deli ein Sixpack Budweiser aus der Kühltruhe nehmen wollte, hatte sie das »St. Pauli Girl« entdeckt und sich erinnert, dass Carlisle diese Sorte zu Thanksgiving gekauft hatte. Sie stellte das Bud in die Truhe zurück und nahm »St. Pauli Girl«. Dabei kam sie sich extravagant vor. Hoffentlich würde Carlisle an diesem Abend zu Hause sein.

»Carlisle, du hast ja Stühle! Drei Stück. Klappstühle.«

»Yeah. Aus dem Keller einer Kirche. Bis mir was Besseres einfällt. Was Möbel angeht, ist Funktion im Moment wichtiger als Form. Dazu kommt, dass sie mich daran erinnern, wie ich als Kind samstags immer zum Katechismusunterricht ging. Wynn, meine Mutter, hatte ihre presbyterianischen Wurzeln sozusagen verraten und war katholisch geworden.«

»Wie war das für dich?«

»Die Nonnen schlugen uns immer mit dem Lineal auf die Fingerknöchel, wenn wir ihre Fragen nicht beantworten konnten, einfache Fragen wie: *Wer ist Gott?* Fünfzehn Jahre später hat mir ein Philosophieprofessor in der Abschlussprüfung die gleiche Frage gestellt, und ich konnte sie immer noch nicht beantworten. Ich kann's heute noch nicht.« Er setzte sich auf einen der Stühle, streckte die Beine aus und legte die Unterschenkel übereinander. Dann beugte er sich vor, löste den ledernen Werkzeuggürtel und legte ihn neben sich auf den Boden.

»Wie hast du die Frage des Professors denn beantwortet? Oder hast du die Antwort einfach ausgelassen?«

»Nein. Ich habe während der ganzen Prüfungsstunde darüber nachgedacht und verschiedene Ansätze ausprobiert, aber sie funktionierten alle nicht. Schließlich hab ich einfach geschrieben: Gott Ist.«

»Und dann?«

»Ich bekam ein B plus.«

Gally lächelte. »Sehr klug, Carlisle. Die meisten Leute hätten sechzehn Seiten Geschwafel abgeliefert. Deine Antwort war wie deine Zimmermannsarbeit: gerade genug, niemals zu viel.« Sie zog die Stiefel aus, setzte sich mit gekreuzten Beinen auf einen Stuhl, stützte die Ellenbogen auf die Knie und sah ihn an. Sie wackelte mit den Zehen in den weißen Socken. »Wo bist du aufs College gegangen?«

»Stanford.«

»Wow. Das ist die Oberliga. Und teuer.«

»Ich hatte ein Tutorenstipendium. Ein bisschen staatliche Beihilfe, und nebenher hab ich Zimmermannsarbeiten übernommen. Es ging so.«

»Und hast du ein Examen gemacht?«

»Ja. Für meine Mutter. Ich wollte ihr eine Freude machen; deshalb hab ich's durchgezogen.«

»Was war dein Hauptfach?«

»Anfangs Ingenieurwissenschaft. Damit kam ich zurecht, aber es gefiel mir nicht. Hab dann zu Kunst gewechselt, mit Schwerpunkt in Graphikdesign. Nebenfach englische Literatur. War okay. Aber ich wollte immer nur Zimmermann werden, seit ich als Junge mit Cody Marx gearbeitet hatte, dem alten Knaben, von dem ich dir erzählt hab.«

Er lächelte und trank einen großen Schluck »St. Pauli Girl«. »Ich glaube, jetzt ist eine Dusche fällig. Ich hab sogar schon eine, auch wenn das Bad noch nicht richtig fertig ist. Du kannst ein bisschen Musik machen, wenn du möchtest. Auf der Küchentheke liegt ein Stapel Kassetten.«

Beinahe hätte Gally gefragt: »Kann ich dir beim Rasieren zusehen?« In den ersten Jahren hatte sie Jack gern dabei zugeschaut. Es hatte irgendetwas, etwas unbestimmt Erotisches. Aber sie lächelte nur und sagte nichts. Sie sah die Kassetten durch und schob eine in das Laufwerk in Carlisles kleinem Radio. Willie Nelson begann mit ein paar Gitarrenakkorden, sang von der Zeit, die dahingeht, und dann kam »Stardust«. Im Hintergrund hörte sie das Rauschen der Dusche.

Mit einem Bier in der Hand spazierte sie im Haus umher. Carlisle hatte einen Blick für Sparsamkeit, für Zurückhaltung. Eleganz. Und er war wirklich ein Perfektionist, wenn es ums Bauen ging. Die Fenster waren so perfekt eingesetzt, dass die Nahtstellen zwischen Rahmen und Holzwand fast unsichtbar waren, haarfein höchstens. Die kleine Galerie war eine hübsche Idee, fand sie. Sie bestaunte das geschwungene Treppengeländer, das nach oben führte, ein Stück Treibholz, wie es aussah, entrindet, glatt geschliffen und poliert, bis es glatt war wie blanker Stahl. Das Sims über dem Kamin bestand aus einem anderthalb Meter langen, dicken Eichenholzbalken. In die Vorderseite hatte er langgestreckte, anmutige, asymmetrische Schneckenmuster geschnitzt.

Sie betrachtete die kleine Figur auf dem Sims, die ihr bisher nie aufgefallen war. Es war eine nackte Frau mit Flammenhaaren. Sie nahm sie in die Hand, strich mit den Fingern darüber und sah, wie detailliert sie ausgeführt war – bis hin zu winzigen Brustwarzen und der makellosen Rundung des Gesäßes. Sie stellte sie zurück, und ihr Blick fiel auf das Wort Syawla, das in den Kaminstein gemeißelt war. Ein leises Frösteln überlief sie.

Carlisle kam aus dem Bad; er trug Jeans, einen roten Pullover, graue Wollsocken und Mokassins. Er ging zu dem Holzofen, öffnete die Frontklappe, legte zwei dicke weiße Eichenholzscheite auf das Feuer und stellte einen Kaminschirm vor die Öffnung.

»Ich hab den Kamin für den Winter mit Dämmwolle verstopft. Sonst geht zu viel Wärme durch den Schlot. Aber die offene Ofentür ist ein ziemlich guter Ersatz für ein Kaminfeuer, wenn man sich keine allzu großen Sorgen über die Effizienz macht, was ich im Moment nicht tue.«

Pastrami-Sandwiches und Kohlsalat vor dem offenen Ofen. Entspanntes Geplauder. Lachen. Willie Nelson im Hintergrund, danach Jerry Jeff Walker. Bier und Mr Bojangles. Feuerschein und draußen ein Land, das sich bis an den Rand der Ewigkeit erstreckte. Sie fragte ihn nach der Figur auf dem Kaminsims.

»Der Indianer, der Mann, den ich Flötenspieler nenne – ich glaube, ich hab dir von ihm erzählt –, und Susanna Benteen sind vorbeigekommen, um das Haus zu segnen. Sie haben die kleine Figur als eine Art Einzugsgeschenk mitgebracht. Es sei Vesta, sagten sie, die römische Göttin des Herdfeuers.«

Etwas in Gally sträubte sich. Susanna Benteen, die Hexe – oder was immer sie sein mochte. Ein inneres Gurgeln, ein alter, primitiver weiblicher Instinkt namens Rivalität. Sie hatte so etwas schon öfter im Leben gespürt – manchmal, wenn sie sah, wie Jack mit einem hübschen jungen Ding aus Falls City tanzte. Oder noch früher, als sie jung war und der Highschool-Quarterback seine Aufmerksamkeit einer anderen schenkte. Eifersucht, die sich in ein dünnes, heißes Gift verwandelte. Der alte Instinkt aus ferner Vergangenheit, der Wettkampf um die besten Männer, die stärksten Männer, diejenigen, die die besten Anlagen für das Überleben der Spezies in sich zu tragen scheinen. Blödsinnig – aber so war es.

Carlisle sah etwas in ihrem Blick oder ihrem Gesicht. »Sie sind nicht lange geblieben, nur eine Stunde vielleicht, und haben ihren Segen gespendet. Es war freundlich von ihnen, obwohl ich nicht sicher bin, dass ich all den Voodoo begriffen habe, der dazugehörte.« Nichts sagte er über den süßen Regen, der von Susanna Benteens runden Brüsten getropft war.

Wind kam auf, ein leises Rauschen, das zu einem gedämpften Tosen anschwoll, verklang, wiederkam und blieb. Aber im Haus war es warm. Kurz nach Mitternacht öffnete Gally die Haustür einen Spaltbreit und spähte hinaus.

»Carlisle, sieh dir den Schnee an!«

Sie hatten sich unterhalten, und keiner von ihnen hatte daran gedacht, nach dem Wetter zu sehen. Zwei Stunden zuvor hatte schwerer, nasser Schneefall eingesetzt. Mehr als eine Handbreit davon bedeckte den Boden, und die Sicht reichte nur noch bis zum Rand der Veranda.

»Wie es aussieht, bleibst du über Nacht hier«, sagte Carlisle, als er über ihre Schulter schaute. »Ausgeschlossen, dass irgendjemand da durchfährt. Außerdem glaube ich nicht, dass du überhaupt noch den Weg hinunterkommst, geschweige denn über die Wolf Butte Road hinauf zu deinem Haus.«

Sie schloss die Mahagonitür und lehnte sich daran. So stand sie da, in Jeans, weißen Socken und gelbem Rollkragenpullover und lächelte Carlisle McMillan an. Denselben Pullover hatte sie an Thanksgiving getragen, den einzigen guten Pullover, den sie noch besaß und den sie sorgfältig in einem Plastikbeutel aufbewahrte.

Schwarzes Haar mit silbergrauen Fäden, lang, gebürstet, schimmerte im Flackerlicht des Ofens.

Wie so viele Frauen unterschätzte Gally Deveraux sich. Sie war keine hinreißende Schönheit, aber schlank und langbeinig. Easy, wie Jack gesagt hatte. Gute Augen, ein hübsches Gesicht.

Carlisle hob die Hand und legte sie an ihren Hals, schob sie unter den Rollkragen, und sein Daumen berührte ihr Gesicht dicht vor dem Ohr. Langsam massierte er ihre Haut und lächelte dabei. Gute Haut, weich und warm. Sie fühlte die Schwielen an seiner Hand.

Gally strich mit den Fingerspitzen über seine Wange, seine Nase, seine Lider. Er lehnte sich an sie, drückte sie an die Tür, küsste sie langsam und sanft. Sie erwiderte den Kuss, zuerst genauso entspannt, aber dann mit einer Intensität, die sie lange nicht empfunden hatte. Sie legte ihm die Arme um den Nacken, schmiegte sich an ihn, schlang ein Bein um seins.

Sie schob seinen Pullover hoch und fuhr mit der flachen Hand über die Muskeln seines Rückens, und dann zog sie den Pullover vorn hoch und küsste ihn auf die Brust. »Carlisle«, flüsterte sie, »ich begehre dich so sehr. Ich hab immer daran gedacht, darüber fantasiert, davon geträumt.« Sie war ein bisschen atemlos. Seine Hand war fest in ihr langes Haar geflochten.

Er hob sie auf, ohne dass sie die Arme um seinen Nacken löste, und trug sie durch den Wohnraum hinter den Kamin zum Schlafbereich. Dort legte er sie hin und fing an, ihre Brüste zu küssen, ihren Bauch. Irgendwann waren alle Kleider verschwunden, wie sie es immer sind. Und nicht lange danach waren sie beide da, wo sie sein wollten.

Anfangs waren sie ein bisschen unbeholfen, aber mit der Zeit wurde es besser. Er stützte sich mit den Händen auf und schaute auf sie herab. Er zog sie hoch, bis sie saß, schlang die Beine um sie und ihre Beine um sich. Er liebkoste ihr Haar, und sie legte den Kopf schräg und fühlte, wie seine Zunge über ihre Kehle und ihr Ohr wanderte, wie seine Zähne sie sanft in die Schulter bissen, wie seine Hand langsam durch ihr Haar strich und es dann wieder fest umschlang.

Die lange Zeit der Einsamkeit für Gally Deveraux ging zu Ende. An diesem entlegenen Ort ging sie zu Ende, mit Carlisle McMillans Wärme in ihr.

Gott, wie gut es war, diesen Mann in sich zu haben. Unwillkürlich hob sich ihr Körper ihm entgegen, ihre Bäuche berührten sich, und sie hörte Worte aus seinem Mund, ohne sie zu hören, und dann hörte sie nur ihren eigenen Atem, der sich mit seinem mischte, und fühlte sein langes Haar, das ihre Brüste streifte. Gally Deveraux wurde wieder sie selbst.

Carlisle spürte, dass die Dinge so sein sollten, wie sie in dieser Nacht waren. Beinahe nahtlos. Sie fühlte sich klein an unter ihm, zerbrechlich, und sie roch und schmeckte nach Prärie und weitem, offenem Land. Er bewegte sich langsam und sanft, sie sollte ihn spüren, er wollte sie spüren, und lange Zeit blieb er in diesem Zustand gedämpfter Sinneslust, tanzte mit ihr, reiste in ferne Gegenden mit ihr – ein Augenblick, in dem man dem anderen Menschen so nah kommt, wie man es nur jemals sein kann. Und aus der Küche erzählte Elton John ihnen, dass Daniel mit dem Flugzeug fortgeflogen sei.

Nachher lag Carlisle im Bett und sah Gally Deveraux' nackten Rücken durch die offene Tür des Badezimmers. Sie bürstete sich das Haar und sang leise ein altes Lied, das Jerry Jeff vor einer Weile gesungen hatte, ein Lied über Desperados, die auf einen Zug warteten. Dumptruck stolzierte schnurrend um das Bett herum.

Noch später lagen sie wieder zusammen im Bett. Hatten nicht Sex, sondern liebten einander. Gally saß rittlings auf ihm und lächelte auf ihn herab. Carlisle lächelte zurück und strich mit den Händen über ihre Brüste. Sie ließen los, Musik in der Küche, ließen alles los ... sie bog den Rücken durch, seine Hände auf ihrem Bauch ... weites Land, entlegene Orte, Wind und Tafelfelsen und die Prärie wie Meereswellen ... der Zimmermann und Gally Deveraux.

Am nächsten Morgen Hand in Hand beim Frühstück. »Mein Gott, Carlisle, es ist so lange her, dass ich ganz vergessen hatte, wie schön es sein kann. All diese guten, liebevollen Dinge. Vielleicht mit etwas Verdorbenheit, und auch das schadet nichts, oder?«

Carlisle schwenkte eine Scheibe Toast mit Orangenmarmelade. »Gally, es kann gar nicht verdorben genug zugehen auf der Welt, solange die anderen Dinge dabei sind, die du erwähnt hast.«

Sie lächelte. »Ich hab heute Morgen eine Entscheidung getroffen. Ich lag da, als du noch schliefst, und dachte darüber nach, was ich vom Leben haben will. Gestern, auf der Fahrt von Casper hierher, habe ich beim College in Spearfish Halt gemacht und mich erkundigt, ob es möglich ist, wieder zur Schule zu gehen, und was dafür erforderlich ist. Sie rechnen mir einen Teil dessen an, was ich vor Jahren am Benmidji State gemacht habe, und wie sich herausgestellt hat, kann ich in zweieinhalb Jahren Geschichtslehrerin sein. Es gibt ein Stipendium namens Pell Grant, das mir finanziell helfen wird. Vielleicht klappt ja auch der Verkauf der Ranch. Also fange ich in diesem Herbst an. Wie findest du das? Eine Frau von fast vierzig Jahren, die noch mal zur Schule geht? Dumm oder was?«

»Nein, Gally, nicht dumm ... klug. Wirklich klug.«

»Von hier aus sind's nur ein paar Stunden; also können wir uns am Wochenende manchmal sehen. Was meinst du?«

»Keine Frage. Ich fahre runter, du kommst rauf, wir treffen uns auf halber Strecke. Das wird gehen.«

Gally kam um den Tisch herum, setzte sich auf seinen Schoß, strich ihm übers Haar, sah ihn an. »Weißt du, ich würde gar nicht daran denken, wieder zum College zu gehen, wenn du nicht gewesen wärest. Du hast dein Leben geändert. Das hab ich gesehen und mir gedacht, dann kann ich es auch. Du hast mich inspiriert. Ich fühle mich wie ein neuer Mensch, Carlisle, und dafür bist du verantwortlich.« Sie legte den Kopf schräg. »Was ist das? Hört sich an wie eine Planierraupe oder so was.«

»Das wird Axel Looker mit seinem Steiger-Traktor sein. Ein rundum guter Nachbar, meisterlicher Beherrscher des ganz großen Eisens und erstklassiger Schneeräumer in meiner Zufahrt.« Carlisle öffnete die Tür und winkte Axel zu, aber Axel war schon fertig; der Schnee war geräumt und zu beiden Seiten des Weges aufgehäuft, und der Traktor rumpelte die Wolf Butte Road hinauf, zurück zu Earlene.

»Na, eins kann ich dir sagen, Carlisle McMillan: Was hier letzte Nacht passiert ist, wird unter diesen Umständen nicht sehr lange unser Geheimnis bleiben. Sowie Axel ins *Danny's* kommt, wird man am Ecktisch darüber kichern, dass mein Bronco, mit einer Handbreit Schnee bedeckt, vor deinem Haus geparkt hat. Übrigens muss ich jetzt los. Ich hab Thelma versprochen, heute zur Arbeit zu kommen. Mit dem Allradantrieb werde ich schon hinkommen. Genau betrachtet wäre ich mit dem Allradantrieb wahrscheinlich auch gestern Abend nach Hause gekommen, als wir den Schnee gesehen haben.« Sie lächelte schief.

»Kann sein. Andererseits war es, glaube ich, eine kluge Entscheidung, über Nacht zu bleiben.«

»Das glaube ich auch. Hast du einen Besen, Zimmermann? Ich muss den Schnee von meinem Wagen fegen.«

»Das übernehme ich, während du dir deine Stiefel anziehst.«

Dumptruck stand auf der Veranda, er schnupperte die Luft, schüttelte Schnee von der Pfote, leckte sie ab. Der Bronco war schneefrei, Gally lächelte.

»Komm gelegentlich ins *Danny's*, Carlisle. Ich lass dir 'ne Kleinigkeit zukommen, wenn Thelma nicht herschaut.«

»Mitten im *Danny's*? Auf der Theke oder am Kühlschrank? Wo?«

»Nach dieser Nacht? Wo du willst, Zimmermann.«

»Okay, dann sehen wir uns bald. Ich nehme dich beim Wort.«

Die Sonne schien gleißend hell auf den frischen Schnee. Gally schlang die Arme um ihn, und er drückte sie an sich.

Ihr Bronco gelangte auf die Wolf Butte Road und schlingerte trotz des Allradantriebs ein bisschen hin und her, ehe er in Richtung Salamander davonfuhr. Carlisle ging wieder ins Haus, und Dumptruck folgte ihm. Er schnallte sich den Werkzeuggürtel um und fühlte sich besser als seit langer Zeit, seit fünfzehn Jahren oder mehr. Er nahm noch einen Schluck Kaffee und stieg auf die Trittleiter, während Dumptruck, den Schwanz steil emporgereckt und in wilder Stimmung, die Treppe zur Galerie hinaufstürmte und Carlisle durch das Geländer anstarrte, blinzelnd, schnurrend.

11

Der alte Mann mochte zwanzig Jahre älter sein als ich, aber er hatte mehr Durchhaltevermögen, wenn es um richtiges Trinken ging. Gegen elf – Sleepy stand hinter der Bar und ließ nicht erkennen, dass er jemals schließen würde – sagte ich: »Na, ich bin Ihnen wirklich dankbar für all diese Informationen, aber ich möchte Sie nicht strapazieren. Vielleicht können wir in ein oder zwei Tagen weitermachen.«

»Machen Sie sich um mich keine Sorgen«, sagte er. »Kriege nicht oft die Gelegenheit, guten Stoff zu trinken, und außerdem kann ein alter Zausel wie ich morgen schon tot sein.«

Ich schob eine neue Kassette in den Rekorder.

»Als Carlisle McMillan an seinem zweiten Abend in der Stadt zu meinem Fenster heraufschaute und winkte, machte ich einen Satz, bevor ich zurückwinkte. Aber ich hätte nicht so überrascht sein müssen, denn an dem Morgen hatte ich ihn im *Danny's* aus der Nähe gesehen und war auf der Stelle zu dem Schluss gekommen, dass er ein Bursche war, dem nicht allzu viel entging. Da war etwas an seinen Augen; sie sahen alt aus für einen Mann seines Alters, als hätte er eine Menge gesehen und als wüsste er sehr viel mehr, als er sich anmerken ließ.

Und in diesem Winter, gut zwanzig Stunden nachdem ein mittelschwerer Dakota-Heuler abgezogen war, saß ich im *Danny's* und las im *High Plains Inquirer*, der den Anspruch erhebt, die Zeitung für unseren Staat zu sein. Die vortreffliche Straßenverkehrsbehörde von Salamander, bestehend aus einem gewissen Merle Bagby, hatte den Schnee geräumt und die morgendlichen Kaffeegäste befähigt, sich nach einer durch ungünstige Wetterverhältnisse bedingten eintägigen Pause wieder zu versammeln.

Gally traf die Vorbereitungen für den Lunchbetrieb, während die Kaffeetrinker sich über das Unwetter unterhielten. Als sie für ein paar Minuten in der Küche verschwand, beugte Axel Looker sich vor und berichtete sogleich allen an seinem und am Nachbartisch Versammelten, als er am Tag zuvor den Schnee von Carlisles Zufahrt geräumt habe, sei dort Gallys Bronco zu sehen gewesen, bedeckt mit Schnee in exakt der Höhe der gesamten gestrigen Niederschlagsmenge.

Es war eine beträchtliche Herausforderung an ihre logischen Fähigkeiten, aber am Ende gelangten die Jungs dennoch zu der Schlussfolgerung, sie müsse dann wohl schon dort gewesen sein, bevor der Schneefall eingesetzt habe. Ipso facto, wie mein alter Geometrielehrer an der Salamander Highschool immer gern sagte, war Gally bei Carlisle eingetroffen, bevor es zu schneien angefangen hatte, und war dann dort geblieben.

Das allein genügte, um Gally und Carlisle auf Platz acht der zehnstelligen Verkommenheitsskala von Salamander zu befördern – die übliche Beurteilung eines solchen Ereignisses in einer Region, in der die größte Freude des Fleisches das Essen ist. Als diese Information schließlich auch von der Damengruppe der Kirche verarbeitet worden war, hatte man einen weiteren Punkt für sexuelle Ausschweifung hinzugefügt. Als dies geschehen war, wandten sich die Spekulationen der Qualität und dem Umfang des Vorgangs zu.

Darüber hinaus erinnerten sich Beobachter, die den Tresen im *Danny's* bevölkerten, mutmaßliche Extraportionen Stampfkartoffeln auf seinem Teller gesehen zu haben, wenn Gally ihm seine Hackbraten- und Truthahn-Sandwiches servierte. Damit war der Fall vollends klar, und die Glocke am oberen Ende der Zehn-Punkte-Skala erklang so laut, dass ihr Echo ein paar Tage lang zwischen Merts Tankstelle und der Main Street widerhallte.

Lokale Verhaltensforscher behaupteten, eine Veränderung in Gallys ganzem Benehmen festgestellt zu haben – sie sei noch freundlicher als sonst geworden. Kurz: Das Beweismaterial war überwältigend, und man gelangte in einmütiger Übereinstimmung zu dem Urteil, dass Carlisle und Gally jetzt ein Liebespaar seien, auch wenn Bobby Eakins das wahrscheinlich anders ausgedrückt hätte. Aber in seinem Fall ist es auch notwendig, Zeitungen auf dem Boden auszubreiten, wenn man ihn nicht nach draußen lassen kann. Nachdem die Angelegenheit mit Gally und Carlisle geklärt war, wandte Salamander seine Aufmerksamkeit wieder weniger bedeutenden Themen wie Tod und Politik zu.

Gleichwohl fiel mir auf, dass Gally samstags abends, wenn *Danny's* um sechs geschlossen wurde, nicht selten einen Picknickkorb und eine große Thermosflasche in ihren Bronco packte. Dann sah ich, wie sie westwärts aus der Stadt fuhr, und ich hatte meine Zweifel, dass es sich hier um ein einsames Picknick am Little Salamander handelte: Ich war sicher, dass sie zu Carlisle unterwegs war.«

Der alte Mann nickte zwei Cowboys zu, die ins »Sleepy's« gekommen waren. Gleich hinter ihnen erschien Harv Guthridge, Steinbruchbesitzer und Liebhaber von Frauen, deren Fell er an die Wand hängte, wenn er mit ihnen fertig war. Harv winkte dem alten Mann zu, und dieser antwortete mit einem wenig begeisterten »Harv«.

Er sah mich an und schaute dann noch einmal zu Harv hinüber. »Hab nie genau rausgekriegt, wie er es gemacht hat, aber Harv hat mich um meine Abfindung beschissen, nachdem ich beim Buddeln in seinem Steinbruch verunglückt bin ... der Mistkerl.

Na, jedenfalls, wie gesagt, Carlisle McMillan brauchte ungefähr ein Jahr, um sein Haus fertig zu bekommen; er arbeitete jeden Tag, den ganzen Tag, und nahm nur hin und wieder einen kleinen Auftrag außerhalb an, um über die Runden zu kommen. Mit meinen Besuchen auf dem Postamt und den Unterhaltungen im *Danny's* blieb ich über seine Fortschritte ziemlich genau auf dem Laufenden. Ein alter Knacker mit einem steifen Bein und ohne weitere Vorzüge zu sein, hat auch seine Vorteile. Aus irgendeinem Grund reden die Leute vor deiner Nase, als wärst du nicht da, und sagen alles, was ihnen in den Sinn kommt, weil sie denken, du bist ein klappriger alter Hund, der sowieso niemanden hat, mit dem er tratschen könnte. Aber das ist ein Fehler. Alte Männer wie ich geben einen Scheißdreck auf das, was die Leute sagen oder denken. Sie wollen die Wahrheit wissen? Gehen Sie zu alten Männern und kleinen Kindern.

Die Zahl der Leute, die Carlisle belästigten und fragten, ob sie sich umschauen könnten, während er sein Haus auf Hochglanz brachte, wurde so groß, dass er im Spätsommer schließlich eine kleine Anzeige in den *Salamander Sentinel* setzte: Am kommenden Samstag und Sonntag von jeweils zwölf bis achtzehn Uhr gebe es bei ihm einen Tag der Offenen Tür für alle diejenigen, die es besichtigen wollten. Gally fragte mich, ob ich auch sehen wollte, was Carlisle zuwege gebracht hatte, und bot mir an, mich im Wagen mitzunehmen. Ich war seit zwei Jahren nicht mehr aus der Stadt gekommen, und deshalb nahm ich ihr Angebot an, teils um das Haus zu sehen, teils auch bloß, um mir die Landschaft anzuschauen.

Die Reise lohnte sich. Gally spielte die Gastgeberin, und Marcie English, die ein Stück weiter unten an der Straße wohnte, ging ihr zur Hand. Es gab Kaffee und Kekse und Punsch für die Kiddies, die zum Bach hinunterliefen, um den Elritzen zuzusehen. Nach Gallys Zählung kamen zweihundertsiebenundfünfzig Leute aller Altersklassen und von jeglicher Couleur und religiöser Überzeugung, um zu gaffen, während am Himmel ein paar Bussarde kreisten und die Alten in Augenschein nahmen. Carlisle, zunehmend einfühlsam, hatte sogar Rollstuhlrampen und andere Erleichterungen angelegt, damit auch wir körperlich etwas Eingeschränkten ins Haus gelangen konnten.

Kathy und Arlo Gregorian kamen, und alle stellten fest, wie schnell die kleine Myrna größer wurde. Leroy kam, und Orly und Mrs Hammond. Huey und Fran Sverson kamen, Beanie Wickers aber nicht. Der Indianer und Susanna Benteen spazierten gegen Ende des zweiten Tages vorbei, als die meisten Besucher schon gegangen waren, und halfen beim Aufräumen.

Bobby Eakins erklärte: *Scheiße, kennst du ein Haus, kennst du alle, und ich geh da nicht hin.* Aber er kam doch, und er war sehr still und respektvoll, als er alles besichtigte. Die Nachricht von Carlisles Unternehmen hatte sich vierzig Meilen weit südostwärts bis Falls City verbreitet und noch aus dieser Entfernung ein paar Leute angelockt. Die Makler von *Better Homes and Garden Realty* hatten von der Sache Wind bekommen und schickten ihren örtlichen Repräsentanten, Cecil Macklin, damit er sich alles ansah und feststellte, ob Carlisle vielleicht an einem Verkauf interessiert sei, nachdem jetzt alles fertig war. Cecil fragte Carlisle, ob es ein Musterhaus sei, das er da gebaut habe; er habe einen ungenannten Käufer, der sich für das Anwesen vielleicht interessiere. Carlisle grinste, sagte: *Nein danke* und ging kopfschüttelnd weg.

Unter Carlisles Händen hatte das verfallene Williston-Anwesen sich in das beste verdammte Haus verwandelt, das ich je gesehen habe. Es sah aus und fühlte sich an wie ein erstklassiges Möbelstück, bloß war es eben ein ganzes Haus samt Grundstück. Besonders interessierte mich der Hartholzfußboden, den er erst kürzlich verlegt hatte. Die Dielen stammten aus der Turnhalle der alten Salamander Highschool. Und ich stand da und erinnerte mich an den Korbleger, den ich den Livermore Chiefs im Finale der County-Meisterschaften im Januar 1934 verpasst hatte.

Das Zweitbeste neben dem Fußboden war für mich der kleine Wintergarten, den er an die Südfassade gebaut hatte und den man vom Haupthaus aus und durch eine Tür von außen betreten konnte. Na ja, so klein war er auch wieder nicht; er reichte über die gesamte Länge des Hauses und noch drei Meter darüber hinaus. Hatte einen Ziegelboden und eine Rotholzverschalung wie der Rest des Hauses, und das Dach war ein schräges Holzgitterwerk mit halbmeterbreiten Glasscheiben. Carlisle hatte Schneelast, Ablaufwasser und so weiter berechnet, und indem er kleinere Glasscheiben im richtigen Winkel eingesetzt hatte, hatte er das Problem vermieden, das nach Meinung der Jungs im *Danny's* die Sache ruinieren würde.

Mit Hilfe von Susanna und Gally, die sich inzwischen ein bisschen angefreundet hatten, hatte Carlisle den Wintergarten mit allerlei Hängepflanzen, aber auch mit Blumen und Pflanzen in Töpfen und Kübeln ausstaffiert. In einem winzigen Garten wuchs mehr Gemüse, als fünf Personen essen konnten. Er sagte, diese Idee habe er in einem Buch gefunden, das Susanna ihm geliehen hatte und das von einem Konzept namens *Gärtnern auf kleinster Fläche* handelte. Zwischen all den Pflanzen standen kleine Bänke, auf denen man sitzen und sich an all dem erfreuen konnte, was da wuchs. Ich saß hinter einem Gummibaum, als ich zufällig mitkriegte, wie Alma Hickman eine dicke rote Tomate in ihrer Handtasche verschwinden ließ, nachdem sie sich vorher umgeblickt hatte, um zu sehen, ob jemand sie beobachtete. Ich tat es, aber sie bemerkte mich nicht.

Nun müssen Sie wissen, dass die meisten Neuansiedlungen hier doppelbreite Mobilheime aus dem Trailer-Discount in Falls City oder Fertighäuser von Great West am selben Ort sind. Die Leute leben hier mit so viel natürlichem Platz um sie herum, dass sie es anscheinend am liebsten haben, wenn man ihr Zuhause in winzig kleine Zimmerchen zerhackt und erst die eine, dann die andere Hälfte mit dem Lastwagen heranschleppt. Das ist eine Theorie. Wahrscheinlicher ist aber, dass sie auf diese Weise sagen können, sie haben ein Wohnzimmer, ein Esszimmer, eine Küche, drei Schlafzimmer und so weiter. Sieht irgendwie so aus, als wären sie damit eine höhere Klasse von Bürgern, wenn ich die Radioreklame für diese Dinge höre.

Verständlicherweise empfanden sie deshalb die Tatsache, dass Carlisle in seinem Haus nur zwei Zimmer hatte, nämlich ein mit Rotholz verkleidetes Badezimmer und einen anderen Raum, der zu allem andern diente, irgendwie verstörend. Das Haus war, um es mit einem Wort zu sagen, karg. Um ein anderes Wort zu benutzen, es war offen. In mancher Hinsicht hatte er das schlichte Holzhandwerk der Shaker kopiert, und ein großer Teil seiner Möbel – es waren nicht viele, und alle hatte er selbst getischlert – hing an der Wand, wenn sie nicht gebraucht wurden.

Er hatte eine hübsche Galerie gebaut, die man über eine schicke Wendeltreppe erreichte; das Geländer war ein langes, gebogenes Stück Treibholz, das er am Little Sal gefunden hatte. Das Haus war im Wesentlichen ein einziges großes Zimmer, aber es fühlte sich nicht so an, weil er Pflanzen und Bücherregale so aufgestellt hatte, dass sie den Raum unterteilten.

Die Frauen machten *Oooh* und sagten lauter nette Sachen über seine Küche, vor allem über die Eschenholzschränke, die er vollständig neu gebaut hatte. Besteck, Geschirr und das andere Zeug war mehr oder weniger bunt zusammengewürfelt, weil er das meiste auf dem Trödel und im Goodwill-Laden in Falls City gekauft hatte. Aber er hatte einen guten Blick für solche Sachen.

Das ganze Haus hatte die goldene Farbe von poliertem Bernstein, unterstützt durch das viele Rotholz, das er recycelt hatte. Alles glänzte, alles war hübsch und warm. Am liebsten wollte man sich gleich irgendwo hinsetzen und ein Buch lesen oder das Five-String-Banjo nehmen, das an der Wand hing. Für viele Leute gab es aber auch einen negativen Aspekt, nämlich die kleine Figur einer nackten Frau mit einer wilden Frisur, die auf dem Kaminsims stand. Die Damen von der Kirche waren ein bisschen empört darüber, und auf dem Rückweg zu ihren Autos tuschelten sie darüber. Aber die jüngeren Frauen sahen es anders und stellten Carlisle noch mehr Fragen über das Haus, nachdem sie die Statue gesehen hatten, und dabei lächelten sie ihn die ganze Zeit an.

Vor der Hintertür war eine Terrasse mit einem hölzernen Badezuber, groß genug für mehrere Leute. Die Jungs mit den Feldstechern schworen, sie hätten Gally und Susanna schon gleichzeitig in diesem Zuber gesehen, und Carlisle sei nirgends zu sehen gewesen, aber sicher waren sie nicht, denn der Blickwinkel von der Straße herauf war ein bisschen ungünstig. Aber manche behaupteten sogar, einmal sei Marcie English zusammen mit Gally und Susanna drin gewesen.

Von der Terrasse führte ein erhöhter Plankenweg, der auf einem Fundament von wahrhaftig über einem Meter ruhte, zu einer drei mal fünf Meter großen Werkstatt, die in Farbe und Details zum Haus passte, das Schindeldach eingeschlossen. Dieses kleine Gebäude enthielt zusammenklappbare Werkbänke, Schränke und Haken für Carlisles Werkzeug. Und Carlisle McMillan hatte eine Menge Werkzeug.

Interessant waren auch Carlisles Fledermaushäuser. Bei dem Gedanken an Fledermäuse sehen die meisten von uns ihre Mutter vor sich, wie sie an einem Sommerabend mit dem Besen im Wohnzimmer herumfuchtelt, während die übrige Familie ihre Haare bedeckt und in wildes Geschrei über Dracula und Tollwut ausbricht. Aber Carlisle wusste, dass Fledermäuse Insekten fressen, und eine Möglichkeit, seinen Garten halbwegs frei von Insekten zu halten, bestand eben darin, dass man Fledermäuse als Nachbarn hatte. Deshalb hatte er an der südöstlichen Seite seiner Eichen Häuser für sie gebaut, ungefähr fünf Meter hoch. Es könnte eine Weile dauern, bis die Fledermäuse einzögen, meinte er, aber irgendwann würden sie kommen, ganz bestimmt.

Über der Haustür war ein Symbol ins Holz geschnitzt. Die meisten Leute trauten sich nicht, danach zu fragen. Ich vermute, sie hatten Angst, zu erfahren, was es bedeutete. Unter dem Symbol standen die Worte: Für Cody. Carlisle sagte, er wolle lieber nicht darüber reden, und alle respektierten es; nur Cecil Macklin als extra gerissener Makler merkte an, dass diese Art von Individualisierung den Wiederverkaufswert des Hauses natürlich beträchtlich mindere.

Alles in allem war es ein tolles Wochenende. Manche kamen an beiden Tagen und brachten beim zweiten Mal sogar einen Picknicklunch mit. Die Leute vom Landschaftsschutz hatten Carlisle geholfen, einen kleinen Damm anzulegen, der den Bach zu einem hübschen Teich von vielleicht viertausend Quadratmetern aufstaute, und da saßen nun viele am Wasser und plauderten mit Leuten, die sie seit Jahren nicht mehr gesehen hatten, weil sie die meiste Zeit zu Hause vor dem Fernseher hockten, statt sich gegenseitig zu besuchen wie früher.

Ich war natürlich auch an beiden Tagen da; beim zweiten Mal fuhr ich mit Thelma Englestrom. Die meiste Zeit saß ich an dem Teich, befühlte das Gras und beguckte das Wasser. Ohne fahrbaren Untersatz war ich ja die meiste Zeit in Salamander eingesperrt, und deshalb tat es gut, einfach da in der Sonne zu sitzen und ein paar kleinen Falken zuzusehen, die über den Bäumen auf der anderen Seite der Straße ihre Runden drehten. Genau konnte ich sie nicht erkennen; ich erinnerte mich nur, dass ich solche Vögel vor langer Zeit schon mal gesehen hatte, aber nicht in den letzten Jahren.

Carlisle schien die Sache großen Spaß zu machen; er erklärte und zeigte den Leuten alles und beantwortete ihre Fragen. Manche bemerkten wohl, dass er Gally hin und wieder leise berührte. Bobby Eakins behauptete, er habe gesehen, wie Carlisle ihr einmal im Vorbeigehen mit der Hand über den Hintern gestrichen habe, als er dachte, niemand sähe es. Bobby sagte, er habe selbst ein oder zwei Mal versucht, sich an Gally ranzumachen, obwohl er eigentlich, wie er sich ausdrückte, *weniger erfahrene Frauen* bevorzuge, aber sie habe ihm daraufhin lediglich heißen Kaffee über die Hand gekippt und nachher behauptet, das sei ein Versehen gewesen.

Die Leute aus Falls City hingegen, die sind ein ganz anderer Schlag. Dort sitzt die County-Verwaltung, und sie haben nicht nur ein Community College, sondern waren auch ziemlich erfolgreich darin, ein bisschen Industrie anzulocken, von Ärzten und anderen akademischen Berufen gar nicht zu reden. Nachdem sie von Carlisles Arbeit gehört hatten, schickte der *Falls City Observer* einen Reporter zum Observieren und einen Fotografen zum Fotografieren. Sie brachten einen wirklich schmeichelhaften Artikel über das Haus und Carlisle und nannten ihn einen der ganz großen Handwerker der Prärie.

Danach konnte Carlisle sich vor Aufträgen aus Falls City und Umgebung nicht mehr retten. Die Leute erzählten, man müsse sich mit seiner langsamen und methodischen Arbeitsweise abfinden, aber das Resultat sei es auch wert. Weil er nicht mehr als vier von sechs Wochen arbeite, müsse man lange warten, bis er fertig war. Sie erzählten auch, man dürfe ihm niemals genau sagen, was man haben wolle, und schon gar nicht dürfe man ihm ein Foto aus *House Beautiful* zeigen. Stattdessen müsse man versuchen zu erklären, welche Rolle die neuen Räume im Leben des Auftraggebers spielen sollten. Und dann, um es mit den Worten einer Arztfrau aus Falls City zu sagen, ziehst du dich zurück und lässt ihn in Ruhe, und er gibt dir Perfektion.

Es hieß auch, dass die Frauen ihm gern bei der Arbeit

zusahen. Sie sagten, er trage immer ein rotes oder gelbes Tuch um den Kopf, und er habe wirklich schöne Hände. Durchs Fenster betrachteten sie seinen hochgewachsenen, schlanken Körper, und ich schätze, er hatte Muskeln an allen richtigen Stellen. Eine Frau erzählte ihrem Bridge-Club, Carlisle streiche mit den Händen über feine Hölzer, als liebkose er eine Frau. Als diese Bemerkung sich in den richtigen Kreisen herumgesprochen hatte, bekam er noch mehr Aufträge, ohne dass er von all dem eine Ahnung hatte.

Allgemein gesehen hatte dieser Cody, wer immer er gewesen sein mochte, eine Menge Einfluss in Yerkes County und ein Stück weit darüber hinaus. Die Leute fingen an, ihre Baugewohnheiten zu überdenken, auch wenn man in Salamander weiterhin bei doppelbreiten Trailern und Fertighäusern blieb. Manche fanden, Carlisles Geschmack sei ihnen *zu kalifornisch* und *zu teuer*, auch wenn allgemein bekannt war, dass er bei der Fertigstellung seines eigenen Hauses weniger als viertausend Dollar für Baumaterial, Möbel und Einrichtungsgegenstände ausgegeben hatte. Diese Summe bereitete einigen örtlichen Holzlieferanten und Baustoffhändlern Sorge, aber das war gar nicht nötig, denn es gibt immer genug Idioten, die bereit sind, den vollen Einzelhandelspreis für grünes Holz zu zahlen, das kurz davor ist, sich zu verziehen – von anderen, ähnlichen Kleinigkeiten gar nicht zu reden.

So war Carlisle zumindest bei vielen Leuten hoch angesehen, auch wenn er in Salamander nicht einer von uns war und niemals sein würde. Er lebte abseits von uns, geographisch und geistig. Nicht, dass er unfreundlich oder hochnäsig gewesen wäre oder so was. Man wusste bloß einfach, dass er andere Prioritäten hatte als das restliche Universum. Man wusste es.

Trotzdem kam er samstags abends mit Gally ins *Leroy's*, wenn Gabe mit seinem Akkordeon aufkreuzte. Gabe spielte immer all die alten Polkas und Two Steps und Countrystücke, wie die Leute sie hören wollten. Aber ungefähr jedes zehnte Lied spielte er für sich. Zuerst brüllten die Halbaffen: *Was'n das für'n Scheiß, Gabe?* Dann schaute Gabe, der Angebrüllte, den Brüller an und sagte in aller Seelenruhe: *Das ist ein Tango, du dummes Arschloch.* Danach fragten sie nicht weiter.

Wissen Sie, Gabe war bei der Befreiung von Paris dabei gewesen, und nachher hatten sie ihn dagelassen, um es zu bewachen, während die Truppen weiter nach Osten vorrückten. Er hatte jeden Abend in den kleinen Cafés gesessen, wo der Tango der letzte Schrei bei den Aficionados war. Und er hatte gelernt, ihn zu spielen. Wirklich gut sogar.

Wenn an einem Abend im Sommer die Tür bei Leroy offen stand, saß ich am Fenster und hörte Gabe beim Spielen zu; die Musik wehte über die Menge hinweg, über die Straße und herauf zu mir. Ich war auch in Paris gewesen, ich hatte den Tango dort gehört. Und wenn ich ihm zuhörte, erinnerte ich mich an das französische Mädchen, in das ich mich verliebt hatte, und ...«

Die Worte des alten Mannes gerieten ins Stocken, und er ließ seinen Gedanken ein Weilchen unvollendet. Er trank den Rest der »bernsteingelben Wahrheit« vor ihm und biss kurz die Zähne zusammen. Stülpte die Lippen einwärts, presste sie zusammen, strich sich mit der Hand über das dünne graue Haar.

Er sah zu mir auf. »Gott, wie hab ich sie geliebt. Sie hieß Amélie, und sie liebte mich auch. Aber Ike schickte uns weiter nach Deutschland, und es dauerte lange, bis ich wieder nach Paris zurückkam. Ich hab sie gesucht. Zwei Monate hab ich sie gesucht, aber sie war nirgends zu finden.

Das war so ziemlich das Ende meiner großen Leidenschaft. Oh, ich hab dann ein Mädchen aus Livermore geheiratet und eine Tochter gekriegt. Aber es war nie wieder das Gleiche. Nie wieder so, wie an einem kalten Regentag in einer Pariser Dachkammer bei einer Frau zu liegen, für die du gegen die gesamte deutsche Wehrmacht kämpfen würdest. Nie wieder so.

Und deshalb hat es mir immer gefallen, wenn Gabe seine Tangos spielte. Ich hörte zu und schaute die Main Street von Salamander hinunter, weit hinaus ins Land, und sah zu, wie der schwere blaue Abend dämmerte. Und ich dachte an Amélie und daran, wie es gewesen war, jung zu sein, wenn der Regen auf die Dächer von Paris fiel und die Musik spielte.

Gabe spielte auch gern *Autumn Leaves*, was ursprünglich ein französisches Lied war. Er spielte es sehr sanft, sehr sparsam, sehr traurig. Da lag ich dann schon im Bett und dachte an Amélie und an Paris, und ich spürte ihre Haut an meiner und fragte mich, ob sie wohl noch lebte und was sie gerade tat, und meine Augen wurden ein bisschen nass, während ich langsam einschlief … und immer noch daran dachte, wie alles irgendwie hinter mir zurückgeblieben ist.«

12

Frühsommer, und Carlisles Haus war fertig bis auf ein paar kleinere Installations- und Elektroarbeiten, die er vor der Einweihungsparty noch erledigen wollte. Er hatte jetzt mehr Zeit für Gally und andere Dinge, die ihm durch den Kopf gegangen waren. Im Frühling hatte er in einer Ausgabe von *Mother Earth News* die Pläne für ein Five-String-Banjo gefunden. Er baute einen Prototyp, studierte ihn und nahm ein paar Verbesserungen vor. Bei einem Garagentrödel in Salamander hatte ein antikes Gibson-Four-String in seinem Koffer gelegen. Er montierte den Tonring ab und setzte ihn auf einen Korpus aus laminiertem Ahorn, den er aufgebaut und auf einer Drehbank, die er für einen Tag gemietet hatte, mit dem letzten Schliff versehen hatte. Den Hals schnitzte er mit der Hand aus einem Stück Mahagoniabfall, das er auf einem Bauplatz in Falls City gefunden hatte, und die Bünde setzte er mikrometergenau ein.

Es klang ziemlich gut, sogar richtig gut, auch wenn er nicht besonders gut spielen konnte, weil er es nur aus Büchern und von Kassetten gelernt hatte, die er sich hatte schicken lassen. Gut genug für Dumptruck, wie es schien, denn der Kater beschwerte sich nicht allzu sehr. Und Gally hörte es gern, wenn Carlisle samstags abends, wenn sie ein paar Bier getrunken hatten, »Way Out There« oder »Buffalo Skinners« spielte.

Wie der alte Mann gesagt hatte: Carlisle war sehr angetan von Gabe O'Rourkes Musik. An den meisten Samstagabenden brachte Gabe einen Gitarrenspieler mit, einen Mann, der sich auf dem Ebenholzgriffbrett einer vierzig Jahre alten Martin New Yorker sehr gut zurechtfand. Beide waren kultivierte Musiker, worüber Carlisle überrascht und erfreut war; er kam zu dem Schluss, dass er wohl unterschätzt hatte, was hier draußen in der weiten Ebene alles möglich war.

Sie spielten eine Menge Stücke, die den Einheimischen vertraut waren, aber ab und zu wurden sie schlank und straff und spielten – Carlisle konnte es zuerst gar nicht glauben – einen Tango. Einen richtigen, authentischen Tango, der geradewegs aus den Cafés von Paris und Argentinien nach Salamander ins »Leroy's« geweht kam.

In Carlisles jungen Jahren war manchmal ein Typ namens Luis in Wynn McMillans Haus in Mendocino aufgetaucht. Luis war Tangotänzer mit allem Drum und Dran, einschließlich der ölig glatt zurückgekämmten schwarzen Haare und des unverschämten Benehmens. Eines Abends kaute Carlisle auf einer roten Lakritzstange und hörte zu, wie Luis den versammelten Mitgliedern von Wynns Salon erklärte, dass der Tango der einzige Tanz sei, der mit einer universellen Bedeutung verbunden sei.

Luis zufolge drückte sich in den Bewegungen des Tango, die Herrschaft des Mannes über die Frau aus. Diese Herrschaft, behauptete er weiter, erstrecke sich darüber hinaus auf die brutale Haltung des Mannes gegenüber der Natur, die im Gegensatz zu den nährenden Instinkten der Frau stehe. Ehe er zum Schluss kam, hatte Luis eine mittelmäßig schlüssige Theorie darüber entwickelt, wie die gesamte Geschichte und das Verhalten des Weltraums sich in Bewegungen wiederfinde, die allein dem Tango gehörten.

Carlisle war elf, als er Luis' Vortrag hörte, und danach hatte Luis zur Untermauerung seiner Ansichten im Wohnzimmer eine Vorstellung gegeben. Seine Partnerin war eine üppige Aquarellmalerin, die nur zu gern bereit war, sich beherrschen zu lassen – zumindest sah es für Carlisles unerfahrene Augen so aus. Aber wenn Carlisle heute darauf zurückblickte, faszinierte ihn am meisten, dass Luis seine eigene Theorie über den Makrokosmos hatte. Zugegeben, die war anders als alles, was Carlisles Naturkundelehrer je erwähnt hatten, aber wenigstens hatte Luis eine Theorie. Ob seriöse Wissenschaftler sie kaufen würden oder nicht, war eine andere Frage, aber Wynn McMillans Freunde waren davon beeindruckt.

Soweit Carlisle es erkennen konnte – und er war gerade alt genug, um seine eigenen Vermutungen zu solchen Dingen zu haben –, interessierte Luis selbst sich nicht halb so sehr für seine Ideen wie dafür, mit der Aquarellmalerin tangotanzend in den Abend von Mendocino zu verschwinden. Und genau das hatte er auch getan.

Ein paar Jahre später – und er wand sich innerlich vor Verlegenheit, wenn er sich an diesen törichten Augenblick erinnerte – hatte Carlisle die Kühnheit besessen, Cody Marx von Luis' Vorstellungen zu erzählen und ihn zu fragen, ob er glaube, dass etwas daran sei. Cody hatte ihn angeschaut, an seiner Pfeife gepafft und zwei Dinge gesagt. Erstens: Seine eigenen Vorstellungen vom Universum oder vom Tango seien nicht allzu hoch entwickelt. Und zweitens, gab er zu verstehen, wäre er dankbar, wenn Carlisle jetzt einfach im Tangoschritt zum Truck hinaustanzen und den Gehrungsanschlag holen wollte. Danach hatte Carlisle nicht noch einmal davon angefangen.

Gabe behandelte die Tangos perfekt. Richtig gespielt

hatten sie, wie Carlisle gern sagte, etwas Karges, Minimalistisches an sich, ganz wie Sir Henry Wottons Kriterien für gute Handwerkskunst beim Bau: Brauchbarkeit, Festigkeit, Freude. In der ersten Zeit fingen die Einheimischen an zu johlen, wenn Gabe eins seiner Café-Stücke anstimmte. Aber nach einer Weile wurde ihnen klar, dass er es ernst meinte, und sie wurden still, wenn er sich zurückerinnerte und einen alten Tango spielte.

Carlisle hielt das Akkordeon für ein zu unrecht geschmähtes Instrument; es besaß eine unverkennbare Stimme, die mit nichts vergleichbar war. Wenn der Abend fortschritt und das »Leroy's« sich ein bisschen leerte, tanzten Gally und Carlisle miteinander, hübsch langsam. Gabe kannte ein paar der alten Klassiker und gewann damit Gallys Zuneigung. Sie verlangte »Stardust« und »I Remember You« und »September Song«, die Musik aus ihren Flagstone-Zeiten. Gabe kannte sie alle.

Carlisle bat immer um »Autumn Leaves«, eines seiner Lieblingsstücke, und Gabes besonderer Umgang damit riss die Musik auseinander und Carlisles Herz gleich mit; er liebkoste die Melodie, wie Cody mit den Händen über ein Möbelstück gestrichen hatte, wenn er es vollendet hatte. Der Gitarrist spielte leise gleitende Moll-Akkorde und kleine Läufe, die ergänzten, was Gabe auf dem Akkordeon hervorbrachte.

Alles in allem konnte man sagen: Carlisle hatte sich an einem Ort namens Salamander niedergelassen. Er und Gally tanten im »Leroy's« und fuhren in der Gegend spazieren, sie liebten einander in Codys Denkmal und kochten zusammen, und sie machten große Tüten Popcorn und fuhren damit ins Drive-in-Kino nach Livermore. Wenn sie ihn darum bat, nahm er das Banjo von der Wand und spielte mit seiner rudimentären Technik: »My ol' man was a farmer on the Yerkes County line/ Had eighty acres of bottomland and ramblin' on his mind …«

Einmal, aus einer Laune heraus, kurbelten sie den Truck an, packten zwei Reisetaschen in den Kasten unter der Plane und fuhren 984 Meilen nach Las Vegas, wo Gally noch nie gewesen war. Devil Jack hatte ihr immer versprochen, irgendwann mit ihr hinzufahren, aber er hatte es nie getan. Sie wohnten in einem Hotel namens »Barbary Coast« und spielten Blackjack. In seinen wilderen Jahren war er mit Buddy regelmäßig von San Francisco nach Reno oder Vegas gefahren, um dort Blackjack zu spielen. An einem Samstag am Spätnachmittag legte er, Gallys Hand auf seiner Schulter, einen grünen Chip auf einen 25-Dollar-Tisch und machte daraus in zehn Minuten etwas mehr als neunhundert Dollar, Mann gegen Mann mit einer Dealerin namens Irene, die alle sechs Sekunden ein Blatt auslegen konnte.

Für Carlisle hatte eine solche Strähne die Reinheit von Bach-Musik und das Kribbeln von bescheidenem Sex. Als das Blatt sich gegen ihn wandte, löste er seine Chips ein, tanzte mit Gally zu einem teuren Geschäft und kaufte ihr ein neues Kleid und Schuhe und alles, was dazugehörte. An diesem Abend – Gally schlank und chic in ihrem neuen Outfit und Carlisle in einem Aufzug, der aus seiner Zeit in Stanford stammte: graues Tweedjackett, anthrazitfarbene Hose, weißes Hemd und gestreifte Krawatte – speisten sie in einem kleinen Restaurant, dessen Eleganz an ein Ausmaß heranreichte, das Gally nur aus Illustrierten kannte.

Nach dem Essen ging er mit ihr zum Tanzen in einen echten Nightclub, wie er es ihr einmal versprochen hatte. Das Beste beim Blackjack, beim Dinner und beim Tanzen war für Carlisle, zu sehen, wie viel Spaß Gally das alles machte, ihr leises Lachen zu hören und zu beobachten, wie sie ratlos die Speisekarte im »Michael's« studierte. In der Nacht liebten sie sich innig, und Gally war warm und hingebungsvoll und flüsterte ihm ins Ohr, wie zufrieden sie sei und wie sehr sie ihn begehre. Ihm ging es genauso, und das sagte er ihr. Am nächsten Morgen fuhren sie zurück nach Salamander; sie sangen zur Musik aus dem Autoradio, während die Western Cordillera ihnen langsam entgegenkam.

Gally zog im August nach Spearfish, fing mit dem College an und schrieb an Carlisle: »Es ist wunderbar. Ich fühle mich, als wäre ich wieder achtzehn. Ich war sogar schon bei einem Footballspiel und habe das Schullied gesungen. Komm mich besuchen, Zimmermann. Du fehlst mir.«

Ganz langsam wurde Carlisle McMillan klar, dass er zu einem einzigen Zweck nach Salamander gekommen war: um dem großen ökonomischen Koloss namens Fortschritt aus dem Weg zu gehen. Er sollte an ihm vorüberziehen, ohne ihn zu bemerken, sollte ihn, so gut es ging, bei körperlicher und geistiger Gesundheit in Yerkes County sitzen lassen.

Und so dachte Carlisle sich, er habe alles im Griff. Halte dich bedeckt, leiste gute Arbeit und nicht zu viel davon, säubere dein Vokabular, finde eine solide Frau. Führe ein einfaches Leben, sieh zu, dass nichts kompliziert wird. Das schien zu funktionieren.

Und er entwickelte ein Interesse an T-Falken. Er hatte die kleinen Falken schon am ersten Tag gesehen, als er das Anwesen besichtigt hatte. Während der Zeit, die er mit der Arbeit hier verbracht hatte, hatten sie über ihm oder in der Ferne geschwebt, oder sie hatten auf den oberen Zweigen des Wäldchens auf der anderen Straßenseite gehockt.

Für den beiläufigen Betrachter sind alle Vögel eins: Federn und was sonst dazugehört, einschließlich eines gewissen Maßes an Zauber, perfekt konstruiert für das, was sie tun, unter anderem dafür, das Interesse von Katern namens Dumptruck zu wecken. Die kleinen Falken von Yerkes County, die Carlisles Aufmerksamkeit erregten, sahen aus wie unreife Exemplare einer viel größeren Art. Aber sie schienen nicht zu wachsen, und in dem Wäldchen trieben sich auch keine größeren Falken herum. Tägliche Beobachtungen mit dem Fernglas bestätigten ihm all das.

Er kaufte sich ein Buch über Vögel im Allgemeinen. Nichts. Dann ein Spezialbuch über Raubvögel. Immer noch nichts. Auf Seite 247 eines dritten Buches, das er aus der Bibliothek in Falls City besorgt hatte und das ausschließlich von Falken handelte, fand er etwas, das ihm einen leisen Schauer über den Rücken laufen ließ. Es war ein kurzer Eintrag über einen kleinen Raubvogel namens Timmermans Falke oder T-Falke. Der Beschreibung zufolge war der Vogel ungefähr halb so groß wie ein Rotschwanzbussard. Und der Eintrag schloss mit den folgenden Worten: »Einst weit verbreitet in den nördlichen Ebenen, gilt er heute infolge verlorener Lebensräume weitgehend als ausgestorben. Aus unbekannten Gründen entwickelten T-Falken eine intensive Standorttreue zu einem bestimmten Wald und neigten regelmäßig zur Schwarmbildung anstelle des üblicheren territorialen Einzelgängertums. Die Zerstörung eines lokalen Lebensraums war gleichbedeutend mit der Ausrottung einer T-Falken-Kolonie, da die Vögel sich danach weigerten, wieder zu brüten, und sich auch nicht auf die Suche nach einem neuen Habitat machten.«

Carlisle las die Stelle noch einmal, und er erinnerte

sich, dass er das Wort Ausrottung nie hatte ausstehen können, seit er es zum ersten Mal gehört hatte. Es klang nach Schrott, klang wie ein Hammerschlag auf kaltem Stahl. Er betrachtete die Zeichnung in dem Buch und beobachtete dann die Vögel über ihm durch sein Fernglas, und beides tat er mehrmals hintereinander. Und allmählich fand er die Sache aufregend.

Als Nächstes stöberte er in der naturwissenschaftlichen Abteilung des Community College in Falls City herum. Einer der Biologen war bereit, ihm zuzuhören. Zunächst war er skeptisch, aber als er Carlisle gehört hatte, erwachte milde Begeisterung, und noch am selben Tag kam er Carlisles Zufahrt herauf, ausgerüstet mit einem eindrucksvollen Fernglas.

Er schaute. Studierte Carlisles Falkenbuch und eins, das er selbst mitgebracht hatte. Schaute wieder. Tat das alles sehr gewissenhaft, hin und her, hin und her.

»Carlisle, ich glaube, Sie haben da vielleicht eine wichtige Entdeckung gemacht«, sagte Daryl Moore, indem er von einem der Bücher auf- und zu dem Wäldchen hinüberblickte. »Die Wissenschaft geht seit einer Weile davon aus, dass der T-Falke schon vor Jahrzehnten verschwunden ist. Der kleine Kerl, zutreffender bekannt unter dem Namen *Buteo timmermanis*, wurde nach einem Zoologen aus dem neunzehnten Jahrhundert benannt, der ihn als separate Spezies identifizierte. Wie es aussieht, gibt es ein Brutpärchen und ein paar Junge da drüben in dem Wäldchen. Falken sind extrem territorialbewusst, und in dem Baumbestand dort ist nicht genug Platz für mehr als ein Paar, aber gelegentlich kommt es offenbar zur Schwarmbildung. Wir müssen auf der Stelle einen Ornithologen hinzuziehen.«

Carlisle sah Daryl Moore an. »Ich sag Ihnen was. Den

Lorbeer für diese Entdeckung können Sie für sich behalten, wenn sie tatsächlich das sind, was sie zu sein scheinen. Ich tue mein Bestes, um hier unbehelligt zu leben, und das Letzte, was ich gebrauchen kann, wären irgendwelche Kongresse, wo ich berichten muss, wie ich auf meiner Veranda saß, mein Bier trank und meinen Kater Dumptruck nach seinen wohl erwogenen Ansichten fragte, während ich dabei nur aus Spaß diese kleinen Räuber beobachtete.«

Der Biologe wollte protestieren, aber Carlisle schnitt ihm das Wort ab. »Mr Moore, Sie sind derjenige, der sie zweifelsfrei identifiziert hat. Ich hatte nur Vermutungen. Ich brauche keine akademische Dauerstelle. Ihnen wird das hier vielleicht etwas einbringen, aber mir nutzt es nichts. Sagen Sie einfach, ein Freund hat Ihnen den Tipp gegeben, dass in dem Wäldchen ein paar kleine Falken leben. Den Rest habe Ihr wissenschaftlicher Spürsinn erledigt.«

»Oh, aber das fände ich nicht in Ordnung.« Daryl Moore war ein bisschen verblüfft.

»Okay, ab jetzt bestreite ich, dass ich die Vögel je gesehen habe, bevor Sie vorbeikamen. Sie gehören Ihnen, Mr Moore. Fliegen Sie los.«

»Na ja … vielen Dank, Carlisle. Wenn es Ihnen wirklich ernst ist …«

»Ist es. Jetzt rufen Sie Ihren Experten an, und schreiben Sie einen Aufsatz mit ihm zusammen. Sie werden Ihren Spaß dabei haben. Und ich auch, auf meine Weise.«

Eine Zeit lang hingen danach große Staubwolken über der Straße vor Codys Denkmal. Hauptsächlich waren es Geländefahrzeuge, alte Internationals und Jeeps, deren Beschriftung erkennen ließ, dass sie von irgendeinem wissenschaftlichen Institut kamen. Carlisle befürchtete allmählich, dass der Trubel die T-Falken stören könnte, und Moore stimmte ihm zu und tat fortan, was er konnte, um die Flut der Falkenfachleute einzudämmen.

Irgendwann wurden Aufsätze über die Neuentdeckung geschrieben, aber Hinweise auf die genaue geographische Lage unterblieben, damit dieser wahrscheinlich letzte Zufluchtsort der kleinen Räuber erhalten werden konnte. Und Carlisle brauchte nicht länger irgendwelche Wissenschaftler mit Notizbüchern und Teleobjektiven, länger als sein Arm, zu ersuchen, doch bitte ihren Wagen beiseite zu fahren, damit er seine Zufahrt benutzen konnte.

Carlisle und Moore waren daran interessiert, das Land mit dem Falkenwäldchen zu erwerben. Wie sich herausstellte, gehörte es der Bundesregierung, und die dachte nicht daran, zu verkaufen, weil es zum größten Teil als Weideland verpachtet war. Aber es blieb ruhig, und die T-Hawks schienen sich wohlzufühlen, und so gaben Carlisle und Moore ihre Bestrebungen wieder auf. Moore indessen nahm Kontakt mit dem Raubtierschutzbund auf, um dafür zu sorgen, dass der T-Falke auf die Liste der gefährdeten Arten gesetzt wurde.

Ornithologen vermuteten, wenn es ein Paar T-Falken gebe, könnte es womöglich noch mehr davon geben. Nach einer intensiven Suche wurden tatsächlich noch zwei weitere Paare im Umkreis von hundert Meilen um Yerkes County entdeckt. Das war alles: sechs Erwachsene und ihre Jungen, insgesamt fünfzehn Exemplare. Das Überleben der kleinen Falken war ein halsbrecherischer Ritt auf dem Rücken einer Libelle.

Carlisle war glücklich. Er hatte Gally, und er hatte nützliche Arbeit. Er hatte Timmermans Falken über sich, er hatte Dumptruck auf dem Verandageländer, und er hatte Lieder zu singen. Und, um ehrlich zu sein, er dachte immer noch hin und wieder an Susanna Benteen. Es war wie bei allen Männern. Und Susanna Benteen war unzweifelhaft eine Frau, an die zu denken sich lohnte. Bei der gemeinsamen Arbeit an Anlage und Bepflanzung seines Wintergartens waren sie und Gally Freundinnen geworden. Manchmal, wenn er in der sommerlichen Abenddämmerung von der Arbeit in Falls City nach Hause kam, fand er die beiden draußen auf der Terrasse im Badezuber, wo sie Wein tranken, während Dumptruck mit leiser Verärgerung auf ihre bloße Anwesenheit reagierte.

Wenn Susanna nackt war, wandte Carlisle den Blick eher aus Gründen des Selbstschutzes als aus Schicklichkeit ab. Die Gefühle für sie hatten ihn nie verlassen, seit sie und der Indianer an jenem Abend vor einem Jahr die bösen Geister aus seinem Haus verscheucht und durch gute ersetzt hatten. Mit Gally war es eine Sache, aber mit Susanna eine ganz andere. Nicht besser, sagte er sich. Nur anders. Manchmal geschah es, dass er merkte, wie Susanna ihn beobachtete – nur einen Augenblick lang. Wenn ihre Blicke sich trafen, wandte er sich ab.

Später erschienen Gally und Susanna dann vorn auf der Veranda, bekleidet, sauber und fröhlich. Susanna bat ihn dann immer, »Whippoorwill John« zu singen, und er holte sein Banjo heraus, bot seinen gesamten wackligen Bariton auf und sang: »Whippoorwill John, he runs like a moon through the canyonlands ...« Oft kam der Indianer aus der Dämmerung, und sie saßen zu viert auf der Veranda und sahen den Falken und Dumptruck zu, der seine abendliche Runde auf dem Grundstück machte, und sie überließen es der Nacht, wie sie kommen wollte.

Carlisle war fasziniert von den Geschichten und Legenden um Wolf Butte. An einem regnerischen Tag im Spätsommer, kurz bevor Gally nach Spearfish ging, hatten er und Gally den Truck am Straßenrand abgestellt und waren zu Fuß durch das Grasland auf den Tafelfelsen zugewandert, der sich ungefähr eine Meile weit abseits der Straße erhob. Es war ganz wie an dem Tag, als er in Yerkes County angekommen war: kalter Regen und tief hängende Wolken, die vor der Flanke des Felsens vorüberzogen.

»Wo sind die Grabhügel?«, fragte Carlisle.

»Ich glaube, die sind auf der anderen Seite.« Gally schlug die Kapuze ihrer Regenjacke hoch und fröstelte. »Carlisle, diese Gegend ist mir unheimlich. Ganz in der Nähe ist Jack umgekommen, und auch das macht mich nervös.«

Carlisle schaute an der Felswand hinauf. Knapp tausend Meter über ihm lag das Hochplateau. »Wo ist dieser Professor abgestürzt?«

Gally war voller Unbehagen und wollte gern wieder gehen. »Ich weiß, dass er oberhalb der Grabhügel gestanden hat und dass er nicht von Wolf Butte gestürzt ist. Auf der anderen Seite, ungefähr eine halbe Meile weiter nordwestlich, ist noch ein kleinerer Tafelfelsen. Dort muss es gewesen sein.«

Carlisle wollte um den Felsen herumgehen und sich die Hügel anschauen, aber davon wollte Gally nichts wissen. »Du kannst gehen, wenn du willst, aber ich warte im Wagen.«

»Nein, es ist okay. Ich werde gelegentlich allein herfahren. Ich verstehe, dass dieser Ort dich nervös macht.«

»Ich bin normalerweise nicht abergläubisch, aber ich finde, es ist ein wirklich merkwürdiger Zufall, dass alle diese Menschen, Jack eingeschlossen, hier draußen gestorben sind. Und die alten Geschichten über diese Gegend scheinen den Leuten nicht aus dem Kopf zu gehen. Dazu das Zeug über diese Priesterin Syawla und jemanden oder etwas namens Wächter. Ich bekomme wirklich eine Gänsehaut, wenn ich daran denke.«

Sie kehrten auf einem anderen Weg zum Truck zurück und sahen unterwegs an einem Metallpfosten ein Schild, das der Straße zugewandt war: EIGENTUM DER AURA CORPORATION. BETRETEN VERBOTEN.

Carlisle betrachtete das Schild. »Ein merkwürdiger Name für eine Firma, findest du nicht auch?«

»Ja. Merkwürdig wie alles andere hier.«

Der Regen verwandelte sich in einen feinen Nebel, und Carlisle ließ die Scheibenwischer einmal hin und her fahren, bevor er sie ausschaltete. Noch einmal blickte er zu dem Tafelfelsen hinüber. Er war umhüllt von einem Schleier aus Dunst und Nebelwolken, die über Flanken und Gipfel zogen, aber die verschwommenen Umrisse waren noch zu erkennen.

»Gally, hast du das gesehen?«

»Was?«

»Mir war, als ob sich da oben auf dem Felsen jemand oder etwas bewegt hätte.« Er stieg aus und blieb einen Moment stehen, den Arm auf die offene Tür gelegt. »Ich bin sicher, ich hab da was gesehen. Ob das der Wächter war?«

»Komm, Carlisle, lass uns fahren. Ich möchte wirklich weg von hier.«

Sie waren zu weit weg, um den Klang der Flöte zu hören, der vom Gipfel des Tafelfelsens herabwehte, aber wenn das Wetter klar gewesen wäre, hätten sie vielleicht die Frau gesehen, die dort oben tanzte.

13

Nach dem Wochenende der offenen Tür begann Carlisles Telefon zu klingeln. Es klingelte zwei, drei Mal am Tag. Ein Schuldirektor in Livermore wollte einen Anbau für sein Haus, die Frau eines Chirurgen in Falls City wollte eine neue Küche, und ein Biochemiker wollte ein ganzes Haus. Codys Art: 1. Leiste gute Arbeit zu vernünftigen Preisen, und du wirst immer genug zu tun haben. 2. Sei wählerisch, wenn du kannst; wenn deine Arbeit gut genug ist, werden sie auf dich warten.

Als Gally auf dem College war und sein eigenes Haus fertig dastand, begann Carlisle, den Zimmermannsberuf auszuüben, wie Cody es ihm beigebracht hatte, und wieder fragte er sich, wie er je von diesem Weg hatte abkommen können. Aber er wusste: Es war die Verlockung der kurzen Wege. Das war es immer. Er war auf höfliche Weise wählerisch und nahm nur Aufträge an, die er selbst ausführen konnte, höchstens ab und zu mit zusätzlicher Muskelkraft, die er auf Tagesbasis anheuerte. So fuhr er mit seinem Pick-up über die Straßen von Yerkes County, sein Werkzeug gut verstaut, seine Träume fast ebenso gut.

Carlisle McMillan war zufrieden – »zufrieden« in Kleinbuchstaben und gut genug für ihn –, ein Wanderer, der zur Ruhe gekommen war. Wenn nichts, was an Ekstase herankam, in seinen Karten stand, genügte ihm Zufriedenheit. Genau das dachte er an einem Januarabend, als Susanna, der Indianer, Dumptruck und er durch den knirschenden Schnee um den Teich herumspazierten und sich fragten, wie es den Sonnenbarschen unter dem Eis wohl gehen mochte.

Drei Tage später wurden die Pläne für einen neuen Interstate Highway bekanntgegeben.

Der alte Mann, der über »Lester's« wohnte, saß auf seinem angestammten Hocker im »Danny's«. Er schob den *Inquirer* über die Theke zu Carlisle hinüber und sagte: »Mr McMillan, ich glaube, das sollten Sie sich ansehen.«

Carlisle starrte das sechsspaltige Gebrüll an, das sich als Überschrift ausgab: AVENUE DER PRÄRIE IN PLANUNG. Er blätterte weiter zu den Karten auf Seite zwei und drei und fuhr mit dem Zeigefinger an der Trasse entlang. Die Straße führte schräg nordwestwärts von New Orleans herauf und in einer zickzackförmigen Diagonale bis Calgary, Alberta. Die Zickzackform war offensichtlich notwendig, um Little Rock, Kansas City und Omaha mitzunehmen. Der *Inquirer* hatte sich mit seiner Grafik selbst übertroffen: In feinsten Details konnte man sehen, wie das dreihundert Meter breite Band aus vier Fahrspuren und einem grasbewachsenen Mittelstreifen sich durch den Staat ziehen würde.

Die Trasse machte einen weiten Bogen, um Falls City und Livermore zu erreichen, verfehlte Salamander um sechs Meilen und floss erbarmungslos über die Landstraße vor Carlisles Haus, mitten durch Carlisles Grundstück, mitten durch das Wäldchen der kleinen Falken, bevor sie nach Nordwesten abbog und Gallys Land zerschnitt.

Die anderen Gäste beobachteten Carlisle, beobachteten, wie Ungläubigkeit und Zorn in seinem Gesicht miteinander stritten.

»Sie können die Zeitung mitnehmen, wenn Sie wollen, Carlisle.« Thelma Englestrom lächelte nicht, als sie es sagte.

Den ganzen Tag lang studierte er die Karten, er las die vier Begleitartikel und dachte nach. Die Straße nahm eine scharfe und scheinbar unnötige Kurve südöstlich von Falls City, um dicht an der Stadt und an Livermore vorbeizuführen. Das machte ihn misstrauisch, und das wiederum ließ ihn noch wütender werden. Er hatte diesen ganzen Dreck schon früher gesehen, überall in Kalifornien. Jemand hatte die Trasse gefingert, und wo gefingert wurde, war Geld im Spiel.

Was Carlisle bei seinen bisherigen Erfahrungen mit Highways noch nicht erlebt hatte, war die Schnelligkeit, mit der dieses Projekt seinen Gang nehmen sollte. Schon wurden vorläufige Angebote von Unternehmen in sechs Staaten plus Kanada eingeholt. Die erste Runde der öffentlichen Anhörungen sollte in zwei Monaten beginnen; dann würde man die Stellungnahmen zu der geplanten Trasse erörtern. Angesichts des Zustands der Prärie, wo Industrie und Mutterboden gleichermaßen erodierten und wo das Wasser ausging, musste etwas geschehen – und zwar schleunigst. Das war die offizielle Linie.

Die Fleischtöpfe waren randvoll, und für jeden schwamm etwas darin. Senatoren und Kongressabgeordnete waren außer sich vor Begeisterung über die ökonomischen Vorteile, die allein durch den Bau der Straße in ihre Bezirke fluten würden. Dazu kam, dass eine Ölpipeline aus der Arktis nach Calgary gebaut werden konnte, und von dort konnte das Öl mit Tanklastwagen in die Raffinerien von New Orleans gebracht werden – zum Ausgleich für die Flaute, die durch die nachlassenden Erträge der Ölfelder in Texas und im Golf entstanden war. Davon würden Spediteure, Ölgesellschaften und New Orleans profitieren.

Wie die geduldete Betonierung der Inseln vor North

Carolina mit ihrer Arithmetik des Leids, hatte auch dieses Projekt seine selbstverstärkenden Elemente. Für die Bohrungen in der Arktis lag noch keine Genehmigung vor, aber wie konnten diese Pläne angesichts der Unsummen, die der Highway für den Transport des Öls verschlingen würde, jetzt noch abgelehnt werden? Und wenn die Arktis geplündert wurde, dann musste das Öl ja irgendwie abtransportiert werden. Also war der Highway unentbehrlich.

Diese letzte geniale Konstruktion sorgte dafür, dass Bohrunternehmen, Hersteller von Bohranlagen und Lastwagen und eine Reihe anderer Interessenten, unter anderem die Gewerkschaften, das Highway-Projekt unterstützten. Aber Carlisle hatte den Verdacht, dass die Bohrungen in der Arktis in Wirklichkeit zweitrangig waren. Highways – zumindest das Konzept der Straße – hatten ihre eigene innere Triebkraft: Mit ihnen verband sich die unbestimmte Vorstellung, Asphalt führe ins Nirvana. Sieh zu, dass ein großer Highway durch deinen Staat führt, und alles wird gut.

Zur Beschwichtigung der Umweltschützer hatte man auch einen Brosamen übrig: Bestandteil des Projekts war der Plan, Axel Lookers und Gally Deveraux' gesamten Grundbesitz zu kaufen, um darauf ein neues Antilopen- und Büffelaufzuchtprogramm in Gang zu bringen, das später unter dem Namen »Antelope National Park« bekannt werden sollte. Es gab für jeden etwas.

Die Gouverneure der glücklichen Staaten waren vollkommen aus dem Häuschen; sie füllten ganze Zeitungsseiten mit ihrer überschwänglichen Unterstützung des Projekts und priesen seine unglaubliche Zugkraft für die wirtschaftliche Entwicklung. Wie sie es sahen, würde der Tourismus zu neuer Blüte gelangen, die Kleinstädte würden aus ihrem Dornröschenschlaf erwachen, die fetten Städte würden noch fetter werden, die Bevölkerungszahl würde steigen und so weiter und so fort. Das Frohlockensgeheul, Seite um Seite, nahm kein Ende.

Carlisle las alles, las es noch einmal, und sein Magen zog sich zusammen. Am Abend rief Gally aus Spearfish an.

»Carlisle, diese Highway-Geschichte macht mich krank. Den ganzen Tag kämpfe ich mit den Tränen, wenn ich daran denke, was sie für dich bedeutet. Ich habe mit Thelma gesprochen, und sie sagt, alle in der Stadt glauben, das ist die Rettung für Salamander.«

»Gally, ich sag's ungern, aber Salamander ist längst tot und weiß es nur noch nicht. Ein verdammter Streifen Asphalt, der sechs Meilen entfernt vorbeiläuft, wird für diese Stadt nullkommanichts bedeuten. Allenfalls wird er es für die Bewohner leichter machen, in die Einkaufszentren von Falls City zu fahren. Thelma und die anderen mögen diesen Quatsch glauben, aber es ist nicht wahr. Entschuldige, dass ich es so direkt sage, aber dieser Highway ist nur ein weiterer rostiger Nagel für den Sarg meiner Träume, und ich habe sie einfach satt, diese Dreckskerle mit ihrer offenkundigen Absicht, die ganze Welt in eine Wüste aus Beton und Firlefanz zu verwandeln.«

Gally schwieg einen Moment lang. Als sie dann sprach, klang es leise und defensiv. »Die Sache ist wirklich nicht so einfach, Carlisle. Du kannst dein Werkzeug nehmen und dahin gehen, wo die Arbeit ist. Viele von uns können das nicht, und wir müssen auch überleben. Ich kann nicht einfach mein Land nehmen und woandershin bringen, und ich stehe einen Schritt vor dem Insolvenzverfahren. Und Thelma kann *Danny's* nicht einpacken und verlegen. Du kannst dir ein neues Haus bauen, oder?«

»Ich kann mir ein neues Haus bauen, ja. Die T-Falken können es nicht.«

»Aber wenn es um die Entscheidung zwischen Vögeln und Menschen geht …«

Er unterbrach sie. »Ich sag's noch mal, Gally. Dieser Highway wird weder *Danny's* noch Salamander helfen. Wenn er irgendjemandem nutzt, abgesehen von der Straßenbau- und der Betonindustrie und dir – und Axel, wenn er verkaufen will, und wahrscheinlich wird ihm nichts anderes übrig bleiben –, dann nur den Städten, denen es sowieso gut geht, und dann noch Pizza Hut, Ramada und Texaco und der übrigen Bande, die es darauf abgesehen hat, den ganzen Planeten gleichzuschalten.«

»Es ist die einzige Chance, die die Stadt noch hat, Carlisle. Was gäbe es sonst noch?«

»Wenn ich ein Fachmann für solche Fragen wäre, würde die Schlange vor meiner Haustür von hier bis Yellowstone reichen. Ich weiß nur zwei Dinge: Erstens, der Highway wird Salamander mehr schaden als helfen. Zweitens, dieses Projekt stinkt. Hinter all den Fanfaren spielt eine miese Musik. Ich spür's im Bauch, und es hat nichts mit neuer Kundschaft für *Danny's* zu tun.«

Auf der anderen Seite der Straße kamen die T-Falken von ihrem Tagewerk nach Hause. Das Grillenkonzert war im Gang, die Luft wurde kühler, und Carlisle blinzelte durch ein perfekt getrimmtes Fenster nach Westen in den rosa-orangefarbenen Nachglanz des Tages.

»Gally, ich gebe zu, dass ich diesen Dingen voreingenommen gegenüberstehe, aber was da vorgeht, hat etwas durch und durch Künstliches, und das gilt nicht bloß für diesen Highway-Dreck, sondern für alles hier. Highways, Eigentumswohnungen, miserable Bauten, die als neue Häuser durchgehen, mieses Fastfood,

Shopping Malls voller Müll, den niemand braucht, all das Zeug. Der Kapitalismus hat sich in Tinnefismus verwandelt, und wir richten dieses Land zugrunde.«

Carlisle hatte sich in Rage geredet, er war zornig, wütend auf Gally, auf die ganze Welt. »Jemand hat uns weisgemacht, dass mehr besser ist, aber niemand fragt sich, mehr wovon. Mehr ist besser, weil weniger schlechter ist, und damit ist das Argument erschöpft. Wir glauben zu wissen, was wir tun, aber mir scheint, wir überschreiten die Grenzen unserer Fähigkeit, zu sehen, was wir tun, und die langfristigen Konsequenzen unseres Tuns zu berücksichtigen. Wir brauchen ein Ministerium für Ewigkeit oder so was – Leute, die sich um die Zukunft kümmern. Ich weiß nicht, das alles ergibt für mich keinen Sinn mehr. Kann sein, dass dieses Land die Fähigkeit verloren hat, sich zu empören, aber ich habe sie noch. Schlechten Porridge bringe ich nur begrenzte Zeit hinunter, und gegen diesen Highway werde ich kämpfen, für mich selbst und für die Falken. Hauptsächlich für die Falken.«

Wieder schwieg Gally; es klang, als sei die Leitung nach Spearfish einen Moment lang unterbrochen. Aber Carlisle hörte sie atmen; offenbar dachte sie nach und suchte nach Worten.

»Carlisle, ich weiß nicht, was ich dir sagen soll. Es tut mir schrecklich leid für das, was vielleicht aus Codys Denkmal werden wird, wirklich. Du hast dir da einen Garten Eden geschaffen, und mir kommen die Tränen, wenn ich mir vorstelle, dass da ein Highway durchgeht und alles zerstört. Aber deinen Zorn über den Gang der Welt teile ich nicht, und ich wäre auch nicht stark genug, um an solchen Dingen etwas zu ändern, selbst wenn ich ihn teilte. Ich wünschte, ich wäre da, damit ich dich in die Arme nehmen könnte, aber ich habe morgen eine Prüfung.«

»Na ja, zumindest wird der Highway dein Problem mit dem Verkauf deines Landes lösen, Gally. Wenigstens ein Gutes, das dabei herauskommt.«

»Und was hast du vor?«

»Ich weiß nicht. Es gibt einen Professor in Stanford, der als echter Kämpfer gilt, wenn es um solche Dinge geht. Hab letzten Sommer in der Ehemaligenzeitschrift einen Artikel über ihn gelesen. Ich glaube, ich werde ihn anrufen.«

»Ich muss jetzt für die Prüfung lernen. Kannst du dieses Wochenende herunterkommen?«

»Das weiß ich nicht. Offen gestanden, im Moment bin ich wahrscheinlich nicht gut zu ertragen, also komme ich vielleicht besser nicht. Aber ich rufe dich an, wenn ich es mir anders überlege.«

»Okay«, sagte sie nachdenklich. »Samstagabend hab ich etwas vor, aber das kann ich absagen, wenn du doch noch kommst. Carlisle ...«

»Ja«, antwortete er. Seine Stimme klang schroff und ungeduldig, als habe er jetzt Wichtigeres zu tun, als mit Gally Deveraux zu plaudern.

»Mir liegt sehr viel an dir.«

Carlisle seufzte. »Ich weiß, Gally«, sagte er ausweichend, »und mir geht's umgekehrt genauso. Viel Glück bei deiner Prüfung.«

14

In seinem Büro in Falls City sprach Ray Dargen vor einer Gruppe von ortsansässigen Geschäftsleuten. »Jungs, hab ich Ihnen nicht gesagt, dass hier die Chance besteht, ein paar echte Geschäfte zu machen? Ich hab Ihnen gesagt, Sie sollen Ihrem alten Kumpel Ray vertrauen, oder? Und die Straße kommt hier durch, genau wie ich es vorausgesagt habe, und jetzt …«

»Ray«, unterbrach einer der Männer, »das ist doch noch nicht sicher, oder? Auf den Plänen, die wir gesehen haben, steht geplante Trasse.«

Ray Dargen grinste zuversichtlich. »Die Straße wird hier durchgehen, wie die Pläne es zeigen. Senator Jack Wheems, mein alter Freund und Vorsitzender des Straßenbauausschusses in der Hauptstadt unseres Landes, garantiert dafür.« Dargen drehte sich mit seinem ledernen Schreibtischsessel hin und her, die Hände über dem runden Bauch gefaltet, zufrieden mit der Macht, die er hatte, und noch zufriedener bei dem Gedanken an das, was kommen würde.

»Sie sind absolut sicher, dass wir keinesfalls in Schwierigkeiten kommen können, weil wir letztes Jahr all das Land aufgekauft haben?«, fragte ein anderer Mann, ein Arzt aus Falls City.

Dargen schnaubte und wischte ihre Befürchtungen mit einer großzügigen Handbewegung beiseite. »Ist doch nichts daran auszusetzen, dass der eine oder andere von uns bei einer Sache, die sowieso passiert, ein, zwei Dollar verdient. Wie die Bibel sagt: Gehet hin und lasst es euch wohl ergehen.«

Dargen schwieg und versuchte sich zu erinnern, ob diese Worte tatsächlich in der Bibel standen. Er war ziemlich sicher. Niemand korrigierte ihn; also redete er weiter.

»Natürlich wäre es uns allen lieber, wenn unsere vorausschauenden Maßnahmen nicht gleich im *Inquirer* veröffentlicht werden. Aber jetzt wollen wir uns darüber nicht weiter den Kopf zerbrechen, sondern lieber noch einmal durchgehen, wie wir die Grundstückskäufe aufgesplittet haben, damit keiner von uns den Anschein erweckt, er hätte Flächen in einer Größe gekauft, die vielleicht Aufsehen erregen könnte.«

Ein Transportunternehmer saß links neben Jill Remington und hatte den ganzen Abend damit verbracht, ihre Brüste zu bewundern, während er sich mit ihr unterhielt. Sein Blick wechselte auf und ab zwischen ihrem Gesicht und dem Abwärtsschwung ihres Dekolletés. Er schwafelte, sie langweilte sich. Aber sie hatte ein freundliches Halblächeln auf ihrem Gesicht verankert und tat, als sei sie interessiert. (*Gott, können diese Männer denn nur über Politik und Geschäfte reden?*)

Aber Jill Remington war froh, dass Senator Jack Wheems sie zu dieser Dinnerparty im trauten Kreis eingeladen hatte. Seine Frau und die Konservativen daheim, die er hier repräsentierte, verhinderten, dass er mit ihr ins Restaurant ging, aber er schmückte sich doch gern mit ihr, wenn sich das gefahrlos machen ließ. Den heutigen Abend hatten die Referenten des Senators als relativ sicher eingestuft; aber sie konnten Jill nicht leiden – einfach deshalb, weil der Senator sich für sie interessierte, und wegen des politischen Risikos, das dieses Interesse in sich barg.

Zu ihrer Rechten, am Kopf des Tisches, saß vorgebeugt der Senator und sprach mit einem Straßenbauunternehmer aus New Orleans. »Nein, nein, da draußen rechnen wir nicht mit Schwierigkeiten. Diese armen Schweine in der Prärie sind so verzweifelt, die tun alles, wenn sie Hilfe kriegen können. Wahrscheinlich gibt es Probleme mit Umweltschützern in den Sümpfen von Louisiana, und vielleicht auch ein Stück weiter im Norden, wo wir durch die Ecke eines Nationalparks gehen, aber damit werden wir fertig. Ich sammle noch im Stillen Stimmen im Ausschuss für öffentliche Bauten und Verkehr, aber wir sollten in der Lage sein, den endgültigen Trassenverlauf irgendwann nächstes Jahr bekannt zu geben, und der wird selbstverständlich genau so aussehen, wie wir es bereits beschlossen haben.«

»Hören Sie, Senator, wenn Sie noch Geld brauchen, um der Sache einen letzten Anschub zu geben, rufen Sie mich einfach an«, erbot sich der Straßenbauunternehmer.

»Danke. Könnte sein, dass wir das tun. Ich lasse es Sie wissen. So oder so, wir werden alles in den Griff bekommen. Cal Akers drüben in der Kammer treibt die Sache für mich voran, und Cal weiß, wie man den Leuten in den Arsch tritt, wenn es sein muss. Hinter all dem Christen-Stuss verbirgt sich ein echter Revolvermann.«

Der Senator klopfte mit seiner Zigarre auf den Aschenbecher und schüttelte den Kopf, und sein mechanisches Lachen war ohne jeden Humor. »Mein Gott, wenn diese armen Landeier sehen, was das mexikanische Handelsabkommen mit ihren kleinen, hoffnungsvollen Träumen von Industrieansiedlung macht, werden sie Bauklötze staunen. Die Mexikaner arbeiten praktisch umsonst, und das Abkommen wird diese kleinen Kuhmistdörfer da draußen im Westen in Grund und Boden stampfen, aber die kratzen sowieso ab, und das ist ein völlig anderes Problem.«

Die anderen am Tisch nickten zustimmend.

»Wie sagt Cal Akers immer?« Senator Wheems machte eine Pause und schaute zur Decke, wo der Rauch seiner Zigarre durch die Kristalle eines Kronleuchters schwebte. »Amerikanische Technologie in den Händen mexikanischer Arbeitskräfte produziert Waren, die wir an Japaner und Europäer verkaufen. Er nennt das die *Rio-Grande-Initiative*. Ein guter Titel.«

Jill Remington hatte den Kopf schräg gelegt wie eine Gazelle; nur teilweise anwesend, hörte sie dem Senator zu, nickte, während der Transportunternehmer redete, und verließ sich darauf, dass ihre Brüste das Füllmaterial für die geübten Harmlosigkeiten lieferten, die sie ihm erwiderte. Heute Abend war sie ein Objekt, und das wusste sie; die Rolle missfiel ihr, und zugleich war sie immerhin froh, dass sie nicht da draußen in der Präriegegend lebte, die der Senator mit dem Namen West Jesus und diversen anderen Titulierungen bezeichnete.

»Schon mal in Toledo gewesen, Jill?« Der Trucker gaffte sie an, und in ihrem Gehirn ging ein rotes Fähnchen mit der Aufschrift »Frage gestellt!« hoch. Jack Wheems schaute zu ihr herüber.

»Nein, noch nie. Ist es schon da?« Das würde dem Trucker vermutlich wieder für zehn Minuten besinnungsloses Gefasel genügen. Sie warf dem Senator einen Blick zu; der paffte an seiner Zigarre und zwinkerte ihr zu.

Der Trucker schaute auf ihre Brüste, lud nach und fuhr fort. »Little Lady, wir müssen einfach mal mit Ihnen da hinfahren und Ihnen zeigen …«

Während er schwatzte, holperte Mexicana-Flug Nr. 32 über die Landebahn des Washingtoner Flughafens. An Bord war Cal Akers, Vorsitzender der Handelskammer der Vereinigten Staaten.

Einen Tag später – Jill Remington war über die Vorzüge von Toledo, Ohio, aufgeklärt worden, und die letzten Reste seiner Reisemüdigkeit waren beim Frühstück Christlicher Geschäftsleute, an dem er soeben teilgenommen hatte, weggeschwemmt worden – betrat Cal Akers mit forschem Schritt sein Büro am Capitol Hill. Die Mexikaner lenkten bei den Verhandlungen zum Handelsabkommen ein, und vor seinem geistigen Auge sah er bereits Unmengen von Fabriken, die sich südlich der Grenze drängten. Bei diesen Aussichten würden die hochmütigen Europäer und die geschäftigen kleinen Japse nach Luft schnappen.

»Guten Morgen, Jill.«

»Guten Morgen, Mr Akers. Willkommen zu Hause. Wie war die Reise?«

»Super, Jill. Einfach super. Was gibt's Neues?«

In Cal Akers Welt war immer alles super – trotz einer gescheiterten Ehe, einer zweiten, die auf das gleiche Ende zusteuerte, und einer potenziellen Pleite seiner Investition in eine Kette von Schmuckgeschäften. In den letzten sechs Jahren ihrer Tätigkeit bei Cal hatte Jill Remington gelernt, das Wort super zu hassen.

»Ich habe Ihnen alle Nachrichten in der Reihenfolge auf den Schreibtisch gelegt, in der sie eingegangen sind, Mr Akers. Mr Flanigan von der *High Plains Development Corporation* hat mehrmals angerufen. Und Senator Wheems hat angerufen und möchte sofort mit Ihnen sprechen.«

»Geben Sie ihn mir. Danach versuchen wir Flanigan.«

Der Senator lief unter vollen Segeln, aufgekratzt und beschwingt. Eine Nacht mit Jill Remington hatte immer diese Wirkung. »Cal«, dröhnte er, »sehen Sie zu, dass Ihr Kumpel Bill Flanigan da draußen in West Fuckup mit diesem Ray Dargen redet, wer immer das ist. Er soll diesen Vollidioten ruhigstellen, bevor der das ganze Projekt vermasselt. Harlan – Sie wissen schon, Senator Stark von da draußen – erzählt mir, dass Dargen einen Haufen Leute zusammengebracht hat, die vor der Bekanntgabe letzte Woche heimlich Grundstücke entlang der geplanten Trasse aufgekauft haben. Nach dem, was ich von Harlan höre, haben sie das schon das ganze letzte Jahr über getan. Herrgott, ich wusste, es war ein Fehler, dass Flanigan ihm die Pläne so früh gezeigt hat, auch wenn Dargen in der staatlichen Kommission für das Straßenwesen sitzt.«

Das Vokabular des Senators ließ Akers zusammenzucken; er hörte den Widerhall seiner eigenen Redeweise aus der Zeit, bevor er mit dem Rauchen aufgehört hatte und Christus nachgefolgt war. »Wer ist Ray Dargen? Ich hab den Namen nur einmal gehört, als Flanigan mir eine Nachricht auf dem Anrufbeantworter hinterlassen hat.«

»Ray Dargen ist ein ganz übler Typ, Cal«, sagte Jack Wheems. »Sterk sagt, Dargen gurkt auf seiner ganz privaten Schlammbahn herum, einer von diesen altmodischen Knaben, die noch nicht begriffen haben, dass die Welt sich verändert. Alles in allem ist er nicht besonders klug, aber er ist schlau, und er ist so niederträchtig, dass er die Leute zwingen kann, zu tun, was er will. Niemand legt sich gern mit ihm an, denn er hat kein Gewissen und keine Skrupel vor irgendwas, ganz gleich, wie mies es ist. Vor 'ner Weile hat er eine Frau aus Falls City, die gegen Harlan kandidierte, aus den Vorwahlen rausgekegelt, indem er ein anonymes Flugblatt drucken ließ, auf dem stand, sie rauche Dope und habe was mit einem puertorikanischen Gitarrenspieler, wobei behauptet wurde, sie ließe ihren Mann dabei zusehen. Das waren natürlich lauter Lügen, aber niemand konnte es zu ihm zurückverfolgen. Dargen steuert auch eine Menge Geld zu Harlans Wahlkampf bei, und Sie wissen, dass Harlan ein guter Freund von mir ist. Zufällig weiß ich außerdem, dass Dargen ein großes Stück Land in einer Gegend namens Wolf Butte besitzt. Hat er vor ungefähr fünfzehn Jahren gekauft, sagt Harlan. Hat was zu tun mit Spuren von Gold, die da in einem Bach in der Nähe gefunden wurden. Wie das alles ins Bild passt, weiß ich nicht genau.«

»Okay, Senator. Ich rufe Flanigan sofort an und checke die Sache.« Cal Akers legte auf und ließ sich von Jill mit Bill Flanigan verbinden.

»*High Plains Development Corporation,* Mrs Andrews am Apparat.«

»Mr Akers von der Handelskammer der Vereinigten Staaten möche Mr Flanigan sprechen.« Jill fragte sich, ob Mrs Andrews, wer immer sie sein mochte, je eine Nacht mit einem Senator verbracht hatte.

Mrs Andrews hatte noch keine Nacht mit einem Senator verbracht, aber sie hatte schon ein paar Senatoren im Fernsehen gesehen. Abgesehen von einem unvorsichtigen und unbeholfenen Augenblick nach ihrem Highschool-Abschlussball hatte es immer nur ihren Mann gegeben, und der hatte vor zehn Jahren das Interesse an ihr verloren.

Margaret Andrews war müde. Am Abend zuvor hatte sie ihrer Tochter geholfen, den Keuchhusten des Babys zu lindern, während ihr Schwiegersohn vor dem Fernseher gehockt und sich ein Football-Spiel angesehen hatte. Sie hatte gewusst, dass es ein Fehler war, als Marilee die Kosmetikschule abgebrochen und einen staatlich anerkannten Loser geheiratet hatte. Aber mit dem Gottvertrauen aller Mütter hatte sie darauf gehofft, dass es irgendwie funktionieren würde, und sie hoffte es immer noch.

»Mr Flanigan spricht auf der anderen Leitung. Soll er Sie zurückrufen?«

»Wenn er frei ist, sagen Sie ihm bitte, er soll Mr Akers anrufen.«

»Ich werd's ihm ausrichten.«

»Danke. Auf Wiederhören.«

»Auf Wiederhören.«

Jill summte Cal Akers an. »Mr Flanigan ist in einer Besprechung. Er ruft zurück.«

»Danke, Jill.« Cal Akers trommelte mit seinem Stift auf der Schreibtischunterlage. Allmächtiger, war denn niemand mehr irgendwann irgendwo zu erreichen?

Zehn Minuten später erwiderte Bill Flanigan den Anruf. Akers nahm den Hörer ab und meldete sich mit seiner schönsten Smiley-Stimme. »Bill, wie geht's Ihnen? Entschuldigen Sie, dass ich erst so spät zurückgerufen habe. Ich war drüben am Capitol Hill und eine Woche unten in Mexiko City und habe an der *Rio-Grande-Initiative* gearbeitet, wie wir das nennen. Da geht's voran, auch wenn die Liberalen sich ins Hemd machen wegen Billigarbeitskräften und Umweltschutzproblemen. Wie auch immer – ich wollte Sie über die letzten Neuigkeiten zum Highway-Projekt informieren und hören, wie es auf Ihrer Seite läuft. Hier geht's schnell vorwärts, schneller, als ich dachte. Der gute Senator schwingt seine Riesenaxt, er kassiert alte Rechnungen und haut jeden zu Klump, der ihm in die Quere kommt. Die Kanadier sind jetzt auch an Bord, und New Orleans hat mitgeholfen, eine nationale Koalition von Transport- und Ölleuten zu bilden.

Wir hatten ein paar Probleme mit den Planern und Ingenieuren auf der Bundesseite. Die Planungsbehörden jammern, sie hätten nicht mal genug Geld für die Instandhaltung der existierenden Straßen. Mit den Ingenieuren ist es eine andere Sache. Ihnen passt die große Kurve nicht, die Falls City und Livermore einschließt. Vor zwei Tagen ist der Senator selbst drüben gewesen und hat mit ihnen gesprochen. Hat ihnen gesagt, wenn sie in den nächsten zehn Jahren noch Geld für Beton haben wollen, sollten sie sich die Flausen aus dem Kopf schlagen. Das hat anscheinend gewirkt. Gemeckert wird zwar immer noch, aber wir bringen sie allmählich auf Vordermann.«

»Irgendeine Chance, dass die Straße durch Salamander geht?«

»Null. Wir haben's versucht, wie Sie wollten, aber in dem Punkt haben die Ingenieure wirklich aufgekreischt, und da hab ich's fallen lassen. Aber wir wissen auch beide, dass dieser kleine Tümpel bald eingetrocknet ist, und da wird auch die Straße nicht helfen. Wie es im Moment aussieht, werden wir bei der projektierten Trasse bleiben, und die führt ungefähr sechs Meilen weit an Salamander vorbei, quer über Land nordwestlich von Livermore, über die Zweiundvierzig weg und dann auf einem Feldweg nach Norden, wie wir es schon besprochen haben. Hinter Livermore handelt es sich anscheinend um eine gerade Strecke durch offenes Gelände, was die Erwerbskosten für das Gelände minimieren wird. Und wie steht's da draußen? Sehen Sie irgendwelche Probleme?«

»Na ja, wenn es mit Salamander geklappt hätte, wäre das hilfreich gewesen, aber wir werden's ihnen schon beibringen; wir erklären ihnen, dass der Highway gute Auswirkungen auf die Stadt haben wird, auch wenn er sechs Meilen weiter westlich verläuft. Die Farmer und die Rancher werden ein Höllengezeter anfangen, weil er ihr Land durchschneidet, aber damit werden wir fertig. Ein anderes potenzielles Problem hat sich eben ergeben. Es heißt, die Sioux betrachten die Gegend um Wolf Butte als heiliges Land, obwohl es ihnen nicht gehört. Vor langer Zeit hat es ihnen wohl wirklich gehört, aber das passte der Regierung und den Goldgräbern nicht, und so ist es irgendwie in andere Hände übergegangen. Aber die Indianer fühlen sich immer noch als Eigentümer. Wir hatten ähnliche Probleme bei anderen Erschließungsprojekten. Irgendwie werden wir das regeln. Wir geben ihnen das moderne Äquivalent von Glasperlen – 'ne Lastwagenladung Bier oder so was –, oder wir walzen einfach über sie weg, was immer dazu nötig ist.«

»Gut. Hören Sie, Bill, der Hauptgrund für meinen Anruf ist ein Kerl namens Ray Dargen, der anscheinend entlang der Trasse eine Menge Land aufgekauft hat. Das muss aufhören oder zumindest auf der Geheimhaltungsskala sechs Stufen höher gedreht werden. Anscheinend war Dargen eine treibende Kraft dabei, den Highway durch Ihre Gegend zu führen, aber die ganze Sache kann zusammenkrachen oder zumindest aufgehalten werden, wenn er nicht ruhiggestellt wird.«

»Davon hab ich auch gerade Wind bekommen, Cal. Was immer Sie an üblen Geschichten über Ray Dargen gehört haben, sie sind wahrscheinlich nicht übel genug. Außerdem ist er in der Staatskommission für das

Straßenwesen. Offen gestanden, es ist mir ein Graus, auch nur im selben Auto mit ihm zu sitzen; ich habe immer das Gefühl, ich betrüge irgendjemanden auf unbestimmte Weise, wenn ich bloß mit ihm spreche. Jedes Mal, wenn der Highway erwähnt wird, sieht man, wie er sich die Lippen leckt und sich die parfümierten Hände reibt. Er ist ganz allgemein unverbesserlich, und dazu kommt, er ist ein großer Förderer von Harlan Sterk. Aber ich werde versuchen, mit ihm zu reden und ihm das Maul zu stopfen.«

Akers fuhr fort. »Jack Wheems hat erwähnt, dass Dargen Grundbesitz in einer Gegend namens Wolf Butte hat. Soll irgendwas mit Gold zu tun haben. Wissen Sie was darüber?«

»Nein. Aber ich werde sehen, was ich in Erfahrung bringen kann.«

»Okay, ich verlasse mich auf Sie. Bill, ich kriege gerade einen Anruf. Wollte Ihnen nur sagen, dass es hier gut läuft. Behalten Sie Ihren Glauben, und bleiben Sie in Verbindung. Wenn alles so weitergeht wie jetzt, werden wir in zwei Monaten die endgültigen Pläne für den Highway bekannt geben.«

»Das klingt gut. Wir wissen Ihre Hilfe zu schätzen. Ich würde mich gern irgendwann mit Ihnen über dieses mexikanische Handelsabkommen unterhalten, von dem Sie gesprochen haben, und über die Auswirkungen, die es für uns hier draußen haben kann.«

»Natürlich. Aber danach habe ich den Senator schon gefragt, und er rechnet eigentlich nicht mit irgendwelchen negativen Folgen für Ihre Region. Im Gegenteil, er meint, damit öffnen sich vielleicht neue Türen für den Weizenexport. Ich muss Schluss machen, Bill.«

Als das Lämpchen an ihrer Telefonanlage erlosch und ihr damit signalisierte, dass Bill Flanigan das Gespräch beendet hatte, dachte Margaret Andrews immer noch an ihre Enkelin und fragte sich besorgt, was für einen Job ihr Schwiegersohn wohl finden könnte, um damit langfristig eine Familie zu ernähren. Anscheinend fiel einfach alles hier draußen auseinander; Jobs verschwanden, Leute zogen weg. Aber Mr Flanigan hatte gesagt, dass bald bessere Zeiten kommen würden, und dabei hatte er ihr zugezwinkert. Sie vertraute ihm und hoffte, dass er die Wahrheit sagte. Die Sonne des Prärieherbstes schien durch das Fenster herein; sie fühlte sie auf den Händen, und sie ballte die Fäuste und wusste, dass der Winter nicht mehr lange auf sich warten lassen würde.

Sie wünschte, ihr Schwiegersohn wäre aufs College gegangen, statt bei »Guthbridge Brothers Sand & Gravel« drüben in Salamander im Steinbruch zu arbeiten und abends dauernd in »Sleepy's Stagger Inn« oben in Livermore herumzuhängen. Vermutlich würde er entlassen werden, wenn das kalte Wetter einsetzte; dann würde er zu Hause herumlungern, Bier trinken und sich die Gameshows ansehen, und er würde lauthals prahlen, was er beim Glücksrad alles zustande brächte, wenn er bloß die Chance bekäme. Als sie ihm angeboten hatte, ihm das Schulgeld zu bezahlen, damit er auf das Three Buttes Community College hier in der Stadt gehen könnte, hatte er gelacht und war hinausgegangen, um das Öl an seinem Wagen zu wechseln. Das Gleiche hatte sie ihrer Tochter angeboten, aber Marilee hatte lieber zur Kosmetikschule gehen und mit Haaren herumspielen wollen, wie sie es auch immer mit ihren eigenen getan hatte. Mit der Schwangerschaft hatte sich das alles geändert. Und wieder dachte Margaret Andrews an den nahenden Winter, obwohl die Sonne durch das Fenster schien und warm auf ihren Händen lag.

15

»Sie vermuten richtig. Die werden die Gemeinwohlregelung gegen Sie anwenden.« Der Professor für Umweltökonomie in Stanford telefonierte mit einem Mann namens Carlisle McMillan draußen in der Prärie. »Der Fünfte Zusatzartikel zur Verfassung gestattet die Enteignung von Privatbesitz zum Wohle der Öffentlichkeit, solange angemessener Schadenersatz geleistet wird. Beim Wegerecht für Interstate Highways ist die Gesetzeslage ganz klar. Das Verkehrsministerium ist befugt – und hier zitiere ich den Gesetzestext –, im Namen der Vereinigten Staaten solches Land oder Anteile daran zu erwerben, zu betreten und in Besitz zu nehmen, und zwar durch Kauf, Schenkung, Beschlagnahme oder auf andere Weise entsprechend den Gesetzen der Vereinigten Staaten. Entsprechend den Gesetzen, das bedeutet in diesem Fall, dass man Sie entschädigen muss, aber man kann Ihnen das Land wegnehmen.«

»Dann kann ich also nichts dagegen unternehmen?«

»Sie müssen sich auf andere Weise wehren. Im Grunde müssen Sie in die Offensive gehen. Nach allem, was Sie mir erzählt haben, scheint man den Trassenverlauf irgendwie manipuliert zu haben. Das habe ich schon oft erlebt. Studieren Sie die Planungsunterlagen sorgfältig, zwingen Sie sie, den Verlauf der Straße zu rechtfertigen. In mindestens fünfzig Prozent der Fälle können sie das nicht. Ich schicke Ihnen Material, das Ihnen eine Vorstellung davon geben wird, wie Sie vorgehen müssen.«

Der Professor schaute aus dem Fenster in Palo Alto und sah Studenten vorübergehen. Rote Rucksäcke, blaue Rucksäcke. Sein Blick fiel auf das Flugticket zu einer Tagung in Melbourne. »Dann wären da noch die Vögel, von denen Sie gesprochen haben, diese T-Falken. Erzählen Sie mir ein bisschen mehr darüber.«

Carlisle berichtete, wie er und Moore die Falken identifiziert hatten und was danach geschehen war.

»Stehen sie auf der Liste der gefährdeten Arten?«, fragte der Professor.

»Nein, weil alle Welt annahm, sie seien ausgestorben, aber jetzt stehen sie auf der Liste der Kandidaten. Der Raubtierschutzbund kümmert sich darum.« Carlisle lehnte an der Tür einer Telefonzelle in Falls City. Er hatte einen Gartenzimmeranbau für einen Rechtsanwalt zu einem Drittel fertiggestellt und versuchte, sich auf seine Arbeit zu konzentrieren. Der Zorn über die Straße kam in Wellen, wich zurück, kam wieder.

»Das ist schlecht.« Der Professor seufzte. »Eine gefährdete Art – oder eine bedrohte, was die nächstniedrige Stufe bedeutet – ist in solchen Situationen immer eine machtvolle Waffe. Dafür sorgt das Gesetz zum Schutz gefährdeter Arten, und dieser Highway wird zweifelsfrei Lebensräume zerstören. Aber ich muss Sie daran erinnern, wie das oberste Gesetz des Straßenbaus lautet: Die kürzeste Verbindung zwischen zwei Punkten führt immer durch einen Wald. Das Problem ist, dass es zurzeit kein Gesetz gibt, das Arten schützt, die für die Artenschutzliste vorgesehen sind, aber noch nicht draufstehen. Und das Verfahren, mit dem eine Art auf die Liste gelangt, ist langwierig und unsicher. In einem kürzlich veröffentlichten Bericht heißt es, die Regierung wird vierundneunzig Jahre brauchen, um eine Bestandsaufnahme aller Pflanzen und Tiere vorzunehmen, die derzeit zu berücksichtigen wären. Das liegt zum Teil daran, dass die Artenschutzbehörde unterfinanziert und personell unterbesetzt ist. Dazu kommt, dass die Naturschutzbehörden, die für diese Dinge zuständig sind, allen möglichen Arten von politischem Druck ausgesetzt sind. Selbst wenn Sie Ihre Vögel irgendwann auf die Artenschutzliste bekommen, ist damit noch nicht garantiert, dass sie überleben werden. Von den Arten, die derzeit auf der Liste stehen, nimmt ein Drittel weiterhin zahlenmäßig ab. Und die Naturschutzbehörden verwenden einen großen Teil ihrer Mittel auf Arten von hoher Sichtbarkeit, das heißt, auf solche, die in den Augen der Öffentlichkeit einen gewissen Sexappeal besitzen. Dazu gehört zum Beispiel der Weißkopfseeadler. Ich vermute, dass Ihre Vögel nicht zu dieser Kategorie gehören.«

Das alles hörte sich ziemlich düster an. »Tja, was schlagen Sie vor?«

»Es besteht eine ziemlich gute Chance, dass Sie den Highway zumindest für eine Weile stoppen können, und zwar mit dem formalen Argument, dass die ursprüngliche Umweltverträglichkeitsstudie unzureichend ist. Das ist schon öfter gelungen. Wenn Sie die nötigen Mittel besitzen, erwirken Sie auf dieser Grundlage zunächst eine einstweilige Verfügung gegen die Bauarbeiten, und zweitens versuchen Sie auf dem Klagewege, die Vögel auf die Artenschutzliste zu bringen. Wenn die Vögel auf der Liste sind, haben Sie fast schon gewonnen. Wohlgemerkt, ich sage: fast. Es gibt diverse rechtliche und politische Mätzchen, mit denen sie sich um die Liste herummogeln können, aber wie gesagt, sie ist eine machtvolle Waffe. Haben Sie denn, sagen wir, zwanzig- oder dreißigtausend Dollar für eine Klage?«

»Nein.«

»Hat der Raubtierschutzbund so viel Geld?«

»Das weiß ich nicht, aber Daryl Moore, der Biologe vom Three Buttes Community College, hat erwähnt, dass der Bund eine einstweilige Verfügung erwägt. Vielleicht haben sie es also.«

»Okay, das wäre ein Anfang.« Der Professor sah auf die Uhr und strich über sein Ticket nach Melbourne. »Überlassen Sie es dem Bund, sich mit den umweltschützerischen Aspekten des Projekts zu befassen, denn das erfordert ein hohes Maß an technischer Expertise in den Naturwissenschaften und die Fähigkeit zu schnellem Handeln. Außerdem sind nur sehr wenige Bundesprojekte jemals an rein umweltschützerischen Erwägungen gescheitert. Konzentrieren Sie sich auf die Trassenführung, und versuchen Sie nachzuweisen, dass der geplante Verlauf nicht der optimale ist. Das ist die beste Strategie für Sie. Hören Sie, Mr McMillan, in knapp zwei Stunden geht mein Flugzeug nach Australien, deshalb muss ich jetzt Schluss machen. Ich lasse Ihnen von meiner Sekretärin das Material schicken, von dem ich gesprochen habe. Darin finden Sie ein detailliertes und präzises Verfahren zur Analyse der Streckenauswahl. Und rufen Sie mich jederzeit wieder an, wenn Sie Fragen haben.«

»Vielen Dank, Professor Weinstein. Das alles sieht ein bisschen finster aus, aber Sie haben mir sehr geholfen.«

»Gern geschehen. Halten Sie durch. Intelligenz und Engagement können diese Mistkerle nicht ausstehen. Es sind Eigenschaften, auf die sie nicht vorbereitet sind. Aber seien Sie gewarnt: In solchen Angelegenheiten kann es ziemlich ruppig zugehen. Da steht eine Menge Geld auf dem Spiel, und das ist das Einzige, was sie interessiert. Wenn ich mich in solche Schlachten stürze, gehe ich meistens davon aus, dass sie im Kino wohl als nicht jugendfrei laufen würden. Aber ich muss los. Viel Glück.«

Ruppig. Der Professor hatte gesagt, es könne ruppig zugehen. Und vier Tage später fing es an, als sich herumgesprochen hatte, dass Daryl Moore und der Raubtierschutzbund sich bemühten, die Straße wegen irgendwelcher blöden Vögel zu blockieren. Und dass Carlisle McMillan eine Menge Zeit in der Bibliothek von Falls City verbrachte, wo er die Unterlagen über den neuen Highway studierte, und dass er sich vorgenommen hatte, zu tun, was in seiner Macht stand, um den Bau zu verhindern.

An einem Mittwochabend wurde Carlisles Briefkasten umgefahren. Am folgenden Tag kam ein anonymer Brief: »GEH ZURÜCK NACH KALIFORNIEN, SCHWUCHTEL! DU BIST HIER NICHT ERWÜNSCHT.« Am selben Abend raunte eine knirschende, ominöse Stimme am Telefon: »An deiner Stelle würde ich meine Katze im Haus halten.«

»Bill, was um aller Welt geht da vor?« Cal Akers von der Handelskammer telefonierte mit Bill Flanigan, dem Chef der »High Plains Development Corporation« in Falls City. »Vor zwei Stunden hat mich der Senator angerufen. Er ist außer sich wegen irgendwelcher Vögel auf der Highway-Trasse und wegen eines Zimmermanns, der angeblich Schwierigkeiten macht. Was ist da los?«

»Ich weiß nicht, wo ich anfangen soll, Cal. Ein Kerl namens Carlisle McMillan ist vor einiger Zeit aus Kalifornien hierhergezogen, der Himmel weiß, warum, und hat sich ein neues Haus mitten auf der Trasse gebaut. Genau genommen war es ein altes Haus, das er komplett erneuert hat. Natürlich wusste er nicht, dass der Highway mitten durch sein Klo verlaufen würde. Anscheinend hat er mit dem Haus eine unglaubliche Arbeit geleistet – so stand es jedenfalls im *Observer*, der Lokalzeitung von Falls City. In dem Artikel wurde er als absolut großartiger Handwerker bezeichnet. Ungefähr zwei- bis dreihundert Leute sind zu seiner Einweihungsparty gekommen, und jetzt will jeder zweite Arzt und Rechtsanwalt im ganzen Staat etwas von ihm gebaut bekommen. Das ist die eine Sache.«

»Scheiß auf diesen Zimmermann, diesen … wie zum Teufel heißt er gleich wieder? Miller?«

»McMillan. Carlisle McMillan.«

»Okay, McMillan. Wir begraben seinen Arsch unter anderthalb Metern Gemeinwohl, gemischt mit Asphalt, und er wird überhaupt nicht wissen, wie ihm geschehen ist. Nur die Ruhe, Bill – das ist kein Problem.«

»Na ja, die Einheimischen glauben anscheinend, sie werden auf ihre Art damit fertig. Die Stimmung gegen ihn schlägt ziemliche Wellen, und wie ich höre, hat er Gewaltandrohungen bekommen.«

»Bill, warum haben wir es immer wieder mit Kretins zu tun? Dieser Unfug löst keine Probleme und bringt nur eine Menge schlechte Publicity. Sehen Sie zu, dass Sie ihnen das klarmachen. Sagen Sie ihnen, sie sollen damit aufhören. Mit McMillan befassen wir uns. Was gibt's sonst noch?«

»Anscheinend hat unser Mann aus Kalifornien beim Bau seines Hauses in einem Wäldchen auf der anderen Seite der Straße ein paar ungewöhnliche Vögel entdeckt. Wie sich rausstellt, sind es Falken, von denen man glaubte, sie wären ausgestorben.«

»Oh, Scheiße.« In Augenblicken hoher Anspannung vergaß Cal Aker manchmal seine Hingabe an Christus und ein gottgefälliges Leben. »Steht der Falke auf der Liste der gefährdeten Arten?«

»Das weiß ich nicht.«

»Gemeinwohl ist eine Sache, aber eine gefährdete Art ist was ganz anderes. Das Tellico-Staudamm-Projekt unten in Tennessee wurde vier Jahre aufgehalten, bloß weil sie einen neuen Fisch entdeckt hatten, den Schnecken-Darter. Wieso wussten wir das nicht schon früher? Moment, ich hab die Umweltstudie in meinen Akten. Warten Sie, ich muss sie ausgraben.« Es war still; man hörte nur das leise Knistern der Seiten, die zwölfhundert Meilen weit entfernt umgeblättert wurden. »Okay, ich überfliege das Dokument rasch. Da ist die Rede von indianischen Grabhügeln, aber die liegen auf Privatgelände, das diesem Ray Dargen gehört. Der ist auf unserer Seite – also kein Problem. Aber über Vögel finde ich nichts. Wann hat er sie entdeckt?«

»Erst vor Kurzem, glaube ich. Vor ein paar Monaten vielleicht.«

»Der Entwurf der Umweltverträglichkeitsstudie wurde vor einem Jahr in aller Stille verfasst. Also sind diese Falken deshalb hier nicht erwähnt. Außerdem sind diese Studien meistens sowieso nur Tünche. Ich rufe die Naturschutzbehörde an und melde mich dann wieder. Kopf hoch. Ich melde mich, sobald ich etwas weiß.«

»Okay, danke, Cal. Ach, beinahe hätte ich vergessen, diese radikale Umweltschutzorganisation namens EWU zu erwähnen ...«

Während Akers und Flanigan noch redeten, fuhr Carlisle am Gebäude der »High Plains Development Corporation« vorbei und zurück nach Salamander. Er war grimmig entschlossen, diesen Krieg bis zum Ende zu führen, wenn das nötig sein sollte.

Carlisle McMillan mochte entschlossen sein, aber die folgenden Leute standen vor Wut dicht vor einem Schlaganfall: Cal Akers von der Handelskammer der Vereinigten Staaten von Amerika, Bill Flanigan von der »High Plains Development Corporation«, Jerry Gravatt und fünf weitere Gouverneure, zwölf Senatoren und eine sehr viel größere Zahl von Kongressabgeordneten, Beamte des kanadischen Wirtschaftsministeriums, die Manager diverser Öl- und Schwertransportunternehmen, Zementhersteller, diverse Gewerkschaften, fast ganz Yerkes County und jeder andere, der irgendein Interesse mit der »Avenue der Prärie« verband.

Und alle waren sie wütend auf Carlisle McMillan. Der hatte sein berühmtes Haus mitten auf die Trasse ihres Highways gebaut, oder? Und er hatte die T-Falken entdeckt, oder? Und er hatte diesem Professor vom Three Buttes Community College, diesem Daryl Moore, von den Vögeln erzählt – oder etwa nicht? Und dann hatte Moore sich mit einem Verein namens Raubtierschutzbund in Verbindung gesetzt, und die beantragten jetzt eine einstweilige Verfügung gegen den Bau der Straße, bis festgestellt wäre, ob die Falken auf die Liste der gefährdeten Arten gehörten. Wenn die Falken diesen Status bekämen – und das würden sie, wenn die Klage erfolgreich wäre –, dann bedeutete das entweder das Aus für den Highway, oder es wären umfangreiche Neuplanungen nötig, die so lange dauern würden, dass die Finanzierung womöglich den Bach hinunterginge. Dann erzählte man sich, McMillan habe die gesamten Unterlagen über den Highway studiert und wolle aus Gründen, an die bisher niemand gedacht hatte, den Verlauf anfechten. Der ganze Groll der Projektanhänger lief wie durch einen Trichter in ein riesiges Fass, er gärte dort und quoll durch eine untere Öffnung machtvoll wieder heraus, geballtes Gift, das geradewegs auf Carlisle McMillan zuströmte.

Ray Dargen, Geschäftsmann und Erschließungsunternehmer, war ebenfalls erbost – die personifizierte Wut mit einem Diamantring am kleinen Finger. Fünfzehn Jahre zuvor hatte ein alter Mann namens Williston in einem Bach in der Nähe von Wolf Butte Spuren von Gold gefunden. Der für das County zuständige Metallprüfer war Dargen eine Gefälligkeit schuldig gewesen und hatte ihn deshalb noch am selben Tag angerufen, als Williston in seinem Büro gewesen war. Danach hatte Dargen Williston den Claim für dreitausend Dollar abgekauft. Nach dem Bergbaugesetz von 1872 hatte er danach Wolf Butte und ungefähr sechshundert Hektar Land ringsherum für eine Hand voll Kleingeld erwerben können. Die Sache war ein bisschen knifflig gewesen, weil die Indianer Einwände dagegen erhoben hatten, dass staatliches Land, auf dem sich Grabhügel befanden, in private Hände überging, aber Ray Dargen hatte seine politischen Verbindungen spielen lassen, und das Geschäft war über die Bühne gegangen.

Steine, die vom Tafelfelsen gestürzt waren, hatten den ersten Trupp Bergbauingenieure, den er dorthin geschickt hatte, erschlagen. Ray Dargen hatte das nicht gekümmert. Wie er zu seiner Frau sagte: »Die Idioten hätten wissen sollen, dass man nicht so dicht an der Felswand campiert.«

Eine zweite Crew war vorsichtiger; sie brachte die Arbeit zu Ende und berichtete Dargen, das Gold im Bach stamme aus einer kleinen Ader, deren Abbau aber die Kosten nicht lohne. Sie hatten ihm auch erzählt, dass oben auf dem Tafelfelsen Zeremonienfeuer zu sehen seien, und seltsame Symbole seien in den Fels geschnitten, ganz zu schweigen davon, dass sie spät nachts im Zelt ein Geräusch wie von Flügeln über sich gehört hätten. Aber Ray Dargen interessierte sich für Gold, nicht für das, was er »Indianerzauber und anderen Quatsch« nannte.

Und so saß er jetzt auf sechshundert Hektar welligen, steinigen, trockenen Geländes und knirschte mit den Zähnen, wenn er an das wertlose Land dachte, das einfach da herumlag, ohne dass irgendjemand dumm genug gewesen wäre, es ihm abzukaufen. Der Sinn des Lebens für einen Geschäftsmann war es, Geld zu machen, nicht Geld auszugeben. So sah er die Sache, aber er zahlte immer noch Steuern für einen wertlosen Grundbesitz.

Zwei Jahre nach dem Landkauf hatte es ein ziemliches Aufsehen um die indianischen Grabhügel auf der anderen Seite des Tafelfelsens gegeben, und zwar auf seinem Besitz. Der Anthropologe hatte ganz harmlos gewirkt, als er um die Genehmigung gebeten hatte, das Areal zu vermessen und möglicherweise Ausgrabungen vorzunehmen; Ray Dargen war mit anderen Dingen beschäftigt gewesen und hatte ihm eine schriftliche Erlaubnis gegeben, ihn allerdings auch gebeten, ihn über das, was dort geschah, auf dem Laufenden zu halten. Dann war ihm nach und nach klar geworden, dass mit dem Quatsch vom heiligen Indianerland ein bisschen Geld zu machen sein könnte. Ein Pech, dass der Anthropologe einige Zeit später von einem Tafelfelsen zu Tode gestürzt war, aber die darauf folgende Unterbrechung der Arbeiten hatte ihm Gelegenheit gegeben, seine Genehmigung zurückzuziehen und die Wissenschaftler von seinem Land zu verjagen.

Was er mit den Indianerhügeln anfangen sollte, hatte er nicht gewusst, aber irgendwie musste doch Geld damit zu machen sein, und die »Avenue der Prärie«

hatte ihn auf die richtige Idee gebracht. Er würde das Gelände in ein Gewerbegebiet umwidmen lassen und einen Vergnügungspark errichten, der »Indian Mysteryland« heißen sollte. Ein paar der Hügel ausgraben, ein kleines Museum für die Fundstücke bauen und einen Kurator engagieren, der Führungen machte und Geistergeschichten erzählte. Die Touristen vom Highway locken, damit sie hier Halt machten und sich alte Knochen und Töpfe anguckten und dabei Geistergeschichten hörten, und nebenbei konnten sie in dem Restaurant essen, das Ray Dargen ihnen hinstellen würde, und ihre Kiddies konnten auf den Karussellen fahren, die Ray Dargen für sie bereithalten würde.

Ein großes Unternehmen im Osten war bereits dabei, die Fahrgeschäfte zu entwerfen, und hatte ihm auch schon die geplanten Namen geschickt: Buffalo Hunt, War Party, Pow Wow und Bad Medicine. Die Namen gefielen ihm genauso gut wie zwei andere Vorschläge der Berater: das Mysteryland-Labyrinth – ein Spaß für Jung und Alt, und die Pionier-Kapelle, in der sich vielleicht Schnelltrauungen arrangieren ließen, wenn man an bestimmten Staatsgesetzen ein wenig drehte. Die Möglichkeiten erstreckten sich vor ihm wie die Prärie selbst: Postkutschenfahrten mit gespielten Indianerüberfällen. Ein Motel auf dem Gelände, das »Wigwam Motel«, die einzelnen Einheiten aus Beton gegossen und geformt wie Tipis. Er würde ein unterirdisches Restaurant anlegen und »Ceremonial Chamber« nennen. Motto: »Wohnen im Tipi, essen unter der Erde«.

So kam eins zum andern. Ein Souvenirladen namens »Geronimo's Hide-out – Schmuck und Mokassins für die ganze Familie«. Einer seiner Geschäftspartner erinnerte ihn daran, dass Geronimo Apache und nicht Sioux gewesen war und im Südwesten operiert hatte.

Dargen starrte ihn an, ungeduldig und genervt von solchen Details: »Was soll's, zum Teufel – dann nennen wir es eben anders. Ist doch egal. Glauben Sie, die Touristen kennen den Unterschied oder interessieren sich dafür?«

Und da war noch mehr. Ray Dargen hatte herausgefunden, dass es einen regen Handel mit indianischen Artefakten gab, die illegal oder auf andere Weise erworben waren, und er hatte Kontakt zu bestimmten Museen und Privatsammlungen, die daran interessiert waren, auf diskretem Wege Fundstücke aus seinen Ausgrabungen zu kaufen. Fundstücke, Vergnügungspark und das Land entlang der Highway-Trasse, das er und seine Geschäftspartner nach und nach unauffällig zusammenkauften – das alles würde die »Avenue der Prärie« zu seinem ganz privaten Goldesel machen. Wie immer würde er die Gegebenheiten im Sinne seiner Habgier zurechtbiegen. Diese Art von kühnem Denken hatte das Land zu dem gemacht, was es war und ist. So sah Ray Dargen die Sache.

Und dann, dann, gerade als es so aussah, als sei der Besitz doch noch zu einer Goldmine zu machen, war irgendein hergelaufener Agitator namens McMillan gekommen und kämpfte mit zwei anderen gegen den Highway. Dargens erster Schritt war ein Besuch bei Ralph Geigle, dem Präsidenten des Three Buttes Community College.

»Ralph, dieser Biologielehrer, den Sie da haben, oder was immer er sein mag – Moore heißt er, glaube ich –, muss in dieser Highway-Angelegenheit zur Vernunft gebracht werden. Sagen Sie ihm, es gibt noch jede Menge Vögel auf der Welt, die er angucken kann. Sie können ihm auch sagen, dass ich im Vorstand der Bank sitze, bei der er gerade ein Privatdarlehen beantragt hat;

da geht's irgendwie um die Pflegeheimkosten für seine Mutter. Vergessen Sie nicht, ihm das zu sagen. Hey, es wird bald Zeit für die Spendensammlung für Ihr neues Gebäude, oder?«

»Ja, stimmt, Ray. Tatsächlich wollte ich mich darüber demnächst mit Ihnen unterhalten. Und machen Sie sich keine Sorgen, ich werde ein freundschaftliches Gespräch mit Moore führen. Übrigens gibt es an der Fakultät hier keine Dauerstellen wie an den staatlichen Colleges.«

»Gut. Ich wusste, ich kann mich auf Sie verlassen, Ralph. Wenn unsere Frauen weiterhin in die Hauptstadt fahren und sich die teuren Kleider für ihre Bridge-Turniere dort kaufen wollen, müssen wir die Konjunktur hier in der Gegend ein bisschen anheizen. Man muss seine Kosten schließlich decken, nicht wahr?«

Ray Dargen stand auf und schüttelte Ralph Geigle kräftig die Hand. »Lassen Sie mich wissen, was Sie für Ihr neues Gebäude brauchen. Dann gibt meine Sekretärin einen Scheck in die Post.«

Als Senator Harlan Sterk zwei Tage später zu seinem monatlichen Zuhör-Wochenende mit seinen Wählern in Falls City eintraf, verbrachte er den größten Teil dieses Wochenendes mit einem speziellen Wähler namens Ray Dargen.

»Beruhigen Sie sich, Ray. Diese Dinge brauchen Zeit. Es gibt so etwas wie gesetzliche Verfahrensbestimmungen, wissen Sie.«

»Senator, ich interessiere mich nicht für Gesetze, und ich interessiere mich nicht für Verfahrensbestimmungen. Was mich interessiert, ist das Geschäft. Haben Sie eine Ahnung, wie viel Geld ich in Grundstücken entlang dieser Straße festliegen habe, die angeblich gebaut werden soll? Genug, um Sie noch eine ganze Weile im Amt zu halten. Mein Beitrag zu Ihrem letzten Wahlkampf lag etwas über zwanzigtausend Dollar, und so viel Geld gebe ich nicht aus, bloß damit die Demokratie besser funktioniert. Sie wissen das, und ich weiß das. Unser Freund Bill Flanigan von der *High Plains Development* erzählt mir, dass Senator Wheems, der die treibende Kraft bei diesem Projekt ist, Straßenbauingenieure beauftragt hat, festzustellen, ob der Trassenverlauf geändert werden kann, damit diese Piepvögelchen verschont bleiben. Harlan, Sie müssen mir garantieren, dass es nicht dazu kommen wird. Ich erwarte, Anfang nächster Woche von Ihnen zu hören.«

Der Chefingenieur hatte Wheems' Anfrage nach einer möglichen Änderung des Straßenverlaufs sorgfältig geprüft. »Senator Wheems, wir haben uns die Pläne für den Prärie-Highway noch einmal angesehen. Es hat sich herausgestellt, dass wir das Areal, wo diese Vögel ein Problem darstellen, umgehen können. Aber eine große Straße ist ein System: Verändern Sie einen Teil, müssen Sie auch viele andere Dinge verändern. Es würde bedeuten, den gesamten Highway etwa vierzig Meilen weit westlich von Falls City und Livermore verlaufen zu lassen, was – am Rande bemerkt – nach unseren ursprünglichen Berechnungen ohnehin eine effizientere Streckenführung wäre, sowohl hinsichtlich der Baukosten als auch im Blick auf Fahrtzeiten; die derzeitige Planung bedeutet tatsächlich, dass ein Umweg gemacht wird, nur um Falls City und Livermore anzubinden. Sollen wir also die Alternative ausarbeiten, die an den Vögeln vorbeiführt?«

»Nein. Mein guter Freund Senator Sterk bekommt echte Schwierigkeiten durch eine solche Änderung.

Lassen Sie es vorläufig einfach beim Alten.« Jack Wheems legte auf und wandte sich an einen Referenten. »Verbinden Sie mich mit Harlan Sterk.«

»Senator Sterk ist in Florida. Er hat eine Nummer hinterlassen, aber er sagte, es könne schwierig werden, ihn zu erreichen. Soll ich es trotzdem versuchen?«

»Nein. Dann rede ich mit Cal Akers von der Handelskammer.«

Akers meldete sich. »Guten Tag, Senator. Was gibt's?«

»Ich kann Harlan nicht erreichen, deshalb spreche ich mit Ihnen. Sie können Ihren Kumpels da draußen in dem Kuhkaff sagen, dass wir die Änderungspläne für den Highway haben fallen lassen. Aber sagen Sie ihnen auch, dass die Finanzierung für dieses Projekt von Anfang an eine heikle Sache war und dass ein paar Mitglieder des Ausschusses für öffentliche Bauten und Verkehr allmählich zu wackeln anfangen. Wenn Ihre Leute sich also nicht vorsehen, kriegen wir überhaupt keinen Highway.«

»Okay. Ich hab eben mit Bill Flanigan von der *High Plains Development Corporation* gesprochen. Anscheinend gab es Gewalttätigkeiten oder zumindest entsprechende Drohungen gegen diesen Carlisle McMillan. Flanigan versucht rauszukriegen, was da los ist.«

»Herrgott, Cal, können diese Leute denn überhaupt nichts richtig machen? Kein Wunder, dass da alles zusammenbricht.«

»Schnallen Sie sich an, Senator. Es wird noch interessanter, wenn das das richtige Wort ist. Schon mal von einem Verein namens EWU gehört? Das bedeutet Earth Warriors United oder so was. Vereinigte Krieger der Erde. Na, ich kannte sie nicht, bevor Flanigan anrief. Das ist eine Gruppe von radikalen Umweltschützern irgendwo aus dem Westen, und die juckt's in den Fingern, hier mitzumischen. Drei von ihnen sind vor zwei Tagen mit einem alten Lieferwagen in Salamander angerollt und haben angefangen, herumzuschnüffeln. Es geht das Gerücht, sie wollen den Wasserturm von Salamander in die Luft jagen, wenn der Highway durch das Siedlungsgebiet der T-Falken geht, und das wäre nur der Anfang. Wie ich höre, hat einer von ihnen gesagt, vielleicht machen sie es sowieso, nur damit die Öffentlichkeit darauf aufmerksam wird, was da draußen vorgeht. Der Rädelsführer dieser Truppe ist angeblich ein Typ namens Riddick, der unter dem Verdacht steht, letztes Jahr Fässer mit Altöl in das Haus eines Ölmanagers gerollt zu haben, als der gerade in seinem Swimmingpool rumplätscherte. Am Ende dieser kleinen Veranstaltung war alles voll Öl, auch der Manager und seine Frau. Riddick ist aber nicht bei den EWU-Leuten in Yerkes County, jedenfalls noch nicht. Nach dem, was ich so höre, ist er auch an anderen Sauereien beteiligt. Es heißt, er ist ein richtig übler Bursche.«

»Na, wenn neben den Vögeln und Dargens Mätzchen jetzt noch solche Geschichten dazukommen, kann ich Ihnen garantieren, dass der Bauausschuss sich überlegen wird, das Geld für die Straße woanders hinzuschicken, und daran werde ich nichts ändern können. Ich werde das FBI auf diese EWU ansetzen. Wann soll die öffentliche Anhörung in Yerkes County stattfinden?«

»Mitte Februar, in Livermore. Flanigan rechnet damit, dass McMillan bei dieser Anhörung Ärger machen wird.«

»Mit wem zum Teufel haben wir es da eigentlich zu tun, Cal? Wer genau ist dieser McMillan?«

»Flanigan sagt, er ist ein harter Brocken, Senator. Er ist ruhig, intelligent, glaubt an das, was er tut, und macht seine Hausaufgaben.«

»Können wir ihm irgendwie Druck machen? Finanziell vielleicht? Wovon lebt er? Bei wem hat er Kredite laufen?«

»Wir haben auch schon in diese Richtung gedacht, Senator. Ich hab Flanigan danach gefragt. Flanigan hat Nachforschungen angestellt und sagt, McMillan ist schuldenfrei bis auf einen kleinen Betrag, den er für das Grundstück noch abbezahlen muss – tausend oder zweitausend Dollar. Er ist Tischler – Zimmermann, sagen die Leute. Ist schwer, ihn zu boykottieren, weil er verdammt gut ist, und er arbeitet allein. Die Ärzte und Rechtsanwälte in Falls City haben genaue Vorstellungen davon, wie ihre Häuser aussehen sollen, und sie glauben, er ist der Einzige weit und breit, der sie erfüllen kann. Mit anderen Worten, er operiert außerhalb der üblichen ökonomischen Kanäle.

Und jetzt hören Sie sich Folgendes an, Senator: Sie wissen von diesem Ray Dargen. Na ja, Flanigan sagt, einem alten Witz zufolge, der da draußen erzählt wird, wurde Dargen nicht geboren. Er ist mit einer Ölpest angeschwemmt worden, ausgewachsen und mit Verträgen wedelnd. Fällt offenbar nicht schwer, das zu glauben. Dargen hat nicht bloß seit über einem Jahr Land entlang der Highway-Strecke aufgekauft, und zwar mit Hilfe von Informationen, zu denen er als Mitglied der Straßenbaukommission Zugang hatte. Anscheinend hat er auch ein paar schwere Geschütze gegen einen Mann aufgefahren, der McMillan geholfen hat, einen Dozenten vom Community College. Und wissen Sie, was passiert ist? Vor ein paar Tagen fuhr McMillan zu Dargens Büro in Falls City, marschierte da rein, beugte sich über den Schreibtisch und sagte so ruhig und leise, dass nur Dargens Sekretärin es mitbekam: *Mr Dargen, ich weiß über Ihre Schiebereien Be-*

scheid, und bevor diese Sache vorbei ist, werden Sie sich mit fünf bis zehn Jahren Knast beschäftigen dürfen. Sie haben die Spielregeln aufgestellt, ohne Fragen und ohne Pardon. Ist mir recht, Padre: Jetzt spielen wir nach Ihren Regeln. Kein Witz, Senator – genau das hat er gesagt. Und wissen Sie was? Seitdem ist Ray Dargen ziemlich still, sagt Flanigan. Anscheinend hat McMillan den Verdacht, dass der Streckenverlauf gefingert wurde und dass Dargen auf Grund von Insider-Informationen Landkäufe vorgenommen hat, von denen er und seine Partner profitieren. Er wird diese Sache mit aller Macht vorantreiben und womöglich uns allen in den Arsch rammen.«

»Um Gottes willen, Cal.« Der Senator wurde einen Moment lang still und dachte nach. »Wissen Sie, unter anderen Umständen könnte dieser McMillan mir beinahe gefallen. Wie die Dinge jetzt liegen, müssen wir ihn festnageln oder ihm das Maul stopfen. Und die beste Methode, das zu schaffen, besteht einfach darin, dass der Highway so schnell wie möglich gebaut wird. Dann werden die Leute die Vögel und Dargen und McMillan vergessen und wieder an ihre Arbeit gehen.«

Als Jack Wheems mit Cal Akers gesprochen hatte, warf er einen Blick auf den Kalender – noch sechs Tage bis Ende Januar –, und dann ging er zu seinem Fenster im Senatsgebäude und schaute hinaus auf den Verkehr unter ihm. Die Rush Hour war fast vorbei. Er fragte sich, was ein Zimmermann namens Carlisle McMillan zu dieser Tageszeit draußen in der Prärie wohl tun mochte.

Carlisle las. Er las einen Brief von Gouverneur Jerry Gravatt.

Sehr geehrter Mr McMillan,
zunächst darf ich Ihnen versichern, dass ich Ihre Sorge um eine gesunde Umwelt teile, eine Umwelt, in der wir alle im Einklang mit der Natur leben und zugleich eine blühende Wirtschaft für die Prärie aufbauen können. Es wäre mir sehr daran gelegen, über unsere gemeinsame Sorge zu diskutieren. Auf Vorschlag von Mr Ray Dargen, Mitglied der staatlichen Straßenbaukommission, habe ich daher meine Sekretärin gebeten, mit Ihnen einen Termin zu vereinbaren, an dem wir uns alle zusammensetzen und einen zufriedenstellenden Kompromiss in einer Angelegenheit finden können, die der Lösung bedarf. Wenn diese Zusammenkunft stattfinden kann, glaube ich zuversichtlich, dass wir Grund zum Optimismus haben.
Mit freundlichen Grüßen
Jerry
Hon. Jerry Gravatt, Gouverneur

Dumptruck wandte den Kopf und sah mit beträchtlichem Interesse, wie der zusammengeknüllte Brief in Carlisle McMillans Küchenabfalleimer flog. Etwas früher am selben Tag hatte eine Gruppe von Männern den dicken Kater erschreckt, als sie an die Tür klopften. Carlisle war auf die Veranda hinausgetreten und hatte sich einer vierköpfigen Delegation des »Livermore Civic Boosters Club« gegenübergesehen, eines Vereins, der sich die Förderung von Geschäftsleben und Konjunktur zum Ziel gesetzt hatte.

Sie scharrten mit den Füßen und brachten es irgendwann über sich, sich vorzustellen. Einer trat als Sprecher auf.

»Mr McMillan, Sie sind Geschäftsmann genau wie wir, und dieser Highway wird eine Menge Zimmermannsarbeit mit sich bringen, weil er wirtschaftliches

Wachstum bedeutet. Finden Sie nicht, dass Sie sich ein bisschen unvernünftig verhalten?«

Carlisle starrte sie an; ihre Naivität machte ihn fassungslos. Hatten sie wirklich so wenig Empfinden für das, was er tat, und für das, was mit den Falken passieren würde? Offensichtlich ja, und in gewisser Weise taten sie ihm leid. Er atmete zwei Mal durch, schaute zum Himmel und dann auf die Männer in ihren Mänteln und sagte: »Nein.« Er nickte höflich und schloss die Tür.

Als Gouverneur Gravatts Brief den Rand des Abfalleimers traf und dort einen Augenblick verharrte, bevor er hineinfiel, hörte Carlisle das Klirren von Glas in seinem Wintergarten. Zuerst dachte er, ein Eichhörnchen sei kopfüber hineingesprungen. Dann hörte er einen Gewehrschuss und warf sich zu Boden. Hastig robbte er zum Fenster und riss den verwirrten und verschreckten Dumptruck vom Fenstersims herunter. Er hielt den zappelnden Kater fest und blieb in Deckung, als ein dritter Schuss den Wintergarten traf. Dann war es still, aber Carlisle blieb noch ein paar Minuten auf dem Boden liegen, ehe er sich aufrichtete und durch die Ecke des Fensters hinausspähte. Nichts.

Der Professor in Stanford hatte gesagt, es werde ruppig zugehen. Er hatte recht gehabt. Nachdem er sich den Schaden angesehen und die Pflanzen ins Haus getragen hatte, verschloss Carlisle die Wintergartentür und setzte sich an seinen Holzofen. Er fragte sich, ob es sich lohnte, den Wintergarten zu reparieren. Dumptruck sprang ihm auf den Schoß und ließ sich schnurrend nieder.

Am nächsten Tag nahm ein Deputy vom Yerkes County Sheriff Department den Wintergarten in Augenschein.

»Sieht aus, als ob jemand mit einem Gewehr von der

Straße herauf geschossen hat. Die Patronenhülsen im Graben sind Kaliber .30-06, ein ziemlich schweres Geschoss. Ich würde sagen, sie haben getroffen, worauf sie gezielt haben. Die Jungs hier auf dem Land sind ziemlich gute Schützen, und wenn sie auf Sie geschossen hätten, würden wir uns jetzt wahrscheinlich nicht unterhalten. Wir werden den Fall untersuchen, aber im Moment sind Sie nicht besonders populär in dieser Gegend, Mr McMillan, und ich an Ihrer Stelle würde mich vorsehen.«

16

Einer von denen, die sich um Susanna Benteen bemüht hatten – und es gab viele, die es versucht hatten, und fast so viele, die dabei gescheitert waren –, war George Riddick. Das war ein paar Jahre vor den Plänen für die »Avenue der Prärie« gewesen.

Das Nomadenleben hat seinen eigenen Code, und wer in seinem Leben eine Zeit lang ungebunden und frei durch die Welt gereist ist, ohne Ziel außer der Suche nach einem Ziel, kennt seine Zeichen und Symbole. Eine leise Müdigkeit nach vielen Meilen und unregelmäßigem Schlaf, die abgestoßenen Schuhe und der alte Rucksack neben deinem Stuhl in einem Café in der Wüste, wo die Nachmittagssonne schräg durch staubige Fenster fällt. Die Art, wie du deinen Kaffee trinkst – langsam – und deine Zigaretten und dein Kleingeld zählst – sorgfältig –, um dich zu vergewissern, dass es noch genug ist für den Bus, der seine Tür mit einem Seufzen aufschwingen lässt und dich zum nächsten Ort bringt, und dann zum übernächsten.

In Topock, Arizona, an der Strecke nach Kalifornien, hatte Susanna Benteen auf einen Bus gewartet, der nicht kam. »Gracie's Café«, wo der Bus hielt, würde um fünf schließen, und es war schon vier. Das Lokal war leer bis auf Gracie und Susanna und den großen Mann mit dem schwarzen Bart, der Kaffee trank und zwei Mal zu Susanna herüberschaute und die Zeichen und Symbole der Straße an ihr sah.

Ein Telefon klingelte an der Wand hinter der Kasse.

Gracie ging hin, und dann kam sie zu Susanna an den Tisch. »Miss, es tut mir leid, aber der Bus hatte in Kingman eine Panne und kommt erst morgen. In Topock können Sie nirgends übernachten, aber wenn Sie es noch nach Needles schaffen, finden Sie bestimmt ein Zimmer.«

So ging es auf der Straße, und Susanna Benteen hatte gelernt, damit zu leben. Sie überlegte. Schon oft im Leben war sie in einer solchen Klemme gewesen. Der überbuchte PanAm-Flug von Delhi an einem Freitagabend, als die nächste verfügbare Maschine erst am Dienstag ging. Der Zug, der an einem Landbahnhof fünfzig Meilen südlich von Brüssel gehalten hatte, wo alle Fahrgäste aussteigen mussten, weil der Zielbahnhof in Brüssel bereits überfüllt war mit Zügen, die wegen eines Wintersturms nicht weiterfahren konnten. Der Lastwagen ihres Vaters, der hundert Meilen vor Olduvai kaputtgegangen war.

Die Teekanne vor ihr war fast leer. Susanna goss den letzten Rest heißes Wasser in ihre Tasse und betrachtete die Möglichkeiten, die ihr offenstanden. Praktisch keine. Draußen saßen drei Männer auf einem alten Auto, lachten, spuckten auf den Boden und blickten manchmal zu ihr herein. Der winterliche Sonnenuntergang würde in einer halben Stunde kommen; das Licht in der Mojave schwand schnell. Das Alleinreisen hatte seine Vorteile, aber eine Situation wie diese gehörte für eine Frau nicht dazu. Ein Mann könnte jetzt hinausgehen, gegen ein paar Autoreifen treten und einem der Jungs ein paar Dollar für eine Fahrt nach Needles bieten. Eine Frau fand so etwas riskant, und aus gutem Grund. Ungerecht – aber so war es nun mal. Susanna gefiel es nicht, aber sie begriff es.

Der große Mann kam von der Theke herüber. »Hören Sie, ich will eigentlich nach Flagstaff, aber ich fahr Sie gern nach Needles rüber, wenn Sie hier festsitzen.« Sie sah zu ihm auf. Er war höflich zu Gracie gewesen, als er seinen Kaffee bestellt hatte. Ein gewisses Risiko war es trotzdem. Sie kalkulierte es, sah ihn wieder an und sagte: »Danke. Das wäre schon sehr nett von Ihnen ... Ich könnte Ihnen für Ihre Mühe etwas bezahlen.«

»Nicht nötig. Ist ja nicht weit. Ich heiße George Riddick.«

Er nahm ihren Rucksack und hielt ihr die Tür auf, und sie gingen zu seinem Lieferwagen. Die Jungs draußen traten gegen ihre Autoreifen, spuckten aus und zwinkerten einander zu, bösartig und vielsagend. Als Susanna und der Mann an ihnen vorbeigingen, sagte einer von ihnen absichtlich so laut, dass Susanna es hören konnte: »Hast Glück, dass du dir die Süße grade noch gegriffen hast, Rauschebart. Wir waren nur noch einen Schritt davor.«

Riddick stellte Susannas Rucksack ab, drehte sich zu dem Mann um und schlug ihm ins Gesicht, so heftig, dass der Mann taumelte und beinahe gestürzt wäre. Die beiden anderen, die am Wagen gelehnt hatten, richteten sich auf, und die Hormone kamen ins Blubbern: gefallener Kamerad, Ehre der Wüste, all das. Riddick sah sie an, grinste und wartete. Als sie sich nicht rührten, hob er den Rucksack auf, öffnete Susanna die Wagentür und stellte den Rucksack zu ihren Füßen ab. Sie zitterte ein bisschen. Die rohe, jähe Gewalttätigkeit, mit der der Mann reagiert hatte, erschreckte sie.

In dem Lieferwagen roch es nach Zigarrenrauch. Überall war Werkzeug verstreut, und auf dem Rücksitz lagen alte Kaffeebecher. Er drehte den Zündschlüssel um und sah zu ihr herüber. »Tut mir leid, der Blödsinn mit diesen Halbaffen, aber bei solchen Schlaubergern brennt mir leicht eine Sicherung durch.«

Der Knoten in ihrem Bauch lockerte sich ein wenig, aber nicht sehr viel. Sie verschränkte die Hände auf dem Schoß und kam zu dem Schluss, dass Reden vielleicht helfen würde. »Wohnen Sie in Flagstaff?«

»Nein, südlich davon in den Bergen, in der Nähe eines Ortes namens Sedona. Schon mal davon gehört?«

»Ja. Ich war mal dort, aber nur auf der Durchreise. Es war schön.«

»Wohin wollen Sie denn?«

»New Haven ... Connecticut. Da hab ich gewohnt, bevor mein Vater starb, und ich hab ein paar Erbangelegenheiten zu regeln.«

»Ich kann Sie bis Flagstaff mitnehmen, wenn Sie wollen. Von da kriegen Sie ohne Probleme einen Bus.«

Drei Stunden später bogen sie südlich von Flagstaff nach Süden ab, und Susanna fuhr mit George Riddick weiter zu seinem Haus in den Bergen. In den zwei Monaten, die sie dort verbrachte, rührte er sie niemals an und versuchte es auch nicht. George Riddick lebte ein asketisches Leben, geboren aus einem Zorn, der niemals verging, und Sex gehörte nicht mehr zu seinem Leben.

Aber in all den Jahren wusste sie, dass er da draußen war und sich um die Dinge kümmerte, die ihm wichtig waren. Immer spürte sie seine dunkle Erscheinung hinter gelegentlichen Zeitungsartikeln über schreckliche Gewalttaten gegen Leute und Organisationen, die Riddick verhasst waren. Weder in den Gerüchten noch in den Artikeln kam je sein Name vor, aber sie wusste, dass er es war, ein rächender Geist von irgendwo da draußen in einem alten Dodge-Van mit abgefahrenen Reifen, von dessen Kotflügeln der Rost bröselte. Eine abgesägte Pumpgun, Kaliber 12, und eine 9-mm-Beretta, beide in Öltuch gewickelt hinter dem Fahrersitz verstaut, wo er sie mühelos erreichen konnte. Riddick in fleckiger Khakihose, abgetragenem Flanellhemd und Springerstiefeln, mit einer schwarzen Baseballmütze, auf der »Earth Warrior« stand, handgestickt. Eine alte Armeejacke mit einem Streifen Isolierband über der rechten Brusttasche, der seinen aufgestanzten Namen verdeckte. Die kalte Zigarre in seinem Mund und der dichte, grau gesträhnte Bart, der seine Brust streifte, wenn er nur leicht mit dem Kopf nickte.

Unter all den Spielarten des radikalen Umweltschützertums – vom stillen Protest über zivilen Ungehorsam bis zur harten Gewalt – war Riddick einzigartig. Er stand weit oberhalb jeder Skala. Das hatte Susanna in der Zeit, in der sie ihn kannte, begriffen, und die wilde, unerbittliche Intensität, mit der er seine Ziele verfolgte, hatte sie erschreckt und zugleich auf eine beinahe erotische Weise fasziniert.

Der Sierra Club? Er nannte sie Politiker, Kens und Barbies in 300-Dollar-Daunenjacken. Und PlanetFire mit ihren Sommertreffen und ihren tollpatschigen Versuchen, die Stromleitungen zu sprengen, die von den Kraftwerken im Südwesten heraufführten? Riddick verachtete sie als Dilettanten, kleine Saboteure, die Edward Abbey lasen, im Dunkeln ihre Spielchen trieben und sich an den Manifestationen der Technologie vergriffen statt an den Umweltzerstörern selbst.

Einmal sagte er zu Susanna: »Ich bin das, was kommt, wenn alles andere versagt hat. Was ich tue, ist nicht besonders bewundernswert; es muss einfach getan werden. Wenn Prävention nicht möglich ist, ist Vergeltung das Nächstbeste, und wenn die Vergeltung gewiss ist, und wenn sie hart genug ist, wird sie irgendwann vielleicht zur Prävention durch Angst werden.«

Riddick hatte schon früher sein Leben aufs Spiel gesetzt. Zwei »Purple Hearts« und ein paar andere Orden, die er alle schon vor Jahren auf den Müll geworfen hatte. Ja, er war da gewesen, unter Blutegeln und Schlangen und Malaria und kleinen Männern in schwarzen Pyjamas, die Waffen und Reis über ausgetretene Pfade unter dem Blätterdach des kambodschanischen Dschungels transportiert hatten. In den Anfangstagen hatte das M-16 nicht gut funktioniert und in kritischen Augenblicken Ladehemmung gehabt; deshalb hatte Riddick dafür gesorgt, dass man ihm eine Remington-Pumpgun, Kaliber 12, zugeschmuggelt hatte. Er sägte den Lauf kurz ab, kroch damit durch den Dschungel und wurde zu einer Killermaschine, die die Welt für wirtschaftliche Entwicklung und Biotechnologie sicher machte.

George Riddick hatte keine Pläne, die über den Nachmittag oder die Nacht oder den folgenden Tag hinausgingen. Hatte nichts weiter zu tun, als sein Leben damit zu verbringen, dass er symbolische Schläuche von den Abwasserrohren und Schloten der Naturschänder zurück in die Managementbüros verlegte.

Und dabei hatte er seine Methoden, dieser George Riddick. Schon mal ein großes Glas grippegrüne Pisse aus Ihrer Abwasserleitung getrunken? Schon mal in einem Plastikbeutel geatmet, der voll war von hundescheißebraunem Ruß vom Schlot Ihrer Fabrik, die Sie ein kleines Stück weit hinter der Grenze in Matamoros aufgestellt haben, um den strengeren Umweltschutzverordnungen der USA zu entgehen? Schon mal eine Scheibe gelbes, von Maden wimmelndes Fleisch von dem Delphin gegessen, der eine Woche zuvor in den Netzen Ihrer Thunfischfangflotte erstickt ist? Wenn Sie George Riddick unter den richtigen Umständen über den Weg gelaufen wären, hätten Sie es getan, ganz sicher. Die Managementwelt der guten Hotels und adretten Jahresberichte hätte Sie auf den Umgang mit der bösartigen Elementargewalt namens George Riddick vorbereitet. Und Sie wären gut motiviert gewesen, aufrichtig zu trinken, tief zu atmen, eingehend zu kauen. Motiviert durch die Beretta, die sich in Ihren Sack bohrte, durch das Scheppern Ihres 12-Zylinder-Jaguars, der in seine ursprünglichen Moleküle zertrümmert wurde, durch den Anblick Ihrer Frau, die sich würgend bemühte, die Fetzen ihres Nerzmantels zu schlucken, während ihr der Schädel kahl rasiert wurde.

George Riddick zog eine holprige, regellose Spur von traumatisierten Konzernmanagern und Regierungsbeamten hinter sich her, von denen viele sich nach einer einzigen Begegnung mit ihm in den Ruhestand hatten versetzen lassen. In den feinen Urlaubsorten der Karibik verbreiteten sich die Gerüchte über Riddick von Liegestuhl zu Liegestuhl. Die Villa in Jumby Bay kostete tausendvierhundert Dollar pro Nacht, und man hielt die Insulaner davon fern, aber nichts konnte Sie vor Riddick retten, wenn er beschlossen hatte, zu Ihnen zu kommen. Das erzählten sie einander, ein Longdrinkglas in der Hand, und im warmen Sonnenschein überlief sie ein leises Frösteln.

George Riddick wusste, dass die Reichen selten von den Problemen betroffen waren, die sie schufen. Andere waren das, Menschen und Tiere gleichermaßen, aber das fochten Anwälte aus, in abstrakten Kategorien, die weit entfernt waren von der Alltagsrealität in den Designerbüros der Manager. George Riddick sorgte dafür, dass sie die Konsequenzen ihrer Entscheidungen auf sich nahmen, körperlich und emotional. Man sagte, er sei das unerwartete Echo dessen, was sie getan hatten, und dass sie es sich lange überlegen würden, bevor sie das Gleiche noch einmal taten, nachdem er ihre Seele und ihre Männlichkeit durch den Wolf gedreht hatte.

Wie Riddick zu Susanna Benteen sagte: »Ich liefere lediglich ein zusätzliches Resultat der schlechten Entscheidungen, die manche Leute treffen.«

Ja, George Riddick war dort draußen gewesen, und er war immer noch da, mit dem Sticker auf seinem Armaturenbrett, auf dem stand: BESTRAFT DIE SCHWEINE! Wenn sie gegen die Maßstäbe verstießen, die er eigenhändig aufgestellt hatte, würde er kommen. Nicht sofort, aber er würde kommen … irgendwann. Und wenn er von Zeit zu Zeit durch die Mojave fuhr, dachte er an Susanna Benteen und wünschte, sein Herz wäre an einem Ort gewesen, wo er eine solche Frau für sich hätte haben können.

17

Der alte Mann:

»Wie ich feststellte, hatten Carlisle McMillan und ich neben unserer Sympathie für Gally Deveraux mindestens eine weitere Überzeugung gemeinsam: Keiner von uns beiden hatte viel übrig für die Scharen von Männern in gleichförmigen Blazern, die sich Gemeindevertreter und dergleichen nennen. Sie kennen die Typen. Sind leicht zu erkennen. Die mit dem einmassierten Grinsen auf den körnigen Schwarzweißfotos in der Zeitung, wo sie immer hinter einem Bürgermeister oder einem Gouverneur oder irgendeiner anderen Anzugpuppe stehen, wenn ein Band zerschnitten wird zu Ehren eines neu errichteten Tempels für den menschlichen Erfindungsreichtum, den Mammon und das Pionierkorps der Armee.

Ich kann sie hauptsächlich deshalb nicht ausstehen, weil sie immer so verflucht fröhlich sind. Verstehen Sie mich nicht falsch: Es herrscht ein bedenklicher Mangel an Fröhlichkeit auf der Welt, und ich bin jederzeit für gute Laune. Aber wenn Sie sich die Bilder genau anschauen, lesen Sie H-A-B-G-I-E-R auf den sorgsam polierten Zähnen. Man erkennt es sogar auf schlechten Fotos. Ihre überschäumende Fröhlichkeit kommt nicht vom Anblick eines guten Sonnenuntergangs über dem Little Salamander River oder von dem einfachen Bewusstsein, dass ihnen ein weiterer Tag ihres Lebens geschenkt wurde, sondern von den süßen Träumen von dem Geld, mit dem sie etwas anfangen werden, das ihnen noch mehr Geld einbringt. Was sie am Ende mit all dem Geld vorhaben, ist mir nicht klar. Aber ihnen vielleicht auch nicht.

Was mir außerdem auffällt, ist die Tatsache, dass dieses Zerschneiden von Bändern fast immer etwas mit der Zerstörung der Natur zu tun hat. Diese kleine Blazer-Armee hat eine besondere Vorliebe für Projekte wie Highways, Staudämme, Atommülllagerstätten und gigantische Brücken, für richtig große Pläne jeder Art, die von Steuerzahlern finanziert werden, zu denen sie selbst nicht gehören, und die anscheinend immer einen großen Schaden an der Natur anrichten. Sie benutzen oft das Wort Fortschritt, wenn sie über diese Dinge reden; in letzter Zeit ersetzen sie es aber gelegentlich auch gern durch wirtschaftliche Entwicklung.

Sie tragen ihre kostbaren Blazer-Outfits nur, wenn die Katze aus dem Sack ist – das heißt, wenn das Projekt verwirklicht oder wenn es so weit gediehen ist, dass man es nicht mehr aufhalten kann. In den Phasen davor sind sie zu sehr mit Spionage und Komplotten beschäftigt, und da halten sie sich bedeckt. So können sie die allgemeine Bevölkerung mit ihren Staunen erregenden Unternehmungen überraschen, wenn die Projekte in voller Größe dastehen und nur noch realisiert werden müssen. Diese Überraschung hat ja auch den Vorzug, dass sie solche Projekte wie eine Kanonenkugel jedem durch den Bauch und hinten wieder rausballern können, der die Impertinenz besitzt, die Frage nach den Vorzügen eines besonders majestätischen Unternehmens im Verhältnis zu seinen Kosten zu stellen.«

Ich lächelte über das, was der alte Mann sagte, und kontrollierte den kleinen Kassettenrekorder, den ich neben seinen Frühstücksteller gelegt hatte. Ich kannte die Blazer. Jeder kannte sie.

Der alte Mann kaute auf seinem beidseitig gebratenen Spiegelei, nahm einen Schluck Kaffee und fuhr fort. »Ihr wichtigstes Forum für die Erledigung jeglicher Opposition ist eine scheindemokratische Übung namens *Öffentliche Anhörung*. Ich bin mal auf einer dieser Versammlungen gewesen, als sie daran dachten, einen großen Staudamm am Little Salamander zu bauen. Sehen Sie, Pläne werden von Bürokraten, Ingenieuren und diversen Drahtziehern gemacht. Wenn alles entschieden ist, veranstaltet man eine öffentliche Anhörung zum Zwecke dessen, was man freundlicherweise als *Bürgerbeteiligung* bezeichnet.

Aber die, die da im großen Stil denken, wollen in Wirklichkeit keine Bürgerbeteiligung. Wenn das gemeine Volk sich zu sehr beteiligt und beinharte Fragen danach stellt, wer den wirklichen Nutzen von Staudämmen und Highways hat, dann werden diese Dinger vielleicht nie gebaut. Die Anhörung ist bloß eine raffinierte Methode, die Leute glauben zu lassen, sie hätten etwas zu sagen, was ja auch der Fall ist, bloß dass ihr Input nichts mit dem letztendlichen Output zu tun hat und deshalb wertlos ist – um nicht zu sagen, nutzlos.

Die Planer wissen das, und deshalb ist es ein ziemlich kniffliger Balanceakt, den Leuten vorzumachen, sie hätten bei der Sache mitzureden, ohne zuzulassen, dass sie die großen Träume vermasseln. Deshalb sitzen die lokalen Verantwortlichen im Publikum und tun, als ob sie normale Bürger wären. Außerdem halten sie Ausschau nach echten Troublemakern, und wenn sie welche identifizieren, melden sie sie ihren Obermackern, die ganz woanders zu Hause sind.

Und ich kann Ihnen sagen, Carlisle McMillan erregte ihre Aufmerksamkeit sofort, denn Carlisle, anders als die Schafe dort, lässt sich von niemandem einschüchtern, scheint mir. Und mehr als das: Er hat einen Hass auf Experten. Und Experten, das müssen Sie verstehen, sind der Schlüssel zu dem ganzen Beschiss, von dem hier die Rede ist. Bei den Anhörungen stellen normale Leute ziemlich einfache Fragen, zum Beispiel: *Könnte Denver sein Wasser nicht woandersher bekommen, statt den Little Salamander aufzustauen und das ganze Wasser aus der Prärie zum Osthang zu pumpen? Das ist ein ziemlich guter Angelfluss, und ein paar hier fänden es wirklich schade, wenn er verdorben würde.*

In so einem Augenblick schalten die Blazer auf Hochtouren. Sie haben alles penibel choreographiert, denn es steht zu viel Profit auf dem Spiel, als dass sie irgendetwas dem Zufall überlassen dürften. Der Moderator der Anhörung sagt also so was wie: *Ich gebe die Frage an unseren Experten weiter, an Larry Software, Doktor der Ingenieurwissenschaften am Massachusetts-Institut für Technokratie mit zweitausend Jahren Erfahrung in solchen Fragen, einem Stab von vierhundertsechzig Absolventen der besten Universitäten an der Ostküste und einem Computer, der größer ist als diese Stadt.*

Dr. Larry sitzt vorn und hat ungefähr zwanzig mit Plastikspiralen gebundene Bände in Reichweite vor sich liegen. Sie tragen den kollektiven Titel ›Der Report‹. Experte Larry erhebt sich, legt eine Hand auf den Stapel und sagt: *Ich hoffe, Sie alle hatten Zeit, den Report durchzulesen und darüber nachzudenken. Auf den Seiten hundertsechzehn bis zwohundertneunzig in Band zwölf finden Sie die Kosten-Nutzen-Analyse des Projekts. Natürlich enthalten Band fünfzehn und sechzehn auch eine Beschreibung unseres Modells der mehrkriteriellen Analyse, zu dem sich im zweibändigen Anhang auch noch ein paar informative Anmerkungen finden; wir haben darin die Entscheidungsalternativen dargelegt, unsere Kriterienpriorită-*

ten und die Nutzenrelevanz, die wir den diversen Kriterien zugewiesen haben, und eine Ergebniseinschätzung jeder Alternative im Licht dieser Kriterien abgegeben. Ach ja, und Sie haben vielleicht auch unsere Diskontsatz-Justifizierung in Band elf gesehen. Unter Verwendung all dessen haben wir einhundertzweiundachtzig Millionen Simulationen durch unseren riesigen Crawfish-290FXZ-Computer laufen lassen und dabei unsere Probabilitätsabschätzung beständig justiert und getestet, und wir haben die Anfälligkeit unseres Modells gegen Parametermodifikationen untersucht. Dabei hat sich klar ergeben, dass die einzige gangbare Alternative darin besteht, den Little Salamander River nach Strich und Faden zu stauen, damit die Leute in Denver so viel Wasser kriegen, wie sie zum Autowaschen und für ihre Vergnügungsparks brauchen.«

Der alte Mann schüttelte den Kopf. »Jetzt frage ich Sie: Ist der Bürger, der nur einfach gern weiter im Little Sal angeln möchte, gescheiter als Larry Software, sein Crawfish 290FXZ und sein vielhundertköpfiger Mitarbeiterstab? Verflucht, nein! Aber als Larry ihm seinen mentalen Einlauf verpasst, bereut unser Angler inständig, dass er sich jemals zu Wort gemeldet hat. Er hat den Report nicht gelesen, weil er gar nicht wusste, dass er existiert, und weil er sowieso lieber zum Angeln geht, als sich durch solches Zeug zu wühlen; deshalb hätte er ihn auch nicht gelesen, wenn er gewusst hätte, dass er existiert. Aber jetzt steht er da, nickt hin und wieder, damit er nicht allzu dämlich aussieht, und die ganze Zeit ist ihm insgeheim klar, dass Dr. Larry im Grunde nur eines sagt: *Ich ramme dir dieses Projekt in deinen kläglichen Arsch, du kleine Kröte, also setz dich wieder hin und halt die Klappe.*

Außerdem ist der Gouverneur entschieden dafür, was der Moderator ungefähr alle drei Minuten einmal erwähnt, und deshalb muss das Projekt, egal worum es sich handelt, doch gut sein. Der Gouverneur wäre ja nicht Gouverneur, wenn er nicht wüsste, was er tut, oder? Und manchen Leuten ist auch nicht wohl dabei, gegen etwas zu opponieren, was ein kluger Mann wie der Gouverneur unterstützt – als wäre das irgendwie unpatriotisch. Deshalb kaufen sie ihm schon auf dieser Grundlage jeden Dreck ab, was immer es sein mag.

Das Dumme war, wie gesagt, dass Carlisle McMillan keine Ehrfurcht vor Experten hatte. Ganz im Gegenteil. Er kannte diese Scheinverfahren schon aus Kalifornien. Und als die Zeitung, auf die unser Staat sich verlässt, über den neuen Highway in Verzückung geriet, brauchte Carlisle nur einen Blick auf die Karten auf Seite zwei zu werfen, und schon wusste er, dass er ein Problem hatte. Neben der großen Karte mit der geplanten Route von New Orleans bis Calgary hatte unser Redakteur mehrere kleine Karten abgedruckt, die den Staat in Sektoren aufteilte. Und da war er: ein schöner dicker Strich quer durch Carlisles zwölf Hektar Land nordwestlich von Salamander und durch das Wäldchen auf der anderen Seite der Landstraße.

Begleitet wurden die Karten von einer Prosa, wie man sie atemloser kaum lesen möchte, und mit freundlicher Empfehlung des Staatlichen Ministeriums für Wirtschaftsförderung wurden all die überwältigenden Vorteile, die die neue Straße uns bringen würde, detailliert beschrieben. Ein Grundgedanke des Projekts bestand darin, einen Highway-Anschluss für das Terminal einer Ölpipeline zu schaffen, die von einem noch nicht erschlossenen Ölfeld in der Arktis bis Calgary führte. Tanklastzüge würden dann das billige Rohöl zu den Raffinerien von Texas und New Orleans befördern, denen es zurzeit wirtschaftlich miserabel ging. Jungejunge, das war brillant. Verbrauche jede Menge Öl, um Öl zu transportieren, schaffe deine eigene Nachfrage, indem du das Angebot lieferst.

Natürlich gab es noch andere Vorteile, für die Reklame gemacht wurde: Die Farmer würden Getreide und Vieh zu den Märkten bringen können, und man würde den Elektronikgiganten mit Sitz in Tokio einen weiteren Anreiz bieten, ihre Produktionsbetriebe hier draußen anzusiedeln, wozu es sie ja, wie wir alle wissen, ohnehin in den Fingern juckt, wenn es hier bloß ein modernes Straßensystem gäbe und nicht so viele Klapperschlangen auf den sonnenverbrannten Greens unserer Neun-Loch-Golfplätze herumkriechen würden. Der Tourismus, weissagte man, würde explodieren, denn all die Leute, die so gern Salamander und seine vielen Attraktionen wie *Leroy's* und das Postamt besuchen würden, könnten dann viel leichter herkommen.

Manche sprachen sogar von der Möglichkeit, ein paar Boutiquen im Gebäude des ehemaligen *Lester's TV and Appliances* unterzubringen; dazu müsse man nur den alten Zausel – nämlich mich – rauswerfen, der im ersten Stock wohnte. Diesen aufstrebenden Unternehmern versicherte Anwalt Birney, dass die Bewohner des Zauselreichs in der Tat keinerlei Rechte auf irgendetwas besäßen und dass eine Zwangsräumung kein Problem sei.

Aber über diese Sache hatte ich mir meine Gedanken schon gemacht, und ich machte mir keine Sorgen für den Fall einer Zwangsräumung. Ich hatte einen Plan. Unter den Souvenirs, die ich auf meinen Reisen durch Europa im Winter 1944 zusammengetragen hatte, befand sich eine Handgranate. Ob sie noch funktionierte? Ich nahm es an. Aber selbst wenn nicht, dachte ich mir, dass der Schockfaktor ihres bloßen Anblicks fast so gut sein würde wie eine richtige Explosion.

Ich sah schon alles vor mir und malte es mir aus. Der Plan ging folgendermaßen: Ich würde auf der Treppe zu meiner Wohnung sitzen, die Handgranate entsichert im Schoß, und den Zündgriff niederhalten, und die Handgranate hätte ich mit einer Schnur an einen Besenstiel gebunden, der hinter mir versteckt wäre. Ich schätzte, dass der furchtlose Fred Mumblypeg, Stadtpolizist und Räumungsvollstrecker, vorneweg marschieren und die Treppe heraufkommen würde, dicht gefolgt von Anwalt Birney, dem wiederum all die rechtschaffen denkenden Business-Zauberer folgten, die demnächst ihren finanziellen Arsch an eine bescheuerte Idee verlieren würden. Ich stellte mir Freds Stimme vor: *Wir haben einen Räumungsbeschluss* ... Alles würde sich hinter ihm im Treppenhaus drängen und zu mir raufschauen. Und kaum hätte er losgelegt, würde ich den Besenstiel mit meinem kleinen Geschenk nach vorn schwingen und die Granate vor ihren Nasen baumeln lassen, und dabei würde ich schreien: Scheiß am Stiel! Ich dachte auch daran, hinzuzufügen: Killt sie alle – soll Gott sie sortieren! Das hatte mein alter Platoon Sergeant immer gesagt, aber manche sagten, der Spruch wäre schon ziemlich alt, und ich musste mir eingestehen, dass er doch ein bisschen überstrapaziert war, und ich hoffte, dass mir im Augenblick der Wahrheit noch was Besseres einfallen würde, wenn die Sturmtruppen auf der Treppe wären. Ich ging davon aus, denn ich würde sehen, wie Fred auf die Knie fiel, während Anwalt Birney die fetten roten Blazer hinter ihm über den Haufen rannte, und das alles würde höchst inspirierend wirken, das kann ich Ihnen sagen.

Aber ich schweife schon wieder ab. Der springende Punkt ist: Die Liste der guten Dinge, die mit diesem großartigen Highway zu uns fluten würden, war buchstäblich endlos und wurde fast jeden Tag in der überregionalen Zeitung wiederholt, mittwochs ergänzt durch ein halb analphabetisches Geschreibsel im wöchentlichen *Salamander Sentinel*, das noch extravagantere Versprechungen enthielt, auch wenn die dazu abgedruckten Karten zwei Wochen nacheinander auf dem Kopf standen.

Nun, die Aufregung über das, was sie die *Avenue der Prärie* nannten, war verständlich, denn Salamander lag im Sterben. Ich saß schon seit fünfzehn Jahren am Sterbebett der Stadt, wenngleich der Abstieg schon lange vor Beginn meiner Beobachtungen eingesetzt hatte. Die eigentliche Frage war, ob der Patient überhaupt noch zu retten war. Meine persönliche Meinung – und wohlgemerkt, ich bin kein Fachmann für solche Dinge – war die, dass nichts mehr zu machen war. Für eine Wiederbelebung war es längst zu spät, ganz wie bei einem Stück Schlacke: noch nicht Asche, aber auch nicht mehr brennbar.

Und das tat mir leid. Salamander war früher einmal ein ziemlich guter Ort. Ist es immer noch, in mancher Hinsicht. Aber mir war immer klarer geworden, dass wir hier draußen von geborgter Zeit lebten, seit Eble Olson 1896 einen Pfahl in den Boden rammte und die Stadt nach dem Little Salamander taufte, der seinerseits von den Kavalleriesoldaten so getauft worden war. Diese Jungs zogen damals hier durch, schwenkten das Banner der *offenkundigen Bestimmung* und dezimierten die ursprünglichen Bewohner weitgehend, um Platz zu machen für die weißen Siedler.

Was den historischen Kontext angeht, muss ich sagen, dass die Indianer durchaus Mumm hatten, aber sie waren kein Gegner für die 37-Millimeter-Revolverkanone, erfunden von einem gewissen Benjamin Berkeley Hotchkiss aus Watertown, Connecticut, oder für das Schnellfeuergewehr des Dr. Richard Jordan Gatling. Zu der überlegenen Feuerkraft kamen Vertragsbrüche und Landraubaktionen, bei denen Dschingis Khan rot geworden wäre, gar nicht zu reden von den Missionaren, die sich bemühten, die Heiden davon zu überzeugen, das Christentum sei ihr wahrer Weg zum Heil, was immer das sein mochte.

Was die Indianer aber am Ende wirklich zur Strecke brachte, war der Umstand, dass wir ihnen einfach die wichtigste Lebensgrundlage entzogen, indem wir sämtliche Büffel abschossen; die letzte Herde des nordamerikanischen Bisons wurde 1863 ausgerottet, und zwar mit vereinten Kräften durch Militär, Söldner und die alten Feinde der Sioux aus dem Waldland, die Cree. Verflucht, die Regierung verlieh den Büffeljägern sogar Orden, weil sie mitgeholfen hatten, die indianische Bedrohung zu ersticken.

Trotzdem erinnere ich mich, wie es damals hier war, als ich ein Junge war und die Gegend West River Country hieß. Besonders gut erinnere ich mich an die Samstagabende. Dann kamen Farmer und Rancher in die Stadt, setzten sich zunächst ins städtische Marktgebäude, um sich mit dem Verkauf von ein paar Eiern oder Hühnern ein kleines Taschengeld zu verdienen, und dann spazierten sie weiter die Straße hinunter, um Lebensmittel zu kaufen, sich die Haare schneiden zu lassen, Werkzeug anzuschaffen und was weiß ich. Wir nannten es immer den *Töchter-und-Eier-Abend,* denn hauptsächlich damit kamen die Farmer nach Salamander.

Die Stadtkapelle spielte in dem kleinen Pavillon unten am Park, und die Leute kauften Popcorn an dem rot-weiß-blauen Wagen und hörten mampfend zu, wie *Stars and Stripes Forever* und andere Schlager gespielt wurden. Kinder rannten durch die Gegend, alte Leute unterhielten sich, und zwischendrin fanden die komplizierten Tänze statt, die irgendwann zur Gründung neuer Familien führten.

Aber die ganze Zeit tickte die Uhr, und die Zinsen auf unseren Schuldscheinen türmten sich immer höher, auch wenn das keinem von uns bewusst war. Wir hielten es für selbstverständlich, dass es immer so weitergehen würde, mal mehr, mal weniger glücklich, und dass es im Laufe der Zeit durch die Wunder der Agrarchemie und der verbesserten Landwirtschaftsgeräte eigentlich nur noch besser werden könnte. Die Kapelle spielte ihre Version von *Gary Owen*, Custers altem Marschlied, die ganze Main Street summte melodisch an jedem Samstagabend, und so sah alles ziemlich gut aus. Wir hatten keine Ahnung, dass der Mann mit der Rechnung schon unterwegs war. Er war schlank und zäh und hatte ein hageres Gesicht, aber er war noch weit weg, und wir sahen ihn nicht.

Sie müssen wissen, Mister, dieses Land ist dreifach hart. Das steht fest. Dünner Mutterboden, kurzes Gras, wenig Wasser. Die ersten Kartographen nannten diese Gegend nicht umsonst die *große amerikanische Wüste*. Ohne die Träume von einem Imperium wäre sie wahrscheinlich nie besiedelt worden. Aber die Bundesregierung hob das Banner der *offenkundigen Bestimmung* auf, wo die Kavallerie es hatte fallen lassen, und übergab es an ein paar flinke Jungs, die es umdrehten und allen den Totenkopf mit den gekreuzten Knochen auf der Rückseite zeigten.

Aber der Bund blieb weiter mit im Spiel; er gab uns Land auf der Basis diverser Kongressverordnungen und

Subventionen für kostenintensive Bewässerungssysteme und Produkte, von denen es ohnehin schon Überschüsse gab. Und natürlich: Wer bestochen wird, damit er etwas tut, neigt dazu, es auch zu tun. Und wenn die Leute dazu ermuntert werden, eine Grundwasserschicht abzupumpen, die hundert Jahre oder mehr braucht, um sich wieder aufzufüllen, dann kann das leicht dazu führen, dass es irgendwann kein Grundwasser mehr gibt. Etwas Ähnliches passiert mit dem Mutterboden, wenn man zulässt, dass der Wind ihn wegweht, oder wenn man ihn durch schlechte Anbauverfahren und Überweidung in die Flüsse schwemmt. Das Problem ist, für Wasser und Mutterboden gilt ein fundamentales Naturgesetz, und das lautet: Was weg ist, ist weg, und zwar für lange Zeit.

Ein Professor von einem College im Osten kam zu Besuch und sagte: *Es ist aus, Leute.* Und er sagte, angesichts dessen, was hier mit Boden und Wasser gemacht worden sei, hätten wir vielleicht noch dreißig Jahre, aber nicht mehr. Er schlug vor, diesen Teil unseres Landes in eine *Büffelwiese* zu verwandeln. Damit meinte er, die Bundesregierung sollte die Bevölkerung umsiedeln, die Städte, die nicht gerade an den großen Highways liegen, einfach an die Natur zurückfallen lassen und die ganze Gegend mit Büffeln und anderen Viechern bevölkern, die besser für das Land sorgen könnten als die Menschen.

Ich persönlich hielt das für eine gute Idee. Aber das sah natürlich nicht jeder so, und ein paar der Jungs drohten, den Professor *umzusiedeln,* wenn er seinen neunmalklugen Arsch nicht schleunigst dahin zurückbewegte, wo immer seine feine Universität stehen mochte. Bobby Eakins sagte, der Professor sei ein *Eierkopf,* und alle diese großen Denker seien *scheißver-*

rückt. Bobby sagte, er sei selber mit seinem Chevy Blazer in der Gegend rumgefahren, und aus den Bewässerungsanlagen rausche jede Menge Wasser. Freilich, die schlichte Wahrheit war, dass wir das Wasser aufgebraucht und den Mutterboden weitgehend abgetragen hatten – dass wir insgesamt einen Hagel der Zerstörung auf dieses Land hatten regnen lassen. Aber das Geld des amerikanischen Steuerzahlers kam immer noch zu uns, was uns irgendwie dankbar, aber zugleich auch irgendwie verlegen machte. Jedermann wusste, dass die Subventionen nichts weiter waren als ein Entgelt dafür, dass die Leute weiterhin taten, was sie taten, obwohl unsere geliebte Marktwirtschaft ihnen schon längst erklärt hatte, dass sie damit aufhören sollten. Natürlich betrachteten wir es nur ungern so, denn es roch nach Wohlfahrt und Almosen, und hier draußen haben wir wenig übrig für Sozialschmarotzer und staatliche Einmischungen. Also verschleiern wir es, indem wir Ausdrücke wie Agrarprogramm und Landwirtschaftspolitik benutzen.«

Ich unterbrach den historischen Vortrag des alten Mannes, um die Kassette umzudrehen. Er ging zum Klo und kam mit zwei Bechern Kaffee zurück.

»Ich habe immer eine Menge Spaß«, sagte er dann, »an den Kongressdebatten über Agrarprogramme und an den Argumenten, die sich um das drehen, was sie gern als *Rettung des landwirtschaftlichen Familienbetriebs* nennen. Das schafft in den Köpfen der Großstädter irgendwie warme, kuschlige Bilder. Sie wissen schon. Grandpa vor dem Holzofen, pickende Hühner auf dem Hof vor der Scheune, Squaredance in der Town Hall am Freitagabend, Limonade auf der Verandaschaukel – die letzte Zuflucht der alten Werte einschließlich dessen, was man gern das echte Amerika nennt. Tatsächlich sind wir hier draußen, wie ich es sehe, eine Produktionsindustrie, und zwar schon lange. Pittsburgh macht Stahl, Seattle baut Flugzeuge, wir produzieren Getreide und Fleisch. Gibt keinen Unterschied zwischen dem, was wir tun, und beispielsweise einer Ölraffinerie oder einem Fließband in Detroit. Sehen Sie sich nur mal irgendeine große Rinderzucht an oder den Schlachthof drüben in Falls City, und schauen Sie zu, wie die die Tiere in Fetzen reißen, falls Sie irgendwelche Zweifel daran haben. Axel Looker zum Beispiel, der besaß achthundert Hektar und hatte noch mal vierhundert dazugepachtet. Axel hatte keine pickenden Hühner auf dem Hof vor der Scheune. Tatsache ist, Axel hatte überhaupt keinen Hof und keine Scheune. Was er hatte, war ein neues Fertighaus im Rancho-Stil, ein paar Schuppen aus Metallfertigteilen für seine großen Maschinen und einen kleinen Wald von vorgefertigten Edelstahlsilos, in denen er sein Getreide lagern und zum günstigsten Zeitpunkt verkaufen konnte. Und Axel brauchte sich keine Sorgen zu machen, denn wenn die Preise für sein Getreide sich nicht so entwickelten, wie es ihm passte, musste er nur warten, bis die Regierung es ihm abnahm. Wenn die Preise allerdings stiegen, war er nicht verpflichtet, irgendwelche Gewinnüberschüsse mit den anderen Steuerzahlern zu teilen.

Übrigens kaufte Axels Frau ihre Eier und Brathühner im *Piggly-Wiggly*-Supermarkt in Livermore, nicht etwa zu Hause bei *Webster's Jack and Jill.* Während sie einkaufte, war Axel in der Stadt bei seinem Börsenmakler, um zu sehen, was seine Termingeschäfte machten. Die Landwirtschaftsbehörden reden nicht gern über solche Dinge; sie bevorzugen die Hollywood-Version vom Farmer in seinem einsamen Kampf gegen die habgierige

Bank und treiben zur gleichen Zeit mit ihren Subventionsprogrammen die letzten echten Familienfarmen und Kleinstädte in den Abgrund

Neben Getreideanbau und Viehzucht betreiben wir auf eine komische Art und Weise aber auch das Geschäft des Ressourcenabbaus. *Abbau*, denke ich mir, bedeutet, dass man etwas wegnimmt und nichts dafür zurückgibt. Wir haben Erde und Wasser viel schneller abgebaut, als beides auf natürliche Weise nachwachsen konnte. Mit anderen Worten, neben unseren Hauptbeschäftigungen sind wir auch in der Abbauindustrie tätig: Wir bauen Boden und Wasser ab. Aber darüber müssen wir uns nicht allzu sehr den Kopf zerbrechen, denn wenn die Probleme mit Boden und Wasser zu groß werden, können wir ziemlich sicher sein, dass die amerikanischen Steuerzahler uns aus der Patsche helfen, um die Familienfarm zu retten, auch wenn wir diese Probleme selbst verursacht haben.

Zum Glück haben wir es ziemlich gut verstanden, das alles gut zu vertuschen, bis vor ein paar Jahren irgendwelche Fremden anfingen, gezielte Fragen nach unserer Lebensfähigkeit hier draußen zu stellen. Unsere Kongressabgeordneten indessen haben dem übrigen Amerika äußerst effizient die Vorstellung verkauft, dass hier ein bukolisches Leben erhalten wird, das längst nicht mehr existiert und vielleicht nie existiert hat. Es ist ein höchst nützlicher Mythos, der sich inzwischen in eine glatte Lüge verwandelt hat.

Neben diesen schlechten Neuigkeiten gibt es all die anderen Dinge, die gegen die Salamanders der Welt arbeiten. Während die Agrarindustrie immer größer und größer wird – zum Teil infolge der Großzügigkeit des Kongresses und der Geldströme, die hierher fließen –, gibt es auf dem Land immer weniger Leute, die Kinder bekommen und irgendwelche Dinge kaufen. Wer alt genug ist, um Kinder zu kriegen, zieht weg; nur wenige bleiben da, und wenn du nicht genug Kinder hast, gibt es keine Schulen. Und wenn du die Schulen verlierst, hast du der Gemeinde das Herz aus dem Leib gerissen. Die wenigen Kids, die noch da sind, fahren mit gelben Bussen über weite Strecken, um das über sich ergehen zu lassen, was in diesem Land als Bildung durchgeht. Im Gegensatz zur allgemeinen Überzeugung hilft also das Geld, das hierher fließt, keineswegs den Kleinstädten, sondern nur den Großgrundbesitzern und den Konzernen der Agrarindustrie. Aber es scheint immer so weiterzugehen, und es wird nicht besser, sondern nur schlechter.

Ab und zu versuchten ein oder zwei Einzelhändler in Salamander, uns auf Trab zu bringen. Die junge Frau, die 1976 den Gemischtwarenladen übernahm, war so eine. Sie gründete eine Initiativgruppe und propagierte Ideen, die den Einheimischen ziemlich fremdartig vorkamen. Hat sogar Berater von der Universität kommen lassen, die hier alles untersucht und dann Empfehlungen abgegeben haben. Mann, für die Leute in der Stadt waren diese Professoren wirklich komische Vögel. Einer erklärte, wir müssten uns *am eigenen Schopf aus dem Sumpf* ziehen, was sich in den Ohren der meisten von uns wie eine Fremdsprache anhörte. Es stand in absolutem Widerspruch zu den Ratschlägen unseres Gouverneurs und seiner Wirtschaftsgenies, die allesamt immer nur darauf hofften, dass Salamander einen großen Schlachtbetrieb anlocken könnte – oder, noch besser, eine Laserforschungsanlage.

Das Problem ist, dass die Industrie nicht allzu erpicht darauf ist, sich irgendwo anzusiedeln, wo es keine Arbeitskräfte, ein heruntergekommenes Abwassersystem und schwindende Wasservorräte gibt. Manager werfen nur einen Blick auf Salamanders Golfplatz mit dem sonnenverbrannten Green und den Klapperschlangen, von denen ich schon gesprochen habe, und dann suchen sie sich doch lieber was Schickeres aus.

Wie auch immer – Charlene Lorenzen plagte sich mit ihrem Laden ab, während die Einheimischen zum Einkaufen nach Falls City in den Wal-Mart fuhren, und versuchte uns alle dafür zu begeistern, Salamander zu einem Ort zu machen, *wo man gern leben möchte.* Und ich gebe zu, sie hatte ein paar interessante Ideen. Zum Beispiel kann man ja in Salamander für 'n Apfel und 'n Ei ein Haus kaufen, und deshalb schlug sie vor, wir sollten die Stadt zu einem Zufluchtsort für Maler und Schriftsteller machen, die ums Überleben kämpfen. Sie würden ihre Miete zahlen, indem sie den Einwohnern Unterricht gäben und ganz allgemein für eine intellektuellere und künstlerischere Atmosphäre sorgten. Die Jungs am Silo und drüben bei Leroy hatten einen Mordsspaß; sie meinten, das Einzige, was sich hier zu malen lohnte, seien Alma Hickmans Wangen und die gelben Streifen auf dem Highway.

Charlene sprach auch noch von anderen Möglichkeiten, das Leben wieder in Gang zu bringen: vom Bau einer neuen Kanalisation und vom Umbau der städtischen Wasserversorgung. Aber als das Gespräch auf eine kleine Steuererhöhung kam, mit der das alles bezahlt werden könnte, war niemand mehr interessiert. Ein Problem bei einer Stadt voll älterer Leute – auch wenn ich hier ein bisschen verallgemeinere – besteht darin, dass sie nicht dazu neigen, Investitionen in eine Zukunft vorzunehmen, die sie nicht mehr erleben werden.

Einer der Wirtschaftswissenschaftler, die auf Charlenes Einladung zu Besuch kamen, sagte Dinge, die mir sehr einleuchteten. Salamander, sagte er, werde keine nennenswerten Industriebetriebe anlocken können, und es sei reine Zeitverschwendung, dieses Ziel zu verfolgen. Lieber, erklärte er, sollten wir uns auf etwas verlegen, das er *Westentaschen-Industrie* nannte. Dazu brauchten wir nur ein paar Unternehmen in Falls City und anderen wirtschaftlich erfolgreichen Zentren zu besuchen und sehen, was zwei oder drei von uns an Komponenten für die großen dort hergestellten Produkte liefern könnten. Ein qualitativ hochwertiges Produkt zu einem vernünftigen Preis zu liefern, sagte er, sei unter allen Umständen eine unfehlbare Strategie. Er wies darauf hin, dass jeder neue Job in Salamander ein bedeutsamer Zuwachs sei und dass wir gar so viele neue Jobs nicht brauchten, um Salamander am Leben zu erhalten. Er sagte außerdem, wir müssten uns entscheiden, was für eine Art Stadt wir haben wollten, und dann darauf hinarbeiten. Denen, die an staatliche Großzügigkeit und Laissez-faire zugleich gewöhnt waren, kam das alles schrecklich managermäßig vor. Aber einer seiner Vorschläge, der sehr zu dem passte, was Charlene sich vorstellte, war der, Salamander als Schlafgemeinde, als eine Art Vorort für Livermore und Falls City zu definieren und dann dafür zu sorgen, dass es zu einem Ort wurde, wo man möglichst gut wohnen und eine Familie gründen konnte.

Unter anderem riet er dazu, der örtliche Landmaschinenhändler solle alle seine verrosteten Mähdrescher von den Brachgrundstücken entlang der Main Street entfernen, weil sie das Erscheinungsbild störten. Das war ein unglückseliger Vorschlag, der ihn nicht nur bei dem Landmaschinenhändler in Verschiss brachte, sondern auch bei vielen, die verrostete Landwirtschaftsmaschinen anscheinend als Objekte voller Schönheit betrachteten. Ich wüsste sonst keinen Grund dafür, dass sie sie auf ihren Farmen in den Graben kippen. Aber so können sie einen netten Abendspaziergang machen und sich den Heuwender von 1942 anschauen, der da auf der Seite liegt.

Die Liste des Professors mit all den Dingen, die man versuchen könnte, kam denjenigen, denen überhaupt nichts einfiel, schier endlos vor. Er sagte immer wieder: *Sie brauchen keine ausgefallenen Ideen, Sie müssen nur die Möglichkeiten erkennen.* Die meisten von uns hatten Schwierigkeiten mit dem zweiten Teil, aber bei einem kostenlosen Lunch im *Clyde Archer Legion Post 641* waren wir alle höflich zu ihm und wünschten ihm eine gute Heimreise zurück zu seiner Universität.

Nach einer Weile hatte Charlene die Nase voll davon, dass man ihr bei jeder neuen Idee, die sie oder jemand anders vortrug, erklärte, dass sie in Salamander nicht funktionieren würde. Man sah es ihr am Gesicht an. Schließlich verkaufte sie ihren letzten Warenbestand zu Schleuderpreisen und machte ihren Laden zu. Nach dem, was ich zuletzt gehört habe, hat sie jetzt ein Innenausstattungsgeschäft in Falls City, und es geht ihr richtig gut.

Aber jetzt drehten sich alle Gespräche auf der Straße und an den örtlichen Versammlungsorten um den neuen Highway. Der Kongressabgeordnete Larkin gab eine Pressekonferenz in der Legion Hall, wo er sich über die Vorzüge von Beton und Straßenverkehr und wirtschaftlicher Entwicklung samt deren Partner, dem so genannten Fortschritt, verbreitete. Er brummelte sogar etwas davon, dass der Highway vielleicht am Ende dazu führen könne, dass die Minen drüben in Leadville wieder in Betrieb genommen werden könnten.

Angesichts eines ziemlich düsteren Horizonts bestand also die einzige Hoffnung, die für die Bewohner von Eble Olsons Stadt noch zu erkennen war, in dem geplanten Interstate Highway. Es wurde niemals völlig klar, auf welche Weise genau diese Straße der Stadt Salamander nützen sollte, aber alle Experten sagten, sie werde es tun. Die präzise Natur dieses Nutzens überließen sie unserer fruchtbaren Fantasie.

Für eine Weile konnten Carlisle und ein Mr Moore, Professor am Community College, zusammen mit einer Gruppe von außen, die sich für Falken und deren Wohlergehen einsetzte, den Bau der Straße durch eine einstweilige Verfügung stoppen, während die Naturschutzbehörde prüfte, ob der T-Falke auf die Liste der gefährdeten Arten zu setzen sei oder nicht, denn er war nahezu ausgestorben. Trotz unserer kollektiven Entschlossenheit, zum Zwecke der Verbesserung unserer Shopping Malls und anderer Attraktionen eines guten Lebens buchstäblich alles zu zerstören, war es anscheinend einigen Gutmenschen mit langen Haaren und ohne jede Vaterlandsliebe gelungen, schon vor Jahren ein paar Gesetze durchzubringen, die besagten, dass man den Lebensraum von Tieren nicht vernichten dürfe, wenn ihre Spezies kurz davor stand, auf Nimmerwiedersehen zu verschwinden.

Ein paar Monate lang sah es so aus, als seien die kleinen Falken eine ernst zu nehmende Straßensperre, sozusagen, und das ließ sämtliche Zeitungen in ausgiebiges Händeringen verfallen. Verschiedene kreative Lösungen wurden beim Bier im *Leroy's* ausgebrütet. Ein paar Jungs meinten, so viele Vögel seien das sowieso nicht, und ein paar Schrotflinten könnten innerhalb von zehn Minuten aus einer gefährdeten Art eine ausgestorbene Art machen, und in dem Fall wäre sie ja nicht mehr gefährdet. Darin lag eine gewisse Logik, das musste ich zugeben. Aber diese Lösung barg auch das Risiko von zwanzig Jahren Gefängnis und einer Geldstrafe von fünfzigtausend Dollar, und das dämpfte die Begeisterung gleich wieder.

Stattdessen ließen sie Autoaufkleber drucken, auf denen stand: MEIN LIEBLINGSFRÜHSTÜCK? GEBRATENER T-FALKE. Diese Sorte Schwachsinn wirkt ansprechend auf Leute ohne Hirn, und folglich hatte bald fast jeder in Salamander so einen Aufkleber am Auto oder im Schaufenster. Ein Kerl namens Ray Dargen klebte einen bei *Danny's* an die Tür, aber den kratzte Thelma noch am selben Abend mit einer Rasierklinge wieder ab.

Leider wurde Mr Moore aber sofort sehr still, als der Präsident seines kleinen Colleges ihm erklärte, der Bau des Highways sei ganz klar im besten Interesse des Colleges, und Mr Moores Unterstützung für den Highway sei ganz klar in Mr Moores bestem Interesse. Aber Moore war ein hartnäckiger Bursche, und einstweilen blieb er hinter den Kulissen auf Carlisles Seite.

Die Lage wurde allmählich prekär. Es hieß, die Finanzierung für den Highway gerate ins Wanken, und das steigerte die Frustration und die Wut gegen die Highway-Gegner. Schließlich erklärten unsere Kongressabgeordneten, sie würden die Ölbohrvorhaben auf der Kontinentalplatte vor Santa Barbara, Kalifornien, unterstützen, wenn dafür ein Gesetz erlassen würde, das die T-Falken auf diese oder jene Weise von den Schutzbestimmungen ausnähme. Dieses Vorhaben wurde durch den Umstand erleichtert, dass in einer Gegend südwestlich von hier zwei weitere Falkenpärchen entdeckt wurden. Vogelliebhaber bezeugten indessen in Washington, D.C., dass die neu entdeckten Falkenhabitate ebenfalls kurz vor der Zerstörung standen und dass es deshalb entscheidend darauf ankomme, die Kolonie in Yerkes County zu erhalten. Man hörte das Geschrei von hier bis zum Weißen Haus, aber es half ihnen nichts, und die Wahrheit marschierte weiter.

Anfangs standen ein paar Rancher und Farmer aus der Umgebung, die ebenfalls nicht damit einverstanden waren, dass die Straße ihr Land durchschnitt, auf Carlisles Seite, aber sie räumten zugleich ein, dass es ihnen ein wenig unbehaglich sei, mit radikalen Umweltschützern in einen Topf geworfen zu werden. Außerdem hatten sie Angst, die Einheimischen könnten anfangen, sie T-Bird zu nennen. So nannten sie schon Carlisle hinter seinem Rücken.

Axel Looker war der Anführer der Gruppe, die sich dagegen aussprach, dass der Highway quer durch ihr Land oder dicht daran vorbeiführen sollte. Aber als er die Summe sah, die ihm für sein Anwesen geboten wurde, setzte er sich hin und rechnete ein bisschen, *mit spitzem Bleistift*, wie die Jungs hier gern sagen. Das großzügige Angebot würde ihm und Earlene erlauben, sich in Florida zur Ruhe zu setzen, wie sie es schon seit einer Weile gern tun wollten. Als Axel den Widerstand aufgab, klappte die Koalition der Gegner zusammen. Axel gab außerdem bekannt, dass er Carlisles Zufahrt im Winter nicht länger schneefrei halten werde.

Es wäre unfair, die Vermutung zu erwecken, dass Carlisle völlig allein war, aber er war es doch beinahe. Ein Rancher-Ehepaar wäre speziell zu nennen: Marcie und Claude English. Sie hielten ihm die Stange, aber sie waren sowieso Außenseiter, denn sie waren überzeugte Anhänger eines Verfahrens namens *ganzheitliches Ressourcen-Management*, welches, wie sie behaupteten, das Gras hier draußen noch auf Jahrzehnte hinaus für die

Weidewirtschaft erhalten und nachwachsen lassen würde. Für diejenigen, die aufgewachsen waren mit dem Buch Genesis und seiner Versicherung, Gottes ganze Schöpfung habe uns Menschen untertan zu sein, stand jemand mit solchen Ansichten ein Stück weit links vom Satan. Außerdem stammte die Idee von einem Burschen aus Afrika, und alle Welt wusste, dass es Afrika nicht gut ging. Aber Claude und Marcie waren freundlich genug, um Carlisle in all der Zeit ein paar Mal zum Essen einzuladen, und mit ihrer Standhaftigkeit zwangen sie die Regierung irgendwann, diverse rechtliche Grausamkeiten gegen sie anzuwenden.

Carlisle und seine Bundesgenossen hielten das Straßenbauprojekt ein paar Monate erfolgreich auf, aber ihre Handlungsmöglichkeiten schwanden zusehends. Und ich wusste, es würde sich lohnen, die letzte öffentliche Anhörung in der Turnhalle der Livermore Highschool mitzuerleben, nur um zu sehen, ob Carlisle noch etwas im Köcher hatte. Deshalb hatte ich bei Claude English nachgehört – hatte mich angewanzt, genau gesagt –, und er bot mir an, mich am Dienstagabend mitzunehmen.

Ich hatte vermutet, dass es zu einer echten Schießerei kommen würde, und in Erwägung gezogen, meinen alten Armeehelm aufzusetzen, nur so zum Spaß. Aber dann befürchtete ich, die großen Geschäftsgenies, die vorhatten, *Lester's* zu einer Falle für die vielen Touristen zu machen, die angeblich auf der breiten Asphaltspur, die sie für sie legen würden, nach Salamander strömen würden, könnten am Ende Unzurechnungsfähigkeit als Begründung für die Zwangsräumung ins Feld führen.

Für diesen Fall war meine schlimmste Befürchtung, dass man mich ins Pflegeheim von Yerkes County bringen könnte, das bei Bobby Eakins immer nur die *Bettpfannenburg* hieß. Deshalb beschloss ich, mich lieber so unauffällig wie möglich zu verhalten.

Claude und Marcie holten mich am Abend der Anhörung ab. Susanna Benteen fuhr auch mit. Das hat irgendwie Spaß gemacht, denn ich war noch nie in ihrer Nähe gewesen und hatte erst recht noch nie mit ihr gesprochen. Sie war wirklich nett und stellte mir eine Menge Fragen über mein Leben und meine Vergangenheit, und sie musste lachen, als ich den einen oder anderen kleinen Witz zu reißen versuchte.

Sie war überhaupt nicht so distanziert, wie ich gedacht hatte, und sogar ein alter Kerl wie ich kriegte noch Gänsehaut, bloß weil er mit ihr in einem Auto saß. Sie hatte etwas an sich, das einen beunruhigte, als hätte sie schon ungefähr alles gesehen, was es zu sehen gab. Und natürlich machte es einfach Spaß, sie anzusehen – wie ein gutes Gemälde oder so was, und irgendwann fing ich an, mir zu wünschen, ich wäre ein bisschen jünger. Das tat ich einen Moment lang, und dann lehnte ich mich einfach zurück und genoss die Fahrt durch den frischen Februarabend.«

Ich sah, dass der alte Mann vom vielen Reden ein bisschen müde war, und schlug vor, eine Pause bis zum nächsten Tag einzulegen, damit ich Zeit hätte, meine Aufzeichnungen abzuschreiben. Am darauf folgenden Abend traf ich mich wieder mit ihm. Ich bestellte ein Bier für mich und einen Whiskey für ihn.

»Wo war ich stehen geblieben?«, fragte er, als wir uns in eine Nische gesetzt hatten.

»Sie, Susanna Benteen und Marcie und Claude English waren unterwegs nach Livermore zur öffentlichen Anhörung.«

Er nickte, nahm einen Schluck Whiskey und sortierte seine Gedanken. »Na ja, um da weiterzumachen, wo ich aufgehört habe: In der Turnhalle in Livermore war es heiß, und es roch nicht besonders gut. Die Heizungen zischten, die Leute fächelten sich Kühlung zu. Auf allgemeinen Wunsch öffnete der Hausmeister die Seitentüren, um ein bisschen frische Luft hereinzulassen. Aber dann beschwerten sich die, die an den Türen saßen, dass es ziehe, und da machte er sie wieder zu und überließ es uns dreihundertfünfzig Nasen, eine in sich kreisende Luft zu atmen, die nach Habgier, nach Feindseligkeit gegen Carlisle McMillan und nach alten Turnschuhen roch.

Die Grundregeln für die Anhörung waren ebenso erstickend wie die Luft in der Turnhalle. Jeder Anwesende hatte nur neunzig Sekunden Redezeit und durfte sich nur einmal zu Wort melden. Auf diese Weise war jede Art von ehrlicher Diskussion von vornherein beschnitten.

Es fing an mit einem Statement von einem R.M. *Highway* Bob Hawkins, der einen Schluck Wasser nahm und sich dann als Vizepräsident der Bauunternehmervereinigung vorstellte. Er wies darauf hin, dass jeder auf den Straßenbau verwendete Dollar einen Spin-off von zwei Dollar siebzig hervorbringen würde, und zwar durch etwas, das er als Multiplikatoreffekt bezeichnete. Dann sagte er, dass für jede Million, die ausgegeben wurde, siebenundsechzig Arbeiter in Lohn und Brot kämen, sodass allein die Bauarbeiten für den Staat annähernd viertausendfünfhundert neue Jobs bedeuteten. Zum Schluss sagte er: *Es ist keine Frage, dass die Bauwirtschaft ein machtvoller Konjunkturmotor ist. Sie ist die eigentliche Pumpe, die die Wellen des wirtschaftlichen Wachstums in Gang bringt.*

An dieser Stelle erhob sich Claude English und fragte, wenn die Bauwirtschaft so viel Gutes hervorbringe, warum lasse der Staat dann nicht einfach ein paar Pyramiden bauen? Dann wären doch alle Probleme gelöst. Viele Leute lachten, obwohl sie alle wussten, dass Claude in der Frage des Highway-Projekts nicht alle beisammen hatte. Aber er war einer von ihnen und lebte schon lange hier, und ein kleiner Scherz war ganz in Ordnung. Der Moderator schlug mit dem Hammer auf den Tisch und rief das Publikum zur Ordnung.

Nachdem *Highway Bob* sich auf die Brust getrommelt und Claude seinen Kommentar dazu abgegeben hatte, kam das Publikum in den Genuss weiterer unterstützerischer Statements von der Handelkammer von Falls City, der Entwicklungsbehörde von Yerkes County, dem *Livermore Boosters Club*, der Landwirtschaftsbehörde und der High Plains Development Corporation. Bill Flanigan von dieser Erschließungsfirma erläuterte mit ernster Miene, wie gewissenhaft seine Leute sämtliche Pros und Kontras erwogen hätten, ehe sie sich dafür ausgesprochen hätten, die Straße durch Yerkes County zu führen, und er merkte noch an, dass sich, wenn überhaupt, nicht allzu viele Kontras hätten finden lassen.

Marcie English stand auf und lieferte den Experten eine nette kleine Vorlage, die sie mühelos abschießen konnten. Ihre Stimme war ein bisschen zittrig, weil sie nicht gewohnt war, vor Publikum zu sprechen, und ihr Hauptargument drehte sich darum, dass die Familienbetriebe erhalten werden müssten, statt dass man ihnen ihr Land für den Straßenbau wegnehme. Der Moderator dankte ihr lächelnd für diesen Input, wie er es nannte; er erinnerte sie daran, dass die Landwirtschaftsbehörde für das Bauprojekt eintrete, und sah sich nach der nächsten Taube um, die er zur Strecke bringen könnte.

Ein paar Sekunden lang war es still. Dann erhob sich Carlisle McMillan, der furchtbar müde aussah, weil er die ganze Zeit gegen den Highway gekämpft und gleichzeitig für seinen Lebensunterhalt gearbeitet hatte; er nannte vorschriftsmäßig seinen Namen und eröffnete seine Endrunde. Er ersuchte die Experten einfach um den Nachweis dafür, dass die projektierte Trasse auf der Grundlage der von ihnen selbst in Band zwölf des Reports aufgeführten Kriterien die beste sei. Er hatte sich den Report kommen lassen, alle fünfzehn Bände, und er hatte eine Menge Zeit darauf verwandt, ihn zu lesen und seine eigenen Berechnungen anzustellen. Ein Professor aus Stanford habe ihm die nötigen Anleitungen dazu gegeben, erzählte er später.

Der Moderator, ein PR-Fachmann von der staatlichen Straßenbaubehörde, schenkte Carlisle ein herablassendes Lächeln und erklärte, die Trassenauswahl sei auf komplizierten mathematischen Berechnungen begründet, was mit anderen Worten nur heißen sollte, Carlisle solle sich wieder hinsetzen und ein braver Junge sein, denn diese Rechnerei sei viel zu hoch für ihn.

Ohne jede Spur von Unbehagen antwortete Carlisle: *Ich glaube, ich bin dazu in der Lage, diese mathematischen Berechnungen zu verstehen, und deshalb bekäme ich sie gern demonstriert.*

Daraufhin fing alles an zu zischen und Carlisle auszubuhen. Wissen Sie, die meisten Leute können schon das Wort Mathematik nicht ausstehen, und seine bloße Erwähnung lässt das allgemeine Publikum zum Ausgang rennen. Als Carlisle hartnäckig blieb und Nachweise verlangte, erhob sich lautes Murren über so viel Unverschämtheit, und man wünschte allgemein, er möge doch nach Kalifornien zurückgehen, wo Klugscheißer, die was von Mathematik verstanden, sowieso hingehörten.

An dieser Stelle wurde es interessanter. Der Moderator beriet sich unter vier Augen mit Dr. Wendell Hammer von den Sturmtruppen der Drahtzieher. Dann gab der Moderator mit rotem Kopf und leichtem Stottern bekannt, dass derjenige, der für die Berechnungen zuständig gewesen sei, heute Abend nicht zugegen sei. Das sei nicht sein Problem, erwiderte Carlisle; sicherlich seien doch auch noch andere Anwesende in der Lage, zu demonstrieren, warum der geplante Verlauf der beste sei, wenn sie mit solchem Nachdruck dafür einträten. Wieder steckten sie vorn die Köpfe zusammen, und die Lokalmatadore in der Ecke der Amen-Rufer gerieten in große Aufregung.

Dr. Hammer sah sich in die Ecke gedrängt und versuchte, Carlisle mit einem Schwall von technischem Geschwafel über *soziale Utilitätsfunktion* und *Diskontsätze* abzuspeisen. Carlisle hörte sich alles an und erklärte dann, seine eigenen Berechnungen hätten schlüssig ergeben, dass auf der Grundlage der im Report angegebenen Kriterien eine andere Trasse, vierzig Meilen weiter westlich, die beste sei, und er werde diese Tatsache mit Vergnügen demonstrieren. Und dann sagte er noch – ich hab's mir so ziemlich Wort für Wort aufgeschrieben –: *Der Diskontsatz, den Sie in Ihrer Studie eingesetzt haben, liegt weit unter den wirklichen Kapitalkosten für das Projekt. Ich würde gern erfahren, wie Sie auf diesen Satz gekommen sind. Er ist unrealistisch, und je weiter man sich den realistischen Zahlen nähert, desto mehr spricht im Hinblick auf das Kosten-Nutzen-Verhältnis für die weiter westlich verlaufende Trasse. Aber selbst mit den miserablen Zahlen, die Ihre Experten für den Diskontsatz zugrunde gelegt haben, kann ich nachweisen, dass die westlichere Strecke die bessere ist.*«

Der alte Mann gluckste. »Für die Zuhörer war der

Schlagabtausch zwischen dem guten Dr. Manner und Carlisle wie der Kampf zwischen zwei Androiden, die mit Lichtschwertern und Strahlenpistolen aufeinander losgingen. Niemand hatte einen Schimmer, wovon die beiden da redeten, auch ich nicht, schon gar nicht, als Carlisle bei seiner Kritik das Wort Sophisterei benutzte. Außerdem wussten alle längst, dass die geplante Route die beste war, weil sie nämlich Livermore und Falls City einschloss, und was sollte dann das ganze Theater um zusätzliche fünfzig Millionen Dollar Baukosten? Dafür würde doch jemand anders aufkommen, nämlich der amerikanische Steuerzahler.

Der Moderator versuchte, die Geschäftsordnung gegen Carlisle in Stellung zu bringen. *Ich glaube, wir haben jetzt vielleicht mehr als genug von Ihnen gehört, Mr Carlisle,* sagte er, und das Publikum applaudierte.

Aber Carlisle ließ sich von der Geschäftsordnung nicht beeindrucken. *Meine Frage ist noch nicht beantwortet worden,* stellte er fest, *und als steuerzahlender Bürger von Yerkes County habe ich das Recht auf eine Antwort.*

Nun muss man bedenken, dass die Mehrheit der Anwesenden steuerzahlende Bürger von Yerkes County waren, und da war nun ein Außenseiter namens Carlisle, der zufällig ebenfalls Steuerzahler war, und irgendwie sahen sie da einen Unterschied. Die Leute fingen an zu schreien, Carlisle solle sich hinsetzen und die Klappe halten, und die Versammlung drohte außer Kontrolle zu geraten. Manche zogen schon ihren Mantel an und gingen zum Ausgang, kopfschüttelnd über so viel Dummheit.

Carlisle hatte Dr. Hammer offensichtlich in die Enge getrieben, denn dieser sollte jetzt etwas verteidigen, dessen er sich von vornherein nicht sicher war. Der gute Dr. Hammer versuchte sich zu retten, indem er uns allen die Ohren voll schwatzte und ungefähr siebenundzwanzig Mal um die Antwort auf Carlisles Frage herumredete, bevor er wie ein Klumpen Butter zusammenschmolz. Noch einmal gab es vorn ein langes Getuschel, und dann erklärte der Moderator die Anhörung für vertagt; man werde sie in einer Woche wieder aufnehmen, wenn zusätzliche Mathematiker und ihre Handlanger aus Vienna eingeflogen worden seien, um dann zugunsten der geplanten Trasse auszusagen.

Es war eine lange Woche für alle, aber besonders für Carlisle. Die Presse verbreitete sich dröhnend über die Notwendigkeit wirtschaftlicher Entwicklung und über den Highway als unentbehrliches Bindeglied zwischen den entsprechenden Plänen. Bill Flanigan verkündete in einer Presseerklärung, der Highway stelle ein nachhaltiges Wirtschaftswachstum in unserem Staat für die nächsten fünfundzwanzig Jahre sicher.

Am Mittwoch nach der Anhörung hing ein junger T-Falke mit einem .22er Einschussloch in der Brust an einem Draht, der um seinen Hals geschlungen war, an der Laterne vor der Post in Salamander. An den rechten Flügel hatte man einen Zettel getackert, einen Fetzen Fleischerpapier, auf dem mit Buntstift stand: DIE PIEPMÄTZE ODER WIR! Der *Inquirer* brachte ein Foto des toten Falken, der im Winterwind baumelte; ein Leitartikel verurteilte die Aktion und drängte auf Ruhe und Vernunft, aber in Yerkes County war beides nicht mehr zu finden.

Merle Bagby, der Straßenbeauftragte von Salamander, schnitt den Falken ab, knapp drei Stunden bevor Carlisle bei *Webster's Jack and Jill* zum Einkaufen erschien. Carlisle schleppte eben zwei Tüten zur Tür heraus, als Bobby Eakins und ein paar andere aus *Leroy's* kamen und anfingen, ihn zu beschimpfen: Er solle seinen Arsch hochheben und dahin zurückschaffen, wo all die anderen stinkenden Hippies wohnten. Carlisle ignorierte sie, und da stieß Bobby ihn gegen Websters Schaufenster. Carlisle ließ seine Tüten fallen und sagte, Bobby solle verschwinden, und daraufhin holte Bobby aus und wollte ihn schlagen. Er traf nicht, und Carlisle ließ ihn mit einem gezielten Hieb über die Motorhaube von Mrs Macklins Dodge fliegen.

Ob das ein Fehler war oder nicht, darüber kann man noch heute diskutieren. Aber das Resultat war, dass Hack Kenbule es übernahm, Carlisle mitten auf der Main Street zusammenzuschlagen. Carlisle war auf seine Art durchaus kräftig, aber bullig war er nicht. Hack neigte zwar ein bisschen zur Fettleibigkeit, aber er war massiger und stärker und sehr viel niederträchtiger als Carlisle. Außerdem hatte er etliche Grain Belts getrunken, bevor der Krawall losging, und unter dem anfeuernden Gejohle der Zuschauer hätte er Carlisle vielleicht umgebracht, wenn Thelma Englestrom nicht schreiend aus dem *Danny's* gestürmt wäre und die Schlägerei mit Hilfe von Jim Webster beendet hätte.

Jim half Carlisle, seine Lebensmittel aufzusammeln, brachte ihm neue Tüten und half ihm, in den Pick-up zu klettern. Die ganze Zeit über standen die Leute, die aus *Leroy's* und *Danny's* geströmt waren, auf der Straße und verhöhnten Carlisle, nur Huey Sverson nicht, der sah wirklich traurig aus. Und manche sahen auch, dass Arlo Gregorian sich abseits hielt und nichts sagte. Die ganze Zeit aber lag Bobby Eakins quer über der Motorhaube von Mrs Macklins Auto und hielt ausnahmsweise den Schnabel.

Carlisle hatte ein ziemlich ramponiertes Gesicht und sah aus, als habe er seit Monaten nicht mehr geschlafen, als er in der folgenden Woche wieder zur Anhörung kam. Diesmal hatten die Experten Computerausdrucke mitgebracht, die länger waren als der geplante Highway, und sie hielten sie hoch, damit jedermann sie sehen konnte. Dann übernahmen die Ingenieure die Sache und erläuterten noch einmal sämtliche technischen Einzelheiten.

Carlisle wich keinen Zollbreit, und wie manche nachher unter vier Augen erzählten, sah es aus, als besiege er die ganze Bande nur mit Hilfe von Logik und Zahlen. Er ließ nicht locker und beharrte immer wieder darauf, dass die ausgewählte Strecke auf der Grundlage ihrer eigenen Voraussetzungen nicht die beste sei und dass ihre angenommenen Diskontsätze und Kosten-Nutzen-Analysen einfach falsch seien. Die Ingenieure fummelten mit den vielen Stiften in ihren Plastik-Hemdtaschenschonern herum, scharrten unter dem Tisch mit den Füßen und warfen einander schmallippige Blicke zu, als wüssten sie genau, dass Carlisle recht hatte. Aber die Anführer der Anzugfraktion ließen seine Treffer von sich abperlen, wie sie es in vielen Jahren als Politiker gelernt hatten. Das Dumme war, wissen Sie, dass Carlisle mit denen stritt, die die Herrschaft über das Mikrofon hatten, und da kämpft man immer auf verlorenem Posten.

Außerdem – wenn Leute etwas haben wollen, zählen intellektuelle Feinheiten wie beispielsweise Beweise am Ende nur wenig. Zwei Tage später entschieden die staatliche Straßenbaukommission und das Verkehrsministerium zugunsten der geplanten Trasse einschließlich der weiträumigen Asphaltkurve über Falls City und Livermore. Gleichzeitig gaben sie bekannt, dass die Bauarbeiten in den südlichen Staaten bereits begonnen hatten und in Yerkes County beginnen würden, sobald das

Wetter es zuließe – eine Neuigkeit, die im ganzen County mit überwältigendem Jubel begrüßt wurde.

Die Einheimischen waren sich einig, dass die Entscheidung wohl erwogen gewesen und dass der Demokratie Genüge getan worden sei. Demokratie ist schließlich die Herrschaft der Mehrheit, oder? Und die Mehrheit war für die geplante Strecke, oder? Ein paar Leute mit zoologischen Neigungen räumten freundlich ein, dass es schade um die kleinen Falken sei, aber sie wiesen auch darauf hin, dass das Aussterben eben die Art und Weise sei, wie die Natur Gute Nacht sage. Das hab ich im *Danny's* gehört.

Am selben Tag, als die Entscheidung über den Highway bekannt gegeben wurde, brachte der *Inquirer* auf seiner letzten Seite einen Artikel, in dem es hieß, dass es infolge des schnell sinkenden Grundwasserspiegels in Teilen der Umgebung zu Bodeneinbrüchen komme, wie eine vom Staat in Auftrag gegebene geologische Studie gezeigt habe. Unterdessen legten die Cheerleader ihre Blazer ab und gaben sie zur Entlausung in die Reinigung, um sie für die zahlreichen Zeremonien bereit zu haben, bei denen unser kommender Wohlstand gefeiert und gepriesen werden würde.«

18

Eine Woche nach der Highway-Entscheidung saß Carlisle vor seinem Holzofen und überlegte sich seinen nächsten Schachzug. Nicht, dass er noch einen Zug übrig hatte. Vielleicht sollte er einfach seine Sachen packen und fortgehen.

Gally Deveraux hatte ein paar Tage zuvor aus Casper angerufen, wo sie das Weihnachtsfest bei ihrer Tochter verbracht hatte. Sie hatte von der Entscheidung gehört und sagte, es tue ihr leid für Carlisle. Ihre Stimme klang sanft und sorgenvoll, aber etwas zwischen ihnen hatte sich auf kaum merkliche Weise verändert. Seine Arbeit und der Kampf gegen den Highway hatten ihn vollständig in Anspruch genommen, und sie war in ihr Studium vertieft. Und auch wenn sie es nicht gesagt hatte, Carlisle hatte das Gefühl gehabt, dass sie vielleicht jemand anderen gefunden hatte.

Ein paar Wochen zuvor hatten sie sich in einem Motel auf halber Strecke zwischen Spearfish und Salamander getroffen, aber irgendetwas war anders gewesen. Gally war anders; sie veränderte sich zusehends. Carlisle war anders; sein Zorn über den Highway machte ihn finster und überlagerte sein Interesse für all die großartigen Ideen, die Gally im Laufe des Studiums entwickelte, Ideen, über die sie mit der Intensität einer Frau, die zu sich selbst fand, sprechen wollte. Und wegen des geplanten Nationalparks mit Bisons und Antilopen, der ihren Grundbesitz einschließen würde, sah es so aus, als seien ihre finanziellen Sorgen vielleicht bald zu Ende.

Vor allem wollte sie gern über den Professor sprechen, bei dem sie ein Seminar über Kolonialgeschichte belegt hatte: wie brillant er sei, wie viel Zeit er bereitwillig darauf verwandte, auch außerhalb des Unterrichts mit ihr zu diskutieren. Was zwischen ihr und Carlisle gewesen war, ging zu Ende, das wussten sie beide. Es war niemandes Schuld. Manchmal ging es einfach so. Als sie sich vor dem Motel verabschiedeten, umarmten sie einander länger als nötig, aber keiner von beiden sprach davon, sich demnächst wieder zu treffen.

Viel hielt Carlisle nicht mehr in Yerkes County. Der Highway würde ihm das Haus und die Vögel nehmen. Er warf noch zwei Eichenholzscheite ins Feuer, schloss die Ofentür und saß dann mit Dumptruck auf dem Schoß da. Mit leisem Selbstmitleid überlegte er, was er jetzt anfangen sollte. Vielleicht wieder zum Zigeuner werden. Vielleicht würde er das tun. Sich einen neuen Ort suchen. Flucht als Chance.

Er dachte daran, den Esstisch fertigzustellen. Der Tisch sollte aus seiner senkrechten Position an der Wand in den schweren Messingscharnieren einer alten Kirchentür in die Waagerechte schwenken. Aber ihm war noch keine ästhetische und zugleich funktionale Möglichkeit eingefallen, ihn an der Wand zu befestigen, wenn er nicht gebraucht wurde. Was hatte das auch für einen Sinn? Er würde verschwinden, wenn der Highway käme. Nein, dachte er, mach es trotzdem. Bring es zu Ende, mach es richtig. Und danach reparierst du die Scheiben im Wintergarten. Bring den Leichnam in Ordnung für das Begräbnis.

Er stand da und betrachtete den Tisch, stand vor der alten, klassischen Abrechnung zwischen Form und Funktion. Der einfache Haken, den er verwandt hatte, war unelegant. Er brauchte etwas anderes, ebenso Einfaches, aber mit mehr Stil. Dumptruck sprang immer wieder auf den Tisch und legte sich dort schlafen, und jedes Mal, wenn Carlisle den Tisch hochklappen und das Problem betrachten wollte, musste er wieder abgeräumt werden.

Irgendwann gegen vier Uhr nachmittags, die Sonne wollte bald untergehen, erwachte Dumptruck aus dem Schlaf, richtete sich auf und spitzte die Ohren. Einen Augenblick später hörte Carlisle knirschende Schritte im Schnee. Schnell und leise ging er zum Fenster und blickte hinaus: Susanna Benteen, allein. Als sie auf die Veranda kam, öffnete Carlisle die Haustür. Es schneite ein wenig.

Sie lächelte, und ihr Gesicht war gerötet von Wind und Kälte. »Hallo, Carlisle. Nachträglich ein gutes neues Jahr – ich glaube, das ist die angemessene Begrüßung für heute. Darf ich reinkommen?«

»Natürlich, und nachträglich auch dir ein gutes neues Jahr. Gibst du mir deinen Mantel?«

»Ich glaube, den lasse ich noch ein Weilchen an. Der Spaziergang hierher hat Spaß gemacht, aber ich bin im Moment ein bisschen durchgefroren. Eine Tasse heißer Tee wäre nett.« Sie sah sich im Haus um. »Was machst du da mit dem Esstisch?«

»Ich überlege, wie ich ihn am besten an der Wand befestige.«

Carlisle rief aus dem Küchenbereich herüber; er brühte den Tee auf und machte sich seine Gedanken. Susanna erschien ihm nicht mehr so überwältigend wie früher. In der ganzen Zeit, in der er sein Denkmal für Cody Marx gebaut und seinen Krieg gegen den Highway geführt hatte, war er ganz und gar unabhängig und sein eigener Herr geworden. Das ließ ihm Susannas ausgeprägtes Selbstbewusstsein weniger bedrohlich erscheinen.

Und irgendwie hatte die Unterhaltung am Fluss vor über einem Jahr die Luft zwischen ihnen geklärt – für ihn zumindest. Er hatte ihr offen die Wahrheit gesagt, und sie hatte es verstanden. Und sie war im Laufe des vergangenen Jahres regelmäßig mit Gally oder mit dem Indianer vorbeigekommen, und die Anspannung, die er in ihrer Gegenwart empfunden hatte, war fast verschwunden. Fast. Da war immer noch die Tatsache, dass sie eine begehrenswerte Frau war, und das bringt eine Anspannung mit sich, die niemals weggeht. Ihm wurde plötzlich bewusst, dass sie heute zum ersten Mal allein hergekommen war.

»Wo liegt das Problem bei dem Tisch? Oh, ich seh's schon. Du suchst eine andere Methode, ihn oben zu halten.« Sie beugte sich über den Tisch und betrachtete die Scharniere.

Carlisle kam mit zwei dampfenden Teetassen vom Herd und gab Susanna die eine. »Da werde ich noch etwas austüfteln. Ist nur eine Frage der Zeit.«

»Ich hab so was mal im Irak gesehen. Ich versuche gerade, mich zu erinnern, wie sie es da gemacht haben. Können wir am Ofen sitzen, bis mir wärmer ist?«

Susanna trank ihren Tee in kleinen Schlucken, und ihre grünen Augen betrachteten Carlisle McMillan über den Rand der Tasse hinweg. Kastanienbraunes Haar quoll unter der Kapuze ihres Mantels hervor.

Er erwiderte ihren Blick, aber es fiel ihm immer noch schwer, mit Susanna Benteen längeren Augenkontakt zu halten. »Was machst du an einem so kalten Januartag hier draußen?«

»Ich war über Nacht bei Marcie und Claude English. Sie sind wirklich nett, und ab und zu laden sie mich ein. Du kennst die beiden, oder?«

»Ja. Claude hab ich kennengelernt, als ich das Holz

für meinen Unterboden gekauft hab. Während dieser scheußlichen Highway-Geschichte haben sie mich ein paar Mal zum Essen eingeladen. Gute Leute. Kluge Leute.«

»Marcie und ich interessieren uns für Intensivgartenbau. Wir haben uns irgendwann in der Bibliothek von Salamander kennengelernt, als wir beide in derselben Abteilung stöberten. Sie wollten, dass ich noch bis heute Abend bleibe, aber sie haben kleine Kinder, und ich hab immer das Gefühl, ich bin eine Last für sie, wenn ich zu lange bleibe, auch wenn Marcie sagt, das stimmt nicht. Außerdem hatte ich Lust auf einen Spaziergang. Ich wollte eigentlich nach Salamander, aber dann kam ich auf die Idee, nachzusehen, ob du zu Hause bist und wie es dir nach den Highway-Kämpfen geht.«

»Ich freue mich, dass du gekommen bist. Ich würde dich einladen, zum Abendessen zu bleiben, aber ich hab leider nicht viel zum Essen im Haus. Hab hier rumgehockt und mich bemitleidet, und deshalb bin ich diese Woche nicht zu *Webster's* gekommen.«

»Carlisle McMillan, das Zimmermannshandwerk ist vielleicht dein Beruf, aber Kochen, wenn es nichts zu kochen gibt, das ist einer von meinen. Das habe ich in den Jahren auf Reisen mit meinem Vater gelernt.«

»Du hast mal gesagt, er war Anthropologe, richtig?«

»Ja. Manchmal waren wir dreihundert Meilen weit vom nächsten Lebensmittelladen entfernt, im australischen Outback oder auf irgendeiner Passhöhe in Bolivien. Ich erinnere mich noch an das lange Gesicht, das mein Vater an einem Weihnachtsmorgen in Bolivien machte, als er unseren Proviant betrachtete. Ich war erst vierzehn, aber ich zog meine Jacke an und wanderte durch die Gegend, bis ich einen Bauern fand, der mir ein ziemlich schäbig aussehendes Huhn verkaufte. Aber mit etwas Dosengemüse und Kartoffeln hab ich doch noch was daraus machen können. Was dagegen, wenn ich einen Blick in deine Speisekammer werfe? Suppe kann man immer machen, egal, wie dünn die Vorräte sind.«

»Dafür wäre ich dir dankbar. Ich kann dir eine anständige Flasche Rotwein versprechen, wenn du aus dem, was da ist, noch irgendetwas zaubern kannst. Im schlimmsten Fall trinken wir den Wein und lassen das Essen weg.«

Susanna lächelte und zog ihren Mantel aus. »Dazu wird's nicht kommen, das kann ich dir beinahe versprechen.«

Sie hatte recht. Eine halbe Stunde später wehte ein appetitlicher Duft aus der Küche. Carlisle betrachtete unterdessen weiter seinen Esstisch und grübelte darüber. Es fiel ihm schwer, sich zu konzentrieren, wenn Susanna fünf Schritte weiter am Herd stand. Die Erinnerung daran, wie sie da getanzt hatte, wo er jetzt stand, ging ihm immer wieder durch den Kopf.

Sie summte leise, und ihr Haar hing leicht gewellt herab. Ihre silbernen Ohrringe baumelten, als sie sich zu ihm umschaute. »Wie geht's mit dem Tisch? Schon irgendwelche tollen Ideen?«

»Ein paar Ideen, ja, aber toll sind sie alle nicht. Es riecht gut da drüben.«

»Es ist auf Suppe hinausgelaufen. Aber hast du gewusst, dass du alles dahast, was man zum Brotbacken braucht? Versteckt zwischen Gläsern mit Marmelade und alten Dachdeckernägeln?«

»Nein … hab ich?«

»Ja, und ich bin gleich damit fertig. Der Duft von frisch gebackenem Brot hat etwas Fundamentales. Etwas aus uralten Zeiten.« Dumptruck rieb sich schnurrend an ihren Beinen.

»Das stimmt. Und jetzt weiß ich auch, wie ich den Tisch aufhänge. Ein Vierkantstück aus Rotholz an der Wand, das in eine Schiene an der Unterseite des Tisches einrastet, wenn der Tisch hochgeklappt wird. Ich glaube, es war die Aussicht auf frisches Brot, die mir auf die Sprünge geholfen hat.«

Er ging zum Fenster und schaute hinaus. Dann öffnete er die Tür einen Spalt breit und spähte nach draußen. Frauen und Schneestürme hatten anscheinend die Gewohnheit, zusammen bei ihm aufzukreuzen. Einen Moment lang wunderte er sich über diesen Zufall, dann schob er den Gedanken beiseite. »Susanna, der Schnee da draußen wird immer höher«, rief er ins Haus. »Soll ich dich nach Salamander fahren, bevor es noch schlimmer wird?«

»Nein, ich koche Suppe und backe Brot. Das Wetter wird allein mit sich zurechtkommen. Mich stört es nicht, wenn es dich nicht stört.«

Um acht war das Abendessen fertig, und Carlisle hatte die Tischkonstruktion in groben Zügen fertig. Noch ein bisschen wacklig hing der Tisch an der Wand, und er schwenkte ihn herunter. Er brachte Teller und Besteck und stellte zwei stumpfe Kerzen dazu, die mit heißem Wachs auf kleinen Kiefernholzklötzchen befestigt waren. Schließlich schob er eine Kassette in den Rekorder und schaltete das Licht aus. »Nicht schlecht, was? Sieht richtig gut aus.«

»Sehr elegant. Genau richtig. Und irgendwie ist es ganz tröstlich, eine Tischsäge in Reichweite zu haben.«

Astor Piazzolla erklang aus dem Radiorekorder: Tango. Carlisle hatte sich die Kassette bestellt, nachdem er Gabe O'Rourke und seine Tangos im »Leroy's« gehört hatte. Susanna hob ihr Weinglas. »Auf Bolivien.«

»Auf Bolivien – möge es blühen und gedeihen und die Touristen mit bunten Wolldecken versorgen.«

Susanna lachte. »Ich hab mal Tangotanzen gelernt, war sogar ziemlich gut, wenn ich das sagen darf.«

»Wo?«

»In Argentinien. Ich war allein auf Reisen und hab dort eine Zeit lang Station gemacht. Nach dem Tod meines Vaters bin ich losgefahren, um das zu sehen, was ich in der ersten Zeit meiner Reisen mit ihm verpasst hatte. An etwas anderes dachte ich damals nicht – immer nur an den nächsten Bahnhof, den nächsten Bus zu einem Ort, von dem ich noch nie gehört hatte. Irgendwann hat man das Reisen im Blut.«

Sie schaute kurz zum Radio hinüber und dachte an den Argentinier, der ihr das Tangotanzen beigebracht hatte.

Carlisle sah sie an, als sie sich wieder umdrehte; das kastanienbraune Haar schwang zur Seite und kam leicht verändert am Hals und auf den Schultern zur Ruhe. Sie betupfte sich den Mund mit der Serviette und schaute ihn an. Er saß da in seinem blauen Arbeitshemd und einem alten schwarzen Pullover und hatte Sägemehl auf seiner Jeans.

Am Ringfinger ihrer rechten Hand steckte ein Opalring. Ein zweiter Ring, schlicht, dünn, golden, saß auf dem Zeigefinger. Ein silberner Falke hing an ihrer Halskette; er hatte ihn schon gesehen und erinnerte sich daran. Ihr Kleid war aus cremefarbenem Wollstoff, und das gelb und braun gemusterte Tuch lag mit ausgesuchter Lässigkeit auf ihren Schultern.

Sie langte über den Tisch und legte eine Hand auf seine. Der Opalring lag kühl auf seiner Haut. »Ich habe über deine Probleme mit dem Highway nachgedacht, Carlisle. Darf ich dir zu bedenken geben, dass du in deinem Zorn und deiner Trauer etwas übersiehst?«

»Was denn?«

»Dein Tribut an Cody Marx besteht nicht aus Holz und Nägeln, Fenstern und Türen, all den materiellen Dingen, die uns hier umgeben. Der eigentliche Tribut besteht darin, dass du so für ihn gebaut hast, wie er es hätte haben wollen. Und dabei hast du dich selbst neu erbaut. Er würde das sofort verstehen, aber ich glaube, dir ist es irgendwie entgangen. Nach allem, was ich von dir über Cody Marx gehört habe, würde er sich über einen Tribut freuen, nicht über ein Denkmal. Und das ist ein Unterschied.«

Carlisle lächelte. »Da ist was dran. Du hast recht, Cody braucht kein Denkmal. Ich hab mich auf das Ergebnis konzentriert, darauf, was das Haus darstellt und was der Highway damit machen wird. Cody hat sich immer für den Weg interessiert, nie für das Ziel, für Handwerkskunst, nicht für Objekte, denn er wusste, dass ein gutes Verfahren immer zu einem guten Produkt führt, wenn man es nicht eilig hat. Das habe ich auch einmal verstanden; ich hab's wiedergefunden, als ich das Haus baute, und dann gleich wieder vergessen. Und Gally Deveraux hat mal gesagt, wenn ich will, kann ich meine Zelte jederzeit abbrechen und am nächsten Morgen verschwunden sein. Einen neuen Tribut bauen, wenn ich muss. Aber irgendwie hab ich das Gefühl, dass ich es nicht noch einmal tun muss.«

Susanna Benteen lächelte. »Das gefällt mir ... am nächsten Morgen verschwunden sein. Leicht bleiben, tragbar, transportabel. Ich bemühe mich, nie mehr wertvolle Dinge zu sammeln, als ich in einem Koffer und einer Schultertasche in den Bus oder in den Zug tragen kann. Ich denke an die Buschmänner in der Kalahari. Die konnten das – ihr Lager abreißen und binnen einer Stunde mit ihrem ganzen Besitz fortgehen.«

»Warst du mit deinem Vater in der Kalahari?« Carlisle machte ein ungläubiges Gesicht. Ferne Gegenden, Gegenden, von denen er immer nur gehört hatte.

»Ja.« Sie fing an zu lachen. »Sie haben sein kleines Radio bewundert. Als wir fortgingen, wollte er es ihnen schenken. Da scharrten sie mit den Füßen und lehnten höflich ab. Es sei zu schwer und nicht nötig, um durch den Tag und die folgende Nacht zu kommen, und auf diesem Zeitrahmen basierte ihr Leben. Sie nahmen nur das, was sie mühelos tragen konnten, und blieben immer leicht. Für uns war das Radio nur tragbar, weil wir einen LandRover hatten. Die Buschmänner hatten keinen.«

Susanna brach ein kleines Stück von dem warmen Brot ab. Piazzolla begann mit »Nuevo Tango«, und die Musik verwob sich mit dem Januarwind, der nach Ritzen in dem Tribut an Cody suchte und keine fand.

»Wie wär's mit einem Kaffee am Ofen?«, fragte sie. »Ich kann welchen machen, und du räumst den Tisch ab. Ein faires Geschäft.«

»Abgemacht.«

Carlisle warf ein paar Kissen auf den Boden vor dem Ofen, und Susanna bereitete ein Gebräu aus Kaffee, Bitterschokolade, Zimt und einem kleinen Schuss Whiskey. Nach dem Kaffee tranken sie Carlisles Rotwein weiter. Susanna schwieg und schaute in ihr Glas. Carlisle fiel es schwer, in ihrer Anwesenheit still zu sein; eine nervöse Reaktion auf ihre Anwesenheit erforderte Worte. Er spürte, dass irgendeine alte Macht sich in ihm regte, die zu gleichen Teilen aus Licht und Dunkelheit bestand. Eine Frau, ihre Anwesenheit – und was jetzt? Er fragte sich, ob Frauen dieses Gefühl auch kannten.

»Susanna, weißt du etwas über Wolf Butte? Hier machen alle möglichen Legenden darüber die Runde. Und seit ich hier wohne, habe ich oben etwas gesehen, das aussieht wie ein Feuer, meistens sehr spät nachts, kurz vor dem Morgengrauen.«

Langsam hob sie den Blick und sah ihn dann pfeilgerade an. »Ja, ich kenne die Legenden über Wolf Butte. *Geschichten* ist ein besserer Ausdruck, glaube ich. *Legenden*, das klingt, als seien sie nicht wahr oder übermäßig romantisiert. Aber was du über Wolf Butte gehört hast, ist großenteils wahr. Es ist ein Ort von großer Macht; die Alten wussten das. Wenn du nach den Leuten fragst, die da draußen gestorben sind – sie sind gestorben, weil sie kamen, um Dinge zu ändern, von denen der Wächter glaubte, dass man sich an ihnen nicht zu schaffen machen dürfe.«

Sie atmete tief durch, griff in ihre Tasche und holte einen gebogenen, dunkelgrünen Kamm heraus. Sie klemmte ihn zwischen die Zähne, schlang ihr dichtes Haar hoch auf dem Kopf zusammen und steckte es mit dem Kamm fest. Carlisle sah ihr dabei zu, und sie lächelte.

»Hast du von dem Professor gehört, der in der Nähe von Wolf Butte ums Leben kam, während er Ausgrabungsarbeiten vorbereitete?«, fragte sie und ließ sich auf ein Kissen zurücksinken.

Carlisle nickte. »Ja.«

»Das war mein Vater.« Sie sagte es in gleichmütigem Ton.

»O Gott«, flüsterte Carlisle.

»Deshalb bin ich eigentlich nach Yerkes County gekommen. Um selbst ein paar Nachforschungen zu seinem Tod anzustellen. Die Erklärungen waren mir alle ein bisschen zu glatt, zu sauber; sie reichten nicht aus, um zu verstehen, wie ein vorsichtiger Mann dort, wo er schon viele Male gewesen war, abstürzen sollte. Mein Vater war raues Gelände gewohnt, er konnte auf sich aufpassen, und das machte mich misstrauisch. Er hatte mir erzählt, dass akademische Reputationen bedroht seien und dass die Grabungen bei Salamander Crossing, wie die Gegend hieß, weithin akzeptierte Hypothesen zur Landmigration früher Völker widerlegen könnten. Da stand einiges auf dem Spiel. Und unmittelbar nach seinem Tod wurde das Ausgrabungsprojekt eingestellt.«

»Und was haben deine Nachforschungen ergeben? Hast du etwas herausgefunden?«

»Nein, nichts. Dann lernte ich den Mann kennen, den du Flötenspieler nennst. Seitdem bin ich oft mit ihm auf Wolf Butte gewesen. Er kennt dort jeden Stein, jeden Baum, jeden Felsspalt. Und er hat mich davon überzeugt, dass mein Vater sterben musste, weil er die Grabhügel ausgraben wollte. Er sagt, im Laufe der Jahre seien viele Menschen dort draußen gestorben, und der Wächter des Felsens habe seine eigenen Methoden, die Dinge zu bewachen. Und weißt du, was merkwürdig ist? Mein Vater würde diese Art von Macht verstehen und daran glauben. In diesem Licht leuchtet sein Tod mir ein, wie er ihm selbst auch eingeleuchtet hätte.«

»Warum bist du danach in Salamander geblieben?«

»Niedrige Lebenshaltungskosten, eine weite, schöne Landschaft. Ich habe mich niedergelassen und mich darauf konzentriert, mein Leben zu leben, statt mir dauernd den Kopf über den Tod meines Vaters zu zerbrechen. Um ehrlich zu sein – ich hatte ja nicht viel Geld. Weil mein Vater ein so unstetes Leben geführt hatte, gab es keine besonders hohe Lebensversicherung aus der Pensionskasse. Das Wenige, was ich bekam, habe ich auf meinen Reisen ausgegeben. Aber ich komme zurecht.«

»Wo warst du, bevor du nach Yerkes County kamst?«

Susanna sah ihn mit der Geradlinigkeit an, die sie erfunden zu haben schien. »Auf Reisen, fast sieben Jahre unterwegs, mit einzelnen kurzen Aufenthalten hier und dort. Davor habe ich drei Jahre mit einem Mann namens Andrew Tanner an der spanischen Atlantikküste gelebt … in San Sebastian. Er war freier Journalist, Kriegskorrespondent.«

»Ein Wahnsinnsleben, Susanna.« Carlisle schüttelte langsam den Kopf; er verspürte einen kurzen Anfall von nicht weiter erklärlichem Neid auf einen Mann namens Tanner. »Noch eine andere Frage, wenn du erlaubst. Sie ist vielleicht ein bisschen dreist; du musst dich nicht gezwungen fühlen, sie zu beantworten, wenn du nicht willst.«

Susanna lächelte. »Ich fühle mich nur sehr selten zu irgendetwas gezwungen. Wie lautet die Frage?«

»Weißt du, wer der Wächter ist?«

»Nein. Und das ist die Wahrheit. Aber ich glaube, dass da draußen etwas ist.«

»Glaubst du, es ist der Flötenspieler? Ist er der Wächter?«

»Ich weiß es wirklich nicht. Aber es gibt eine starke Macht auf Wolf Butte und ringsherum, das weiß ich.«

»Und du weißt auch, dass die Highway-Trasse nur dreihundert Meter weit neben Wolf Butte vorbei und durch einige der Grabhügel auf der anderen Seite führt?«

»Ja, das weiß ich. Der Flötenspieler ist beunruhigt. Er sagt, der Wächter hat eine starke Medizin, aber vielleicht ist sie nicht stark genug, um aufzuhalten, was diesmal kommt.«

»Was ist mit den Indianern im Allgemeinen? Du scheinst mir zu denken wie eine Indianerin. Können die nichts tun?«

»Carlisle, ich muss dich behutsam von einigen Vorstellungen befreien, die du – genau wie andere – vielleicht von Indianern und von mir hast. Das ist eigentlich nicht deine Schuld. Weder unsere Medien noch unsere Bildungsinstitutionen wissen oder lehren sehr viel Richtiges über die Indianer. Die Indianer haben eine Menge Probleme: Arbeitslosigkeit, extreme Armut, Verbrechen, zerbrochene Familien, Alkoholismus. Und Diabetes ist unter ihnen weit verbreitet; anscheinend hat es etwas mit einer Kombination aus Genetik und Ernährung zu tun. Ich weiß nicht, ob sie sich in irgendeiner Weise für den Highway interessieren. Nach allem, was ich verstanden habe, ist die Rechtslage kompliziert, wenn es um Ausgrabungsfunde geht, und in diesem Staat kann der Eigentümer mit seinem Land weitgehend tun und lassen, was er will; das gilt auch für den Umgang mit archäologischen Fundstücken.

Außerdem hat mein Vater mich gelehrt, mich vor dem Bild traditionsgeprägter Völker als *edle Wilde* zu hüten. Die Weißen neigen zu einem mythischen Verständnis der Indianer. Sie gefallen uns in unserer romantisierten Fantasievorstellung der Vergangenheit, jener idyllischen Zeit, bevor die Weißen kamen, als sie angeblich ein Leben in Freiheit und im Einklang mit der Natur führten. Wenn ich dir sage, dass manche Indianer die gefährdeten Seeadler abschießen, nur weil sie ihre Schwanzfedern haben wollen, dann wirst du deine Ansichten vielleicht langsam ändern – auch wenn diese Federn für religiöse Rituale benutzt werden. Und wenn ich dir sage, dass viele die Adler auch jagen, nur um aus den Federn Souvenirs zu machen, die sie an

Touristen verkaufen, und dass das andauernd passiert, dann wirst du wahrscheinlich sehr empört sein. Es ist alles viel komplizierter, als den meisten Leuten klar ist. Darüber hinaus gibt es freilich viele Aspekte indianischer Kultur und Überzeugungen, die meinen eigenen Ansichten sehr nahe kommen. Darum akzeptiert mich der Flötenspieler so, wie er es tut. Aber ich bin keine New-Age-Mystikerin, die mit dem BMW zu Schwitzhütten-Zeremonien fährt und Wochenend-Indianerin spielt. Ich bin keine Indianerin, und ich kann auch niemals eine werden. Die Sichtweise der Indianer auf das Leben und die Natur ist für Weiße nur schwer zu verstehen. Und in der gleichen Weise können Indianer nicht werden wie ich. Ich habe meine eigenen Überzeugungen und Verhaltensweisen, die ich in einer ungewöhnlichen Kindheit erworben habe. Ich habe jahrelang in Stammeskulturen gelebt, in vielen Gegenden Afrikas, Asiens, Südamerikas und – in geringerem Umfang – im Südwesten der Vereinigten Staaten. Meine Anschauungen sind nicht die Anschauungen der Indianer. Es sind meine Anschauungen. Aber es gibt Ähnlichkeiten.«

Carlisle war ein bisschen gekränkt. »Tja, ich glaube, diesen Vortrag hab ich verdient.«

»Ich wollte dir keinen Vortrag halten, ich wollte nur ein paar Dinge klarstellen.« Sie lächelte freundlich und nahm einen Schluck Wein.

»Wie dem auch sei, das alles ist für mich schwer zu fassen, Susanna. Dein Vater, der Wächter, die Toten hier draußen am Wolf Butte, der Highway, die Vögel, eine Firma namens AuRA Corporation.«

Sie schaute zur Decke. »Was bedeutet das Wort Aura im Wörterbuchsinn? Es ist etwas, das eine Person oder einen Gegenstand umgibt, etwas, das von einer ganz eigenen Qualität ist.«

»Ja, ich würde sagen, das trifft es ziemlich genau.« Sie legte den Kopf schräg und überlegte. »Es erinnert mich an Aurora, die römische Göttin der Morgendämmerung und der aufgehenden Sonne.«

Carlisle holte sein altes College-Wörterbuch, blätterte darin und murmelte: »A … a-r, a-t, a-u … hier: Aura.«

Susanne streckte die Hand aus und klopfte auf die Seite. »Sieh mal vorn bei Au nach. Was steht da?«

Er fuhr mit dem Finger an den Spalten entlang und schlug dann mit der flachen Hand auf die Seite. »Au ist das chemische Zeichen für Gold!«

Sie lächelte. »Das dachte ich mir. Meine Highschool-Kenntnisse in Chemie sind ein bisschen eingestaubt, aber ich erinnere mich, irgendwo gelesen zu haben, dass das Zeichen für Gold vom Namen der römischen Göttin stammt. Und die Firma, der das Gelände gehört, buchstabiert ihren Namen mit einem großen A, gefolgt von einem kleinen u, oder?«

»Wieder richtig. So schreiben sie es.«

Lächelnd sah sie ihn an. »Und was haben wir jetzt? Ist AuRA nur eine gewollt originelle Art, das Wort Aura zu buchstabieren? Ein Spiel mit der Bedeutung des Zeichens Au für Gold? Oder hat es noch eine andere Bedeutung?«

»Ich weiß es nicht. Aber ich glaube, du bist da auf einer Spur.«

»Hm. Ich weiß es auch nicht«, sagte Susanna.

Carlisle schwieg einen Moment lang. »Vielleicht sollten wir uns mit dem Flötenspieler unterhalten.«

»Und vielleicht sollten wir uns mit ein paar der militanteren Indianer in der Reservation oder mit den Leuten vom American Indian Movement in der Hauptstadt unterhalten. Ich bin Lamont Crow Wing einmal begegnet. Er ist ein Hardliner beim AIM. Vielleicht lässt sich noch etwas unternehmen. Aber im Augenblick bin ich zu müde, um darüber nachzudenken. Hast du etwas, worin ich schlafen kann?«

»Kleidung oder Bett?«

»Beides, bitte.«

Susanna war ungefähr einen Meter fünfundsiebzig groß, knapp einen Kopf kleiner als Carlisle. Sein abgetragener grauer Jogginganzug würde vielleicht gehen. Er holte ihn, und sie verschwand damit im Bad. Wenig später kam sie wieder heraus und sah prima aus: Sie hatte die Ärmel hochgekrempelt, und die schlabbrige Hose schleifte über den Boden. Susanna wusste sich zu kleiden; sie gab den Sachen ihren eigenen Pfiff und sah aus, als wollte sie auf einer Weltraum-Modenschau auftreten.

»Du kannst das Bett haben, Susanna. Ich gehe mit meinem Schlafsack auf die Galerie.«

»Nein, der Schlafsack ist mir lieber. In Schlafsäcken bin ich praktisch groß geworden.«

Sie trug den Schlafsack die geschwungene Treppe hinauf. Auf halber Höhe blieb sie stehen, die freie Hand auf dem Geländer, und schaute zu Carlisle herunter. »Gute Nacht, Carlisle. Ich bewundere die Dinge, die du baust, aber ich bewundere dich und deine Handwerkskunst sehr viel mehr.«

Carlisle lag noch lange wach im Bett und dachte an Susanna und an das, was sie gesagt hatte. Er lauschte dem Schneesturm und hörte, wie Dumptruck leise brummend unter dem Ofen hervorkam und die Treppe zur Galerie hinauftappte.

Um vier Uhr in der Frühe brauchte der Ofen neue Nahrung. Carlisle zog Pullover und Jeans an und kümmerte sich darum; er bemühte sich, leise zu sein, um

Susanna nicht zu stören. Der Wind erreichte Stärke sieben; er schlug wie eine große flache Hand gegen die Rotholzverschalung des Hauses, als Carlisle die Ofentür öffnete und abgelagerte weiße Eichenholzscheite auf die Glut legte. Es wurde wieder wärmer, und er hockte sich vor den Ofen und ließ sich von der Glut durchdringen.

»Guten Morgen, Carlisle.« Susanna beugte sich über das Geländer der Galerie und schaute zu ihm herunter.

»Guten Morgen, Susanna. Tut mir leid, wenn ich dich geweckt habe.«

»Das hast du nicht. Ich bin schon vor einer Weile aufgewacht. Ich habe hier gelegen und dem Wind zugehört. Möchtest du Kaffee?«

»Ja, aber den mache ich, du kannst dich so lange hier vor den Ofen setzen. Oder möchtest du lieber Tee?«

»Danke, ich möchte wirklich lieber Tee.« Sie wickelte sich in den Schlafsack und kam barfuß die Treppe herunter.

Carlisle schaltete das Radio ein und drehte es leise; er wollte den Wetterbericht hören, der alle paar Minuten als Kurzmeldung gesendet wurde, eine gleichförmige Litanei von Schulschließungen und Großer Medizin. Dreißig Zentimeter Schnee waren bereits gefallen, und mit weiteren dreißig bis vierzig war noch zu rechnen. Bis zum Abend werde der Wind Geschwindigkeiten von bis zu vierzig Meilen pro Stunde erreichen. Zurück zur Musik – Merle Haggard sang etwas von der Straße. Zu früh für Merle, ein schlechter Tag für die Straße. Carlisle schob eine Kassette ein, und Paul Winter spielte sein Saxophon im Grand Canyon.

Susanna saß, in den Schlafsack gewickelt, auf einem Kissen, trank ihren Tee und sah Carlisle an, der sich auf einen Ellenbogen stützte und Kaffee trank. »Woran denkst du, Carlisle? Du denkst doch über etwas nach.«

Er dachte an Feuerschein und Ziegenfelltrommeln und eine tanzende Frau. Im Schneetreiben eines Februarmorgens dachte er an süßen Regen.

Er antwortete nicht.

»Carlisle, möchtest du mit mir schlafen?« Sie sagte es geradeheraus und unverblümt, aber sie sprach leise und lächelte dabei.

Er lächelte auch. »Ja. Ich will schon mit dir schlafen, seit ich dich an meinem ersten Abend in Salamander im Licht meiner Scheinwerfer gesehen habe.«

»Das hab ich gespürt. Und ich habe das Gleiche empfunden. Zuerst muss ich duschen. Dann werde ich uns aus dem restlichen Wein etwas Schönes zu trinken machen.«

Carlisle bemühte sich, das leichte Zittern seiner Hände zu unterdrücken, als er ihr Handtücher reichte, während sie mit sorgfältigen und präzisen Bewegungen ein paar Dinge aus ihrer Schultertasche nahm. Die Hexe von Salamander. Grüne Augen, altes Wissen. Sie wollte ins Bad gehen, blieb stehen, lächelte ihn an. Sie nahm seine Hand und sah zu ihm auf.

Dann rauschte die Dusche, und Carlisle lehnte an der Küchenwand, hörte zu und stellte sich vor, wie sie unter dem Wasser stand. Zehn Minuten später kam Susanna heraus; sie hatte ihren Mantel als Bademantel übergezogen. Das Haar fiel ihr offen über den Rücken, und die silbernen Ohrringe funkelten.

»Eine Dusche wäre auch für mich angebracht«, sagte er. Sie hatte ein kleines Stück Sandelholzseife im Bad liegen gelassen. Neben dem Waschbecken lagen ihre Haarbürste und der grüne Kamm, und daneben stand eine kleine Flasche Parfüm ohne Etikett. Ihre Zahnbürste und ein kleine Dose Natron. Weibliche Gegenstände, ein weiblicher Duft aus uralter Zeit. Er öffnete das Parfümfläschchen und roch Blumen und Sand und den Wind am Ufer des Tigris.

Er ließ das Wasser auf sich herunterprasseln. Heißes Wasser, draußen ein wütender Wind ... Susanna Benteen. Als er geduscht hatte, zog er Jeans und Pullover an und ging ins Wohnzimmer.

»Ich bin hier oben, Carlisle.« Ihre Stimme kam von der Galerie.

Sie hatte Kissen, Decken und den Schlafsack zu einem warmen Nest zusammengelegt, das den größten Teil der Galerie ausfüllte. Sie saß nackt zwischen den Kissen, die Beine unter sich gezogen. Eine Kerze steckte in der leeren Weinflasche, und irgendwo glomm ein Räucherstäbchen. In ihren gewölbten Händen lag leicht eine gelbe Feder. Wenn Syawla auf die Erde käme, würde sie so aussehen, dachte Carlisle.

Sie deutete mit der Feder zart auf eine dünne, fast unsichtbare Narbe, die zwischen ihren Brüsten begann und sich in einer Kurve ungefähr zwei Handbreit weit über die Rippen auf der rechten Seite zog. »Das hat eine Pavianmutter getan, als ich zwölf war. Ich hab mit ihrem Baby gespielt, und sie wurde nervös und wollte es zurückhaben.«

Der Wein war warm und duftete nach Gewürzen. Die vollen Brüste hoben sich, als sie sich die Feder ins Haar schob. Sie lächelte, zog sie wieder heraus und legte sie zur Seite. »Die hab ich auf dem Weg hierher gefunden.«

Kaum merklich ging die Nacht in den Tag über. Das Unwetter draußen ließ nichts als ein tiefes Grau zu. Susanna führte ihn durch Korridore sinnlicher Empfindungen, die er noch nie betreten, an die er nicht einmal gedacht hatte. Ihr Liebesakt hatte etwas von einem

Ritual, das ihn in die Höhe trug, auf etwas zu, das er nicht sehen und sich nicht vorstellen konnte.

Ihr Gesicht an seinem Hals, ihre Lippen an seinem Ohr. Flüsternd raunte sie Worte, die ihre eigenen waren, bis sie zu einem Mantra wurden, und irgendwann dachte er nicht mehr an den Körper, an dem er sich bewegte. Susanna Benteen zu lieben bedeutete nicht nur, ein körperliches Wesen zu berühren. Sie erfüllte den Geist.

Sie hob sich ihm entgegen. Beide glänzten von Schweiß, und ihr Gesicht verlor die Fassung und löste sich auf. Ihre Hände glitten über die Feuchtigkeit auf seinem Rücken. Er bog sie, wie der Sommerwind den Weizen auf der Prärie biegt, und irgendwann wusste er: Susanna Benteen zu lieben brachte ihn der Wahrheit so nah, wie man ihr kommen konnte, ohne zu sterben.

Die schwieligen Hände eines Handwerkers bewegten sich über den Körper der Frau und berührten sie überall da, wo sie berührt werden wollte. Ihre Hand lag an Carlisles Hals, ihre Finger strichen über die Adern dort, und sie spürte das Pochen seines Blutes in ihren Fingerspitzen. Leise Worte kamen aus ihrem Mund, Swaheli und Arabisch, Navajo und Sioux, als sie zu ihm aufschaute.

Die Stunden des Tages schrumpften zusammen und dehnten sich wieder. Manchmal lagen sie eine ganze Weile schweigend nebeneinander; ihre Hände wanderten über sein Gesicht, seine Brust und seine Schultern, und seine taten das Gleiche bei ihr. Und sie flüsterten miteinander in einer alten, bezaubernden Sprache, die in solchen Augenblicken tiefgründig erscheint, ohne dass man sich später leicht daran erinnert.

Das Unwetter hielt noch sechsunddreißig Stunden an. Susanna und Carlisle sprachen miteinander und kochten zusammen und liebten einander, und manchmal schliefen sie. Einmal erwähnte Susanna, dass sie früher Aquarelle gemalt habe, aber dass ihre Staffelei bei einem ihrer Umzüge zurückgeblieben sei.

»Das lässt sich ändern«, sagte Carlisle. Er zog Parka und Stiefel an, knüpfte ein Seil an die Hintertür, damit er im Schneesturm den Weg zurückfinden würde, und watete hinaus zu seiner Werkstatt. Taumelnd und mit den Armen rudernd, stapfte er durch den tiefen Schnee. Dann hielt Susanna ihm die Tür auf, und er kam wieder hereingepoltert. Auf seinen Augenbrauen lag Schnee, und er brachte Eschenhölzer und Codys Handwerkszeug mit.

19

Das einzige Geräusch neben dem aufkommenden Wind war das Rascheln von Carlisle McMillans Lederjacke an der Holzwand seiner Werkstatt, wenn er sein Gewicht verlagerte. Zwei Wochen war es her, dass er und Susanna Benteen einander zum ersten Mal geliebt hatten, und jetzt hockte er hier mit dem Rücken an der nördlichen Außenwand im Schutze der stillen Dunkelheit des Präriewinters und spähte hinaus über den Teich. Jeden Tag, manchmal mehrmals, schlug er ein Loch in die Eisdecke, damit die Tiere in diesem rauen Wetter Wasser finden konnten. Das Loch fror zu, und er schlug es wieder auf. Irgendwo unter dem Schnee wartete ein neuer Sommer. Kaktusblüten und der süße Duft des Regens aus dem Westen. Irgendwo unter dem Eis schwebten regungslos die Sonnenbarsche in der Kälte und warteten auf eine wärmere Sonne.

Ein junges Reh kam aus dem Falkenwäldchen jenseits der Straße. Unter dem Sternenhimmel wanderte es im weiten Bogen über das offene Gelände im Norden des Hauses auf den Teich zu. Das leise Knirschen der Hufe wehte durch die weiße Stille. Dann blieb es stehen; es wusste, dass er dasaß in Stiefeln, alter Jacke und Wollmütze, und es beobachtete. Sein langes Haar wehte nur leicht im Wind, und er atmete sehr langsam und leise.

Eine Eule schwebte auf nächtlichen Schwingen heran. Sie landete auf einer der kahlen Eichen neben dem Haus und drehte den Kopf hin und her. Die Eule wusste, dass die Feldmäuse Tunnel unter dem Schnee hatten. Die Eule wusste auch, dass sie manchmal aus diesen Tunneln herauskamen.

Kurz vor dem Teich blieb das Reh stehen. Sein Atem wehte als flüchtige Nebelwölkchen durch die Kälte, und es stampfte leise mit dem Vorderhuf, wie Rehe es tun, wenn sie unsicher sind. Dann näherte es sich dem kleinen Wasserloch. Es trank, hob den Kopf, schaute in Carlisles Richtung und trank noch einmal. Er rührte sich nicht. Das Tier brauchte Wasser, keinen Schrecken; davon würde es noch genug bekommen, wenn in zwei Monaten die Bulldozer und Kettensägen anrückten.

Zwölftausend Meter hoch über dem Reh und Carlisle blinkten die Lichter eines Nachtflugzeugs auf dem Weg nach Westen. Seattle? San Francisco? Aus weiter Ferne drang das Geräusch eines Frühzugs durch seine Gedanken, fast unhörbar. Vor einer Woche war die endgültige Entscheidung für den Bau des Highways gefallen. In den kommenden Jahren würde es hier nur noch ab und zu still sein – still, bis das nächste Scheinwerferpaar durch die Dunkelheit strahlte, bis die nächsten Lastwagenreifen über die Avenue der Prärie rauschten. Die Eule würde dann nicht mehr da sein, und die Mäuse auch nicht. Alles, das Reh, das Haus, der Teich, alles würde fort sein.

Zwanzig Meter weit entfernt schlief Susanna im Haus. Sie blieb immer eine Weile bei ihm, ging dann fort und kam nach ein paar Tagen zurück. Ein spürbarer Hauch des Vergänglichen umgab sie – als könnte sie jederzeit davonfliegen.

Carlisle verstand das gut. Susanna Benteen hielt man nicht fest, man blieb nur eine Zeit lang an ihrer Seite. Was Beziehungen anging, so vermutete Carlisle, dass

»für immer« nicht in ihrem Wörterbuch stand, und er versuchte, das zu akzeptieren. Dennoch fühlte er sich leer, wenn sie weg war, und so war es ihm noch nie gegangen. Gally war ihm wichtig gewesen; er hatte tiefe Wärme und Freundschaft für sie empfunden. Aber zwischen ihm und Susanna war etwas, das weit über alles hinausreichte, was er je gekannt hatte. Wenn er Susanna berührte, reichte er mit der Hand durch das All und hörte, wie seine eigene Stimme die uralten Fragen stellte. Es gab keine Antworten, aber die Fragen genügten auch.

Liebe war kein Wort, das sie benutzte. Aber sie war fähig zu lieben, und diese Fähigkeit reichte tief. Das spürte Carlisle, und manchmal sah er es in einer Berührung oder in einem Blick von ihr.

Das Reh hörte auf zu trinken. Es schaute wieder zu Carlisle herüber und machte sich dann auf den Rückweg zum Falkenwäldchen. Ein erster roter Schimmer erwachte im Osten.

Ein paar Nächte zuvor, an die Wölbung von Susannas Rücken geschmiegt, hatte er einen Traum gehabt: Es war Nachmittag in Afrika, im Sudan. Ein Kind lag im Sterben. Der Bauch in den letzten Stadien des Hungers geschwollen, der offene Mund von Fliegen umwimmelt. Eine Mutter hielt das Kind im Arm, sie wedelte die Fliegen fort und hoffte nur, der Tod möge schnell kommen, zu dem Kind und zu ihr. Aber zuerst zu dem Kind. Gott in deiner Barmherzigkeit, nimm erst das Kind, dann mich. Das Kind leidet mehr.

In seinem Traum war Carlisle auf seltsamen Reisen. Er träumte einen kosmischen Filmemacher, sechstausend Trillionen Meilen weit draußen im All, so weit weg, dass das Licht tausend Erdenjahre brauchte, um die Strecke zu überwinden. Androgyn und über jedes

Menschenmaß hinaus begabt, mit einer durchdringenden Intelligenz in einem Gehirn von einem Meter Durchmesser, saß dieses Geschöpf seiner Fantasie auf einem massigen, schwebenden Thron in dieser Einsamkeit. Die Umgebung war flach, so flach, dass das Wesen Hunderte von Meilen weit in alle Richtungen sehen konnte, und nichts bewegte sich dort draußen.

Am Thron des Wesens befestigt war eine Maschine, die Menschen als Kamera und Objektiv bezeichnen würden, aber sie war von solcher Stärke und solchen Ausmaßen, dass diese Bezeichnung ihr nicht gerecht geworden wäre. Zweihundert Meter hoch und vierzig Meter breit war diese Kamera, und das oben angebrachte Objektiv erstreckte sich sechzig Meter weit im rechten Winkel zum Kameramechanismus. Das Wesen bediente diesen Apparat mit der Kraft seiner Gedanken; was es auch dachte, und wohin es auch dachte, dahin drehte sich der Thron mit dem Wesen und seinem digitalen Aufzeichnungsgerät.

Vor Jahren hatte das Wesen Kleopatra gefilmt, wie sie langsam einen ägyptischen Hof durchschritt. Goldene Armreifen blitzten im Sonnenlicht, und ihre Lippen öffneten sich, als Antonius ihr entgegenkam. Das Bild wurde beschnitten, Antonius entfernt, Kleopatras Porträt vergrößert, und jetzt hing es in der Infrastruktur der Maschine neben einem Bildnis Evas, das dieses Wesen unzählige Jahre lang studiert hatte.

Über tausend Lichtjahre hinweg, ein Millennium nach dem Tode Carlisle McMillans, mochte das starke Objektiv sich auf eine rotierende Erde richten, die der westwärts darüber hinwegziehende Tag erleuchtete. Hinweg über das Ganges-Delta und den Java-Graben, hinweg über Männer und Frauen, die am indischen Meeresstrand leere Netze einholten, hinweg über ein

Kind und seine Mutter im Sudan. Ein Mann, der auf der anderen Seite der Erde im ersten Tageslicht an einem Schuppen lehnte, würde später kommen. Die Kamera würde das Reh finden, die Eule und den Mann, Schärfe und Vergrößerung gesteuert durch die Gedanken des Wesens, das dann den Mann heranzoomte, bis Augen und Gesicht in allen Einzelheiten zu sehen waren. Studieren würde der Filmemacher die Bilder später; er würde sie bearbeiten, einige behalten, andere verwerfen, und sein Urteil würde hart und rein und unversöhnlich sein.

Der Mann würde verworfen werden. Das Selbstmitleid in seinem Blick war unverkennbar, und das Wesen würde ihn mit denen vergleichen, die an einer tropischen Küste leere Netze einholten, würde ihn vergleichen mit einer Mutter und einem Kind, die im Sudan starben. Der Kampf wäre das Wichtigste im Wertesystem des Wesens; Selbstmitleid wäre uninteressant und mehr als das: verurteilenswert. Das Wesen würde schon lange zugesehen haben und sich daran erinnern, dass es da, wo dieser Mann vor dem kleinen Schuppen hockte, vor hundert Millionen Jahren keine Blumen gegeben hatte. Jetzt hatte der Mann Gänse, die flügelschlagend nach Norden zogen, wenn die Erde sich dem Frühjahr zuneigte, und danach Blumen, und das Wesen würde sie schon in einem früheren Film gesehen und sich gewünscht haben, dass Blumen auch um seinen Kamerathron wachsen wollten. Es sehnte sich nach dem Anblick von Gänsen, die am Ende des Winters durch den Himmel zogen. Aber um das Wesen herum war es kalt und dunkel und öde, und es gab nur schwarze Schatten, wo das dünne gelbe Licht der eigenen, fernen Sonne das Wesen und seine Kamera beschien. Für Selbstmitleid war kein Platz, wenn der

Bauch voll war und die Blumen und die Gänse wiederkommen würden. Diese Worte sprach das Wesen grollend in seinen Gedanken, während es die Bilder sortierte und das des Mannes verwarf. Carlisle schrak aus dem Schlaf hoch, atemlos und überwältigt.

Kein hübsches Bild von mir. Das war sein Gedanke, und dann dachte er an die Diamantklapperschlange in der Gegend, die die alten Reisenden *mauvaises terres* genannt hatte, böses Land, die heutigen Badlands. Er war dort einmal durchgefahren. Es war kühl gewesen, und die Klapperschlange war auf die Straße gekrochen und hatte sich am späten Nachmittag auf dem warmen Asphalt ausgestreckt. Zuerst hatte er geglaubt, es sei ein Riss in der Straßendecke. Dann hatte er den gemusterten Rücken gesehen und das Lenkrad herumgerissen, sodass der Truck über die Schlange hinweggerollt war, ohne sie zu verletzen. Auf der Straße war Verkehr; Touristen verbrachten eine Stunde an einem Ort, der nie die Stunden zählte, der die Jahre nach Millionen zählte, wenn er überhaupt zählte.

Carlisle hatte angehalten, einen langen Besen aus dem Kasten auf der Ladefläche genommen und war zurückgegangen, um die Schlange von der Straße herunter und in Sicherheit zu treiben. Autos, Laster, Wohnwagen rauschten an ihm vorbei, und Carlisle wedelte wie wild mit den Armen und zeigte auf die Schlange. Die Fahrer steuerten an der Schlange vorbei und winkten Carlisle zu. Der Schlange gefiel das alles nicht; sie hatte sich mitten auf der Straße zusammengerollt und wollte die Fahrzeuge attackieren, getrieben vom Instinkt der Selbsterhaltung und der Verteidigung, nicht aus Wut. Menschen hätten sie mutig genannt, wenn die Schlange eine von ihnen gewesen wäre

Blinder Instinkt oder Mut – Carlisle hatte die Schlange bewundert. Sechs Pfund Fleisch, die sich aufbäumten und sich gegen Tonnen von gleichgültigem Stahl und Gummi zur Wehr setzten. Er war bis auf drei Schritte an die Schlange herangekommen, als ein Wohnmobil sie zu einem rot-gelben Brei zermalmte. Der abgerissene Schwanz zuckte. Ein Männerarm hatte sich aus dem Fahrerfenster geschoben, als der Wagen weiterfuhr. Die Faust geschlossen, der Mittelfinger emporgereckt, eine auf- und abwärts pumpende Bewegung. Darwin ist Darwin, scheiß auf dich und deine Schlange, Jack, wer immer du bist. Lunch bei »Wall Drug«, Doris? Gleich da vorn?

Carlisle sah dem Reh nach, als es verschwand, und dachte: Nichts wird mehr übrig sein, wenn wir fertig sind. Keine Diamantklapperschlangen und keine alten Löwen und keine Männer, die nicht geschaffen sind für die Zeiten, in denen sie leben. Ich zumindest kann weiterziehen und den Maschinen noch für eine Weile aus dem Weg gehen.

Zuerst hatte er geglaubt, seine Strategie würde nicht funktionieren. Dann war er zu dem Schluss gekommen, dass sie ganz gut funktionierte, bis der Highway gekommen war. Aber wie Susanna gesagt hatte, vielleicht sollte er diesen Teil des Ganzen, den Highway, einfach als Pech bezeichnen.

Versuche es wieder, hatte sie gesagt. »Wie die Stoiker musst du dich bemühen, dem Zufall gegenüber eine Haltung von vornehmer Gleichgültigkeit einzunehmen. Die Straße abzustreifen, sie als einfaches Pech zu betrachten.«

Kryptozoisch musste er leben. Krypto hieß »verborgen« und zoisch bedeutete die Lebensweise. So lebten bestimmte Tiere: Waschbären und Kojoten und Rehe.

Diese Tiere hatten gelernt, neben der Zivilisation zu existieren und sich zugleich von ihr fern zu halten.

Carlisle fragte sich, ob es ihm immer noch möglich war, neben der Zivilisation zu existieren und sich doch irgendwie von ihr fernzuhalten. Einen stillen Raum zwischen den Schichten des Lärms zu finden, ab und zu einen Ausfall in den Lärm zu unternehmen und etwas zu arbeiten, das Gold zu nehmen und zurück in seine Stille zu fliehen. Die Indianer hatten einen Namen für so jemanden. »Gestaltwandler« nannten sie ihn. In der Prärie hatte Carlisle es einmal versucht, und es schien zu funktionieren. Er würde es mit dieser Lebensweise noch einmal versuchen. So weit wie möglich in den Tunneln einer separaten Welt bleiben, nach den Eulen Ausschau halten, wenn er sich hinauswagte, und darauf hoffen, dass er beim nächsten Mal mehr Glück hätte. Flucht nützte nichts. Man konnte all dem nicht entkommen, was immer »es« war. Er dachte an ein Wort des Anthropologen Loren Eiseley: »In Tagen des Frosts such dir eine kleinere Sonne.«

Carlisle hatte es einmal geschafft, er hatte seine eigene kleine Sonne gefunden. Er konnte es wieder tun. Die Strategie war nicht perfekt, aber sie war sehr einfach und hatte nichts mit Selbstmitleid zu tun.

Das Reh war am Ende der Zufahrt angekommen und überquerte die Straße. Dann war es im Falkenwäldchen verschwunden. Die Sonne ging auf, und der Rauch aus dem Holzofen lag flach im Wind, der ihn nach Salamander wehte, acht Meilen weit über das Land.

Carlisle lehnte noch immer am Werkzeugschuppen. Er betrachtete seine Hände. Mit ihrem Greiftalent schwangen sie einen Hammer besser als fast alle anderen. Der Mensch, der Werkzeugbenutzer. Er wollte nach dem alten Gürtel greifen, den Cody ihm geschenkt hatte und der so etwas wie ein Talisman war, aber dann fiel ihm ein, dass er ihn nicht trug.

Die Jungs mit dem schnellen Geld glaubten, sie hätten ihn ein für alle Mal neutralisiert. Sie zählten die Beute und galoppierten wie eine kleine Kavallerie in Büroanzügen über die rechtlichen Dokumente hinweg, bewaffnet mit betrügerischen Visionen von einem neuen Jerusalem hier draußen in der Prärie. Susanna hatte ihn davon überzeugt, dass es noch mehr zu tun gab.

Er war noch nicht fertig. Er hatte nicht mehr viel Hoffnung, dass noch irgendetwas sein Haus oder die Vögel würde retten können, aber was immer dazu nötig sein mochte, er war noch nicht fertig. Er war bereit, sich wieder hochzurappeln, die Richtung zu wechseln wie ein Fluss.

Er hatte ein bisschen graben müssen, aber nachdem Susanna darauf gekommen war, dass AuRA etwas mit Gold zu tun haben könnte, war Carlisle bei weiteren Recherchen auf den interessanten Umstand gestoßen, dass Williston vor Jahrzehnten einen Gold-Claim bei Wolf Butte hatte eintragen lassen. Diesen Claim hatte später Ray Dargen erworben.

Zwei Jahre danach hatte die AuRA Corporation der Regierung das ganze Gelände abgekauft. Und Susanna entdeckte das Tüpfelchen auf dem i:

»Au« und die ersten beiden Buchstaben von Ray Dargens Vornamen – und das Ergebnis war »AuRA«.

Einen Teil dieser Informationen hatte Carlisle schon früher gekannt, aber er hatte Mühe, die Unterlagen zu sortieren. AuRA war der Schlüssel. Es war einfach, wenn man einen Namen hatte, der alles miteinander verband. AuRA gehörte der »Three Buttes Land Corporation«, und »Three Buttes« war eine Tochtergesellschaft der »RAYDAR Corporation«, Dargens Holdinggesellschaft für alle seine Unternehmen. Als Carlisle von da aus weiterforschte, fand er, was er bereits vermutet hatte: Einige Einheimische und ihre Freunde hatten nicht nur gedeichselt, dass der Highway an Livermore und Falls City vorbeiführte, was er nicht tun dürfte, wenn es um eine möglichst kurze Strecke ging, sondern sie hatten auch im Voraus von dem Projekt gewusst und deshalb Grundstücke in Schlüssellage entlang der Trasse aufgekauft. Grundstücke, die sie für ein paar hundert Dollar erworben hatten, würden das Zwanzigfache oder mehr wert sein, wenn der Interstate Highway erst da wäre. Und die »Three Buttes Land Corporation« hatte einen beträchtlichen Anteil dieser Landkäufe getätigt.

Heute, beschloss Carlisle, würde er den Indianer suchen. Er würde hören, was er dazu zu sagen hatte, und sehen, ob die Sioux zu bewegen wären, etwas zu unternehmen.

Er schaute lächelnd zum Himmel und dachte an den tausend Lichtjahre weit entfernten Filmemacher aus seinem Traum, und er hinterließ ihm ein letztes, rätselhaftes Bild, das dem Wesen vielleicht zu denken geben würde, wenn es in tausend Jahren seine Aufnahmen sichtete und verwarf.

Und es war ruhig in ihm. Carlisle McMillans Herz war wieder ruhig, und vor sich hin summend ging er zurück zum Haus und sah dabei, wie die T-Falken sich in der aufgehenden Sonne aus ihrem kleinen Wald auf der anderen Seite der Straße erhoben. Er empfing ferne Signale, die nicht aus seinen Knochen kamen, sondern von sehr viel weiter her. Er schaute zu Wolf Butte hinüber; es sah aus, als flackerte da ein kleines Feuer auf dem Hochplateau des Tafelfelsens.

Susanna schlief noch. Er zog sich aus und glitt zu ihr unter die Decke. Sie drehte sich zu ihm um, schmiegte das Gesicht an seinen Hals und strich mit der Hand über seinen Rücken.

»Du bist kalt«, flüsterte sie schlaftrunken, und sie rieb sich an ihm und schob einen Schenkel zwischen seine Beine.

Er lag ganz still da.

Langsam wanderten seine Hände über ihre Beine, ihre Brüste und ihr Haar.

20

Morgentee vor dem Ofen, und Susannas grüne Augen schauten Carlisle McMillan an.

»Ich glaube, du hast recht«, sagte Carlisle. »Es ist noch nicht vorbei. Lass uns den Indianer suchen und mit ihm sprechen. Hast du eine Ahnung, wo er sein könnte?« Seine Energie war wieder da, und Susanna spürte sie in ihm, spürte die Intensität.

Aber manche Dinge sagte sie dem Geliebten, und manche sagte sie ihm nicht. Manches gehörte ihr, nicht ihm. Susanna wusste genau, wo der Indianer zu finden war, aber es widerstrebte ihr, irgendetwas zu sagen. Der Indianer hatte sie auf eine ganz besondere Weise behandelt; er hatte sie Dinge sehen und fühlen lassen, die er ganz sicher nicht mit jedem anderen teilte.

Endlich sagte sie: »Carlisle, das wird sich jetzt anhören wie in einem schlechten Western – aber lass uns hinausgehen und ein Feuer machen. Wenn er es sieht, wo immer er sein mag, wird er, glaube ich, kommen.«

Sie wusste, dass der Indianer das Feuer sehen würde. Oben auf dem Gipfel von Wolf Butte konnte man alles sehen, was man sehen wollte.

Zwanzig Minuten später warf Carlisle noch einen Rest Abfallholz auf das Feuer beim Teich und lachte. »Tanzen wir jetzt darum herum, oder lassen wir es einfach so brennen?«

»Manchmal, Carlisle, redest du genau wie die Leute hier.« Susanna schüttelte den Kopf, aber sie lächelte. »Lass es einfach eine Weile brennen.«

Zwei Stunden später klopfte es an der Tür. »Ho, Baumeister.«

»Ho, Flötenspieler.«

Carlisle fragte den Indianer nach den Grabhügeln und ob es Gesetze gebe, die sie schützen könnten. Der Indianer verstand nichts von Gesetzen und sagte es ihm auch. »Ich wohne nicht in der Reservation, und ich lebe ein wenig abseits des Stammes. Aber ich werde sie fragen – auch wenn das Volk entmutigt ist und nicht mehr glaubt, dass es noch irgendetwas gegen irgendetwas tun kann.« Der Indianer sprach noch ein paar Minuten mit Susanna auf der Veranda und ging dann.

Drei Tage zuvor war ein amtlich aussehendes Auto die Zufahrt zu Carlisles Haus heraufgekommen. Wichtige Rechtsmitteilungen kamen normalerweise per Einschreiben, aber der formelle Beschluss über die Beschlagnahme seines Anwesens wurde ihm persönlich vom Bezirksanwalt des County überbracht, flankiert von zwei Polizisten. Die auf der Seite des wirtschaftlichen Nirvana standen, wollten kein Risiko eingehen, dachte Carlisle und lächelte bei sich.

Dumptruck saß auf einem Fenstersims. Er begriff sofort und fauchte, als die drei aus dem Wagen stiegen. Aber Carlisle hatte nichts gegen die Männer. Sie hatten eine unangenehme Aufgabe zu erfüllen: Sie waren der Schwanz des großen Hundes. Sie waren ein wenig überrascht, als er ihnen höflich eine Tasse Kaffee anbot.

Sie zögerten, aber dann nahmen sie an und traten ein. Susanna malte vor dem Ofen; sie stand vor ihrer Staffelei und trug ein altes Hemd von Carlisle als Kittel. Er stellte sie ihnen vor, und sie schenkte den Besuchern ein freundliches Lächeln. Es war das einzige Lächeln, das Susanna Benteen beherrschte.

Carlisle beobachtete, wie sie alles betrachteten. Das Holz, auf das er mehr als ein Jahr seines Lebens verwandt hatte. Die Sonne, die durch die Oberlichter hereinschien. Susanna, Dumptruck, das Five-String-Banjo an der Wand. Hin und wieder ertappte er sie dabei, wie sie beim Reden einen Blick in Susannas Richtung warfen. Sie war schließlich so etwas wie eine stille Legende in Yerkes County, und keiner der drei hatte je mit ihr gesprochen. Nachher stand Carlisle noch ein Weilchen mit den Männern auf der Veranda, und sie schauten hinüber zu dem Wäldchen der T-Falken.

»Ist verdammt schade, dass sie Ihnen das Haus wegnehmen«, sagte einer der Polizisten, und es klang aufrichtig betrübt. Dann fügte er hinzu: »Aber zitieren Sie mich nicht.«

Carlisle lächelte. »Danke. Und keine Angst, ich werde Sie nicht zitieren.«

Der Bezirksanwalt fragte: »Glauben Sie, dass diese Straße irgendetwas Gutes für Salamander bringen wird?«

»Nein.« Mehr sagte Carlisle nicht, und der Bezirksanwalt ließ es dabei.

Der eine Polizist sah Carlisle an, als sie von der Veranda stiegen. »Wie gesagt, es tut mir leid. Ist 'ne Schande.« Er streckte die Hand aus.

Carlisle nickte und schüttelte dem Polizisten die Hand. Die beiden andern streckten ihm ebenfalls die Hände entgegen, und er schüttelte auch sie.

Als sie weg waren, las er die amtliche Verfügung, die besagte, dass er das Haus, das er für Cody gebaut hatte, bis zum 30. April zu räumen habe. Damit hatte er noch mehr als zwei Monate, um zu packen und fortzugehen. Aber das könnte er in einem Tag tun. Er legte das Dokument auf das Kaminsims neben die Vesta-Figur und dachte nach. Susanna schlang ihm von hinten die

Arme um den Leib und schmiegte die Wange an seinen Rücken. Vor einer Woche hatte sie einen Brief an einen Mann namens Riddick geschrieben, der in den Wilson Mountains in Arizona lebte. Aber das hatte sie Carlisle verschwiegen.

Ein paar Tage vor dem Räumungstermin kam der Indianer und erklärte, eine letzte symbolische Geste in Bezug auf den Highway sei angebracht. Zuerst hatte Carlisle Einwände; er neigte nicht zu solchen Scheinhandlungen. Aber als er länger zuhörte, begriff er, dass der Indianer nicht von Scheinhandlungen redete. Von Symbolen, ja, aber nicht von Scheinhandlungen. Der Indianer sprach von Crazy Horse, dem großen Sioux-Krieger, von Sweet Medicine, dem Medizinmann der Cheyenne, und von Chief Joseph, dem Häuptling der Nez Percé. Er sprach von langen Gewaltmärschen durch den Schnee und vom Gestank brennender Dörfer. In den Augen des Indianers war der Highway keine isolierte Sache, sondern die schlichte, offenkundige Fortsetzung dessen, was früher geschehen war. Jetzt aber, fügte er hinzu, wandten die Weißen sich gegen die Ihren und misstrauten jedem, der nach Freiheit strebte oder Ideen in Betracht ziehen wollte, die über das gewohnte Handeln des Weißen Mannes hinausgingen.

»Baumeister, wir müssen noch einmal kundtun, dass einige von uns für einen anderen Weg eintreten. Wenn wir sicher sein wollen, dass wir lächeln, wenn wir uns auf dem Sterbebett an unser Leben erinnern, dann müssen wir für diesen anderen Weg eintreten, genau wie Crazy Horse und Sweet Medicine und Chief Joseph es getan haben. Wie in eurer Geschichte von Odysseus hat jemand beschlossen, den Sack zu öffnen und die widrigen Winde herauszulassen, die Leuten wie dir und mir ins Gesicht wehen; so sieht es jedenfalls aus. Aber wenn der Wind nicht mit uns wehen kann, müssen wir sie wenigstens wissen lassen, dass wir uns nicht beugen werden, so hart der Wind uns auch entgegenweht, und wenn es auch der Wind des Friedhofs ist. Wir müssen auf unsere Weise in den Wind hineinschreien, auch dann, wenn uns unsere Worte ins Gesicht zurückgeweht werden und niemand sie hört außer uns selbst. Wenn dir dieser Gedanke Unbehagen bereitet, habe ich dich falsch eingeschätzt.«

Carlisle hatte mit dem Flötenspieler ein paar Mal über die Möglichkeit gesprochen, dass die Lakota Sioux den Highway blockierten, um die heilige Stätte zu schützen. Vielleicht konnten sie wenigstens das noch aufbringen, wenn auch sonst nichts mehr. Aber der Indianer hatte immer nur gesagt, das Volk denke darüber nach. Carlisle und Susanna fuhren hinunter in die Hauptstadt und sprachen mit Lamont Crow Wing vom American Indian Movement, einem abgehärteten Veteranen des indianischen Kampfes. Er war mit Frank Black Horse, Loreli Decora und den anderen am Wounded Knee gewesen, als die Bundesregierung sie 1973 dort belagert hatte. Er hatte 1972 an den Protesten teilgenommen, nachdem Raymond Yellow Thunder verprügelt, von den Hüften abwärts ausgezogen und bei einer Tanzveranstaltung der American Legion in Gordon, Nebraska, vorgeführt worden; dort hatte man die Festteilnehmer aufgefordert, Raymond Yellow Thunder zu treten, und danach hatte man ihn in den Kofferraum eines Autos gestopft, wo er gestorben war.

Lamont Crow Wing war kein sanfter Reservationsindianer. Das sah man auf den ersten Blick. Er saß in einem alten Arbeitshemd, Jeans und Armeestiefeln hinter einem grauen Stahlschreibtisch, und sah erst Carlisle, dann Susanna an.

»Natürlich habe ich gehört, was da oben in Yerkes County los ist. Ich respektiere Sie für Ihren Kampf, Mr McMillan. Aber wir wollen offen sprechen. Ihr Haus ist mir egal. Es ist unglückselig, dass der Highway es zerstören wird, aber von unserem Standpunkt aus ist es nichts weiter als das: unglückselig. Der Highway ist für uns eine komplizierte Angelegenheit. Selbst innerhalb jedes beliebigen Stammes gibt es große Kontroversen darüber, welches für uns der beste Weg in die Zukunft ist. Manche Traditionalisten bestehen auf der alten Weise, andere sehen unsere einzige Hoffnung darin, dass wir die Einstellung der Weißen zu Wirtschaft und Entwicklung übernehmen. Mit anderen Worten: Wenn Sie in die Reservation gehen, werden Sie dort zu Ihrer Überraschung in bestimmten Kreisen Unterstützung für den Highway vorfinden. Arbeitslosigkeit ist ein ernstes Problem für uns, und manche glauben, dass der Highway neue Arbeitsplätze bringen wird. Außerdem sind manche Stammesführer leicht zu kaufen. Das hat es schon früher gegeben, und das wird es weiter geben.

Die T-Falken – das ist traurig, und verzeihen Sie mir, wenn ich allzu offen spreche: Ihr macht euch Sorgen über die Ausrottung von ein paar Vögeln, während wir uns Sorgen über die Ausrottung ganzer Kulturen machen. Wir werden vernichtet, ganz so, als ob die Kavallerie uns noch immer mit ihren Gewehren abschlachtete. Es geht jetzt ein bisschen langsamer, aber es ist nicht weniger schmerzhaft.«

Er hörte zu, als Carlisle erklärte, dass die Rettung der T-Falken die Rettung der Grabhügel bedeutete und umgekehrt, und dann wiederholte er einen großen Teil dessen, was Susanna bereits über die Indianer gesagt hatte. Er schloss mit den Worten: »Viele in unserem Volk haben einfach aufgegeben, und sie glauben nicht, dass es irgendetwas nützen wird, zu versuchen, den Highway mit rechtlichen Mitteln aufzuhalten – trotz der Begräbnisstätten bei Wolf Butte. Wir haben kein Vertrauen in das Gesetz des Weißen Mannes, und angesichts unserer früheren Erfahrungen damit haben wir auch keinen Anlass dazu. Aber nur damit Sie es wissen: AIM hat eine einstweilige Verfügung gegen die Bauarbeiten beantragt, damit geklärt werden kann, was mit den Grabstätten geschehen soll. Weil das Highway-Projekt mit hohem Tempo vorangetrieben wurde, haben wir den Antrag spät gestellt, und es besteht wenig Hoffnung, dass man ihm stattgeben wird. Die Sorge um die Vergangenheit ist den Verheißungen des wirtschaftlichen Fortschritts nicht gewachsen.«

Lamont Crow Wing lächelte sarkastisch. Er sah den Mann und die Frau, die ihm am Schreibtisch gegenübersaßen, mit festem Blick an. »Wissen Sie, was wir bei unserem Geistertanzritual immer gesungen haben? *Die Weißen sind verrückt/Die Weißen sind verrückt.*«

Er versprach ihnen jedoch, mit ein paar anderen AIM-Mitgliedern und mit bestimmten Leuten aus der Reservation über den Highway, die Vögel und die Grabstätten zu reden. Seine Hauptsorge galt den Grabstätten, und das verhehlte er nicht.

Danach hatte Carlisle nichts mehr von ihm gehört.

An einem kühlen Aprilmorgen mit dichten Wolken und drohendem Regen bildeten Carlisle und der Flötenspieler eine Zwei-Mann-Blockade unmittelbar nördlich der Route 42, wo die rote Lehmpiste der Wolf Butte Road zu Carlisles Haus führte. Bauarbeiter und Maschinen hatten die Kreuzung erreicht und schickten sich an, die Straße hinaufzufahren, geradewegs auf Carlisles Haus und die T-Falken zu. Über den Buschtelegrafen von Yerkes County hatte sich wie ein Lauffeuer herumgesprochen, dass er und der Indianer den Fortgang blockierten, und innerhalb von vierzig Minuten waren zweihundert Leute zusammengekommen, und der Verkehrsstau blockierte die 42 beinahe vollständig.

Riesige gelbe Maschinen fuhren hin und her, regellos für jeden beiläufigen Beobachter. Hätte die Erde eine Stimme gehabt, sie hätte geschrien, als sie tonnenweise aufgegraben, zusammengeschoben, verladen und abtransportiert wurde. Die Szene glich einer militärischen Schlacht: Rote Staubwolken hingen in der Luft, Lastwagen, Bagger und Bulldozer brüllten, Leute schrien durcheinander, Männer rissen mit Presslufthämmern den Asphalt der Route 42 auf, um eine Ausfahrt für den neuen Interstate Highway anzulegen, damit die Touristen den »Antelope National Park« und Ray Dargens »Indian Mysteryland« besuchen könnten.

Carlisle sagte später: »Ganz gleich, wie man zum Straßenbau steht, man muss einfach zugeben, dass etwas schrecklich Männliches daran ist – all die großen Maschinen, die ganze riesige Kraft. Es kommt, was die Beherrschung der Natur angeht, nicht an eine Atombombe heran, aber es ist das Zweitbeste.«

Carlisle trug ausgeblichene Jeans, seine alte Lederjacke und Arbeitsstiefel; das Haar hing ihm bis auf die Schultern, und er hatte sich ein gelbes Tuch um den Kopf gebunden. Der Indianer trug seine Standarduniform: Jeansjacke und -hose, einen schwarzen Hut und Cowboystiefel, ein Westernhemd. Beide hatten eine kleine Holzflöte bei sich, und sie standen Seite an Seite vor einem Bulldozer, der die Route 42 überquert hatte und die Piste herauffuhr.

Immer noch kamen scharenweise Leute. Die meisten ließen ihren Wagen einfach auf dem Highway stehen und verwandelten ihn in einen Parkplatz. Sie kamen bis auf ungefähr fünfzig Meter an Carlisle und den Indianer heran. Sie redeten miteinander, nickten, deuteten auf die beiden und schüttelten die Köpfe. Ein paar grinsten und lachten, die meisten aber nicht. Irgendwie verschob das, was hier geschah, Carlisles Argumente von der Ebene der leicht beiseitezuwischenden Abstraktionen in eine harte und unübersehbare Wirklichkeit.

Immer neue rote Staubwolken erhoben sich in die Luft und wehten über die Zuschauer hinweg, und weiter hinten, eingeklemmt im Verkehrsstau, heulten die Sirenen und kreisten die Blaulichter der State Police. Ralph Pluimer, der Bauleiter der Firma »F.J. Remkin & Sons«, die für den Streckenabschnitt innerhalb des Staates zuständig war, kam auf Carlisle und den Indianer zu und sprach mit ihnen. Er nahm an, er könne ihnen so viel Angst einjagen, dass sie ihren törichten Kampf gegen den Straßenbau aufgaben. »Ich bitte Sie beide, den Weg frei zu machen. Aber ich bitte Sie nur einmal. Danach geht's um Ihren Arsch, nicht um meinen.« Carlisle antwortete nicht. Der Indianer antwortete nicht.

Pluimer wandte sich ab und ging weg. Er winkte dem vordersten Bulldozer, loszufahren. Der Fahrer, der eine blaue Baseballkappe und eine verspiegelte Sonnenbrille trug, legte den Gang ein, und die Maschine bewegte sich ruckend auf Carlisle und den Indianer zu.

Eine Frau löste sich aus der Menge. Es war Marcie English; sie rannte auf Carlisle und den Indianer zu und zerrte weinend an Carlisles Jacke. »Carlisle, das ist Wahnsinn, du wirst verletzt werden. Bitte, hört auf. Es ist aus. Siehst du das nicht?« Sie schrie, aber das Dröhnen der nahenden Maschine übertönte ihre Worte.

»Geh zurück, Marcie. Verdammt, geh zurück! Ich

weiß nicht, was hier gleich passieren wird.« Carlisle riss ihre Hand von seinem Jackenärmel, und sie zog sich zurück und wischte sich mit dem Ärmel ihres Regenmantels über die Augen. Er sah Susanna am Straßenrand, ungefähr dreißig Meter entfernt und mit sorgenvoller Miene. Susanna hatte ernsthafte Vorbehalte gegen die Klugkeit dieser Demonstration, und das hatte sie auch gesagt. Aber Carlisle und der Indianer waren entschlossen gewesen, die Sache durchzuziehen.

Der Indianer fing an, auf seiner Flöte zu spielen. Ihr Timbre durchdrang das Dröhnen der Motoren, und das Geheul der Polizeisirenen weiter hinten auf dem Highway bildete einen Kontrapunkt zu ihrem Klang. Der vorderste Bulldozer war noch dreißig Schritt weit entfernt und näherte sich weiter. Carlisle hob seine Flöte und fing auch an zu spielen, und beide ergänzten einander in einer harmonischen, gleichförmigen Melodie.

Es begann zu regnen, und die Erde verwandelte sich in einen schleimigen roten Brei. »WFC Television« war aus Falls City gekommen; ein Kameramann und ein Reporter postierten sich hinter Carlisle und dem Indianer. Ein Fotograf und ein Reporter vom *High Plains Inquirer*, die über die Zerstörung des Falkenwäldchens berichten sollten, hatten sich dem Fernsehteam angeschlossen.

Der Regen wird stärker ...

Motorenlärm ...

Blaulichter der Streifenwagen blitzen über das offene Gelände aus dem Osten herüber ...

Bulldozerketten färben sich leuchtend rot, in der Farbe der Erde ...

Sirenen ...

Schreiende Männer ...

Ralph Pluimer ruft dem Bulldozerfahrer zu: »Wir haben uns schon zu lange mit diesen Scheißkerlen abgegeben …«

Der Bulldozer kommt näher …

Carlisle und der Indianer spielen auf ihren Flöten …

Kameras filmen den Indianer und Carlisle und jemanden, der als Entenmann bekannt ist; er steht zwischen ihnen, und eine große Ausbeulung seines Mantels unter den zusammengeschlagenen Aufschlägen scheint sich zu bewegen …

Aufgeregt plappern die Reporter in ihre Mikrofone …

Ein Wagen der Highway Police drängt sich durch die Menge und will durch das zunehmend schlammige Terrain herauffahren. Andere Polizisten kommen zu Fuß angelaufen, rutschen, glitschen auf Carlisle und den Indianer zu …

Drei Schritte vor dem Indianer, Carlisle und dem Entenmann hielt der Bulldozer an. Verzerrt spiegeln sich die drei Männer in der regennassen Schaufel; ihre Gesichter und Körper sind zu außerirdischen Gestalten verlängert – eine kleine Blechbüchsenarmee aus einer anderen Zeit. Noch immer spielten der Indianer und Carlisle ihre schlichte Melodie, und der Entenmann hielt seine Mantelaufschläge umklammert und zog sich mit der anderen Hand die Strickmütze tiefer in die Stirn. Der Bulldozer setzte sich langsam wieder in Bewegung. Der Fahrer senkte die Schaufel ab und schob einen wachsenden Haufen Schlamm auf die drei Männer zu.

Vier Polizisten waren gleichzeitig bei dem Indianer, Carlisle und dem Entenmann, und ein fünfter schrie wütend zu dem Bulldozerfahrer hinauf, bis der wieder anhielt und seinen Motor abstellte. Der Regen wurde dichter. Plötzlich war es still. Alle Maschinen verstummten, alles schaute zu. Es war totenstill, bis auf das Rauschen des Regens und die Stimmen der Polizisten, die auf die Protestierer einredeten. Weiter hinten unter den Zuschauern stand ein großer Mann mit einem schwarzen Bart. Er trug eine alte Armeejacke und eine Kappe mit der Aufschrift EARTH WARRIOR. Die Leute hielten Abstand zu dem Fremden, aber sie warfen ihm verstohlene Blicke zu und tuschelten miteinander, als er auf die Hexe zuging und mit ihr sprach.

Der Streifenwagen wühlte sich durch den Schlamm und stoppte fünf Meter vor den Polizisten und den Protestierern. Carlisle reagierte mit einem Kopfschütteln auf das, was die Polizisten zu ihm sagten. Der Indianer spielte weiter auf seiner Flöte. Ein Polizist befahl ihm, damit aufzuhören, aber er spielte weiter, und der Polizist riss ihm das Instrument aus den Händen und schrie ihn an: »Was glaubst du, was du hier tust?«

»Ich betrachte die Büffel«, sagte der Indianer.

Der Entenmann blieb stumm; er hielt weiter mit beiden Händen seine Mantelaufschläge umklammert, und sein Blick huschte schnell hin und her. Etwas unter dem Mantel zappelte aufgeregt.

Carlisle, der Indianer und der Entenmann wurden in Handschellen zum Streifenwagen geführt und auf den Rücksitz geschoben. Ein Polizist hielt die Ente auf dem Arm und wusste nicht, was er damit anfangen sollte. Susanna Benteen wollte sie ihm abnehmen, und Marcie English stand ihr zur Seite und sagte, sie würden sie einstweilen auf ihrer Ranch beherbergen.

Die Türen des Streifenwagens wurden zugeschlagen, und mit blitzenden Lichtern und heulender Sirene schlingerte der Wagen durch den Schlamm. Die Hinterräder drehten durch, und in dem schlammbespritzten Heckfenster sah man verschwommen drei Köpfe, als der Wagen durch die Menge auf die Route 42 hinuntersteuerte und in Richtung Livermore davonfuhr. Alle dachten das Gleiche: Dies war sicher das Ende des Highway-Kriegs von Yerkes County, und er endete mit dem schlamm- und regenverschmierten Bild zweier langhaariger Männer in Handschellen und eines dritten, der als Dorftrottel galt, die jetzt, an diesem nassen Aprilmorgen in einem Polizeiwagen nach Osten davonfuhren.

Als die Reporter die Umstehenden um einen Kommentar baten, wollten die meisten nichts sagen. Manche waren sichtlich froh, dass Carlisle und der Indianer verhaftet worden waren, andere wandten sich nur kopfschüttelnd ab, als man sie interviewen wollte. Marcie und Claude English weigerten sich, zu reden. Susanna Benteen war verschwunden.

Nur Mr Gabe O'Rourke antwortete knapp auf die Frage eines Reporters. Als man ihn fragte, wie er über das eben erlebte Drama denke, gab der Akkordeonspieler die folgende rätselhafte Äußerung ab: »Es war ein erstklassiger Tango. Einer der besten, die ich je gesehen habe.«

Und so leisteten der Baumeister und der Flötenspieler und der Entenmann Widerstand. Einen symbolischen Widerstand, aber keinen vergeblichen. Das begriff Carlisle, als er ihr Spiegelbild in der Schaufel des Bulldozers sah. Sie hatten verloren, aber sie hatten sich nicht ergeben. Sie hatten gegen den Wind geschrien.

In den öffentlichen Unterlagen ist die Rede von einem Mann namens Carlisle McMillan und einem zweiten, der als Arthur Sweet Grass identifiziert wurde und der sein Alter mit »alt« angab, als der Sergeant auf dem

Revier ihn danach fragte. Als man ihm sagte, dies sei unakzeptabel, änderte Mr Sweet Grass seine Angabe in »105«. Man legte ihnen eine Ordnungswidrigkeit zur Last, sperrte sie für ein paar Stunden ein und ließ sie wieder laufen, nachdem Mr Carlisle das vorgeschriebene Bußgeld wegen Erregung öffentlichen Ärgernisses für sie alle entrichtet hatte. Indessen ist anzumerken, dass Mr Sweet Grass seine Bereitschaft äußerte, das Bußgeld durch eine Haftstrafe zu ersetzen. Nachdem der Haftrichter versucht hatte, den Entenmann zu vernehmen, empfahl er, ihn ohne weitere Beschuldigungen freizulassen.

Nachher, als sie in Carlisles Haus saßen, sagte Susanna: »Arthur hatte recht, es war die Sache wert. Zumindest seid ihr für etwas anderes als Beton eingetreten. Er hat einmal gesagt: Wenn du deine Botschaft nicht an den Hörnern des Büffels befestigen kannst, hefte sie an die Flügel eines Schmetterlings. Zumindest habt ihr eine Botschaft geschickt, auch wenn sie nur an den Flügeln eines Schmetterlings hing.«

Und die Leute von Yerkes County würden sich an diesen Widerstand erinnern und noch jahrelang davon erzählen.

Wie ein Weißer und ein Indianer und einer, der als Idiot abgetan wurde, die Bulldozer herausgefordert hatten, wie sie Flöte gespielt und sich von den Argumenten des Fortschritts nicht hatten rühren lassen, selbst als fast allen längst klar war, dass der Weiße und der Indianer und natürlich der Entenmann nicht recht hatten. Und zu allem Überfluss bekam der Fotograf des *Inquirer* einige Zeit später den Pulitzer-Preis für sein Foto von Arthur Sweet Grass, Carlisle McMillan und einem Mann in einem langen Mantel, die sich in der Schaufel eines Bulldozers spiegelten.

Schwere Regenfälle verhinderten die Bauarbeiten sechs Tage lang, nachdem der Indianer, Carlisle und der Entenmann verhaftet worden waren. Als sie wieder aufgenommen wurden, fuhren Carlisle und Susanna hinaus in die Prärie westlich von Salamander, stellten den Pick-up ab und wanderten über die Maiwiesen zu einem Hügel oberhalb des Falkenwäldchens und des Hauses, das Carlisle für Cody gebaut hatte.

Sie fanden eine Stelle, wo die wärmer werdende Sonne sanft die Erde beschien, und dort ließen sie sich nieder und sahen zu, wie die erste Planierraupe auf der Lehmstraße nach Norden kroch. Der Fahrer trug eine blaue Baseballkappe und eine verspiegelte Sonnenbrille. Auf einem Lastwagen hinter ihm saßen Männer mit Kettensägen.

Als die Planierraupe in Carlisles Zufahrt einbog, schlang Susanna beide Arme um seinen Arm, und die Tränen liefen ihr über die Wangen. Zähneknirschend hörte er zu, wie der Fahrer seine Maschine immer weiter herunterschaltete, ohne je anzuhalten, immer nur weiter herunterschaltete und den Weg hinauffuhr – ein mahlendes, unwirkliches, unerbittliches Symbol einer Sache namens Fortschritt. Susannas Fingernägel bohrten sich in Carlisles Arm, ohne dass sie es merkte.

Der Bulldozer krachte als Erstes in den Wintergarten, und dreißig Sekunden später prallte er gegen die Südwand des Tributs an Cody. Carlisle hörte, wie das splitternde Rotholz kreischte, als die Nägel, die er Stück für Stück hineingehämmert hatte, herausrissen. Das Haus lehnte sich zur Seite und verrenkte sich dann zu einer grotesken Form. Und er dachte an Cody und an die langen Tage in der Sonne und an die Nächte, die er mit einem gelben Kater im Lastwagen verbracht hatte, während der Schnee ringsum wehte. Daran, wie er im Licht der Gaslaterne gearbeitet hatte, wie er gehobelt und geschmirgelt, wie er die Oberflächen vorbereitet und das fertige Werk poliert und alles andere dazwischen auf die richtige Art und Weise getan hatten. Er sah die Holzstapel, die er zusammengesucht hate, sah Gally in der Dämmerung den Weg heraufkommen, sah Susanna nackt auf der Galerie, mit einer gelben Feder im Haar. Das alles sah er, und es zerfiel, während er auf die zwölf Hektar hinunterschaute, die ihm gehört hatten.

Nach weniger als zehn Minuten war das Haus dem Erdboden gleichgemacht. Danach stürzte die Werkstatt mit einem Stoß ein, und der Bulldozer kroch weiter zum Teich. Der Damm war aus Erde, und das war kein Problem: Das Teichwasser strömte in das Bachbett. Durch sein Fernglas sah Carlisle die Sonnenbarsche, die durch die Bresche gespült wurden. Während der Bulldozer noch den Teich erledigte, startete ein Arbeiter seine Kettensäge und fing an, die beiden Eichen zu fällen, die dort standen, wo das Haus gewesen war. Ohne Gegenwehr stürzten sie um und zerschmetterten die Fledermaushäuser, als sie auf den Boden krachten.

Auf der anderen Straßenseite flatterten die T-Falken in den Morgenhimmel, als Männer mit Kettensägen in das Wäldchen eindrangen. Am Anfang der Zufahrt beugten sich zwei Männer mit gelben Schutzhelmen über die Motorhaube eines Wagens und studierten eine große Karte, die sie dort entrollt hatten.

»Carlisle, ich kann das nicht mehr mit ansehen. Lass uns gehen.« Susanna stand auf.

Er nickte, trat gegen einen Erdklumpen und ging mit ihr davon. Als er sich noch einmal umschaute, sah er, wie der Bulldozer Erde in den Teich schob. In ein paar Stunden würde er gefüllt und planiert sein. Arbeiter warfen die Trümmer des Hauses und der Werkstatt ungeordnet auf Lastwagen, und die T-Falken kreisten hoch über den kreischenden Sägen, die von Männern mit orangegelben Schutzhelmen bedient wurden. Carlisle fragte sich, ob die T-Falken sich wunderten. Vielleicht, vielleicht auch nicht.

Wenn dieser Tag zu Ende wäre, würde es keine Spur mehr von Williston und Carlisle und den T-Falken geben. Ohne nachzudenken, kam Carlisle zu dem Schluss, dass eine kleine Demonstration wohl angebracht war. Er hob einen Stein auf und schleuderte ihn mit aller Kraft in die Richtung des Bulldozers. Der Stein landete zweihundert Meter zu kurz, hüpfte zwei Mal und blieb liegen.

Im selben Augenblick explodierte der Wasserturm von Salamander mit lautem Getöse und lodernden Flammen und stürzte krachend auf den Wartungsschuppen daneben.

Die erwachsenen Falken versuchten in panischer Angst, die jungen Vögel, die noch nicht fliegen konnten, zur Flucht zu bewegen, weg von den umstürzenden Bäumen und kreischenden Motorsägen. Susanna zerrte an Carlisles Jacke. »Carlisle, bitte, lass uns gehen.«

Carlisle rührte sich nicht. Er blieb wie angewurzelt stehen, schwer atmend vor Erregung. Der Knall einer Schrotflinte ließ es jäh still werden, und alle schauten die Straße hinunter. Niemand hatte den alten, verrosteten Buick bemerkt, der von der Route 42 gekommen war und die Wolf Butte Road herauffuhr. Langsam rollte er über die rote Lehmstraße auf das Falkenwäldchen zu und näherte sich den Ingenieuren, die ihren Plan betrachtet hatten. Die Kettensägen waren verstummt, und die Arbeiter fragten sich, welche Rolle der Buick und das Schrotgewehr, das da aus dem Fahrerfenster ragte, für ihre morgendliche Arbeit spielen mochten. Sie starrten George Riddick an, als er aus dem Wagen stieg. Das Gewehr war in die Höhe gerichtet, der Kolben ruhte auf seiner Hüfte.

Riddick ließ eine kalte Zigarre zwischen den Lippen von einer Seite zur anderen wandern und sah die Männer an. »Guten Morgen, Gentlemen. Wir werden uns jetzt mal über die verschiedenen Möglichkeiten unterhalten. Viele habt ihr nicht. Eigentlich nur eine: Macht, dass ihr hier weggkommt.«

Er nahm die Pumpgun von der Hüfte und lud sie durch. Das harte schick-schick des Repetierschafts unterstrich seine Worte. Riddick deutete mit der Remington zur Route 42 und befahl ruhig und bestimmt: »Bewegt euch. Sofort.« Und im selben Augenblick rannte der Trupp Arbeiter mit ihren Schutzhelmen in panischer Flucht in Richtung Route 42.

Es gibt eine feine und verletzliche Grenze zwischen Empörung und Radikalismus. Carlisle hatte auf dieser Grenze balanciert, hatte sie versuchsweise überschritten, als er und der Indianer und der Entenmann sich vor die Bulldozer gestellt hatten. Aber George Riddick war schon vor langer Zeit über diese Grenze hinweg- und in ein Territorium hineinmarschiert, das nur wenige je betreten hatten. Und er ging immer weiter, in Bezirke, in denen sein Verstand nicht mehr normal funktionierte. Und was ihm persönlich passieren konnte, interessierte George Riddick schon lange nicht mehr.

Im Laufe der Jahre hatten ihn zwei Dinge beschützt. Das eine war die nackte Tollkühnheit seiner Aktionen. Die Menschen rechneten einfach nicht damit, dass jemand sich benahm, wie er es tat – wie damals, als er in die Zentrale von »Continental Cyanide« gekommen war, die Telefonanlage am Empfang auseinandergerissen und der Rezeptionistin befohlen hatte, die verschlossenen Glastüren zu den Managementbüros zu öffnen, was sie mit seiner Hand an ihrer Gurgel getan hatte.

Der CEO hatte ihn angekreischt: »Das ist Terrorismus!«

Riddick grinste eisig. »Ganz recht. Du kannst schon mal anfangen, Angst zu haben.«

Abgesehen von dieser Tollkühnheit war George Riddick eine unberechenbare Größe. Es gab kein Muster in dem, was er tat, keinerlei Vorhersehbarkeit, er war schwer aufzuspüren und unmöglich zu kalkulieren. Monatelang verschwand er in seiner Berghütte bei Sedona und wanderte über die Felspfade, während die Wut in ihm anschwoll. Dann trat eine urzeitliche Flutwelle in ihm über die Ufer, und er setzte sich wieder in Bewegung. Aber bei all seiner Wut und seinen brutalen Methoden hatte er seit seinen längst vergangenen Tagen im Dschungel niemanden mehr getötet.

Am vergangenen Nachmittag hatten die Jungs aus der Stadt Hack Kenbule auf ihn gehetzt, wie sie es auch bei Carlisle getan hatten. Riddick ging die Main Street hinunter, als Hack auf ihn losging. Aber es lief anders als bei Carlisle. Hack hielt exakt vierzehn Sekunden durch; nach einem halben Dutzend Karateschlägen an den Hals und andere kritische Regionen taumelte er nach Atem ringend herum, bis Riddick ihn mit einem Tritt ins Gesicht durch das verstaubte Schaufenster des ehemaligen »Charlene's Variety« beförderte. Marv Umthon wollte Hack zu Hilfe kommen, und Riddick brach dem großen Marv mit einem einzigen Stiefeltritt den Knöchel, betrachtete ihn, wie er schreiend auf einem Bein umherhüpfte, und beschloss, ihm gleich noch den anderen Knöchel zu brechen. Fred Mumford, der

Einzige, der in Salamander den Arm des Gesetzes vertrat und dessen oberstes Interesse die Selbsterhaltung war, lehnte es ab, Riddick festzunehmen: Hack Kenbule habe schließlich angefangen, erklärte er.

Zwei Stunden, bevor Riddick am Falkenwäldchen erschien, hatten drei EWU-Leute ein Fass Hühnerblut in Ray Dargens Büro gerollt. Die Schäden am Büro und an Dargens Lincoln Continental, der dahinter parkte, wurden nachher auf etwa siebzigtausend Dollar geschätzt. Dargen hörte den Lärm, bevor er sein Zimmer erreichte, und verschloss seine Tür. George Riddick trat sie mit seinem Springerstiefel ein, hielt Ray Dargen an der Wand fest und goss ihm einen halben Liter Hühnerblut in den Rachen, und dann ließ er ihn auf den beigefarbenen, zweihundert Dollar pro Quadratmeter teuren Büroteppich kotzen.

Dreißig Minuten nach der Verwüstung von Dargens Büro rumpelte ein zweites Fass Blut in die Büros der »High Plains Development Corporation«. Margaret Andrews flüchtete durch die Hintertür zum Münztelefon an der nächsten Ecke und alarmierte Mr Flanigan, der sich gerade in Washington, D.C. aufhielt, um vor einem Senatsausschuss seine Besorgnis über die Rio Grande Initiative und ihre möglichen Auswirkungen auf die wirtschaftliche Zukunft seiner Region zum Ausdruck zu bringen.

Danach schraubte Riddick die Nummernschilder von dem alten Buick ab, feilte die Fahrgestellnummer heraus und schickte die anderen EWU-Leute zurück in die Berge. »Das hier könnte übel ausgehen«, sagte er. »Den Rest erledige ich selbst.«

Kurz vor dem Falkenwäldchen stellte Riddick den Buick schräg auf die Straße und stopfte sich Munition in die Jackentaschen. Rechte Tasche: 12er Schrotpatronen. Linke Tasche: Magazine für die Beretta. Eine Winchester, Modell 94 .30-30, legte er auf die Motorhaube, daneben eine Schachtel Patronen. Dann trank er einen Schluck Wasser aus seiner Feldflasche und wartete. Pläne hatte er nicht. Was passieren würde, würde passieren. Er war nicht einmal sicher, warum er das hier überhaupt tat. Es hatte irgendetwas zu tun mit dem Ende aller Dinge, mit dem Zustand des »nie mehr« in seinem Herzen.

Die Staatspolizei erschien, nahm die Lage in Augenschein und forderte Hilfe an. Drei Stunden später sah Riddick sich dem üblichen Aufmarsch von Sondereinsatzkommandos und Megafonen gegenüber. Fünfzig oder sechzig schwer bewaffnete Männer waren in Stellung gegangen, redeten mit ihren Megafonen auf ihn ein, versuchten ihn zu beruhigen. Er schien das alles nicht wahrzunehmen.

Am Nachmittag erschienen Reporterteams. Fünf Meilen weiter im Nordwesten brannte ein Feuer auf Wolf Butte und ließ eine kaum sichtbare Rauchsäule aufsteigen. Riddick sah sie.

Man versuchte, ihn in die Zange zu nehmen. Geschickt benutzte Riddick die Winchester, um sie sich vom Leib zu halten. Er schoss über ihre Köpfe hinweg; er hatte nichts gegen die Cops, aber er wusste, wenn es dunkel wäre, würden sie auf ihn losgehen. Unwichtig. Nichts war mehr wichtig außer Kampf und Vergeltung.

Eine Stunde vor Sonnenuntergang bog eine Kolonne alter Autos und Pick-ups auf die rote Piste und fuhr auf das Falkenwäldchen zu. Als die Polizei-Phalanx die Karawane stoppte, stiegen fünfundsiebzig Lakota Sioux und Vertreter anderer Stämme, großenteils Mitglieder des »American Indian Movement« unter Führung von Lamont Crow Wing, aus ihren Wagen und gingen über das Feld zum Falkenwäldchen, ohne die Megafone zu beachten, die ihnen befahlen, stehen zu bleiben. Sie ketteten sich an die größeren Bäume, und die beiden hühnerblutverschmierten EWU-Leute, die Riddicks Abreisebefehl ignoriert hatten, hämmerten lange Stahlstifte in die Stämme, um den Einsatz der Kettensägen zu verhindern. Als die Nachricht von Riddicks Aktion im AIM-Büro angekommen war, hatte Crow Wing gesagt: »Scheiß drauf. Lasst uns losgehen und etwas unternehmen, statt wie ein Haufen Reservationsindianer dazuhocken und auf Almosen zu warten.«

Es wurde dunkel. Die Verhandlungen mit Lamont Crow Wing gingen weiter, und gleichzeitig wurden Stahlnägel in die Baumstämme geschlagen. Ein Einsatzkommando rückte gegen Riddick vor; Männer rannten geduckt, warfen sich auf den Bauch, sprachen leise über Funk miteinander. Sie waren noch dreißig Meter von dem alten Auto entfernt, und mit ihren Nachtsichtgläsern konnten sie die Winchester auf der Motorhaube liegen sehen. Wieder leises Getuschel über Funk. Heftig schwitzend machten sie sich bereit zum Sturmangriff. Noch einmal die Waffen kontrolliert, und dann im Zickzacklauf auf George Riddicks Barrikade zu. Als sie hinkamen, war da nichts außer der Winchester auf der Motorhaube.

Ein Stück weit nördlich des Schauplatzes saßen zwei Männer auf dem Hochplateau von Wolf Butte vor den Überresten eines erloschenen Feuers und sprachen leise miteinander. Der eine war alt und trug einen breitkrempigen Hut mit einem Band aus Voodoo-Perlen. Der andere hatte eine Baseballmütze, auf der EARTH WARRIOR stand. Sie begrüßten die Frau, die den Tafelfelsen erstiegen hatte und sich jetzt zu ihnen setzte.

Während sie miteinander sprachen, hatte sich ein

ziemlich unschlüssiger Bundesrichter in Falls City, erfüllt von Sorge über die politischen Auswirkungen der Angelegenheit, von einem Anwalt des AIM zum Handeln bewegen lassen, nachdem der Anwalt ihn unablässig mit Neuigkeiten von der Front am Falkenwäldchen bombardiert und beharrlich darauf aufmerksam gemacht hatte, dass man ihn, den Richter, für die Folgen verantwortlich machen werde, wenn es dort zu einem Blutbad kommen sollte. Er gab dem Antrag der Sioux statt und erließ eine einstweilige Verfügung gegen den Weiterbau des Highways durch das Gelände mit den Grabhügeln nordwestlich des Wäldchens, bis die Frage nach dem Inhalt der Grabstätten und den Eigentumsverhältnissen geklärt sei. Zu seiner Verfügung schrieb der Richter noch Folgendes:

Traditionell haben Eigentumsrechte nach dem Fünften Zusatzartikel zur Verfassung in solchen Angelegenheiten Vorrang genossen. In letzter Zeit jedoch haben Ansprüche seitens der Native Americans sowie anderer ursprünglicher Einwohner von Territorien überall in der Welt, speziell solche Ansprüche seitens der australischen Aborigines, die Gerichte zögern lassen, die Zerstörung des Vermächtnisses eines Volkes zu erlauben, auch wenn die Zeugnisse dieses Vermächtnisses sich auf einem Land befinden, das in Privatbesitz ist. Zweck dieser einstweiligen Verfügung ist es daher, Gelegenheit zur Klärung der Frage nach den Grenzen verfassungsmäßiger Rechte im Zusammenhang mit der Behandlung solcher Zeugnisse auf dem Prozesswege zu bieten.

21

Ray Dargen schrie in sein Autotelefon, und seine Worte ratterten wie Maschinengewehrfeuer nach Washington, D.C. Der Lincoln war ausgefallen; die Werkstatt plagte sich damit ab, das getrocknete Hühnerblut zu entfernen, aber er hatte ja noch den Cadillac, den er ebenfalls als Firmenwagen für die »RAYMAX Corporation« von der Steuer absetzte, auch wenn es eigentlich der Wagen seiner Frau war, der niemals geschäftlich benutzt wurde.

Senator Harlan Sterk am anderen Ende der Leitung sprach leiser. »Ray, halten Sie den Mund und hören Sie zu. Das FBI und die staatliche Kriminalpolizei sind dabei, die Gewalttätigkeiten da unten zu untersuchen. Wir kümmern uns darum. Aber ich sage Ihnen noch mal: Senator Wheems hat die Nase voll. Sie haben den Bogen überspannt, mein Freund. Das haben Sie schon öfter getan und sind damit durchgekommen. Aber diesmal wird das nicht klappen. Ich weiß, Sie haben mich beträchtlich unterstützt, aber was ich für Sie tun kann, hat seine Grenzen, und ehrlich gesagt, ich bin selbst ziemlich sauer über Ihre Grundstückskäufe entlang der Highway-Trasse. Um Jack Wheems zu zitieren: *Es ist mir scheißegal, was ein Clown namens Ray Dargen denkt. Dieser Highway ist ein paar Nummern größer als er oder Yerkes County*. Das hat Wheems vor zwei Stunden gesagt.«

Und Sterk war noch nicht fertig. »Was da draußen passiert ist, kam landesweit in den Nachrichten. Immer wieder zeigen die Networks die Aufnahmen von diesem

McMillan und seinen Freunden, wie sie da vor dem Bulldozer stehen. Und dieser Irre – wir nehmen an, es war dieser George Riddick – mit seinen indianischen Kohorten begeistert das Publikum. Das letzte Gefecht gegen die Dummheit des Weißen Mannes und das ganze Zeugs. Herrgott, aus der ganzen Welt rufen Leute wegen dieser Vögel an. Der Verkehrsausschuss redet nicht gut über das Projekt, und wenn wir nicht aufpassen, sitzen wir am Ende auf einem Streifen Asphalt, der irgendwo in der Nähe von Falls City in einem Weizenfeld endet.«

Ray Dargen fing an zu winseln, aber Senator Sterk ließ ihn nicht zu Wort kommen. »Ray, ich habe gesagt, Sie sollen den Mund halten und zuhören. Wie es aussieht, können die Indianer das Projekt mit dieser einstweiligen Verfügung mindestens sechs Monate aufhalten. Das Gelände gehört Ihnen, und ob es moralisch in Ordnung ist oder nicht – nach Auskunft des Juristen, mit dem ich gesprochen habe, ist die Rechtslage ziemlich klar. Das Land gehört Ihnen, die Artefakte in den Grabhügeln gehören Ihnen, und das wird am Ende wahrscheinlich durch die Gerichte bestätigt werden. Aber das ist nicht das Problem. Das Problem ist: Der Verkehrsausschuss knickt unter der üblen Publicity ein, die da draußen entstanden ist, und es kann sein, dass er empfehlen wird, den Highway in Wichita enden zu lassen, zumal da Florida über seinen Bevölkerungszuwachs jammert und dringend mehr Geld für den Straßenbau da unten benötigt. Aber selbst wenn es dazu nicht kommt – Wheems sagt, eine Verzögerung von sechs Monaten ist für ihn inakzeptabel, denn damit kommen wir in den nächsten Winter, und das bedeutet eine effektive Bauverzögerung von fast einem Jahr. Im Augenblick lässt er die Ingenieure rund um die Uhr arbeiten und nach einer Möglichkeit suchen, die Route zu ändern und trotzdem einen Anschluss für Falls City und Livermore zu ermöglichen. Das wird eine ziemlich komische Straße werden, aber ich glaube, er wird's hinkriegen. Ich an Ihrer Stelle würde aufhören, mir über den Highway den Kopf zu zerbrechen, und mir lieber Sorgen um meinen eigenen Arsch machen. George Riddick, oder wer immer das sein mag, stromert da immer noch irgendwo herum, und Ihr alter Freund Carlisle McMillan unterhält sich gerade mit dem Generalstaatsanwalt über all die netten kleinen Grundstückskäufe, die Sie und Ihre Kollegen entlang der geplanten Strecke getätigt haben. Um ehrlich zu sein, Ray: Ich glaube, Sie sitzen da in der Patsche, und zwar vielleicht in einer ziemlich üblen Patsche, und ich kann Ihnen nicht helfen. Mehr noch, es darf nicht mal so aussehen, als hätte ich mit Ihren Tricksereien irgendwas zu tun. Wir haben Sie gewarnt. Wenn ich mir jetzt ansehe, was Sie da abgezogen haben, muss ich sagen, ich bin zu weit gegangen, als ich Wheems dazu gebracht habe, die Trassenführung so zu planen, dass sie Falls City und Livermore einschließt. Jetzt hören Sie zu, und hören Sie aufmerksam zu: Ich weiß Ihre Unterstützung in der Vergangenheit zu schätzen, aber an dieser Stelle verabschieden wir uns voneinander. Rufen Sie mich nie wieder an, Ray. Ich will nichts mehr von Ihnen hören. Ich gebe Ihnen den guten Rat, sich einen erstklassigen Strafrechtsanwalt zu besorgen und die Ohren steif zu halten. Ach, und übrigens: Wenn Sie da unten Axel Looker über den Weg laufen, sagen Sie, er soll mich ebenfalls nicht mehr anrufen. Es ist nicht unsere Aufgabe, ihm dabei zu helfen, sich in Florida oder Arizona oder was weiß ich wo zur Ruhe zu setzen. Goodbye.«

Die letzten Sätze des Leitartikels, der eine Woche später im *Inquirer* stand, lauteten folgendermaßen:

Der Entschluss des Geschäftsmanns und Grundstückserschließers Ray Dargen, Wolf Butte und das umgebende Gelände den Lakota Sioux zu übereignen, ist lobenswert; was das indessen für den geplanten Verlauf des neuen Highways bedeutet, ist ungewiss. Tatsächlich ist das gesamte Highway-Projekt jetzt ungewiss geworden, und das ist ein trauriger Zustand für diejenigen unter uns, denen die wirtschaftliche Zukunft unseres Staates am Herzen liegt. Ein Jammer, dass eine Hand voll Radikale mit irregeleiteten Sorgen um unsere Umwelt in der Lage sind, den Fortschritt zu vereiteln, der für unser kollektives Wohlergehen so notwendig ist.

22

In den Wochen vor der Zwangsräumung, als die Entschädigungsverhandlungen ihren Höhepunkt erreichten, engagierte Carlisle einen Rechtsanwalt aus Falls City, einen Juristen, der in allen Landkriegen mitgekämpft hatte, die in der Prärie je ausgefochten worden waren. Er war alt und niederträchtig, der einzige wahre Sohn einer Klapperschlange. Er konnte eigentlich niemanden ausstehen, und Recht und Logik rammte er dem Staat und jedem anderen in den Rachen, der es wagte, seine Ansicht zu äußern. Er zwang sie, Carlisle für das Williston-Anwesen 180.000 Dollar bar auf die Hand zu zahlen.

Ihre Proteste verwandelten sich schließlich in ein Quieken, aber der Anwalt zitierte Platon und fuhr sodann lose verbundene biblische Metaphern auf und zitierte Jakobs Traum: Carlisle habe auf dem Fels des Williston-Anwesens gelegen und daraus ein Tor zum Himmel für sich gemacht. Er produzierte eine Kopie des *Observer*-Artikels, in dem Carlisle als einer der größten Handwerker in der Prärie bezeichnet worden war, erinnerte daran, dass 257 Personen zur Besichtigung des fertigen Hauses gekommen waren, und vermittelte den Gegnern ganz allgemein das Gefühl, sie wollten den Petersdom zerstören.

Der Staat erbot sich, die genannte Entschädigungssumme zu zahlen, wenn Carlisle damit einverstanden wäre, dass sie das Haus zu einer Touristeninformation umbauten, was doch einen wunderschönen Eindruck auf die Besucher machen würde. Carlisle sah es vor sich: das eingeritzte »Rick + Tammy« in dem Holz, das er geschliffen und poliert hatte, die Leute, die in den Teich pinkelten und mit Steinen nach den Sonnenbarschen warfen. Aber sein Anwalt erledigte auch dieses Angebot und forderte die »vollständige Reinhaltung des Denkmals, das ein Mann seinem Lehrer gesetzt« habe – und damit meinte er die absolute und totale Zerstörung.

Die Bulldozer arbeiteten bereits in Louisiana und Arkansas, und der Zeitplan war eng. Schließlich mussten New Orleans und Yerkes County gerettet werden. Die Summe wurde gezahlt, ohne sie mit einer Touristeninformation zu verknüpfen, und der Anwalt raffte seine Unterlagen zusammen, schüttelte Carlisle die Hand und sagte: »Scheiß auf sie alle.« Seine Frau wollte im Haus eine Wand verändert haben, und wenn Carlisle einverstanden wäre, werde er diese Arbeit als Honorar akzeptieren.

Zwei Tage vor dem Räumungstermin half Susanna Carlisle beim Packen, und sie schafften seine Habe zu ihr nach Hause. Carlisle trat in Verhandlungen mit dem Eigentümer des »Flagstone Ballroom« in Livermore ein und konnte die alte Bruchbude und einen kleinen Bungalow daneben für zwanzigtausend Dollar erstehen. Das war sein nächstes Projekt. Mit der richtigen Planung, ausgiebigem Stöbern nach Material und sorgfältiger Arbeit, hatte er sich ausgerechnet, könnte er das Lokal in einen Palast für ihn und Susanna verwandeln. Wohnräume, reichlich Platz für Werkstatt und Atelier und für Susannas Mailordergeschäft – und die Tanzfläche könnte intakt bleiben. Nachdem er die Installationen in Gang gebracht und ein paar Stromleitungen verlegt hatte, flickte er das Dach und richtete eine behelfsmäßige Behausung ein, die sich im Winter beheizen ließ. Als Susannas Mietvertrag sechs Monate später auslief, zogen sie zusammen in den Ballroom.

Nach zwei Jahren, als die Ereignisse im Rückblick eine andere Perspektive annahmen, war Carlisle immer noch davon überzeugt, dass er recht gehabt hatte, sowohl mit seinen allgemeinen Ansichten über den Untergang Salamanders als auch mit dem Versuch, den korrupten Mistkerlen, die den Highway ausgebrütet hatten, einen Strich durch die Rechnung zu machen. Unter ähnlichen Umständen würde er wieder genauso handeln. Aber vielleicht legte er sich die Sache doch ein wenig zu glatt zurecht, betrachtete sie zu einseitig und pharisäerhaft. Zu diesem Schluss kam er wenigstens in seinen ehrlichsten Augenblicken.

»Carlisle«, hatte Susanna gesagt, »das wahre Böse ist schwer zu finden, aber Dummköpfe gibt es überall. Salamander hat nur seinen Anteil an ihnen und nicht mehr.«

Carlisle wusste, dass er sich als frommer Ritter im Kampf gegen ein Reich der Finsternis aufgeführt hatte, während er in Wirklichkeit nur gegen einen Haufen von Leuten gekämpft hatte, die nicht mehr wussten, wie man überlebt, und sich von dem hatten locken lassen, was eiterpustelige Marktschreier als gutes Leben verkauften. Salamander und ganz Yerkes County hatten sich auf eine Zukunft verlassen, die nicht kam, und sie waren in Panik geraten, als sie es erkannten.

Außerdem, dachte er, gab es auch Gutes da draußen. Als er sich fragte, ob er gehen oder bleiben sollte, nachdem die Entscheidung über den Highway gefallen war, hatte er daran gedacht – an das Gute. Wo sonst konnte man heutzutage noch einen erstklassigen Tango hören? Und im County achtete man ihn immer noch für seine Fähigkeiten, wenn auch nicht für seine Ansichten. Salamander – das, was davon übrig war – verhielt sich weiterhin kühl ihm gegenüber, aber die Leute in Falls City und anderswo bezahlten ihn immer noch gut für seine Arbeit. Man konnte tanken, ohne dass man vorher bei einem Tankwart in einer kugelsicheren Kabine bezahlte, und mit Susanna, dem Indianer, Marcie und Claude English, Gally und nicht zuletzt einem schneidigen kleinen Kerl namens Entenmann hatte er ein paar der besten Leute kennengelernt, die er je gekannt hatte: Leute, deren Klugheit und Mut weit über das hinausging, was Buddy Reems mit seinem funkelnden Witz oder die Straßen von San Francisco mit ihrer kurzlebigen Kultur zu bieten hatten. Und darum kaufte er den »Flagstone Ballroom« und beschloss, einen neuen Versuch mit dem verborgenen Leben zu unternehmen.

Als die Avenue der Prärie ein Stück weiter nach Westen verlegt wurde, um die T-Falken und die indianischen Grabstätten bei Wolf Butte zu schonen, wurden auch die Pläne für den »Antelope National Park« zu den Akten gelegt. Das Gleiche geschah natürlich auch mit der Absicht der Bundesregierung, das Land, das Axel Looker und Gally Deveraux gehörte, zu kaufen, wo der Park hätte angesiedelt werden sollen. Angesichts von Bankrott und Zwangsversteigerung der Ranch hatte Gally ihr College-Studium abbrechen müssen.

Susanna hatte Carlisle den Ehrentitel »Verweigerer des Jahrzehnts« verliehen, aber sie ermunterte ihn, sich mit Gally zu treffen; sie fand, es lohne sich, die Freundschaft zu erneuern, die ihm und Gally so wichtig gewesen war.

Sechs Monate nach der Fertigstellung des Highways hatte »Danny's« endgültig geschlossen, und Gally führte den Gastronomiebereich eines »Best Western«-Motels in der Nähe von Falls City. Carlisle hatte sie seit über zwei Jahren nicht gesehen, und es kam ihm noch länger vor. Vieles schien ihm inzwischen lange her zu sein, länger, als es in Wirklichkeit war. Der Highway-Krieg von Yerkes County und Susanna hatten einen Keil in die Zeit getrieben, sie aufgespalten und seinen inneren Abakus durcheinandergebracht: Ereignisse, die sich vor dem Krieg und vor Susanna zugetragen hatten, schienen weiter entfernt zu sein, als sie es nach Maßgabe des Kalenders sein dürften. Er erkannte Gally kaum wieder, als er sich im Restaurant des »Best Western« an die Theke setzte.

In den Anfangsphasen des Krieges hatten sie ein oder zwei Mal versucht, sich zu treffen, aber etwas, erkannte er, stand zwischen ihnen: Beton. Ganz gleich, wohin ihr Gespräch und die Blicke, die sie einander zuwarfen, hatten führen wollen, der Beton trennte sie. Der Highway hatte ihre Beziehung mit einer harten Schicht von Groll bedeckt, unter der sie, was ihn betraf, erstickte.

Gally stand leicht abgewandt und sprach mit einer Kellnerin, geschäftsmäßig, gut gekleidet, das Haar ziemlich elegant zurückgebunden. Als sie die Unterredung beendete und in die Küche gehen wollte, sagte Carlisle: »Ich hätte gern das heiße Truthahn-Sandwich mit extra Stampfkartoffeln.«

Sie drehte sich um, war überrascht, lächelte dann. »Hallo, Carlisle.«

Er empfand leises Unbehagen, als er sie fragte, ob sie ein paar Minuten Zeit habe. Sie setzten sich in seinen Pick-up, und er sagte, er vermisse sie als Freundin. Es tue ihm leid für sie beide, dass es zwischen ihnen allzu schnell, allzu schroff zu Ende gegangen sei. Gally hatte eine schöne Art, seine Wange zu berühren. Daran erinnerte er sich, als sie es jetzt noch einmal tat. Sie verstehe es, sagte sie mit Tränen in den Augen, und er war froh, dass er gekommen war.

Ohne die Hand von seiner Wange zu nehmen, sagte sie: »Carlisle, wir hatten ein gutes Jahr miteinander, und wenn ich es nicht sein kann, bin ich froh, dass es Susanna ist.«

Es gehe ihr gut, sagte sie, und er glaubte ihr. Der Geschäftsführer des Motels war aus Dallas hergekommen, um den Erinnerungen an eine unangenehme Scheidung zu entfliehen, und jetzt dachten er und Gally daran, sich zu verloben. Falls es zur Hochzeit kommen sollte, würde sie ihm und Susanna eine Einladung schicken, versprach sie. Sie kämen gern, antwortete er.

Sie sah ihn an und machte ein ernstes Gesicht. »Carlisle, der Highway hat Salamander überhaupt nicht geholfen. Im Gegenteil, er hat eine Menge Schaden angerichtet. Er hat es den Leuten nur leichter gemacht, zum Einkaufen und Essen nach Falls City zu fahren, genau wie du es vorausgesagt hast. Ist das zu fassen? Sie fahren tatsächlich vierzig Meilen nach Falls City, um dort Bananen zu kaufen, weil die dort zehn Cent billiger sind als zu Hause. Denken sie nicht an den Verschleiß ihrer Autos, an den Wert ihrer Zeit, an das Benzin, das sie verbrauchen, um dort hinzukommen?«

Carlisle schwieg, und Gally fing an zu kichern. »Hast du das mit Leroys Papagei gehört?«

Carlisle schüttelte den Kopf.

»Na, dann muss ich ein bisschen ausholen. Du weißt, dass Leroys Laden seit Jahren immer schlechter ging und dass er sich dauernd überlegte, wie er ihn ein bisschen aufpeppen könnte. Deshalb hat er samstags abends eine Zeit lang Gabe engagiert. Irgendwann war Gabe ihm zu teuer, und da kam er auf die Idee, ein Megafon zu benutzen, um die Gäste zu unterhalten. Er hätte mal einen Comedian im Fernsehen damit gesehen, sagte er. Ab und zu nahm er also dieses dämliche Megafon und gab der ganzen Welt bekannt, dass die Pizza für den und den fertig sei. Er versuchte sogar, Witze durch das Ding zu erzählen. Das Problem ist natürlich, dass Leroy kein Komiker ist, wie wir alle wissen.

Nach einer Weile fingen die Jungs an, sich das Megafon zu schnappen, wenn Leroy nicht hinschaute. Es wurde ziemlich bizarr und gelegentlich geschmacklos. Samstags abends gegen neun fingen sie an, durch das Ding zur Jukeboxmusik mitzusingen. Gegen elf degenerierte das Vergnügen zusehends; die Betrunkenen prügelten sich um die Flüstertüte, um Ansagen zu machen wie: Hey, Alma, willst du nicht herkommen und dich ein bisschen auf meinen du-weißt-schon setzen? Um Himmels willen – man konnte sie auf der Straße hören, und bald ließ Leroy diese Idee wieder fallen. Als Nächstes versuchte er es mit Zwergenwerfen. Schon mal gehört?«

Carlisle grinste ungläubig. »Was werfen?«

»Zwerge. Das war nicht Leroys Erfindung. Anscheinend war es in manchen Gegenden eine Zeit lang der allerletzte Schrei, obwohl es wahrscheinlich nie eine olympische Disziplin werden wird. Leroy stapelte drei oder vier alte Matratzen vor der hinteren Wand. Wenn ich es recht verstanden habe, bestand die Idee darin, zu sehen, wie weit einer den Zwerg aus Falls City werfen konnte, der sich für dieses Spielchen bezahlen ließ. Hack Kenbule hatte natürlich bald den Weltrekord inne, zumindest im *Leroy's*. Das ärgerte Marv Umthon, aber er humpelte noch nach dem, was dieser wilde

Riddick mit seinen Knöcheln gemacht hatte, und deshalb kam er an Hacks Großleistung nicht heran. Jedenfalls gingen diese Albernheiten so lange, bis ein paar Leute sich über die Gefühllosigkeit dieses Zeitvertreibs zu beschweren begannen, obwohl der Zwerg anscheinend nicht viel dagegen hatte.

Als Leroy dann mal im Krankenhaus war, kam er mit einem Psychiater ins Gespräch, der einen Papagei namens Benny hatte. Anscheinend haben diese Vögel ein ewiges Leben; zumindest werden sie uralt, und sich einen anzuschaffen ist eine langfristige Verpflichtung. Und nicht nur das, sie sind wirklich tough. Leroy behauptete, sie könnten mit den Füßen einen Besenstiel zerbrechen. Offenbar hatte der Papagei in einem Eifersuchtsanfall die Frau des Psychiaters angegriffen und böse zerhackt, und deshalb war der Psychiater jetzt mit ihr im Krankenhaus.

Leroy kaufte den Papagei für zweihundert Dollar – ein echtes Schnäppchen, behauptete er, denn er war sicher, dass der Vogel für die Bar die Wende bringen würde. Tat er auch eine Zeit lang. Gleich am ersten Tag brachte er ihn mit in die Bar und setzte ihn auf einen Stuhl. Benny, der Papagei, hopste sofort auf den Boden, fing an herumzuspazieren und brummelte vor sich hin, sagt Leroy.«

Als sie davon erzählte, musste Gally so sehr lachen, dass ihr die Tränen über die Wangen liefen. Es war ansteckend, und auch Carlisle lachte, obwohl die Geschichte noch gar nicht zu Ende war. Aber die bloße Vorstellung von einem Papagei namens Benny, der durch die Bar spazierte und vor sich hin brummelte wie Leroy, war schon komisch genug.

»Aber jetzt, Carlisle – erinnerst du dich an den großen, bösen, hässlichen Kater, den Leroy hatte? Der immer auf der Jukebox lag und die Gäste anfauchte? Erinnerst du dich an den? Leroy nannte ihn Bar Rag.«

Carlisle nickte. Der alte Tresenlappen, ja.

»Na, Bar Rag kommt also rein, als Benny an seinem ersten Tag auf dem Boden herummarschiert und den Laden inspiziert. Der Kater sieht den Vogel, drückt den Bauch an den Boden und macht diese kleinen Schiebeschrittchen, wie Katzen sie machen, und will sich an Benny heranschleichen. Als Bar Rag nur noch ein paar Schritt weit weg ist und allmählich schneller wird und zum Sprung ansetzen will, dreht der Papagei sich um, sieht den Kater und schreit: *Hi!*«

Gally schüttelte sich vor Lachen, und Carlisle ebenfalls; er lag auf dem Lenkrad und erstickte fast, als er das Ganze vor sich sah.

»Leroy sagt, Bar Rag war mitten im Sprung und machte tatsächlich einen Salto rückwärts, als der Vogel *Hi!* schrie. Er rannte wie eine Rakete zur Hintertür und fetzte durch das Fliegengitter nach draußen. Das ist drei Monate her, und Leroy hat ihn nicht wieder gesehen.«

Carlisle war inzwischen an der Wagentür zusammengesackt; er schlug sich die Hände vors Gesicht und brüllte vor Lachen. »Was …?«

»Warte!«, keuchte Gally und wischte sich mit einem Taschentuch über die Augen. »Ich bin noch nicht fertig. Leroys Geschäft lief tatsächlich besser, so wie er es gehofft hatte. Alle wollten den Vogel sehen, der Bar Rag in die Flucht geschlagen hatte. Bald standen alle möglichen Leute da rum, hatten ihr Grain Belt in der Hand und warteten darauf, was Benny als Nächstes sagen würde. Wenn ihn mal niemand beachtete, sauste Benny durch das Lokal und schrie: *Pass auf, der Vogel! Pass auf, der Vogel!*

Es stellte sich raus, dass Benny bei dem Psychiater eine Menge gelernt hatte. Da unterhielten sich welche am Tresen, und Benny saß oben auf der Budweiser-Reklame und hörte zu, und irgendwann sagte er mitten in die nächstbeste Unterhaltung hinein: *Das liegt an deiner Mutter, daran musst du einfach arbeiten* – lauter solches Therapeutenzeug.

Alle fanden es ziemlich komisch, nur nicht Bobby Eakins, der Benny aus irgendeinem Grund nicht ausstehen konnte. Er sagte: *Ich komme hierher, um einen zu trinken, und nicht, um mich von einem Vogel analysieren zu lassen. Von diesem Scheiß krieg ich schon von Leroy genug.*

Leroy behauptete, Papageien seien empfindsam, und Benny merke genau, dass Bobby ihn nicht leiden könne. Eines Abends, Bobby war bei seinem dritten Bier, als Benny auf der Theke entlangspaziert kam und einen Meter vor Bobby Halt machte. Er starrt ihn an, legt den Kopf komisch schräg, zwinkert mit den Augen und krächzt: *Aarrrk. Hi!*«

Gally imitierte Bennys Haltung, und Carlisle lachte wieder laut, als er sich die Begegnung zwischen Benny dem Papagei und Bobby Eakins mit seiner Düngemittel-Kappe vorstellte.

»Bobby sagt: *Verpiss dich, du Arschvogel,* und er taucht die Finger in sein Bier und fängt an, Benny zu bespritzen. Die, die dabei waren, sagen, es war ein toller Anblick. Bevor Bobby auch nur zucken konnte, hatte Benny ihn mit dem Schnabel beim Ohr und riss es halb ab. Leroy packte Benny, Benny klammerte sich mit dem Schnabel an Bobbys Ohr, Bobby schrie und heulte und blutete. War eine echte Sauerei. Das Ohr haben sie ihm wieder ganz gut angenäht, aber er hat jetzt eine große, hässliche rote Narbe, und sein Ohrläppchen hängt irgendwie komisch. Leroy hat den Papagei dann in eine Tierhandlung gegeben, und Bobby kam nicht mehr in die Bar, hauptsächlich wegen des Spotts der anderen Lokalhelden, die den Papagei jetzt Bobbys Vogel nannten und zu ihm sagten: Du und der Papagei, ihr müsst euch aussprechen, Bobby. Aaarrrk. Bloß gut, dass es kein Adler war.«

Carlisle schüttelte den Kopf und wischte sich die Tränen ab. »Wie geht's Leroy heute?«

»Ich nehme an, du hast es nicht gehört. Nach Gabe, Megafon, Zwergenwerfen und Papagei entschied Leroy, dass es Zeit wurde, den Laden zu vergessen. Er hat vor einem Monat zugemacht und sich zur Ruhe gesetzt. Aber an seinem letzten Samstagabend hat er noch mal eine große Party gegeben. Ich war auch da, und es hat Spaß gemacht, wenn ich auch zugeben muss, dass ich dauernd an die schöne Zeit denken musste, die wir beide dort verbracht haben. Ich will jetzt nicht noch mal auf das zurückkommen, worüber wir vorhin gesprochen haben. Es ist einfach die Wahrheit.

Übrigens haben auf der Party viele Leute nach dir gefragt. Sie hatten nie viel übrig für deine Ansichten über den Highway, aber sie haben Respekt davor, dass du für deine Überzeugung eingetreten bist. Das haben mehrere gesagt. Sogar der dicke Hack Kenbule hat gesagt, es tut ihm leid, dass er dich verprügelt hat, wo du doch nur das Haus retten wolltest, das du gebaut hattest. Von den T-Falken hat er natürlich nichts gesagt, denn so etwas kann Hack nicht begreifen. Aber es war schön auf Leroys Abschiedsparty. Sogar Beanie Wickers kam reingeschlichen. Ich hatte ihn nicht mehr gesehen seit dem Abend, als du ihn davor bewahrt hast, seine Männlichkeit an Hueys Messer zu verlieren. Bevor der Abend zu Ende war, haben er und Huey sich die Hand gegeben und ein Bier zusammen getrunken, aber Huey sagte, weiter geht's auch nicht, und Beanie durfte nicht mit Fran tanzen, die unterdessen, das hab ich gesehen, ganz eng mit dem Co-op-Verwalter tanzte und mit den Augendeckeln klapperte.«

Bevor sie ins Restaurant zurückkehrte, wurde Gally wieder ernst. »Erinnerst du dich an den alten Mann mit dem lahmen Bein, der über *Lester's* wohnte? Der jeden Tag zum Lunch ins *Danny's* kam und da die Zeitung las?«

Carlisle wusste, wen sie meinte. Den alten Knaben, der Niedergang und Fall eines Präriestädtchens von seinem Fenster im ersten Stock verfolgt hatte.

»Vor ungefähr sechs Monaten ist er die steile Treppe zu seiner Wohnung runtergefallen und hat sich sein gesundes Bein gebrochen. Sie haben ihn ins Pflegeheim von Yerkes County gebracht, weil er sonst nirgends hinkonnte. Birney, dieser Drecksack, hat ihn mit einer Räumungsklage aus der Wohnung vertrieben und die Leute vom Sozialdienst überredet, ihn im Pflegeheim zu behalten. Danach haben sie versucht, in dem Gebäude Boutiquen einzurichten, aber du hattest recht: Salamander ist nicht Lourdes, und kein Mensch fährt sechs Meilen weit von der Interstate herunter, um maschinell gefertigte Steppdecken und Maisstrohpuppen zu kaufen. Nach sechs Monaten war es aus. Es heißt, Cecil Macklin hat sich bei diesem Unternehmen finanziell komplett ruiniert. Wie dem auch sei, ich gehe den alten Mann ungefähr alle zwei Wochen besuchen. Es tut mir einfach furchtbar leid um ihn. Er ist auf seine Weise sehr gescheit, und sie benutzen Medikamente und Fernsehen, um eine Kartoffel aus ihm zu machen. In all den Jahren, die ich ihn kenne, hat er nie viel über sich gesprochen, aber jetzt ist er wirklich deprimiert und stöbert die ganze Zeit in irgendwelchen alten

Schuhkartons, in denen er seine Erinnerungen aufbewahrt. Er hat mir den Silver Star gezeigt, den er im Zweiten Weltkrieg für seinen Kampf an der Brücke von Arnheim bekommen hat. Er sagt, an dem Tag tötete er drei Deutsche und bekam einen Granatsplitter ins Bein. Jetzt dankt ihm dieses großartige Land dafür, indem es ihn in die Klapsmühle abschiebt und ihn behandelt, als wäre er ein Hilfsarbeiter vom Schlachthof. Ich schätze, die Warteliste des Veteranenheims ist eine Meile lang, und deshalb kann er da nicht hin. Viel besser wäre das ja auch nicht. Vielleicht besuchst du ihn mal, wenn du die Gelegenheit hast, und sagst ihm guten Tag. Er ist verzweifelt, ich sehe es an seinen Augen.«

Auf der Rückfahrt nach Livermore erwachte wieder der alte Zorn in Carlisle. Was zum Teufel wurde nur aus diesem Land?, fragte er sich zum tausendsten Mal. Überall hatten sie Geld für 150-Dollar-Basketballschuhe, begehrt bei den quengelnden Verehrern von Leuten, die mit dem Ball einen Korb treffen konnten, aber sonst nicht viel. Aber anscheinend war nichts da für alte Leute, sterbende Babys, T-Falken und alles andere, was Fürsorge brauchte.

Er sprach mit Susanna darüber. Ein paar Tage später fuhr er zu der deprimierenden Jämmerlichkeit, die man großzügig als Pflegeheim bezeichnete. Aus den Augen, aus dem Sinn: alte Leute, sabbernd und stammelnd. Manche waren wirklich krank, aber manche waren es nur, weil man sie so behandelte.

Carlisle fand den alten Mann. Er stand, auf einen Stock gestützt, am Fenster des Zimmers, das er mit zwei anderen alten Männern teilte, die beide bettlägerig waren, und schaute hinaus. Im Zimmer roch es nach Körperfunktionen, und vor dem Fenster war ein dickes Drahtgitter angebracht, wie in einem Gefängnis.

»Ich bin Carlisle McMillan. Ich weiß nicht, ob Sie sich erinnern, aber wir haben uns ab und zu im *Danny's* gesehen.«

Der alte Mann nickte, und seine Miene hellte sich ein wenig auf. »Yes, Sir. O ja, ich weiß, wer Sie sind, Mr McMillan.«

Er sah müde aus, abgespannt, am Ende. Pantoffeln, schmutzige Hose, ein fleckiges Hemd, dessen Ärmel an den Ellenbogen abgeschnitten und nicht einmal gesäumt worden waren.

»Was macht das gebrochene Bein?«

»Geht schon wieder richtig gut. Aber es kommt kaum noch drauf an, weil ich ja nirgends mehr hingehen kann. Birney und seine Sturmtruppen haben mir meine Wohnung weggenommen, und was anderes konnte ich mir nicht mehr leisten. Sitze in der Bredouille – einer kleinen nach modernen Maßstäben, aber für mich ist sie ziemlich tief.«

Sie gingen hinaus ins Freie und setzten sich in die Sonne. Während sie über das Wetter und andere allgemeine Dinge plauderten, merkte Carlisle, dass der Verstand des alten Mannes sich langsam wieder nach oben arbeitete; seine Aussprache wurde klarer, und er machte Bemerkungen über den Lauf der Welt und sprach auf raue, humorvolle, halb philosophische Weise darüber. Er besaß eine rohe Intelligenz, wie Gally gesagt hatte. Carlisle erwähnte die Restaurierungsarbeit am alten »Flagstone Ballroom«, mit der er und Susanna beschäftigt waren. Das Gesicht des Alten leuchtete auf, und er erzählte, er habe so manchen Abend im Flagstone verbracht und bei einem der samstäglichen Tanzabende auch seine Frau kennengelernt.

»Verstehen Sie was von Billard?«, fragte Carlisle. »Vom echten Billard, meine ich: ein Tisch ohne Löcher, drei Kugeln, und man spielt seine Kugel über drei Banden zur Karambolage und ist im siebten Himmel?« Gally hatte ihm einmal erzählt, dass der alte Mann vor Jahren der beste Drei-Banden-Billard-Spieler im ganzen Staat gewesen war und regelmäßig die Zocker über den Tisch gezogen hatte, die in Salamander Station machten, um ein bisschen Reisegeld abzukassieren.

Ein verschmitztes Grinsen erschien auf dem alten Gesicht. »Hab in alten Zeiten schon den einen oder anderen Ball über den grünen Filz geschoben. Hab mein erstes Auto mit der Kohle bezahlt, die ich '38 einem Vertreter für Damenunterwäsche abgenommen hab, der nicht wusste, wann er den Queue aus der Hand legen musste. Ist aber schwer, heutzutage noch solche Tische zu finden; das Spiel ist zu kompliziert für die Pepsi-Generation. Die wollen Pool spielen und nennen es Billard, aber das ist es nicht.«

»Ich sag Ihnen was.« Carlisle lächelte. »Auf einer meiner Expeditionen, bei denen ich gutes Baumaterial suche, hab ich in einer Bar drüben in Leadville einen großartigen alten Billardtisch gefunden. Die Schieferplatte ist perfekt, die Banden sehen prima aus, nur der Filz muss erneuert werden. Ein wunderschönes, handgearbeitetes Mahagonigerüst. Hat jahrelang unter einer Segeltuchplane gestanden. Das Ding muss tausend Pfund wiegen, aber ich hab's auseinandergebaut und ins *Flagstone* geschafft. Dachte mir, ich stelle den Tisch ans eine Ende der Tanzfläche; da dürfte genug Platz für die Queues sein.

Und gleich neben dem *Flagstone*«, fuhr er fort, »steht ein kleines Haus, ein Bungalow eigentlich, wo der Geschäftsführer wohnte. Ich hab's zusammen mit dem ganzen Anwesen gekauft. Wie ich höre, wird Gabe, der Tangomusiker, allmählich ein bisschen wacklig. Er braucht eine Bleibe, Sie brauchen eine Bleibe. Wie wär's, wenn Sie beide sich die alte Hütte teilen? Gabe kann für seine Miete aufkommen, indem er ein bisschen Musik macht, und Sie können Ihre bezahlen, indem Sie mir Billard beibringen. Wenn Sie wollen, können Sie mir auch helfen, das *Flagstone* auf Vordermann zu bringen; es gibt viel zu schleifen und zu polieren, aber das müssen Sie selbst entscheiden. Mit den Leuten vom Sozialdienst hab ich gesprochen, und die sagen, es wäre okay. Sie brauchen den Platz hier, und außerdem stehen Sie in dem Ruf, Ihre Dämpferpillen nicht zu nehmen und überhaupt ziemlich unkooperativ zu sein. Was meinen Sie?«

Der alte Mann schaute Carlisle durchdringend an. Tränen stiegen ihm in die Augen. Carlisle ging es genauso. »Das Erste, was Sie lernen müssen, ist, den Queue richtig zu halten. Das lernen die meisten Leute nie. Es ist ein Spiel aus Physik und Geometrie, aus Geschick und Täuschung. Das wäre doch genau das Richtige für Sie, nicht wahr, Mr McMillan?«

Carlisle nickte und lachte leise. »Ich werde ein paar Tage brauchen, um das alte Haus bewohnbar zu machen. Wie wär's, wenn ich Sie heute in einer Woche abhole, gleich morgens früh? So haben Sie noch Zeit, zu packen und sich zu verabschieden.«

Der alte Mann schlug mit seinem Stock gegen die Bank, auf der sie saßen. »Beides zusammen wird genau dreiundzwanzig Sekunden dauern. Ich werde bereit sein.«

Dann fing er an zu schluchzen. »Mr McMillan, ich weiß nicht, was ich sagen soll. Ich sterbe hier draußen, und ich bin noch nicht so weit, dass ich sterben will. Jetzt kommen Sie mit diesem prachtvollen Angebot und werfen es mir einfach so in den Schoß, als ich schon nicht mehr geglaubt habe, dass ich je noch mal was anderes als schlechten Pudding und Rüpel in weißen Kitteln zu sehen kriege.«

Er verlor vollends die Fassung und weinte laut, und seine Verzweiflung fiel von ihm ab und wehte davon. Carlisle nahm den Arm des Alten, und dieser zog ein zerknülltes blaues Taschentuch aus der rechten Hosentasche und hielt es sich vor die Augen. Er versuchte zu sprechen, aber seine Stimme klang immer noch erstickt. »Hab mir tatsächlich überlegt, ob ich mir nicht genug von diesem Stoff, den sie hier verteilen, zusammenhamstern kann, um es ein für alle Mal hinter mich zu bringen, wenn ich vorher nicht schon völlig senil bin.« Er deutete mit seinem Stock nach vorn. »Ich werde bereitstehen, Mr McMillan, da vorn auf der Veranda, mit Sack und Pack. Kann jetzt nicht mehr aufhören, an das *Flagstone* zu denken und wie ich Ihnen helfen kann, es wieder aufzubauen. Wahrscheinlich werde ich überall auf der Tanzfläche meine Fußabdrücke finden. Und beim Zusammenbauen des Billardtisches kann ich Ihnen auch helfen. Hab ich schon öfter gemacht.«

Carlisle lächelte. Er wollte noch etwas sagen, aber dann beließ er es dabei. »In ein paar Tagen also.«

Als Carlisle in der nächsten Woche wiederkam, sah der alte Mann völlig verändert aus. Er stand auf der Veranda, als Carlisle vor dem Pflegeheim anhielt, glatt rasiert, Hemd und Hose sauber. Zu seinen Füßen stand ein kleiner, hellbrauner Pappkoffer mit dunkelbraunen Streifen, der an einer Seite stark eingedrückt war. Vier ramponierte Schuhkartons, aufeinandergestapelt und mit einer Schnur zusammengebunden, standen daneben. Obenauf lag ein Army-Stahlhelm. Carlisle half ihm beim Einsteigen und legte seine Habe zwischen ihnen auf den Sitz.

»Das ist Dumptruck.« Strahlend deutete Carlisle mit dem Kopf auf den Kater, der ausgestreckt auf der Sitzlehne lag.

»Dumptruck hab ich schon kennengelernt, bei Ihrer Hausbesichtigung vor ein paar Jahren. Er hat an Ihrem Teich neben mir im Gras gesessen. Wir haben uns ein bisschen unterhalten und den kleinen Falken zugesehen. Hat mir damals gefallen und gefällt mir noch.«

Er streckte die Hand aus. Dumptruck beschnupperte sie, rutschte von der Lehne herunter auf den Koffer des alten Mannes und fing an zu schnurren.

Carlisle legte den Gang ein und fuhr vom Gelände des Pflegeheims herunter. Der alte Mann streichelte Dumptruck und redet dabei über Billardtische. »Das Schwierigste ist, die Schieferplatte waagerecht zu kriegen. Sie muss absolut waagerecht sein. Man braucht einen reinen Tisch, sonst kriegt man kein präzises Spiel hin, kann sich nicht wirklich in Geometrie, Physik, Geschick und Täuschung ergehen. Und nur darum geht es, Mr McMillan: ein reiner Tisch und ein präzises Spiel. Yes, Sir, ich glaube, darum geht es in allen Dingen.«

23

Ein Abend-Highway kommt aus New Orleans und führt in weitem Schwung nach Nordwesten bis hinauf nach Calgary. Über weite Strecken führt er durch die Prärie, durch kurzes Gras und dünnen Mutterboden, vorbei an Tafelfelsen und verstreut liegenden kleinen Städten. Reisende machen oft eine Bemerkung über die ochsenjochartige Kurve, die der Highway in Yerkes County nimmt: wie er ostwärts abschwenkt und an Falls City und Livermore vorbeiführt und dann jäh vierzig Meilen weit nach Westen läuft, bevor er sich wieder nach Norden wendet – als habe ein geistesabwesender Planer die Route gezeichnet.

Ungefähr fünfzehn Meilen hinter Livermore, im Westen einer Stadt namens Salamander, einer Kleinstadt, die jetzt fast ausgestorben ist, gibt es eine Ausfahrt zur Route 42. Wenn Sie diese Ausfahrt nehmen und von der Route 542 nach Norden auf einen roten Feldweg einbiegen, kommen Sie zu einem Wäldchen, wo kleine Falken sich zu ihrem Dämmerflug erheben. Sie haben den Krieg von Yerkes County mit knapper Not überlebt. Jetzt ist die Rede davon, sie mit Netzen zu fangen und in ein Zuchtprogramm in den Zoo von San Diego zu verbringen, weit weg von diesem abendlichen Wäldchen, denn es gibt außer ihnen nur noch vier erwachsene Exemplare ihrer Spezies auf dem ganzen Territorium der Vereinigten Staaten. Auf der anderen Seite der Straße, dem Falkenwald gegenüber und ein Stück weit den Hang hinauf, liegt eine Ruine, die früher einmal ein Haus gewesen sein könnte.

Noch ein Stück weiter an der Piste, die sich in klebrigen roten Brei verwandelt, wenn es regnet, und eine Meile abseits von ihr erhebt sich ein Monolith namens Wolf Butte; seine zerklüftete weiße Flanke ist teilweise verhüllt, wenn die Wolken tief davor hängen. Halten Sie an, und steigen Sie aus, meilenweit von der nächsten Kleinstadt entfernt. Bleiben Sie eine Weile stehen. Stille. Ein leichter Wind kommt auf, geht dahin, kommt wieder.

Sehen Sie den Falken, der dreißig Zaunpfähle weit südlich hockt. Dies ist heiliger Boden, behauptete Sweet Medicine. Sie glauben es. Jeder, der allein hierher kommt, glaubt es. Denn hier draußen kümmert sich nichts um Sie, ob Sie leben oder sterben oder Ihre Rechnungen bezahlen oder an warmen mexikanischen Stränden tanzen und danach mit jemandem schlafen. Hier ist nichts außer Stille und Wind, und denen ist es gleich, denn sie werden noch hier sein, wenn Sie längst wieder fort sind, und das immerhin wissen sie.

Wenn die Wolken vor Wolf Butte sich verziehen, und bevor neue kommen, sehen Sie vielleicht eine Gestalt, die sich über das Hochplateau des Felsens bewegt. Wenn Sie ein gutes Fernglas dabeihaben, ein erstklassiges Gerät mit mehrfach beschichteten Linsen und allem Drum und Dran, dann werden Sie vielleicht sehen können, dass es eine Frau ist. Sie ist undeutlich zu erkennen, wegen der Entfernung, wegen des Wolkendunstes. Aber Sie können sehen, dass sie tanzt, sich langsam dreht, mit erhobenen Armen. Langes, kastanienbraunes Haar hängt über die Kurve ihres Rückens und schwingt mit ihren Bewegungen. Aber Ihr Fernglas wird nicht gut genug sein, um Sie den Opalring an ihrer linken Hand sehen zu lassen, das silberne Armband oder den silbernen Falken an ihrer Halskette. Die nächste Wolke wird über den Felsen ziehen, und sie wird verschwinden. Aber ein dunkles Augenpaar, fünf Schritte hinter ihr und für Sie unsichtbar, wird sie immer noch sehen.

Jetzt fahren Sie besser weiter. Und wahrscheinlich sollten Sie über das, was Sie gerade gesehen haben, nicht reden. Vielleicht war es ohnehin nur eine Sinnestäuschung. Und selbst wenn es keine war – man mischt sich nicht ungebeten in solche Dinge ein. Das wusste man lange, bevor die Reitersoldaten auf dem Weg zum Little Big Horn hier vorbeikamen. Man wusste es vor langer Zeit.

Wenn Sie noch eine Viertelmeile weiterfahren, sehen Sie fünf Meter abseits der Straße ein Schild im Gras: EIGENTUM DER LAKOTA SIOUX – KEIN ZUTRITT.

Sie wenden sich der Person zu, die neben Ihnen im Wagen sitzt. »Es wird dunkel, vielleicht sollten wir zu dem *Best Western* zurückfahren, an dem wir vorbeigekommen sind, hinten bei … wie hieß der Ort? Livermore? Im Führer steht, das Motel hat ein Restaurant. Da steht auch etwas von allen möglichen Legenden über diese Gegend hier. Angeblich kann man auf dem Tafelfelsen da drüben spät abends ein Feuer brennen sehen.«

Die Person neben Ihnen antwortet: »Ja, lass uns zurückfahren. Hier draußen ist irgendetwas Unheimliches.«

Sie nicken, und Sie sagen nichts von dem, was Sie durch das Fernglas gesehen haben oder gesehen zu haben glauben.

Da, wo der Interstate Highway an Livermore vorbeiführt, steht ein alter Tanzpavillon am Rand eines Sees. Im Sommer, wenn die Blendläden aufgeklappt sind, kann man auf der Tanzfläche stehen, auf den See hinausschauen und die Lichter der Autos auf dem Highway sehen, die nach Norden und nach Süden fahren.

Heute Abend sind die Läden offen, und man hört Musik. Ein alter Mann sitzt im Schatten der zweiten Reihe der Tische oberhalb der Tanzfläche; ein Glas »Wild Turkey« steht vor ihm auf dem Tisch, und er hat einen strammen kleinen Jungen namens Cody Robert McMillan auf dem Schoß. Ein Kater namens Dumptruck sitzt neben dem Glas des alten Mannes, leckt sich die rechte Vorderpfote und schnurrt, wenn der alte Mann ihn streichelt. Der Kater hält ein wenig Abstand zu der Hand der kleinen Jungen, der nach ihm greift und blubbert: »Kitty ...«

Der alte Mann lächelt bei dem Gedanken an eine Handgranate, die er in einem Schuhkarton versteckt hatte und gegen einen Rechtsanwalt namens Birney und seine Geschäftsfreunde einsetzen wollte. Als Carlisle McMillan ihn aus dem Pflegeheim holte, hat er sie bei einem Mitbewohner zurückgelassen – nur für den Fall, dass es dort allzu übel werden sollte. Dieser Mitbewohner war ebenfalls ein Kriegsveteran, und er hat gegrinst, als der alte Mann ihm die Granate gab; er sagte, er wisse, was er damit tun müsse, wenn der Augenblick käme.

Carlisle McMillan ist seit drei Jahren dabei, den alten »Flagstone Ballroom« zu restaurieren. Er schätzt, dass er noch zwei Jahre brauchen wird, vielleicht mehr, denn er hat auch anderswo viel zu tun. Aber heute Abend hat er frei, weil Susanna Benteen das so wollte. Sie hat ein Fest vorbereitet, das mit nichts anderem zu tun hat als mit dem Mondlicht, das draußen auf dem Wasser glänzt.

Am östlichen Rand der Tanzfläche steht einer der besten Billardtische weit und breit, restauriert und neu bezogen, mit einer Spielfläche von anderthalb mal drei Metern. Der alte Mann ist davon überzeugt, dass es derselbe Tisch ist, an dem er 1938 das Geld für sein erstes Automobil gewonnen hat. Carlisle macht ziemlich gute Fortschritte bei dem Spiel. Es ist kein Spiel, das man schnell lernt – aber er kommt voran. In den Abteilungen Geschick, Physik und Geometrie findet er sich ziemlich gut zurecht, aber auf das Täuschen, sagt der alte Mann, versteht er sich nicht so gut.

Aber man muss bedenken, dass Carlisle mit anderen Projekten beschäftigt war und nicht so viel Zeit zum Üben hatte, wie er brauchte. Neben seiner berufsmäßigen Zimmermannsarbeit und der Restaurierung des »Flagstone« hat er eine kleine Möbelfabrik in Gang gebracht. Hat mit dem County vereinbart, dass die rüstigen Bewohner des Pflegeheims bei den abschließenden Arbeiten helfen können. Nichts Schweres, nur letzte Details, die eine Menge Sorgfalt erfordern.

Manche der alten Leute können diese Arbeiten sogar im Bett sitzend erledigen. Sie waren begeistert von der Herausforderung, die es für sie bedeutete, etwas zu leisten. Carlisle achtet penibel auf Qualität, er sagt, dass man alles genau richtig machen müsse, und sie lernen. Und er zahlt ihnen einen fairen Lohn; ein Teil davon geht in einen Fonds, der die Qualität des Essens, das im Heim serviert wird, dramatisch verbessert hat. Der kleine Gewinn, den er mit seinem Unternehmen erwirtschaftet, wandert auf ein besonderes Konto; eines Tages, sagt er, wird er ein besseres Heim für die alten Leute von Yerkes County bauen, nur für den Fall, dass er es selbst einmal braucht.

Dann ist da das Buch, an dem er schreibt. Der Titel ist: »Sammeln – Altes Zeug für neues Leben«, und er hat einen Vertrag mit einem Verlag in der Nähe abgeschlossen. Carlisle braucht Fotos für dieses Buch, und deshalb hat er eine gebrauchte Kamera gekauft, eine 35-mm-Nikon, um diese Fotos selbst zu machen. Er hat von Natur aus einen Blick für solche Dinge, das sagt sogar Susanna, und sie kennt sich damit anscheinend aus. Jetzt hat er angefangen, durch die Gegend zu fahren und so gut wie alles zu fotografieren, was alt ist, aber zu neuem Leben erweckt werden kann, und in einer Ecke des »Flagstone«, wo früher die Garderobe war, baut er sich eine Dunkelkammer.

Eine andere Sache, die Carlisles Zeit beansprucht hat, war das Ausputzen der letzen Reste von Schlechtigkeit, die sich um den Bau des Highways gerankt hatten. Da gab er nicht auf; er drängte unerbittlich weiter, bis die Generalstaatsanwaltschaft Ermittlungen gegen die zweifelhaften Grundstückskäufe am Rand der Trasse einleitete. Das Ergebnis waren drei Verurteilungen wegen Betrugs und anderer gemeinschaftlich begangener Straftaten. Allen Betroffenen wurde die Strafe zur Bewährung ausgesetzt, aber für zwei von ihnen bedeuteten die Geldstrafen und die schlechte Publicity den Bankrott. Ray Dargen erlitt kurz nach seiner Verurteilung einen Schlaganfall und zog nach Arizona. Danach gab Carlisle sich zufrieden.

Wenn Carlisles Mutter Wynn zu Besuch kommt, was sie jetzt, da sie einen Enkel hat, regelmäßig tut, spazieren die beiden mit ihrem Weinglas hinüber zum See und stoßen miteinander an.

»Auf uralte Abende und ferne Musik«, sagt Wynn dann immer und hebt ihr Glas zu den Worten, die sie vor langer Zeit von Carlisle McMillans Vater gehört hat.

Gally und der Geschäftsführer des Motels sind auf einem guten Weg. Sie trägt einen Diamantring an der linken Hand, und in ein oder zwei Monaten werden sie heiraten. Manchmal fährt Carlisle hinüber ins Restaurant, drehte sich langsam auf einem Barhocker hin und her und lauscht mit einem Ohr auf das Rauschen des Verkehrs auf dem neuen Interstate Highway. Und Gally Deveraux lächelt, wenn Carlisle McMillan da ist. Wenn es im Restaurant ruhig ist, sitzen die beiden beim Kaffee zusammen und unterhalten sich, wie sie es getan haben, als sie auf Holzstapeln in dem Haus saßen, das Carlisle damals baute. Das waren andere Zeiten, als sie in Mr Willistons Kamin schauten, während der Schnee herein- und um sie herumwirbelte, als sie über ihr Leben sprachen und verhindern wollten, dass die Feuchtigkeit die Tortenkruste durchdrang … was sie irgendwann doch tat.

Aber heute Abend gibt es Musik im »Flagstone Ballroom«. Holzstapel liegen herum, Leuchten und die Teile einer Heizungsanlage, die besser ist als die alte. Carlisle und der Junge aus Livermore, den er als Lehrling zu sich genommen hat, werden die Heizung vor dem Winter installieren. Aber jetzt ist Sommer, und über den See weht eine angenehme Brise heran.

Hoch oben an der Wand an der Seeseite der Tanzfläche hängt ein Stück Holz mit dem Symbol der Vesta, und darunter stehen die Worte »Für Cody«. Dieses Stück Holz hat über der Tür seines Hauses gesessen, und Carlisle hat es herausgesägt, bevor die Bulldozer kamen.

Gabe O'Rourke ist ziemlich alt geworden, aber er und der andere alte Mann haben viel Spaß miteinander; sie unterhalten sich über die Zeit in Paris und streiten sich darum, welche Farbe die Wände ihres Bungalows neben dem »Flagstone« bekommen sollen. Während die anderen im Ballroom arbeiten, sitzt Gabe abseits, spielt auf seinem Akkordeon und liefert die Hintergrundmusik für das Gehämmer und das gelegentliche leise Fluchen. An manchen Tagen trägt Carlisle einen Klappstuhl zum Seeufer, und Gabe angelt die kleinen Barsche, die sich bei einem teilweise überschwemmten Gebüsch herumtreiben. Gabe sieht gern zu, wenn der Schwimmer dicht unter der Oberfläche zu tanzen anfängt, weil ein Fisch angebissen hat. Wenn der andere alte Mann am späten Nachmittag herangehumpelt kommt, um ihn zu holen, putzen sie zusammen die Fische und essen sie mit Bratkartoffeln zum Abendbrot.

Und, o Gott, Gabe spielt immer noch gern den Tango. Manchmal, wenn sie am späten Abend zusammen in ihrem Bungalow sitzen, bittet der andere alte Mann ihn, das Akkordeon zu holen, und dann spielt er die Lieder aus Paris. Er spielt sie bewegend, und sein Freund geht ans Fenster und schaut über den See hinaus und wischt sich über die Augen, wenn er glaubt, dass Gabe es nicht sieht.

Keiner von ihnen sagt irgendetwas zu Carlisle, wenn Susanna allein fortgeht und für eine Weile verschwunden ist, ohne zu sagen, wohin sie geht. Sie finden es ein bisschen merkwürdig, aber sie schreiben es den modernen Zeiten zu und der Tatsache, dass die Beziehungen zwischen Männern und Frauen heute anders sind als das, was sie davon in Erinnerung haben. Aber wenn sie hier ist – und meistens ist sie hier –, sehen sie gern ihr Gesicht, wenn Carlisle am Abend eines langen Tages nach Hause kommt und aus dem alten grünen Truck steigt, auf dessen Türen in verblichenen roten Lettern KINCAID PHOTOGRAPHY, BELLINGHAM, WASHINGTON steht. Dann läuft sie zu dem Truck hinaus, umarmt ihn und legt den Kopf an seine Brust. Er ist verschwitzt und ein bisschen matt von der harten Arbeit, und über seiner Schulter hängt ein alter, sorgsam geflickter Werkzeuggürtel.

Heute Abend ist Gabe mit Susannas Hilfe auf das alte Orchesterpodium an der Nordseite der Tanzfläche geklettert; sie hat ihm einen Stuhl und einen kleinen Tisch für Bier und Aschenbecher hingestellt. Das alte Akkordeon hat niemals besser geklungen als jetzt, während das Zwielicht über die weite Ebene zieht. Susanna und Carlisle tanzen ein paar Schritte weit von Gabe entfernt bei den Fenstern zum See. Während eine neue Sonne westwärts über die Längengrade zieht, über den indischen Strand und über den Sudan hinweg, und eine riesige, weit entfernte Kamera ihr Licht verfolgt, wendet Carlisle sich an Gabe und sagt: »Einen langsamen Tango, mein Guter, wenn es recht ist.«

Gabe nickt, trinkt einen Schluck Bier, legt seine »Lucky Strike« beiseite und fängt an zu spielen – betörend, sparsam, fest und mit wohl abgemessener Brauchbarkeit und Freude. Susanna hat Carlisle vor einer Weile die Grundschritte des Tangos beigebracht, und alle haben mit großem Vergnügen zugesehen, wie er herumstolperte und es lernte. Ein großer Tänzer ist er nicht, aber er kommt zurecht. Mit Susanna hingegen ist es eine ganz andere Sache. Gabe sagt: »Ich weiß nicht, wo sie es gelernt hat, aber Susanna tanzt einen hinreißenden Tango.«

Susanna trägt ein langes Kleid mit Spaghettiträgern, das sie selbst genäht hat; seine Farbe ist ein helles Lavendelblau, und es schmiegt sich geschmeidig an ihren Körper. Sie ist im fünften Monat schwanger mit ihrem und Carlisles zweitem Baby, und ihr runder Bauch ist unter dem Kleid deutlich zu sehen. Ihr kastanienbraunes Haar hat sie hoch auf dem Kopf aufgetürmt, und sie trägt eine Menge Silberschmuck, unter anderem ein Paar große Ohrringe. Die sechzig Jahre alten Deckenlampen erfüllen den Raum mit ihrem weichen Licht;

sie werfen wechselnde Muster auf die Tanzfläche und lassen die Ohrringe funkeln, wenn sie den Kopf richtig bewegt.

Susanna, silbern und sanft. Carlisle trägt frisch gewaschene Sachen zu diesem Anlass, ein hellbraunes, militärisch aussehendes Hemd und eine Khakihose. Aber er hat seine Arbeitsstiefel noch an.

Gabe spielt wirklich gut; er sitzt leicht zurückgelehnt auf dem Stuhl und hat die Augen geschlossen. Carlisle hält Susanna in den Armen, und sie gleiten über die Tanzfläche und sehen wunderbar aus. Susanna lächelt zu ihm hoch, wenn er sie leicht zurückbiegt, wie man es beim Tango tut.

Oben in der zweiten Tischreihe schmiegt ein dicker gelber Kater sich an einen alten Mann, der der Musik lauscht und durch die offenen Fenster zu einem Interstate Highway hinausschaut. Der alte Mann streicht langsam mit der Hand über das Fell des Katers, aber er denkt eigentlich nicht an Kater oder an Highways. Unbestimmt verfolgt sein Blick Carlisle und Susanna, aber er schaut durch sie hindurch und weiter hinaus, hinaus über den See, vorbei an den Scheinwerfern der Lastwagen auf ihrem Weg nach Calgary, hinaus durch die Zeit.

Achthundert Meilen weit südwestlich von alten Männern und alten Tanzpavillons und Tangos zu Ehren des Mondlichts oder irgendetwas anderem liegt ein umgekippter Lieferwagen unter ein paar Eichen. Der Mann, dem er gehörte, starb vor einem Jahr im Kugelhagel des FBI. Man erzählt, er habe die Tür des Wagens aufgetreten und ein Schrotgewehr geschwenkt, und als er die Agenten damit bedrohte, schossen sie ihn nieder.

Und während sich so alles fügt, zerfällt ein Lieferwagen in den Bergen von Arizona allmählich zu Rost, die

Dämmerung über der Prärie geht in Dunkelheit über, Carlisle McMillan biegt Susanna Benteen sanft zurück, und ein alter Mann hört zu, wie ein anderer alter Mann einen Tango spielt. Die Musik schwebt zum Fenster des Ballrooms hinaus und verschmilzt mit dem fernen Rauschen des Verkehrs auf einer Straße, die »Avenue der Prärie« heißt.

Der alte Mann denkt an eine Frau namens Amélie und an eine Stadt namens Paris und daran, wo das alles hingegangen ist … und wie schnell es dahingegangen ist … als man nicht aufmerksam hinschaute.